BREAKTHOUGH

브 레 이 크 스 루

BREAKTHROUGH
브레이크스루

마이클 그럼리 지음 | 이상훈 옮김

화산문화

1

뭔가 외부에서 이상한 소리가 들렸다. 그는 헤드폰을 귀에 바싹 갖다 댔다.

수중 음파 탐지병은 특별한 유형의 사람이다. 온종일 컴퓨터 화면 앞에 앉아서, 적막한 바닷물 사이로 들리는 희미한 소리를 매일 같이 청취해야 하는 지루함을 견딜 수 있는 사람들은 극히 드무니까 말이다. 하지만 그렇게 할 수 있는 소수의 사람들을 보면, 환경에 맞춰 적절히 적응하게 되는 인간의 감각은 그저 놀라울 따름이다. 유진 워커는 해군에서 다른 어떤 일을 하느니보다는 핑 자키(Ping Jockey, 탐지기의 모니터 담당자)가 되는 편을 택했다. 이곳에서, 그는 모든 소리를 간파했다. 오늘처럼 지루한 밤에도 그들 주변에 무엇이 있는지 정확히 꿰차고 있었다. 그것들이 캄캄한 바닷속을 아무리 조용히 미끄러지듯 움직여도 말이다.

하지만 오늘밤 듣고 있는 소리는 무척 특이했다. 한참 동안 그 소리를 들었지만 정확히 무슨 소리인지 이해할 수 없었다. 그는 자세를 고치고 눈앞의 화면을 살피면서 컴퓨터가 포착한 이상한 소리에 귀를 기울였다. 반복해서 들었지만, 여전히 알아차릴 수 없었다. 몇몇 소리 사냥꾼들은 산호초 사이로 흐르는 해류도 파악할 수 있을 만큼 뛰어나다는 소문이 있었지만, 그런 사람들은 평생을 배에서 보낸 사람들이었다. 그는 해류까지는 파악하지 못해도, 컴퓨터가 알아낼 수 없는 자연적인 현상들은 식별해 내왔다. 그런데도 이 소리는 기이했다. 사람의 청력 범위 내에 간신히 들어 올 만한 아주 낮은 주파수로 계속해서 윙윙거리는 소리.

워커 뒤편으로 몇 걸음 떨어진 곳에 서 있던 사이크스 중령은 뭐가 흥미로운지 아직도 정비 보고서에 붙들고 있었다. 사이크스는 사소한 것도 꼼꼼히 따지는 편이었지만, 대부분의 최고 지휘관조차 그러하듯 그 역시 결국 판에 박힌 지루한 일상의 희생양이 되고 말았다. 따뜻한 커피 잔을 들고 한 모금 마시자, 집에 있는 아내와 딸들은 지금 시간에 잠자리에 들었을까 궁금해졌다. 그는 멍하니 손목시계를 힐끗 보고 나서 보고서 한 장을 넘기며 눈에 띄는 것이 없는지 훑어보았다.

그는 본능적으로 곁눈질을 통해 항해사가 계기반들을 본 다음 디지털 지도가 설치된 탁자로 왔다 갔다 반복하는 것을 알아차렸다.

"뭐가 잘못 됐나, 윌리?"

윌리 멘데즈는 바로 대답하지 못했다. '네, 아니오' 문제를 보고하는 것은 적어도 세 번은 확인하지 않으면 안 되었다. "그게…"

사이크스는 신경이 쓰여 단어들이 눈에 들어오지 않자 마지못해 보고서에서 눈을 떼고 천천히 돌아섰다.

항해사는 두 사람 사이에 있는, 환하게 빛나는 커다란 전자 지도를 자세히 들여다보았다. "이곳에서 뭔가 이상한 점이 발견되었습니다."

사이크스는 지도를 들여다본 후 문제점을 즉각 알아차리고 다른 모니터를 확인했다. 그는 명확한 규칙을 따라 직접 다시 계산을 해보았다. 그러고는 얼굴을 찌푸리더니 젊은 항해사 돌아보았다.

"몇 번이나 확인했나?"

"네 번입니다."

사이크스가 턱을 긁는 동안 멘데즈가 말했다. "검증된 최신 항로 계획에 따라 이곳에 도착했습니다. 2분 전에 말입니다." 그는 디지털 지도의 화면을 손가락으로 늘리면서 그 지역을 확대시켰다. 작은 원이 집게손가락 옆에 나타났고, 그 옆으로 조그맣게 지피에스(GPS) 좌표가 표시되었다. 그는 해도에서 같은 방향으로 좀 더 위쪽으로 손가락을 움직였다. "현재는 우리가 이 지점에 있다고 가리키고 있습니다."

"이 분 만에?" 사이크스는 과민한 반응을 보였다. 그는 고개를 젓고 한숨을 쉬었다. 380노트(약 700km/h)의 속도는 아무리 핵잠수함이라 하더라도 말이 안 되는 수치였다. 결함인가? 사실, 이번이 첫 번째 컴퓨터 오작동은 아니었다. 그는 컴퓨터 괴짜들이 마약에 취해 흥분한 상태에서 만든 소프트웨어가 전통적인 기계나 전기 시스템보다 훨씬 더 오류가 많다는 것을 알았다. 이제는 조리병들조차 그걸 알고 있을 정도니까. "다른 장치들은 이상이 없나?"

"없습니다."

"시스템에 결점이 있는지 검사를 실행해봐."

"이미 시작했습니다." 모든 시선이 지금 검사 결과를 보여주고 있는 모니터로 향했다. "시스템에는 전혀 오류가 없습니다."

당연하겠지, 소프트웨어 자체가 뼉났는데 지가 알 리가 있나. 사이크스는 지피에스 표시를 자세히 살펴보았다. "위성들과 동기화를 다시 시도해봐."

윌리는 명령을 따르고 기다렸다. 그는 천천히 고개를 가로저었다. "위성들은 이상 없어 보입니다. 5개째 위성까지 확인… 이번이 6개째입니다. 1미터 오차 내외로 같은 좌표를 가리키고 있습니다."

중령은 대꾸하지 않았다. 여전히 지피에스 표시에 집중하면서 생각에 잠겨 있었다.

유진이 무선 통신 구역에서 머리를 내밀고 헤드셋을 목 아래로 내렸다. "중령님, 음파 탐지기에 이상한 소리가 몇 분 동안 계속 잡히고 있습니다. 관련이 있을지도 모르겠습니다."

사이크스의 시선이 유진에게 향했다. "무슨 소리인데?"

"선박은 아닙니다. 여태껏 한 번도 들어본 적 없는 소리입니다."

사이크스는 예비용 헤드셋을 착용하고 유진이 재생하는 소리에 귀를 기울였다. "도대체 저게 무슨 소리야?"

눈살을 찌푸린 유진은 스위치를 다시 생중계 표시 쪽으로 전환하고 눈을 감았다. "… 이제는 사라졌습니다."

"자네 생각은?"

유진은 한숨을 내쉬며 말했다. "확실히는 모르겠습니다. 처음엔 열수 분출공인가 생각했는데, 그건 아니었습니다." 사이크스는 윌리를 돌아본 다음 탁자 쪽으로 되돌아갔다. 그는 한동안 침묵을 지키며 감정을 추스른 후 커피 잔을 내려놓았다. 그런 다음 함교의 해치 문턱을 넘어서 회색의 긴 복도를 따라 걸어갔다. "젠장, 왜 하필 이 시점이야."

* * * * *

애쉬먼 대령은 문을 두드리는 소리에 간단히 대답했다. "들어와." 사이크스가 안으로 들어왔는데, 머리가 천장 배관에 거의 닿을 정도였다.

"무슨 일인가?" 그는 고개를 들지도, 읽고 있던 책에서 눈을 떼지도 않았다. 누구인지 아니까.

"함장님, 항법 시스템에 약간 문제가 있는 것 같습니다. 우리 위치가 24킬로미터 정도 벗어나서 표시되고 있습니다."

애쉬먼이 고개를 들었다. "24킬로미터?"

"네. 그렇습니다."

"진단 프로그램은 실행해 봤나?"

사이크스는 고개를 끄덕였다. "네, 규정대로 실행해 봤지만 아무런 문제도 발견되지 않았습니다."

애쉬먼은 손가락을 오므린 입술에 대고 부드럽게 톡톡 두드렸다. "속도를 과하게 낸 건 아니고?"

"아닙니다. 추진 장치들은 완벽하게 정상입니다. 단지 우리의 위치가 부정확할 뿐입니다. 지피에스 어딘가에서 잘못 판독한 것으로 의심되지만, 확인하려면…."

"수면으로 올라가면, 임무는 중단되네." 애쉬먼의 어조는 날카로웠다. "떠나기 전에 시스템을 업그레이드한답시고 누가 손본 건 아닌가?"

"제가 하는 한 아닙니다."

"4개월간의 임무를 코앞에 두고 시스템에 손댈 만큼 멍청한 놈이 있다면, 내가 그놈을 찾아내서 직접 영창에 집어넣고 말겠네!"

"네, 알겠습니다!"

그는 심호흡을 했다. 누군가가 시스템을 업그레이드했는지 안 했는지는 중요하지 않았다. 중요한 것은 시스템이 손상된 상태라면 이곳에서는 고칠 수 없다는 사실이었다. 설령 고칠 수 있다 하더라도, 어쨌든 임무를 중단한 데 대한 충분한 의심을 남길 것이다. 깊은 바닷속에서 언제 문제가 불쑥 발생할지도 모르는데, 그런 골칫거리를 위험을 무릅쓰고 계속 품고 있을 사람은 아무도 없을 것이다. 그렇다고 바닷속에서 그냥 수면으로 튀어나올 수도 없는 노릇이었다.

"기술자들과 이야기를 해서 어느 누구도 뭔가를 변경하지 않았다는 사실을 확인하게." 사이크스는 고개를 끄덕였다. 그는 함장실의 문을 두드리기 전에 이 명령을 예상했다. 애쉬먼은 의자를 뒤로 밀면서 일어섰다. "부상시키고, 우리가 돌아간다고 연락하게."

사이크스는 함교로 되돌아오는 동안, 왠지 불길한 느낌이 들기 시작했다.

2

케이맨 제도는 1503년 크리스토퍼 콜럼버스가 처음 발견했다. 바다거북이 많이 있어서 라스 토르투가스(Las Tortugas)로 명명된 이곳은 수세기 동안 단일 식민지로 통치를 받다가 1960년대 말에 공식적인 영국령이 되었다. 대다수 카리브 해의 섬들과 마찬가지로 케이맨의 주요 사업은 관광이었다. 돈 많고 과체중인 수천 명의 미국인들이 선탠과 가벼운 낮잠을 즐기고자 정기적으로 몰려들었다. 조지타운에 도착해서 반짝거리는 렌터카를 탄 채 에어컨을 빵빵하게 틀어놓고 모험을 떠나려는 대부분의 방문객들은 불과 몇 년 전 허리케인이 남기고 간 참화의 잔해들을 거의 찾아볼 수 없었다. 관광 수입에 대한 기대가 만든 눈부신 발전은 말 그대로 놀라울 따름이었다.

그 섬에서는 보이지 않는데 반해, 드넓게 펼쳐진 바다 멀리에 떠 있는 10미터 크기 쌍동선(선체를 두 개 연결한 빠른 범선)에서는 조지타운의 모습이 어렴풋하게 보였다. 리틀 케이맨 섬에 조금 더 가까이 정박해 있는 이 배는 잔잔한 바닷물결 위에 나른하게 떠 있었고, 가끔씩 마룻줄(돛·깃발 따위를 올리고 내리는 밧줄)이 알루미늄 돛대에 부딪칠 정도로만 좌우로 흔들거렸다. 따뜻한 겨울 산들바람이 밧줄들 사이를 지나 단단하게 말아져 올라간 돛을 넘어 부드럽게 지나갔다. 가까이서 관찰하면, 버려진 배라고 오해할 정도로 아무도 보이지 않았다. 해변에서 멀리 떨어진 터라 갈매기들만이 유일한 이웃들이었고, 그들 중 두 마리는 선체 좌현에 편안하게 앉아 있었다.

근처의 맑고 푸른 바닷물 속에서 서서히 동요가 일더니 고리 모양의 물거품들이 부드러운 난류처럼 떠올랐다. 잠시 후, 시커먼 머리 하나가 모습을 드러낸 후 주위를 둘러보았다. 배의 고물을 발견하자, 마스크를 쫍은 머리 위로 들어 올리고 앞으로 헤엄쳐 나아갔다. 작은 사다리에 이르자마자, 그는 마스크와 스노클을 배 위로 던지고 나서 가뿐하게 상체를 물 밖으로 끌어올리며 사다리의 가로대에 올라섰다. 손을 뒤로 뻗어 오리발을 벗기고 던진 다음 배에 올라서 수건을 움켜쥐었다.

그는 작은 냉장고에서 오렌지 주스 한 병을 꺼내고 앞쪽으로 가서 일광용 의자에 앉아 휴식을 취했다. 커다란 섬을 눈여겨보던 그는 물 위를 스치듯 질주하는 제트 스키의 희미한 모습을 볼 수 있었다. 그는 많은 사람들이 소음을 좋아한다는 사실을 보고 내심 놀랐다. 사람들은 고되고 단조로운 일에서 벗어나 휴식이 필요하다고 주장하면서 긴장을 풀기 위해 외딴 곳으로 여행을 떠나지만, 막상 와서는 수천 명의 다른 관광객들과 함께 쇼핑을 하거나 80데시벨로 달리는 제트 스키를 타고 시끄럽게 해안을 가로지르며 달릴 뿐이었다. 그는 혼자 미소를 지으며 오렌지 주스 잔을 그들에게 기울이고 건배를 했다.

취향은 사람마다 다른 거니까, 라고 그는 생각했다. 사실은 감사를 해야 했다. 만일 그들이 저 너머에 있지 않았다면, 아마도 이 근처에 있었을 테니까 말이다. 그런 생각을 하며 일어서서 희미한 지평선을 응시했다. 그가 원하는 건 딴생각 않고 그저 오늘은 무얼 할까 고민하는 것이었다.

갑자기 그의 몸이 뻣뻣해졌다. 그 소리는 극도로 희미했지만 분명했다. 그는 불길한 임무 위탁의 기운을 느낀 후 쌍안경을 집어 들었다. 얼굴의 물기를 닦고 렌즈를 들여다보았다. 그는 일어선 채로 먼 곳에 있는 작고 검은 점이 서서히 알아차릴 수 있는 헬리콥터 모양으로 커지는 것을 의연하게 지켜보았다.

3

크리스 라미레즈가 늘 놀라워하는 건 금요일이 제일 바쁘다는 사실이다. 주말일 거라고 예상했지만, 학교 수업이 끝나는 한 주의 마지막 날이 언제나 가장 붐볐다. 이는 인근 학교들의 견학 덕분인데, 그날은 진행자 역할을 하느라 네 시간 동안 완전히 진이 빠졌다. 크리스는 새로운 견학 안내인이 고용된 3주 전부터 그 의무에서 해방되었다. 물론 아이들을 안내하는 일이 딱히 나쁘지는 않았다. 그가 힘들어 했던 점은 아이들이 건물 현관을 통과하면 절대로 가만히 있지 못한다는 사실 때문이었다. 들어서자마자 수족관의 인기 스타인 돌고래, 더크와 샐리를 볼 수 있으니 당연하긴 했다. 하긴 그가 그 나이였을 때도 별반 다르진 않았으니까.

그는 커피를 홀짝이며 빈 로비를 거닐었다. 안내 데스크에 있는 베티와, 자신의 후임자인 알을 보고 미소를 지어 보였다. 알은 일정을 훑어보며 넥타이를 고쳐 매고 있었다. 다시 연구에 전념할 수 있게 되어서 그런지 이번 주 금요일은 왠지 새롭고 날씨도 더 화창해 보였다.

크리스는 시계를 힐끗 보았다. 문이 열리기까지는 30분쯤 남았다. 그는 수족관 본관 맨 아래층으로 내려갔다. 그는 그곳에 자리한 백만 갤런 이상의 물을 수용하고 있는 거대한 수조의 유리벽 앞에 섰다. 유리벽 안쪽은 투명한 유리 천장에서 내리비치는 온화한 햇살에 물든 파란 빛깔의 물이 출렁거리고 있었다. 그는 두 개의 그림자가 수중의 햇살 사이를 힘들이지 않고 앞뒤로 쏜살같이 움직이는 모습을 지켜보았다. 돌고래들은 그들만이 할 수 있는 우아한 몸짓으로 헤엄을 치고 있었다. 그는 세 번째 형체를 높이 올려다보았다. 그 형체가 그에게 손을 흔들자 그도 미소를 지으며 컵을 들고 있는 손을 부드럽게 흔들었다. 그 인물은 몸을 돌려 더크와 샐리 쪽으로 헤엄쳐 돌아갔다. 그러고 나자 크리스도 복도를 따라 수족관의 개인 사무실로 가서 책상 위에 배낭을 내려놓았다.

돌고래들과 함께 수영하는 것은 사람들이 상상하는 것 이상으로 신나고 즐겁다. 그녀는 그것을 잘 알기에 시간이 날 때마다 자주 돌고래들과 수영을 했다. 특히 금요일은 수족관이 늦게 문을 여는 데다 먹이 주는 시간과 개장 시간 사이에 45분의 여유가 있기 때문에 거의 놓치지 않았다. 지난 5년 동안 더크와 샐리도 그녀와 함께 수영하는 것을 즐거워했다. 돌고래들은 끊임없이 그녀 주위를 빙빙 맴돌았고, 그녀가 손으로 그들의 매끈한 몸을 만져도 가만히 있었다. 또 교대로 지나가면서 장난스럽게 그녀를 톡톡 건드리기도 했다. 그녀는 시계를 보고 마지막으로 돌고래들을 한 번씩 쓰다듬고 나서 사다리로 향했다.

앨리슨 쇼는 수면으로 올라와서 사다리를 붙잡았다. 그녀는 일그러져 보이는 형체가 빠르게 다가오는 것을 알아차렸다. 김이 서린 물안경을 벗고 얼굴을 들자, 크리스가 미소를 지으며 자신을 내려다보고 있었다.

"방금 전까지 아래층에 있지 않았어?" 그녀가 머리카락을 빗어 넘기며 물었다. "무슨 일이야?" 그는 계속 웃기만 했다. "왜 웃고 있는 건대?"

그는 허리를 굽혔다. "네가 그걸 보고 싶어 할 거라는 생각이 들어서."

그녀의 눈이 번쩍 뜨였다. "그 통역 시스템?"

크리스는 한 손으로 그녀의 손을 잡아 물 밖으로 끌어냈고, 다른 손으로 수건을 건넸다. 그녀는 밖으로 나와서 재빨리 몸을 닦고 가방에서 긴소매 셔츠와 반바지를 꺼냈다. 그녀와 크리스는 오랜 친구였지만, 그는 아직도 가끔 그녀의 날씬한 몸매를 훔쳐보곤 했다. 그녀는 서둘러 샌들을 신고 그와 함께 수족관 전망 구역을 가로질러 뛰어갔다.

그들은 연구실 안으로 뛰어 들어갔는데, 리 켄우드는 여느 때처럼 그의 책상 앞에 앉아 있었다. 책상 위에는 모니터들과 키보드들이 잔뜩 쌓여 있었고 바닥에는 전선들이 뒤엉켜 있었다. 앨리슨은 통신 회사의 깊숙한 내부도 이렇지 않을까 상상하곤 했다. 리의 뒤쪽 벽면에 세워져 있는 여러 개의 높다란 금속 서버랙 안에는 컴퓨터 서버들 수십 대가 가지런히 놓여 있었다. 가운데 서버랙 중앙에는 1인치 두께의 특별 장비와, 그것을 수동으로 제어하는 데 사용되는 모니터 한 대와 키보드, 마우스가 놓여 있었는데, 이제는 더 이상 사용할 필요가 없는 장비가 되었다. 책상 위에 있는 무수한 시스템들 덕분에 지금은 원격으로도 쉽게 서버에 접속할 수 있었다.

서버들 맞은편 벽은 돌고래 수조의 한쪽 면으로, 연구를 위해 최적의 시야를 확보할 수 있도록 투명한 유리로 만들어졌다. 두꺼운 유리벽 바로 앞에는 여섯 개의 기계 장치들이 다양한 높이로 복잡하게 세워져 있었고, 각 장치의 꼭대기에는 디지털 비디오카메라가 놓여 있었다. 연구실 곳곳에 해양생물학에서부터 언어분석, 다양한 컴퓨터 언어로 된 코드 작성에 이르기까지 수백 권의 책들과 학술지들이 보였다.

앨리슨은 리의 책상으로 다가와서 젖은 가방을 카펫 바닥에 떨어뜨렸다. "무슨 일이에요?"

리는 네모난 안경 너머로 크리스를 바라보았다. "아직 말 안 했어?"

그녀는 모니터 앞으로 다가갔다. "말해봐요? 뭔데요?"

그는 책상에서 일어나며 그녀가 모니터를 가까이서 볼 수 있도록 옆으로 살짝 비켜 섰다. "다 된 것 같아."

"정말요?" 그녀가 수조를 뒤돌아보며 물었다. 더크와 샐리는 아이들의 첫 인파가 예상되는 건너편 쪽에 있었다.

리 켄우드는 씩 웃었다. "꽤 확신이 들어." 그는 가까이 숙이고 마우스를 클릭해서 세로로 늘어선 다양한 숫자들과 결과물 목록을 화면 위로 불러냈다. "봐… 진동수… 주파수… 옥타브 범위… 변곡점…."

"홉착음(돌고래들의 혀 차는 듯한 소리) 간격과 반복률은 어때요?" 그녀는 흥분해서 대형 모니터를 이리저리 살펴보았다.

"바로 여기. 그리고 이 소리들을 낼 때 여러 위치에서 촬영한 영상 자료도 확보했어."

그들 뒤에서 프랭크 뒤부아가 연구실로 뛰어들었다. "방금 메시지를 받았어요. 무슨 일입니까?" 마지막 말이 입 밖으로 나온 순간, 그는 대답을 들을 필요가 없다는 것을 깨달았다. 그들의 얼굴 표정을 보고 그냥 알 수 있었다. "설마했는데, 드디어 다 됐군요."

"네, 다 된 것 같습니다. 관장님." 리가 활짝 웃었다. 그가 화면을 가리키자 뒤부아는 크리스와 앨리슨 뒤에서 몸을 기댔다. "모든 변수들을 확인했어요. 보세요, 변수들이 추가되더라도 세 군데 위치에서 촬영한 영상 목록에서 거의 정확한 값을 구했어요." 그는 다른 버튼을 눌러서 시스템 일지를 불러들였다. "그리고 이걸 보세요, 마지막 변수가 거의 두 달 전에 발견되었으니까 행동이나 소리에 관해서는 더 이상 새로울 게 없다는 뜻입니다." 그는 몸을 뒤로 젖히며 뽐내듯이 고개를 끄덕였다.

앨리슨은 미소를 지으며 말했다. "IBM에다 연락했어요?"

리는 고개를 끄덕였다. "내가 벌써 했지. 검증하러 내려오겠대."

"정말 대단해." 뒤부아는 돌아서서 문으로 향했다. "나도 전화를 해야 되겠어. 오늘 바쁜 일 있어, 앨리?"

그녀가 웃었다. "이런 날에요, 놀리시는 거죠?"

"저기, 구름 위를 떠다니다 내려오게 되면 몇 분만 시간을 내줘…. 보도 자료를 작성할 사람이 필요하거든." 그러고는 문을 닫고 나갔다.

4

은색 문이 열리자 존 클레이가 엘리베이터에서 걸어 나왔다. 날렵하게 오른쪽으로 방향을 튼 그는 국방부 D동에 있는 길고 하얀 복도를 따라 걸었다. 복도 맨 끝에 있던 랭포드 제독이 클레이를 알아보고 다른 장교와의 대화를 중단했다. 그는 클레이에게 걸어오더니 그에게 두꺼운 서류철을 건넸다.

"미안하네, 클레이." 제독은 그보다 몇 센티미터 작았지만 자세가 곧고 예리한 눈빛 때문인지 클레이는 항상 올려다보고 있다는 느낌을 받았다. 그들은 몇 년 전 랭포드 제독이 그 부서의 책임을 맡았을 때 처음 만났고, 그는 이후로 줄곧 랭포드의 지휘 아래에 있었다.

클레이는 랭포드와 보조를 맞춰 걸어가면서 서류철을 열고 첫 장을 훑어보았다. "컴퓨터 결함이요?"

"분명히 뭔가 다른 게 더 있어." 랭포드는 침착하게 대답했다. "처음부터 작은 결함이라고 거론되었지만 같은 사태를 되풀이할 수는 없잖은가." 그는 그들을 지나치는 한 여성에게 고개를 끄덕였다. "항법 시스템은 잠수함이 항구를 떠난 이후로 완벽하게 작동했어. 그런데 별안간 항로에서 24킬로미터나 벗어났으니 말이야."

클레이는 뒤쳐지지 않으려고 걸으며 대다수가 하찮은 컴퓨터 오류일 거라고 언급한 몇 페이지를 휘휘 넘겼다. "방향 전환의 가능성은요?"

"방향 전환은 없었네. 같은 항로로 24킬로미터나 더 멀리 거슬러 갔으니까." 랭포드는 클레이의 머릿속이 그 문제에 사로잡힌 것을 알 수 있었다. 클레이는 매사에 이해가 빠른 최고 분석가 중 한 명이었으므로 랭포드는 그에게 뭐든 되풀이해서 말할 필요가 없었다.

"표류나 횡류는 배제해도 될 것처럼 보입니다. 구형 잠수함이라면 엔진과 관련된 것일 수도 있지만, 신형은 위성항법장치로도 속도를 측정하니까요. 위성 문제는 어떻습니까?"

그들은 방향을 바꿔 역대 군 장성들의 사진들로 장식된 복도를 따라 계속 걸었다. "나도 그 생각을 해봤는데, 지금까지 다른 보고는 없었어."

클레이는 자신도 모르게 중얼거렸다. "그런 위성들은 전부 반동기 방식이라, 한 대의 지피에스 수신기가 동일한 6개 신호에 자동으로 추적될 리는 절대 없는데. 지금까지 그런…."

"모두 다른 지역에 있는 위성들로부터 받은 신호였네." 랭포드는 보안 카드를 꺼내서 육중한 금속 출입문 옆에 있는 판독기에 갖다 댔다. 출입문에는 큼지막한 파란색 글자로 DNI(Department of Naval Investigations, 해군수사대)라고 쓰여 있었다. "우리는 앨라배마 호가 그 주 내내 사용했던 모든 위성들을 확인하고 개별적으로 점검을 했네. 아무 이상 없었어." 랭포드가 큰 문을 열어젖히며 안으로 들어갔다. "여행은 어땠는가?"

"짧았죠."

"보상해주겠네."

해군수사대는 대규모 부서로 국방부 서측의 A동에서 E동까지의 2층 상당 부분을 차지하고 있었다. 법률과 인사 문제를 전문으로 하는 수백 명의 직원들로 구성된 그 부서는 군사 정책의 완화에 따라 규모가 커지고 있었다. 정신적 육체적 학대 같은 인사 문제가 지난 몇 년간 급증해온 관계로 군은 21세기의 기대에 부응하기 위해 몸부림치고 있었다. 법률 및 인사 부문과 비교하면, 해군 기술 부문은 그에 비해 규모가 작았다. 클레이의 팀은 훨씬 더 작았다. '전자 기술 및 신호'는 극소수만 이해하

17

는 전문 분야로, 거의 관심을 끌지 못했다. 간혹 과학기술에 대해 강력한 지지를 보냈던 고급 간부들조차도 실제로 그게 어떤 것인지는 알고 싶어 하지 않았다. 그들은 원하는 것은 그저 그것이 작동되는 것뿐이었다. 클레이의 전자/신호 팀은 어떤 과학적 기술이 왜 효과가 없는지, 어디에서 고장이 발생했는지, 왜 그런지를 알아내야만 했다. 그러한 일에는 컴퓨터 칩 설계, 네트워킹, 신호법 및 전자기기 전반에 대한 철저한 이해를 포함해서 광범위한 기술에 대한 전문가 수준의 지식을 필요로 했다.

클레이는 모퉁이를 돌고 여러 사무실을 지나갔다. 자신의 사무실 문을 열고 안으로 들어갔을 때, 보좌관인 제니퍼는 그가 휴가에서 빨리 돌아오리란 걸 예상한 듯 별로 놀라지 않았다.

"안녕, 존." 그녀는 전화를 끊으며 말했다. "케이맨 제도는 어땠어요?"

"당신한테는 안 맞는 곳일 거야." 그는 미소를 짓고 그녀를 지나 방으로 들어갔다. "영화 같은 일은 일어나지 않더라고."

그녀는 크게 웃으며 서류철 하나를 들고 그를 따라 들어갔다. "내 여행 목록에서 그곳은 빼야겠네요." 제니퍼가 서류철을 펼쳐서 수북이 쌓인 서류 더미 옆에 내려놓자, 클레이는 경악한 눈으로 쳐다보았다.

"겨우 3일 비웠는데?"

"당신은 인기 있는 남자잖아요." 그녀는 그를 위해서 서류철을 휙휙 넘기더니 안쪽에서 여러 장의 문서들을 빼냈다. "그리고 이 문서들은 당신 서명이 필요한 것들이에요."

"제니퍼가 없으면 난 아무것도 할 수 없을 거야."

"오, 그만. 너무 치켜세우는 거 아냐." 두 사람이 고개를 돌리자 스티브 시저가 문간에서 웃고 있었다. 180센티미터의 키에, 검은 머리와 콧수염이 잘 어울리는 그는 100% 이탈리아인이었지만, 마피아와는 아무런 연고도 없다고 토로했다. 시저와 클레이는 군 복무 시절 초기에 만나서 친구가 된 이후 지금까지 22년이라는 시간 대부분을 여러 부서를 함께 거치면서 일해오고 있었다.

제니퍼는 미소를 짓고 방을 나가면서 그의 팔을 가볍게 툭 건드렸다.

스티브는 안으로 들어와서 존의 책상 맞은편 의자에 앉았다. "휴가가 점점 짧아지고 있어. 조만간 점심시간보다도 짧아질 거야."

클레이는 랭포드의 서류철을 책상 위로 툭 던지고 의자를 시저 쪽으로 돌리면서 깊숙이 앉았다. "넌 가지 않은 걸 다행으로 여겨. 휴가가 짧을수록 돌아오는 길은 더 우울하거든." 그는 한숨을 쉬었다. "우리가 왜 이 일을 계속 하는 거지, 애국심 뭐 그런 건가?"

"미녀들을 꼬시기 쉽잖아!"

"랭포드한테서 앨라배마 호에 대해 이미 얘기 들었지?"

"그래, 오늘 아침에 똑같은 서류를 주더군." 시저는 다리를 죽 뻗고 몸을 뒤로 젖혔다. "이상하긴 해. 그런 건 본 적이 없으니까. 별일 아닐 가능성이 다분하지만, 위에선 승조원들이 기운 빠지기 전에 빨리 출항하기를 바라는 눈치야. 우리는 그쪽 기술자들과 함께 이잡듯 뒤지면서 파악하고 있는 중이고."

"찾아낸 건?"

"아직까지는. 곧 케이블들을 조사할 생각이야."

클레이는 한숨을 쉬고 앞으로 몸을 숙이면서 앨라배마 호의 서류철을 열었다. "근처에 같은 위성들을 이용한 다른 선박은 없었어?"

시저는 고개를 가로저었다. "있긴 해, 가장 가까운 배가 같은 위성들 중 네 개를 이용하고 있었어. 하지만 정확한 비교를 하기에는 충분하지 않—" 그는 휴대폰이 울리자 말을 멈췄다. 응답하기 전에 번호를 보았다. "네, 무슨 일이에요? 알았어요, 바로 그리 갈게요." 그는 전화를 끊고 일어섰다. "보거가 뭔가 알아낸 거 같아."

*****

윌 보거는 순수하고 구시대적인 인물인 히피 세대처럼 보였지만, 엄밀히 따져서 그런 대우를 받기에는 너무 어렸다. 그는 머리도 말총머리 모양으로 길게 늘어뜨렸는데, 실은 점점 빠지고 있는 머리 윗부분을 그럴듯하게 감춰보려는 술수 같았다. 그리고 판에 박힌 듯 둥근 안경을 쓰고 헐렁한 하와이안 셔츠를 입고 다녔다. 그는 나이 든 컴퓨터 괴짜의 전형이었고, 클레이와 시저는 그를 무척 좋아했다.

두 사람은 컴퓨터, 위성 장비, 그리고 너무 복잡해서 그들조차 알아볼 수 없는 장비로 가득한 연구실 안으로 들어갔다. 대부분의 선반들 위에는 수십 대의 모니터, 컴퓨터, 오실로스코프, 증폭기 등이 각종 전선들로 서로 뒤얽힌 채 연결되어 있었다. 클레이는 그 사무실에 있는 동축 케이블 정도면 방송국도 충분히 설립할 거라는 생각이 들었다. 나무 책상 하나가 한쪽 구석에 있었고, 그 위에는 낡은 램프 하나와 겹겹이 쌓인 십여 대의 키보드들이 놓여 있었다.

그 옆에 서 있는 보거는 빨간색과 흰색이 뒤섞인 커다란 지도가 놓인 탁자 위로 몸을 웅크린 채 지도를 들여다보고 있었다. 그는 눈썹을 추켜올리며 고개를 들었다. "어이, 클레이, 자네가 돌아온 줄 몰랐어."

"네, 저도 이런 일이 생길 줄 전혀 몰랐습니다."

"아, 앨라배마 호 때문에 복귀하란 연락을 받았나보군. 내가 듣기론 위에서 이 일을 빨리 봉합하고 다음 주엔 바다로 돌아가길 원한다면서."

시저는 지도를 힐끗 내려다보았다. "이게 뭡니까?"

"지구. 아직은 일부분일 뿐이야. 위성들에 대한 응력 시험을 마쳤는데도 아무것도 찾아내지 못했어. 혹시나 해서 신형 제이슨—2 위성을 이용해서 좌표 지점을 살펴보려고."

클레이는 제이슨—2 위성을 잘 알았다. 지구의 자기장을 연구하기 위해 고안된 첫 번째 위성인 토펙스/포세이돈을 대체했던 후임 위성, 제이슨—1의 최신 모델이었다. 그 위성들의 초기 임무는 위성 컴퓨터 칩의 설계 방식을 변화시켰고 태양 복사의 높은 방사선량에 견딜 수 있는 능력을 크게 향상시켜 결과적으로 위성 산업에 큰 호재를 안겨주었다. 처음 두 위성도 풍부한 정보를 제공해주었지만, 제이슨—2야말로 해수면에 가까운 해저 지형을 탐지할 수 있을 정도의 고감도 위성이었다. 그는 당시 그 위성 발사가 과학계에 상당한 흥분을 불러일으킨 것을 떠올렸다.

보거가 계속 말했다. "이 지도가 완성되려면 앞으로 몇 년 더 걸리겠지만, 다행히 위성의 발사 궤도 때문에 적도 지역부터 측량 조사가 이루어졌지. 앨라배마 호가 말썽을 보고했던 카리브 해 주변도 포함해서 말이야."

그들은 좀 더 가까이 다가갔다. "그래서요?"

"여기가 카리브 해 지역이고, 이 지점이 비미니 주변이야." 그가 거무스름한 큰 원을 가리키며 말했다. "제이슨—2에 의하면, 이곳에 매우 높은 수준의 자력이 있는 것 같아."

"우연일 가능성은 없나요? 아니면 기기들이 아직 보정 작업을 마치지 않았다던가?"

보거는 고개를 가로젓고 지도의 나머지 부분을 손으로 곧게 폈다. "그렇게 생각하지 않아. 보다시피 나머지 측정값은 정확하거든. 바로 이 지점에서 결함이 일어난 것은 대단한 우연의 일치야. 굳이 추측해야 한다면, 해저에 유난히 밀도 높은 철 성분이 있지 않을까 생각해."

클레이는 고개를 들었다. "하지만 그게 위성항법장치에 영향을 미치지는 않을 텐데요."

"그 자체로는 아닐지도 모르지. 하지만 한 달 내내 소규모 태양 폭발 현상이 있었어. 그 현상은 모든 종류의 사물에 영향을 끼치는 것으로 알려져 있지. 인공위성은 특히 더 그렇고. 앨라배마 호가 이 문제를 겪었던 그날은 태양 폭발이 비교적 작았지만 철 농도가 높은 지역에 있었으니까 이온화로 인해 위성들이 그 위치를 정확히 파악할 수 없었을지도 몰라."

"그날 태양 폭발이 얼마나 오래 지속되었죠?"

"예닐곱 시간 정도. 확인해봐야겠지만."

클레이는 몸을 세우고 턱을 만지며 생각했다. "태양 폭발 현상이 원인이었다면, 예닐곱 시간 전에 잠수함의 데이터에서 불일치가 나타났을 수도 있었겠네요?"

"아마도." 보거가 고개를 끄덕였다. "그 지역에 얼마나 근접해 있었는지 혹은 진로에 따라 다르겠지만, 그 불일치 차이는 아주 적을 거야."

클레이는 보거를 돌아보았다. "태양 폭발 현상이 얼마나 지속되었는지 정확히 알아봐주시겠습니까?" 그런 다음 그는 시저에게 시선을 돌렸다. "그날 하루치 잠수함의 모든 데이터를 뽑아보자고."

* * * * *

4시간 후, 시저가 들어오더니 클레이의 책상 위에 있는 두터운 종이 뭉치를 내려놓았다.

"31일자 앨라배마 호의 모든 기록이야. 통신, 항법, 추진력 등등. 잠수함의 식단 빼고 전부."

"그래서?"

시저가 고개를 가로저었다. "특별한 건 없어. 한 치의 오차도 없고. 지루해서 죽을 뻔했어."

클레이는 그 서류 더미를 획획 넘겼다. "보거가 그러는데, 태양 폭발은 거의 여덟 시간 동안 간헐적으로 지속되었대. 승선한 기술팀한테서는 다른 연락 없어?"

"전혀. 아직도 케이블들을 추적하고 시험하는 중이래. 뭔가 찾아낼 거라고 기대하진 않아."

두 사람은 케이블 조사가 다른 어떤 곳보다 형식적이라는 것을 알고 있었다. 완전함을 기하기 위해 공을 들이는 가장 마지막 작업이니까. 잠수함의 배선과 절연 처리는 지나칠 정도로 꼼꼼했다. 배선 작업의 책임으로 판명된 경우는 거의 없었다. 클레이는 의자에 기대고 한참을 지나서야 마침내 머리를 흔들었다. "그게 뭐였든 간에, 태양 폭발이나 시스템 문제는 아니야."

"배선 문제도." 시저가 문틀에 기댄 채 덧붙였다. "우리가 가봐야겠지?"

클레이가 고개를 끄덕였다.

5

앨리슨은 차를 한 모금 마시고 TV 화면을 골똘히 응시했다. 이제 막 시작하려고 하자, 자신의 심장 뛰는 소리가 거의 귀에 들렸다. *왜 불안감 이 드는 거지?* 그녀는 속으로 생각했다. *내가 텔레비전에 나오는 것도 아 닌데.* 그녀는 좀처럼 보기 드물게 마음을 졸이고 긴장했다. 다른 어느 때 보다도 흥분되어 있었다. 그녀가 쓴 보도 자료는 수십여 개의 신문사와 방송사에서 보도했고, 그들 모두 인터뷰를 원했다. 그런 놀라운 반응은 전혀 예상하지 못했지만, 그들이 최근에 이룬 진보에 비하면, 이런 반응 은 그리 놀라운 일이 아닐지도 모른다.

더욱 놀라운 일은 텔레비전 출연이 용케, 그것도 무척 빨리 성사되었 다는 것이다. 보도 자료가 공개된 지 사흘 만에 NBC 방송국에서 전화를 걸어와서 그들의 《Monday Show》에 뒤부아가 출연하기를 원했다. 이전 의 보도 자료 발표 때는 흥분도 덜 되긴 했지만, 지역 신문들에서만 보도 되었다. 그들의 최근 보도 자료에 대한 뭔가가 사람들을 흥분시킨 게 틀 림없었다. 앨리슨은 누가 관심을 갖고 달려들지 궁금했다. 대기업 임원이 신제품을 광고하거나 아니면 부자들이 자신이 얼마나 부유한지 떠벌리 기 위해 줄을 서기를 희망했다.

크리스 라미레즈가 머그잔을 들고 다가오더니 시계를 바라보았다. "아 직 시작하지 않았지?"

그녀는 고개를 젓고 차가 담긴 주머니를 몇 번 까닥거렸다.

"너도 같이 나왔어야 하는 건대." 그가 말하고 나서 얼마나 뜨거운지

한 모금 마셨다.

앨리슨은 고개를 저었다. "아냐. 이런 건 그 사람이 더 잘하잖아."

"하긴." 크리스가 어깨를 으쓱하며 말했다. "그 사람은 어떻게 하면 세간의 주목을 받을까 늘 고심하니까."

그녀는 미소를 감추기 위해 잔을 들어 올렸다.

갑자기 매트 루이스의 얼굴이 화면을 가득 채웠는데, 그의 말이 거의 들리지 않자 리가 소리를 키웠다. "이제 시작한다!"

"… 마이애미 시티 수족관에서 연구를 진행하고 있는 해양생물학자들이 상상도 할 수 없는 일에 노력을 쏟고 있습니다. 그건 바로 다른 생물 종과의 대화입니다. 오늘 저와 함께 하고 있는 프랭크 뒤부아 씨는 그 센터의 책임자이면서 그곳에서 오랫동안 연구를 해오셨습니다. 어서 오십시오, 뒤부아 박사님."

"감사합니다, 매트." 프랭크의 얼굴이 화면을 가득 채웠고 크리스와 리가 탄성을 질렀다. 그는 카메라 앞에서도 편안해 보였고, 그녀가 염려했던 것보다 훨씬 더 좋아 보였다.

"박사님, 제가 이 말을 할 수밖에 없네요, 정말 놀라운 일입니다. 저는 수족관에서 그런 연구가 진행되고 있는지 전혀 몰랐습니다. 어떻게 이런 일을 시작하시게 되었습니까?"

프랭크는 완벽한 미소를 지으며 우아하게 어깨를 으쓱했다. 그는 그런 재능을 타고난 사람 같았다. "글쎄요, 그 아이디어가 완전히 새로운 건 아닙니다. 하지만 이러한 접근에 필요한 기술이 최근에야 비로소 이용 가능해졌습니다. 처음에는 적은 보조금을 가지고 시작했지만 마침내 급여를 지불할 수 있을 정도로 충분한 관심을 얻었습니다. 사실 처음 2년 간의 연구 대부분은 선임연구원인 앨리슨 쇼의 자원봉사를 토대로 이루어졌으니까요."

리 켄우드는 몸을 숙이고 그녀를 다독거렸다. "고생했어, 앨리."

"기적이나 다름없지." 크리스는 속삭이듯 중얼거렸다.

"그만 좀 해!" 그녀는 얼굴을 붉히며 화면을 다시 바라보았다. 청찬을 받아들이는 것은 그녀의 장점이 아니었다.

루이스가 계속 화면에 비췄다. "그러면 이 IMIS 시스템에 대해 설명해 주시죠."

"그것은 일종의 분산 컴퓨팅 시스템입니다. 즉 전산 처리 부담을 수많은 개별 컴퓨터들로 분산시키는 것을 의미합니다. 이번 경우엔 100대 이상이었죠. 이렇게 하면 슈퍼컴퓨터를 사용했을 때보다도 훨씬 큰 처리 능력을 얻을 수 있고, 비용도 적게 듭니다."

"IMIS는 무슨 뜻인가요?"

"IMIS는 포유류 간 해석 시스템(Inter Mammal Interpretive System)의 줄임말입니다."

"그러면 이 시스템이 언어를 통역하는 겁니까?" 루이스가 물었다.

프랭크는 미소를 지었다. "아직은 아닙니다. 하지만 기본적으론 맞습니다. 그 시스템은 돌고래들의 인식 가능한 모든 소리의 녹음 기록들을 토대로 작동됩니다. 따라서 돌고래들의 흡착음들, 휘파람 소리들, 심지어 자세들까지 모든 걸 기록했죠. 그 모든 것들이 다양한 상황들 속에서 한 번 포착되면, 그 다음에 우리가 첨단 인공지능 프로그램을 이용해서 통역 과정을 시작하게 됩니다." 그는 다시 미소를 지었다. "최소한 통역을 시도하는 거죠."

루이스는 눈살을 찌푸렸다. "이 연구가 성공할까요? 아, 제 말은, 어떤 비약적 발전이 있기까지 얼마나 오래 걸릴까 하는 겁니다."

"기록 단계, 우리가 1단계라고 부르는 것은 완성되었습니다. 이제 2단계, 즉 통역 과정을 막 시작했는데, 모든 게 컴퓨터 작업으로 이루어집니다. 불행하게도 이 작업은 한 번도 실행된 적이 없기 때문에 실제로 얼마나 오래 걸릴지는 저희도 가늠할 수 없습니다. 하지만 이 인공지능 프로그램은 그대로 따라 배우도록 설계되어 있어서 매일 조금씩 영리해지고 있습니다."

루이스는 믿을 수 없다는 듯 고개를 저었다. "도대체 어떻게 돌고래와 대화하는 프로그램을 만드신 겁니까?"

"IBM의 도움을 눈치채셨군요." 두 사람 모두 웃었다. "IBM은 사실 우리의 후원자들 중 하나입니다. 그 회사에서 대부분의 하드웨어와 우수한 프로그래밍 인력들을 지원해주었습니다. 그 소프트웨어는 정말 인상적이죠."

"그럴 거라는 생각이 듭니다." 루이스가 그의 노트를 내려다보며 말했다. "여기에 NASA도 여러분의 후원자들 중 하나라고 적혀 있네요."

"맞습니다."

루이스는 고개를 저었다. "IBM은 이해가 갑니다만, NASA는 왜죠? 이 일에 어떤 관심을 가지고 있습니까?"

"흔히 묻는 질문입니다. NASA는 우리가 접촉하고 있는 대상보다 우리가 사용하고 있는 기술에 더 관심이 많습니다. 그들은 이 기술을 기반으로 언젠가 외계 지능과 소통하는 데에 사용하기를 바라고 있습니다. 만약 그들을 누군가를 찾는다면요, 말하자면."

"진짜로요?" 루이스는 정말로 깜짝 놀란 표정을 지었다.

프랭크는 물을 한 모금 마시고 고개를 끄덕였다. "네. 그들의 생각은 그겁니다. 우리가 같은 행성에 살고 있는 다른 종들과 의사소통하는 방법도 배우지 못한다면, 과연 외계인과 의사소통할 수 있는 가능성은 얼마나 있겠느냐는 거죠." 그는 어깨를 으쓱했다. "근본적인 접근법은 매우 비슷할 것입니다."

"그리고 박사님은 그 일을 하기 바로 직전에 있고요."

프랭크는 다시 미소를 지으며 조심스러운 몸짓으로 손을 들었다. "글쎄요, 직전이라고 말해야 할지는 잘 모르겠네요. 그렇지만 가까이 다가갔습니다. 6년 전에 말한 것보다 훨씬 더 가까이요. 하지만 아직도 해야할 일이 많이 남아 있습니다. 솔직히 말해서 아직도 매우 오래 기다려야할지도 모릅니다. 말했듯이, 지금부터는 컴퓨터에 달려 있으니까요."

"정말로 통역이 가능하다면, 무슨 말을 하실 건가요? 설마 물고기로 사는 게 어떤지 물어보진 않으시겠죠?" 청중이 웃음을 터뜨렸다.

"글쎄요, 바로 그걸 물어볼지도 모르죠." 프랭크가 미소를 지으며 말했다. "하지만 아닙니다. 그 문제는 우리가 어떻게 통역할 수 있는가에 달려 있을 겁니다. 돌고래는 지구상에서 두 번째로 똑똑한 동물이며, 인간을 제외하고 유일하게 자각하는 종입니다. 예를 들어, 수조 속에 거울을 넣으면, 돌고래는 실제로 스스로를 바라보고 심지어 자신의 신체를 살펴보기도 합니다. 돌고래는 그들 주위에 어떤 세상이 있다는 사실과 그 연관성을 이해하고 있기 때문에 대화 가능성의 깊이는 충격적일 겁니다."

루이스는 진짜로 흥미를 가지며 몸을 앞으로 당겼다. "박사님께 물어보겠습니다. 어느 수준의 통역이 가능해질지 모르겠지만, 그 단계에서 바라는 것은 무엇입니까? 다시 말해서, 몇 년이 걸리더라도 모든 것이 다 잘 진행된다면, 무엇을 알고 싶습니까?"

프랭크는 고개를 갸웃거리면서 그 질문에 대해 생각했다. "글쎄요, 무엇보다도 우선, 그들이 어떤 종인지 알고 싶을 겁니다. 그러니까 우리, 제 말은 인간으로서 알고 싶다는 겁니다. 지각 있는 한 존재로서 다른 존재를, 한 문명으로서 다른 문명을 말이죠."

"문명이요?"

"네." 그가 계속 말했다. "우리는 문명을 사회의 선진화된 상태로 정의합니다. 분명 돌고래들은 기술이나 산업을 가지고 있지는 않습니다만, 그들만의 통치 체제와 문화는 우리가 문명이라고 생각하는 핵심 요소들입니다. 인간과 마찬가지로 돌고래들도 사회적 생물이니까요. 우리는 그들이 큰 집단을 이루며 살아가고 행동한다는 사실을 알고 있습니다. 어떤 집단은 개체수가 수만에 이르기도 하죠. 하지만 정말 흥미로운 것은 문화라는 개념입니다. 다시 말하지만, 돌고래들은 다른 동물계와 비교했을 때 매우 영리합니다. 심지어 유머 감각까지 있으니까요."

앨리슨은 프랭크에게서 영업사원 기질이 나오는 것을 지켜보았다. 이것이 바로 그가 매년 자금 지원을 받는 방법이었다. 정말 타고난 사람이었다.

"우리는 돌고래들이 복잡한 언어를 가지고 있다는 것을 알고 있습니다. 하지만 상상해 보십시오… 돌고래들이 단순히 서로에게 뿐만 아니라, 자손 대대로 정보를 전달할 수 있는 능력을 가졌다면요. 우리는 혈통에 대해서, 진보적인 사고에 대해서 이야기할 수 있습니다. 그것이 바로 문화입니다!"

그 개념은 루이스의 뇌리를 떠나지 않았다. 그는 잠시 꼼짝 않고 앉아 있다가 입을 열었다. "와. 정말 흥분되는군요." 그는 손을 내밀었다. "박사님께 행운이 있기를 기원하고, 빨리 다시 만나기를 고대하겠습니다."

"감사합니다." 프랭크는 미소를 지으며 악수를 했다.

"지금까지 마이애미 시티 수족관 책임자이신," 루이스가 방송을 마무리하면서 말했다. "프랭크 뒤부아 박사님이었습니다."

"좋았어!" 켄이 TV의 소리를 다시 낮추었다. "어쩌면 이번엔 진짜로 큰 자금을 지원받을 수도 있겠어."

앨리슨은 손톱을 깨물며 미소를 지었다. *나쁘지 않았어,* 그녀는 생각했다. *정말 괜찮았어.*

6

패스파인더 호는 해양연구조사선이었다. 3천 톤도 채 되지 않지만 가득 실은 상태로 16노트의 속도를 낼 수 있었다. 1994년에 취역한 패스파인더 호는 해군에서 가장 현대적이고 성능이 뛰어난 과학 선박으로, 대서양 도처에서 실험을 수행하고 있었다. 클레이는 시코르스키 시호크 헬리콥터의 창문을 통해 높은 고도임에도 불구하고 하얀색 선체를 명확하게 볼 수 있었다. 패스파인더 호는 길이가 60미터나 되는 큰 배지만 연구 선단 내에서는 비교적 작은 편에 속했다. 그는 이 크기의 헬리콥터를 착륙시키려면 능숙한 솜씨가 필요하다는 걸 알았다.

헬리콥터는 비스듬히 선회하다가 점차 하강하기 시작했다. 클레이는 긴장을 풀고 머리 받침대에 머리를 기댔다. 옆 자리에서는 스티브 시저가 숙면을 취하고 있었는데, 거의 긴장증(정신 분열증으로 인해 오래 움직이지 못하는 증상) 상태처럼 보였다. 복무 초기에 배운 요령 중 하나가 '잘 수 있을 때 잠을 자둬라'였는데, 시저는 그 교훈을 마음 깊이 새긴 듯했다. 클레이는 그 시절에 종종 이런 농담을 하곤 했다. 시저는 진주만 폭격 와중에도 잠을 잤을 거라고.

클레이는 창문을 통해 헬리콥터가 해수면에 가까워지는 것을 지켜보았다. 몇 분 후 조종사는 수평 비행을 하며 마지막 일 킬로미터 정도를 해수면 30미터쯤 높이로 낮게 날은 덕분에 맑고 푸른 물 아래로 다양한 색깔의 물고기 떼를 볼 수 있었다. 그는 시저를 깨우고 안전벨트를 맸다.

헬리콥터는 속도를 늦추고 배의 검은색 착륙대 위에 머물면서 자리를 잡아 나갔다. 헬기 조종사는 파도에 따라 출렁거리는 배의 오르내림에 부응하면서 조금씩 하강시켰다. 마지막 일 미터 정도 남은 높이에서 헬기는 재빨리 내려앉았고, 착륙대 위에서 한 번 들썩거린 다음 착륙을 마쳤다. 해군 소위 한 명이 빠른 걸음으로 느릿느릿 회전하고 있는 날개깃 밑을 지나쳐오더니 문을 당겨 열었다. 재빨리 경례를 한 그는 소형 계단을 바깥쪽으로 펼쳐놓고 클레이와 시저에게 따라오도록 손짓을 했다.

그들은 가방을 들고 착륙장을 벗어나 갑판을 가로질렀다. 그리고 두 층계를 오른 후 하얀 철문을 열고 함교 안으로 들어섰다.

에머슨 선장은 두 사람이 안으로 들어서자 고개를 들었다.

에머슨은 활짝 웃으며 클레이에게 손을 내밀었다. "염병할 클레이, 어떻게 지냈나?"

"잘 지냈습니다, 루디. 낙원에서 지내시긴 어떻습니까?"

"나쁘진 않아. 2년 동안 긴 소매를 입은 기억이 없거든." 그가 미소를 지으며 말했다. 그는 시저에게 돌아보았다. "여기 이 친구는 누군가?"

"루디, 이쪽은 스티브 시저 중령입니다. 저와 같은 팀에서 일하고 있습니다."

에머슨은 시저와 악수를 나누고 그의 옷깃에 있는 작은 삼지창 핀을 쳐다보았다. "만나서 반갑네. 자네도 네이비실이었나?"

"반갑습니다, 선장님. 맞습니다, 얼마 전까지는요. 93년에는 소말리아에 있었습니다. 1년 뒤에 전출되었지만요."

"소말리아." 에머슨은 한숨을 쉬었다. "진짜 지옥 같은 곳이었지."

"네, 잘 아시네요. 그곳에서 전우 몇 명을 잃었죠."

에머슨은 얼굴을 찌푸리며 고개를 끄덕였다. "그래, 우리더러 망할 놈의 대서양을 뼈 빠지게 달려오도록 해서 자네들을 만나라고 한 이유가 대체 뭔가?"

클레이가 웃었다. 시저와 마찬가지로 에머슨 역시 오랜 해군 동료였다. 그는 나이 든 노련한 뱃사람들처럼 걸걸하고 거칠게 드러내 보이는 걸 커다란 즐거움으로 삼았지만, 그 속내까지 완전히 소화해내지는 못했다. 그럼에도 불구하고 에머슨은 그런 말투를 흉내내는 걸 재미있어 했다. 그는 해군의 해상수송사령부에서 가장 뛰어난 해양조사선 중 한 척의 선장으로서는 제격이었고 또 잘 수행해내고 있었다. 해상수송사령부의 주요 임무는 연료, 차량, 탄약, 보급품 등을 포함한, 광범위한 작전 지원을 제공하는 것이었다. 미국 해군 전체를 위한 지원 체계의 한 부분을 담당한 덕분에 에머슨은 군사력이 개입된 많은 사건에 대한 깊은 통찰력을 갖게 되었다.

클레이는 어깨를 으쓱했다. "단순한 신호 간섭 때문입니다. 그 문제를 빨리 잠재워야만 앨라배마 호가 다시 출항할 수 있으니까요. 운 좋게도 선장님이 가장 가까이 있었던 데다 신형 원격조종잠수정까지 탑재하고 있으니 딱 들어맞은 거죠."

"그래, 많은 배들 중 왜 하필 우리인지 납득이 가는군." 그는 한 장교에게 함교를 인계받으라는 신호를 보냈다. "자네도 트라이톤Ⅱ 무인탐사선이 맘에 들 거야. 연결선이 필요 없는 데다 초저주파수를 사용해서 탐사 범위가 우라지게 넓지."

"얼마나 깊이 내려가 봤습니까?" 시저가 물었다.

"1200미터쯤, 아마 더 될 수도 있고. 자세한 건 테이에게 물어봐야 하네. 그 친구가 선임 기술자니까."

클레이와 시저는 깊은 인상을 받았다. 연결선 없이 그만큼 내려갔다는 건 놀랄 만한 일이었다.

에머슨은 두 사람을 밖으로 안내하고 그들이 왔던 길을 되돌아갔다. 층계의 맨 아랫단에서 한 여성 장교가 멈춰 서서 경례를 했다. 선장은 걸음을 늦추지 않고 재빨리 경례에 답했다. 그는 곁눈질로 두 사람이 눈빛을 교환하는 것을 보고 묻지도 않았는데 답을 했다. "여군 장교 여섯 명이 타고 있네. 숙소뿐 아니라 모든 것을 분리해서 준비하는 게 귀찮기는 하지만, 그만한 가치는 있더군. 이들을 승선시킨 후로 전문성이 높아지고 있으니까, 일반인들의 생각과는 반대로 말이야." 그는 몸을 수그리며 출입문을 건너갔고, 왼쪽으로 돌아서 조리실로 들어갔다. "커피?" 그가 커피포트를 집어든 다음, 가지런히 쌓아놓은 머그잔 더미에서 하나를 고르며 물었다.

두 사람 모두 끄덕이면서 차례로 잔을 받았다.

"그래, 어떤 신호 간섭이기에 자네들이 여기까지 온 건가?"

클레이는 어깨를 으쓱했다. "확실하진 않습니다. 그리 심각한 건 아니고, 아마도 토양 속에 있는 함량 높은 철 때문에 일어난 단순한 신호 간섭 같습니다. 그래서 샘플을 채취한 다음 분석해보려고 하는 거죠." 그는 머그잔을 들고 조금 마셨다. "뭔가 확실한 물증을 찾아내지 못하면, 다시 나와서 구식 잠수정을 타고 현장을 조사해야 할 수도 있고요."

시저는 에머슨을 쳐다보았다. "선장님, 말이 나온 김에, 패스파인더 호의 시스템 기록을 받아서 그 잠수함의 기록과 비교해 봤으면 합니다. 또, 광물 농도가 높은 그 지역에 근접할 경우 문제가 될 가능성이 있기 때문에 저희가 이곳에 있는 동안 해상 선박도 통제해주셨으면 합니다."

"알겠네." 에머슨이 고개를 끄덕이고 시계를 보았다. "배의 후미로 가세나. 테이와 대원들이 트라이톤의 진수 준비를 하고 있네. 자네들이 말한 그 좌표까지는 몇 분이면 도달할 거야."

배의 고물에 도착한 클레이와 시저는 대원 몇 명이 트라이톤II를 천천히 들어 올려 갑판 위에 내려놓는 모습을 지켜보았다. 이 기종은 해군의 이전 원격조종 무인잠수정에 비해 눈에 띄는 변화가 있었다. 기존의 튜

브형 디자인과 달리, 트라이톤은 투명한 구체를 중심으로 제작된 잠수정으로 U자형에 가까웠다. 여러 개의 모터들과 안정판들이 뒷면에 부착되어 있음에도 불구하고, 전체 형태는 다른 기종들보다 훨씬 둥글었다. 전통적인 잠수함 설계와 달리, 구체 또는 공 형태는 하강할 때 모든 면에서 완벽한 압력을 유지했는데, 실질적으로도 그 잠수정은 깊이 들어갈수록 더욱 견고해졌다. 트라이톤을 그러한 모양으로 설계한 덕분에, 이전의 튜브 형태에서 요구되었던 선체 강도를 높이기 위한 특별한 노력 없이도 더 깊은 수심에 도달할 수 있었다. 물론 그 대가는 속도였다. 클레이는 이동하는 동안 더 많은 표면적이 물에 닿으므로 트라이톤이 구형 모델보다 25% 정도는 더 느릴 거라고 추측했다. 그럼에도 불구하고 배 한 척에 마치 탯줄처럼 사용되는 수천 미터나 되는 두꺼운 연결 케이블을 싣지 않고도 더 깊은 수심 한계라는 이점이 있으므로 왜 트라이톤II가 그렇게 인기 있는지 알 수 있었다.

에드윈 테이는 중국계로 30대 후반으로 보였다. 다른 대원들보다는 키가 작았지만 확실하게 지휘를 하고 있었다. 그가 흐름이 끊어지지 않도록 지속적으로 지시를 내리는 동안, 탐사선은 길고 두꺼운 관절형 로봇 팔에 매달려 물 위로 부드럽게 이동했다. 그가 한 대원에게 그 자리에 고정시키라는 몸짓을 하자 엔진의 웅웅거리는 소리가 사라졌고 잠수정도 천천히 움직이다가 멈췄다. 에머슨은 그의 주의를 끌고 손을 흔들었다.

"테이, 존 클레이 중령과 스티브 시저 중령을 소개하지. 워싱턴에 있는 해군수사대 전자/신호 팀에서 온 친구들이네."

테이가 그들과 악수를 나누었다. "승선을 환영합니다. 우리의 신형 탐사선으로 재미 좀 보려고 왔다면서요."

클레이는 웃었다. "재미가 없을까봐 걱정입니다. 갖고 갈 토양 표본만 필요할 뿐이라서요. 우리한테 행운이 따르나 봅니다. 당신 같은 전문가가 이곳에 계신 데다 신형 탐사선도 있으니까요."

테이는 공중에서 매달린 채 좌우로 약간씩 흔들리고 있는 잠수정을 돌아보았다. "네, 정말 잘 멋진 물건이죠. 배터리 수명이 조금 제한적이긴 하지만, 향후 기종에서는 개선될 겁니다. 그럼에도 불구하고 이 탐사선을 1300미터까지 내려보내는 데에는 별 문제 없었습니다. 게다가 케이블 TV만큼 선명한 사진도 보내왔죠." 그는 한쪽 눈을 깜박이며 말했다.

"볼수록 괜찮은 잠수정이네요." 시저가 대답했다.

테이는 이마를 닦았다. "아직 점검이 좀 필요하지만, 15분 내로 진수 준비를 마칠 수 있을 겁니다. 그 동안 저희 조리실을 둘러보셔도 됩니다. 꽤 괜찮거든요. 혹시 배가 고프시다면요."

클레이가 배에 손을 갖다 댔다. "좋은 생각이네요."

"그럼 가서 요기 좀 하자고." 에미슨이 말하면서 그들이 왔던 쪽으로 고갯짓을 했다. "어차피 점심때도 다 되었으니까."

* * * * *

에머슨 선장은 모자를 벗고 앞이마를 긁었다. 백발의 머리는 일반적인 군인들이 많이 하는 모양새로 짧게 다듬어져 있었다. 그는 옆 좌석에 모자를 내려놓고 두 잔째 커피를 마신 후 말했다. "이 문제를 해결하라는 압박을 꽤 받고 있지, 안 그런가? 내가 확신하는데 워싱턴에선 저 많은 승조원과 잠수함이 한가로이 부둣가에 눌러앉아 있는 걸 좋아하지 않을 거야. 비용이 얼만데, 하루에 100만 달러쯤 되나?"

"실제로는 140만이에요." 클레이가 씁쓸한 표정을 지었다.

에머슨은 얼굴을 찌푸렸다. "랭포드가 자네들을 잘 받쳐주고 있는지 모르겠군."

"그분이야 무척 잘해 주시죠." 클레이는 시저가 돼지갈비를 한 입 베어 먹은 다음 놀란 표정을 짓는 걸 보며 말했다. 음식은 훌륭했다. "하지만 밀러가 비용 문제를 가지고 랭포드 제독을 일일이 간섭하고 있는 상황이라, 그분도 절차를 주장하며 시간을 오래 끌 수는 없을 겁니다. 그 숫자를 몇 번이나 확실히 언급했거든요." 클레이는 머그잔으로 손을 뻗었다. "제 생각엔 이곳에서 이상 징후를 보고 있다는 의심이 들긴 하지만, 저희는 규칙을 따라야 합니다. 잠수함이나 인공위성에서 아무런 이상이 발견되지 않았다는 건, 즉 현장 조사를 해야 한다는 뜻입니다. 만약 토양 속에 철이나 다른 미네랄 농도가 높다는 것을 발견하면, 과학적 실험과 상호 검토가 필요하다는 의견을 담은 보고서를 제출할 필요가 있습니다. 그러면 몇 년 동안 답을 얻지 못할 수도 있어요."

에머슨은 고개를 끄덕였다. "어떤 이론이든지 결론을 내리면, 그들은 바로 다음날이라도 출항을 시킬 걸. 실험을 통해 뭔가 증명되기 전까지는 할 수 있는 일이 아무것도 없을 테니까."

클레이는 샐러드를 한 입 먹었다. "연구 활동에서는 뭐 흥미로운 게 있습니까?"

에머슨은 고개를 저었다. "어떻게 돌아가는 건지 프로젝트마다 점점 더 상업화되고 가고 있어. 기업들이 워싱턴에 있는 동조자들과 함께 '국가 안보를 위하여'라는 기치를 대대적으로 내세우면서 모든 일에 추진하고 있어. 에너지와 관련된 것, 특히 검은 액체류는 뭐든지 간에 국가 안보 차원으로 고려해야 한다면서 말이야. 지난 몇 년 동안 우리가 추진한 프로젝트 대부분은 해양 연구를 얄팍하게 가장한 토양과 시추 샘플들을 얻는 일이었는데, 이는 사실 대기업들이 새로운 석유 매장지를 찾고 있다는 걸 뜻해." 그는 화를 감추지 못하고 의자 뒤로 몸을 기대었다. "한마디로, 기업들이 정부를 배후에서 조종하는 꼭두각시 주인이 된 셈이지." 에머슨은 무겁게 숨을 내쉬었다. "지금은 우리가 처음 몸담았을 때의 해군 모습이 아니야."

"동감입니다." 시저는 마지막 한 모금을 삼키며 말했다. "더 이상 모험심은 없고 그냥 직업일 따름이죠."

에머슨은 웃었다. "어쩌면 우리의 좌우명을 뒤바꿔야 할 때인지도 모르지." 그는 다시 앞으로 몸을 숙이고 포크를 집어 들었다. "내 말을 오해하지는 말게, 그래도 연구 분야에서는 아직도 흥미로운 일들이 벌어지고 있으니까. 이번 신형 트라이톤처럼 향상된 시스템으로 더 깊이 탐색할 수 있는 능력은 상당한 흥미를 자아내고 있거든. 우리가 탐지할 수 있는 정밀도 덕분에 해군에서는 현장에 있는 수중 센서들과 신호를 주고받아서 모든 실시간 데이터 변화를 즉각적으로 반영할 수 있는, 일종의 살아 있는 지도를 개발하겠다는 구상을 하고 있어. 아주 놀라울 일이지."

"흥미롭게 들리네요." 시저는 물 잔을 비웠다. "그것을 무기화하는 데에 얼마나 많은 돈을 쓸지 궁금합니다."

에머슨은 다시 격하게 웃었다. "나는 자네가 마음에 들어, 시저. 냉소적인 친구일세. 그래, 클레이랑은 어떻게 엮이게 되었나?"

그는 클레이에게 미소를 지으면서 대답했다. "저희는 네이비실 훈련소에서 만났습니다, 89년도일 겁니다. 그러고 나서 클레이는 얼마 후에 쫓겨나고 말았죠. 그때 왜 그랬지?" 그가 농담 삼아 물었다. "여자 속옷을 입은 것 때문이었던가?"

클레이는 씩 웃었다. "무릎이 안 좋았어."

"그랬던가. 어쨌든 이 친구는 네이비실에 있던 옛 대원들 몇 명과 함께 정보 요원으로 일하게 되었고, 우리는 그가 해군수사대로 갈 때까지 몇 년 동안 가끔씩 함께 일했었죠. 계속 연락은 취하고 있었는데 어느 날 그가 자기 팀에 합류할 사람을 찾고 있다고 말하더군요."

"그래서 워싱턴으로 갔군." 에머슨은 이런 옛이야기가 분명 즐거운 모양이었다.

"어쩔 수 없었죠." 그가 어깨를 으쓱했다. "이 친구가 제 비밀을 너무 많이 알고 있거든요."

"애처로웠죠." 클레이가 덧붙였다. "모든 사람이 스티브의 추문을 알고 있었으니까요."

"어쨌든, 네이비실에서 시작해서 전자기술 전문가가 되다니. 나름 성공했구만." 에머슨이 말했다.

"이래 봬도, 클레이처럼 저도 네이비실에 들어가기 전에는 과학 분야에 몸담고 있었습니다."

선장은 고개를 끄덕였다. "우리가 전에 만난 적 없다는 게 신기하군. 클레이가 전자/신호팀을 사칭해서 내 배를 납치한 게 이번이 처음이 아니거든."

"아, 지난번은," 클레이는 뭔가 골똘히 생각하면서 시저에서 고개를 끄덕였다. "이 친구 결혼식 때문이었어요…, 몇 번째 결혼식이었지?"

"항구마다 애인이 있는 게 확실하군." 에머슨은 시계를 보았다. "준비가 거의 다 되었을 거야. 함교로 가기 전에 통신실에 데려다주지."

통신실은 패스파인더 호의 본부 역할을 했고, 그곳에서 연구 대부분이 이루어졌다. 각종 장비들이 빼곡한 그곳은 생각했던 것보다 널찍했고 먼지 하나 없이 깨끗했다. 이는 에머슨이 대원들을 바짝 다잡으며 능숙하게 운영하고 있다는 암시였다. 그들은 머리를 살짝 숙이며 통신실 안으로 들어섰다. 대원들 몇 명이 근무하고 있었고, 한 명은 탐사선의 원격 조종을 위한 제어반처럼 보이는 곳에 앉아 있었다. 테이는 앉아 있는 그 대원 뒤에서 일부 장비들을 살펴보고 있었다. 그는 재빨리 똑바로 선 자세를 취했고, 에머슨은 고개를 끄덕인 다음 다시 함교로 향했다.

"두 분 준비되셨나요? 점검은 다 마쳤습니다." 테이는 작은 창문을 내다보았다. "얼마나 많은 샘플이 필요한지에 달려 있겠지만 해가 질 때까지 시간은 충분한 것 같네요." 그는 옆에 있는 대원들 중 한 명에게 손짓했다. "저분들에게 자리를 마련해주게, 피트."

클레이와 시저는 자리에 앉은 다음 모니터들을 잘 볼 수 있도록 앞쪽으로 의자를 당겼다. 두 대의 모니터는 각각 다른 동영상이 보여주고 있었는데, 하나는 금속 팔에 매달린 채 흔들리고 있는 탐사선의 외부 모습을, 다른 하나는 트라이톤의 투명한 둥근 덮개 너머로 보이는 전망을 보여주고 있었다. 잠수정의 강화 유리 때문에 왜곡되어 보이는 잔잔한 파도가 전면의 덮개에 부딪치는 모습이 보였다.

"좋아, 모든 시스템 이상 없나?" 테이가 통신실을 빙 둘러보며 물었다. 모든 대원들이 각자의 장비 앞에서 몸을 돌리고 고개를 끄덕였다. "넵."

"좋아, 낙하." 그가 소리쳤다.

제어반 좌석에 앉아 있던 승조원이 크롬 손잡이를 잡고 단호하게 잡아당겼다. 모든 시선이 첫 번째 모니터로 쏠렸고 잠수정이 강철 팔에서 분리되며 바로 아래 물속으로 일 미터 가까이 가라앉는 장면을 지켜보았다. 테이는 미소를 지으며 두 방문객을 돌아보았다. "연결선이 달린 탐사선은 이때가 고비였죠."

두 번째 모니터는 수면 아래로 거의 절반쯤 잠긴 트라이톤의 투명한 둥근 덮개 너머로 바닷물이 철벅거리는 모습을 보여주었다.

"모든 데이터를 화면에 띄워." 잠시 후 다른 모니터들이 켜지며 다양한 통계 자료들과 그래프들이 나타났다. 가장 큰 모니터에는 탐사선의 아홉 개 모터 각각에 대한 배터리 충전 정보와 그래프가 나타났다. 각 그래프에는 개별 모터의 전류와 분당 회전수가 열거되면서 인상적인 분석

자료를 제공했다. "괜찮아 보이는군."

제어반 앞에 앉은 짐 라이트풋이 커다란 조종간을 움켜쥐고 부드럽게 비틀었다. 탐사선이 오른쪽으로 비스듬히 주행하면서 배에서 멀어지기 시작했다.

"좋아." 테이가 몸을 바로 세우며 말했다. "잠수함에 문제가 생겼을 때 수심은 얼마였습니까?"

"570미터."

"좋아, 라이티." 그는 동료의 어깨를 토닥이며 말했다. "이제 탐사선을 내려보내자고."

부드럽게 앞으로 나아가던 트라이톤의 시야는 수면 아래로 미끄러져 내려가자 선명해졌다. 물은 수정처럼 맑았지만 탐사선이 바다 깊숙이 내려갈수록 점점 검푸르게 변했다.

"전속력으로."

라이트풋은 조종간을 앞으로 죽 밀었고, 탐사선이 가속을 할수록 물속을 떠다니던 작은 입자들이 점점 빠르게 지나쳤다. 클레이는 고개를 들고 모터의 분당회전수가 올라가는 것을 지켜보았다.

"전조등을 켜." 테이가 말했다. 트라이톤 전면의 엘이디(LED) 조명등이 켜지자 갈수록 어두워지던 물속에 즉시 하얀 빛의 터널이 생겨났다.

시저와 클레이는 서로를 바라보며 감명 받은 표정을 지었다.

"30미터 통과." 한 승조원이 소리쳤다.

"그러니까 두 분은 토양 속 금속 침전물이 잠수함의 장비에 영향을 끼쳤다고 생각하시는 겁니까?"

"이론적으로는요. 그 지역의 자력이 강한 것 같습니다. 그곳 토양의 광물 함량이 높을 경우 영향을 미쳤을 수도 있습니다."

"엄청난 부자가 되려면, 생각 좀 해봐야겠네요." 테이가 화면을 돌아보며 말했다. "어쩌면 우리가 권리를 주장하고 채굴을 시작할지도 모르니까요." 그가 활짝 웃으며 말했다.

클레이도 웃음으로 응답했다. 그는 그러한 발견의 상업적 가능성 측면은 고려해보지 않았다. 잠수함의 신호를 방해할 정도면 토양의 광물 함량이 놀랄 만큼 높아야 할 것이고, 그 정도 밀도를 가진 토양이라면 광산 업체들에게는 매우 매력적일 수도 있다.

"혹시 모르죠," 테이가 말했다. "두 분이 오래된 삼각지대의 수수께끼를 지금 막 푼 걸지도."

또는 수천 개의 광산 굴착 장비들로 카리브 해를 지저분하게 만들지도 모르지, 라고 클레이는 생각했다.

"100미터 통과."

화면 속 영상은 트라이톤 유리창 바로 앞의 흰 빛 외에는 아무것도 보이지 않았다. 마치 검은 물의 고리에 둘러싸인 것 같았다. 물속의 입자들은 이제 휙휙 지나쳐 갔고, 점보다는 선처럼 보였다. 클레이는 옛날 공상과학 영화에서 봤던, 별들이 지나쳐 가는 특수효과를 잠깐 떠올렸다.

"트라이톤에 들어 있는 배터리의 물리적 범위는 어느 정도인가요?" 시저가 물었다.

"속도에 따라 다릅니다." 테이가 대답했다. "우리가 계획한 속도와 깊이라면, 대략 10제곱킬로미터의 면적을 탐사한 후에 배로 돌아올 정도는 될 겁니다."

"200미터 통과."

"두 분이 또 알아야 할 것은 6 내지 7인치 깊이까지만 토양을 파낼 수 있다는 사실입니다. 우리가 가진 건 단지—" 테이는 모니터 화면의 전파 방해를 눈치채고 말을 멈추었다. "이상하네요. 이 정도 수심에서는 전파 방해를 받은 적이 없는데." 그는 눈을 떼지 않고 고개를 갸우뚱했다. "이

걸 녹화해둬." 그가 소리쳤다. 뒤쪽에서 한 승조원이 키보드를 두드렸고, 또 다른 모니터에 트라이톤의 동영상 자료 복사본이 보이기 시작했다. 오른쪽 상단에 나타난 빨간색 원 모양이 녹화가 진행 중임을 알려주고 있었다.

"300미터 통과."

전파 방해가 눈에 띄게 심해지자, 클레이는 어렸을 때 사용하던 옛날 안테나 수신 TV가 생각났다. 흰 반점이 빠르게 화면을 뒤덮고 있었다.

"속도를 줄여." 테이가 주의를 주었다.

라이트풋은 조종간을 천천히 뒤로 당겼다.

"400미터 통과."

"속도를 줄이라고!" 테이가 소리를 질렀다.

"노력 중입니다." 라이트풋이 대답했다. 그는 조종간을 끝까지 잡아당겼다. 속도 변화는 전혀 눈에 띄지 않았다. 입자들은 여전히 날아가듯 지나쳤고, 더욱 심해진 전파 방해로 인해 그마저도 잘 보이지도 않게 되었다. 이제 그것들은 거의 보이지 않았다.

"방향을 틀어봐!"

라이트풋은 급강하하는 트라이톤의 방향을 돌리려고 조종간을 틀었다. 화면이 약간 움직였다.

"조종이 되질 않습니다!" 라이트풋이 외쳤다

그는 조종간을 오른쪽 끝까지 힘껏 밀었다. 탐사선은 아래로 향하는 경로로 계속 나아갔다. 조종간을 다시 왼쪽으로 밀어붙였다. "아무런 반응이 없습니다!"

"신호가 끊기기 전에 부력을 높여!" 테이는 다급하게 라이트풋을 밀치고 제어반의 버튼 하나를 손으로 내리쳤다.

잠시 후, 화면 속 영상은 검게 변했다. 전파 방해는 사라졌다. 신호도 함께.

긴 침묵이 흐른 뒤 테이가 말했다. "젠장." 그는 한숨을 쉬며 이마를 문질렀다. "수중 음파 탐지기로 추적해 보고 어디에 떨어졌는지 찾아봐. 운이 좋으면 부력 탱크를 비웠으니 위로 떠오를 거야." 그는 뒤로 물러서서 반대편 벽에 놓인 책상에 기대었다. 잠시 생각을 한 후 클레이에게 돌아섰다. "만약 탐사선이 올라오지 않으면, 유선 탐사선이 있는 다른 배를 불러야 할 겁니다."

"얼마나 걸릴까요?"

"다른 배가 얼마나 멀리 있느냐에 달렸습니다. 아마 며칠은 걸릴 겁니다. 두 분이 머물 공간은 충분하니까, 며칠 더 계셔도 됩니다."

"감사합니다." 클레이가 통신실을 둘러보았다. "배에서 육지로 통화할 수 있는 전화가 있습니까?"

"있습니다." 라이트풋이 일어서며 대답했다. "제가 안내해 드리죠."

시저는 얼굴을 찌푸리고 그들이 나가는 것을 지켜보았다.

3일 더. 그 통화는 랭포드 제독에겐 분명 달갑지 않았을 것이다.

테이는 시저에게 돌아섰다. "음, 정말 저 아래에 뭐가 있는 게 확실하군요." 그는 아무것도 보이지 않는 모니터를 돌아보았다. "트라이톤은 3 헤르츠의 초저주파수를 사용합니다. 주변에 있는 어떤 것에도 거의 영향을 받지 않는다는 뜻이죠. 처리해야 할 문제가 뭔지 모르겠지만, 그건 광물 퇴적층이 아닙니다."

7

앨리슨은 차가운 콜라를 손에 들고 어두운 복도를 따라 걸었다. 그녀는 탄산음료를 좋아하지 않았지만 카페인이 필요했다. 시계를 보니 자정 무렵이었고 특히 지난 며칠 밤을 사무실에서 잠을 잔 탓인지 집이 그립다는 생각이 들었다. 앨리슨이 실험실에 들어섰을 때, 리는 책상 앞에 앉아서 서버랙들 안에 놓인 서버들과, 그것들의 반짝거리는 수많은 녹색 불빛들이 어두운 벽을 부드럽게 밝히고 있는 모습을 바라보고 있었다.

"아직까지 여기 계신 줄 몰랐어요." 그녀가 의자를 당기고 옆에 앉으면서 말했다.

그는 고개를 돌리지 않고 웃었다. "이젠 정말로 집에 가야겠어. 완전히 지쳤어."

"왜 안 가셨는데요?"

그는 히죽 웃으며 그녀를 바라보았다. "그러는 자기는 왜 안 갔어?"

"전 그냥 서버가 무얼 하고 있나 보고 싶어서요." 그녀는 장난스럽게 말했다.

"오래 걸릴 거야, 앨리." 그는 서버들을 돌아보며 말했다. "서버들이 뭔가 내놓으려면 몇 년이 걸릴 수도 있어. 어쩌면 아무것도 안 내놓을지도 몰라." 그는 눈을 크게 뜨며 피곤을 쫓으려고 애썼다. "하지만 나도 자네랑 같은 심정이야, 너무 흥분돼서 집에 갈 수가 없었어. 그래서 여기 앉아 저것이 일하는 걸 지켜보고 있는 중이야… 잘 모르겠어… 중독됐나 봐."

'저것'이란, 그의 책상 위에 있는 커다란 평면 모니터를 뜻했다. 그 화면에는 100대 이상의 서버들로부터 나온 집합적인 결과가 지속적으로 표시되고 있었다. 화면 위쪽 절반에는 스프레드시트 프로그램에서 볼 수 있는 도표처럼 아래에서 위쪽으로 길게 늘어선 수십 개의 들쭉날쭉한 선들이 있었다. 그 선들은 지난 4년 동안 하루 24시간 연속해서 기록되고 있는 기초 데이터를 나타냈다. 주파수, 흡착음 주기, 음조, 영상 등등. 그 선들은 시스템이 데이터의 흐름과 엄청난 양의 개별 정보 단위 사이의 연관성을 찾아 헤매는 동안 수직으로 오르락내리락했다.

리는 벽을 따라 바라보다가 마지막 서버랙에서 멈추었다. 그곳에 있는 시스템은 눈에 띄게 다른 모습이었고, 불빛들도 훨씬 적었다. 다른 서버들과는 달리 이 불빛들은 정확히 동시에 깜박거렸다. 그 서버랙 안에는 데이터 자체, 즉 수천 테라바이트에 이르는 방대한 자료들뿐 아니라 거의 무한에 가까운 변수들이 담겨 있었고, 그 모든 것들을 IMIS가 열심히, 꼼꼼하게 살피며 추려내고 있었다.

앨리슨은 리의 마음속에 이 장비가 특별하게 자리잡은 것을 알고 있었다. 그는 처음부터 IBM과 협력해서 설치 작업을 진행한 데다, 지금 모든 데이터를 처리하고 있는 인공지능 소프트웨어를 설계하는 프로그래밍 팀의 일원이기도 했다. 또한 그는 전문가답게 상상할 수 있는 모든 시각에서 더크와 샐리의 움직임과 신체 각도를 녹화할 수 있도록 거대한 수조 주변에 있는 모든 디지털 카메라와 녹화 장치들을 전략적으로 배치했다. IMIS, 그 시스템이 지금 다른 모든 정보들과 함께 녹화 장면들을 프레임별로 검토하고 있었다. 해양생물학자인 그녀로서는 이 기계들의 지능이 어떻게 작용하는지는 능력 밖의 일이었다. 그러나 리는 누구보다 영리했고, 알고리즘을 시험하는 데 수천 시간을 소비했다. 그녀는 만약 실패하더라도 누군가의 노력이 부족해서 그런 것이 아니라는 걸 알았다.

사실, 그녀가 가장 두려워하는 것은, 아니 그들이 가장 두려워하는 것은 IMIS가 무언가를 발견하기 전에 은퇴하거나 죽는 것이었다.

그녀는 리와 함께 모니터 화면을 바라보며 돌고래들 사진들이 한 장씩 잠깐 나타났다가 휙 사라지는 모습을 지켜보았다. 화면 아래쪽에서는 그 사진들에 대한 정보들이 춤을 추듯 움직이고 있었다.

"뭔가 볼 수 있을 거라고 생각하세요?" 그녀가 팔짱을 낀 팔에 턱을 내리면서 물었다.

잠시 후 그는 한숨을 쉬었다. "잘 모르겠어. 진짜 그랬으면 좋겠어." 그가 그녀에게 한쪽 눈을 깜박거렸다. "설령 안 되더라도, 정말 멋진 경험이잖아, 안 그래?"

"물론이죠." 그녀는 그의 팔을 부드럽게 토닥였다. "집으로 들어가세요. 집에 있는 침대에서 잘 때가 되었잖아요. 게다가 당신 아내가 여기 와서 우리를 썹는 건 원치 않거든요."

리는 씨익 웃으며 일어섰다. "알았어, 그런 일은 걱정 안 해도 돼. 나를 믿으라고."

* * * * *

앨리슨은 자신의 차에 앉아서 리가 차를 몰고 가는 것을 지켜보았다. 머리 위 가로등 불빛이 그녀의 작은 시보레를 노랗게 물들이는 가운데, 그녀는 건물 너머의 어두운 바다를 바라보았다. 몇 년 동안 이런 날을 꿈꿔왔는데, 막상 그날이 가까워오자 죽을 만큼 겁이 났다. 그동안 연구하고 계획하고 기록하면서 보낸 수만 시간은 모두 이 순간에 도달하기 위한 노력이었다. 바로 제 2단계. 그녀는 이번 단계가 그들이 했던 모든 일 중에서도 가장 미지의 국면이라는 것을 알았다. 정보를 모으는 일이 아니라, 실제로 그것을 통역하는 일이니까. 리의 말이 옳았다. 이것은 가능성이 희박한 모험이었다. 잠재적인 제약이 있을 수밖에 없는 인간의 논리로 만든 뭔가를 이용해서 그 중 하나라도 해독하는 게 가능하기나 한지 알 길이 없었다.

앨리슨은 그 사실을 깨달았다. 처음부터 이번 단계를 두려워해온 나머지, 그것을 모른 척 무시하고 그 전 단계에 모든 걸 집중함으로써 그 두려움을 애써 억눌러왔다는 사실을. 실패를 하면 어떡하지? 지난 6년의 시간이 완전한 낭비였고, 이렇게 멀리까지 와서 겨우 찾아낸 게 넘지 못할 벽과, 그들의 수집한 자료를 가지고 머리인지 꼬리인지도 구별하지 못하는 덩치만 큰 컴퓨터 시스템뿐이라면 어떡하지? 자료가 잘못 수집되었다면 어떡하지? 가장 중요한 조각 하나, 전혀 생각지 못한 무언가를 놓쳤으면 어떡하지?

앨리슨은 좌석에 기대어 눈을 감았다. 하느님, 제발 이 일이 잘 풀릴 수 있도록 도와주세요. 제발 제가 아무것도 모른 채 그냥 죽게 내버려두지 마세요.

 8

남극의 11월은 너그럽지 않았다. 대륙 내부의 해발 3킬로미터 상공 온도는 영하 130도에 달했다. 핼리 연구소는 론 빙붕(남극 대륙 웨델 해에 면한 빙붕. 빙붕은 남극 대륙의 얼음이 빙하를 타고 흘러 내려와 바다 위로 퍼지며 300~1,000m 두께로 평평하게 얼어붙은 것을 말한다)의 남쪽 끝 부근에 위치해 있었고, 지구상에서 가장 극심한 기후 조사를 위한 연구의 전진 기지 역할을 했다. 미국과 유럽이 공동으로 운영하는 이 연구소는 연구를 수행하는 다양한 팀들이 연중 이용하는데, 대부분은 지난 수천 년에 걸친 기후 온난화의 변화를 측정하고 있었다. 얼어붙은 땅에서 시추한 얼음 견본에서 얻어낸 증거는 사람들을 당황하게 만들었다. 즉 지구는 지금까지 기록된 어떤 자연적 주기보다 빠르게 따뜻해지고 있었다. 원인과 영향에 관한 학설과 이론이 무엇이든 간에, 결과는 논란의 여지가 없었다. 대기는 점점 따뜻해지고 있고 얼음 대륙은 녹고 있었다.

레오 토빈과 게일 프리스는 핼리 연구소에서 멀리 떨어진 야영 기지에서 3주 더 연구를 진행하게 되었다. 그들은 연구를 마치고 남은 시간 대부분을 전초기지의 작은 콘크리트 구조물 안에서 서로 바짝 붙어 앉아 자료를 편집하면서 보냈다. 습관적으로 남은 연료의 눈금을 확인하면서. 새벽 2시, 그들은 각자의 간이침대에 누워 있었다. 과연 살아서 내일을 볼 수 있을까 하는 의문을 품을 만한 소음 속에서도 잠을 자는 게 익숙해진 지 오래였다. 그들은 특별히 제작된 담요를 목까지 덮고 있었다. 레오의 머리는 양털 담요 바깥으로 나와 있었지만, 게일은 두꺼운 담요 아래에 몸을 완전히 감추고 있었다. 담요가 위아래로 천천히 들썩거리는 것은 게일이 아직 그 안에 있다는 유일한 증거였다.

꾸미지 않은 회색 벽에는 다양한 도구들, 옷가지, 그릇과 냄비, 보잘것 없는 주거용품들이 걸려 있었다. 문에서 가장 먼 구석에는 대형 난방기 구와 책상 하나가 놓여 있었고, 그 위에는 극한 조건에서도 작동하도록 설계된 2대의 노트북과 손으로 쓴 문서들이 쌓여 있었다. '화장실' 이라 고 쓰인 두 번째 문은 굳게 닫힌 채 바깥의 울부짖는 바람 소리와, 그들 의 콘크리트 벽에 대한 끊임없는 맹공격을 조금이나마 막아내고 있었다.

처음에는 낯선 우르릉 소리가 바깥의 바람 소리 때문에 묻혀버렸지만, 그 소리가 점점 커지면서 사방에 있는 장비들의 덜컹거리는 소리도 따라 서 점점 더 커졌다. 주거지의 벽이 격렬하게 흔들리기 시작하면서 냄비들 몇 개가 바닥에 떨어졌다. 노트북 한 대도 흔들거리며 움직이다가 책상 아래로 떨어지면서 양동이와 부딪힌 다음 바닥에 나동그라졌다. 천둥이 치는 듯한 굉음은 귀청이 터질 정도로 커졌다.

레오는 잠이 덜 깬 상태에서 간이침대에서 벌떡 일어났고 넘어지지 않 기 위해 아무거나 붙잡았다. 그가 고개를 돌린 순간 게일의 몸이 침대에 서 바닥으로 굴러 떨어지는 것이 보였다. 그는 손을 뻗어 그녀의 팔을 붙 잡고 담요에서 벗어나려고 몸부림치는 그녀를 끌어당겼다. 지진이었다!

서로 부둥켜안은 그들은 간신히 구석으로 몸을 피하고 머리를 보호했 다. 작은 건물이 좌우로 무시무시하게 흔들리는 동시에 모든 사물들이 그들 주위로 떨어지고 있는 것처럼 보였다. 레오는 게일의 두꺼운 담요를 움켜쥐고 자신들을 둘둘 감쌌다. 담요 아래에서 그들은 자신도 모르게 건물이 버티어주기를 기도했다. 그는 고개를 숙이고 게일을 꼭 껴안았다.

* * * * *

지진은 2분도 채 지속되지 않았지만 바람은 5시간이나 지나서야 잦아들었다. 오전 7시, 바람이 시속 15킬로미터의 완만한 속도로 잦아든 사이 굳게 닫힌 채 버티고 있던 핼리 전초기지의 두꺼운 철문이 활짝 열렸다. 레오와 게일 두 사람은 안전복 차림으로 밖으로 걸어 나왔고, 태양을 다시 보고는 너무나 기뻐했다. 그들이 남극에서 보낸 모든 시간 가운데 가장 죽음에 가까이 다가간 순간이었다. 벽에 작은 구멍 하나라도 뚫렸더라면 바람이 남김없이 쓸어 가버렸을 것이다.

그들은 얼음으로 뒤덮인 불모지대를 둘러보았다. 볼 수 있는 한 최대한 멀리까지. 레오는 송신탑을 올려다보고 눈살을 찌푸렸다. 탑은 멀쩡한 상태였지만 내부에 있던 단파 송신기가 부서졌다. 다행히 예비 통신선은 손상되지 않았다. 그는 웃옷 주머니에서 위성 전화기를 꺼내고 긴 안테나를 잡아 뺐다.

레오가 전화를 걸기 위해 장갑을 벗는 사이, 게일은 스노모빌들이 있는 곳으로 걸어갔다. 한 대가 옆으로 넘어지긴 했지만, 두 대 모두 손상되지는 않은 것처럼 보였다. 커다란 디젤 연료 탱크를 보관하고 있던 작은 창고는 용케 잘 버티고 있었고, 큰 창고도 마찬가지였다. 그녀는 몸을 돌려가며 전체적으로 살펴보았다. 거처 안이 엉망인 것 외에는 모든 것이 이상하리만치 정상인 것처럼 보였다.

"맥머도 본부, 핼리 캠프에 있는 토빈이다. 내 말 들리나?" 그는 게일을 보면서 전화기에 대고 소리쳤다. "그래, 우린 괜찮다. 어젯밤에 지진이 난 것 같다." 그는 잠시 말을 멈추고 주위를 둘러보았다. "중요한 시스템은 제대로 작동하는 것 같다. 하지만 단파 통신기가 망가졌다. 반복한다, 단파 통신기가 망가졌다. 기지를 둘러본 다음 스노모빌을 타고 더 넓게 둘러보겠다." 그는 다시 귀를 기울였다. "알았다. 그렇게 하겠다."

레오는 전화를 끊고 다시 주머니에 넣었다. "우리더러 둘러보고 난 다음에 다시 전화해 달래. 문제가 있으면 당장이라도 구조를 앞당기고, 그렇지 않으면 다음 주에 다른 단파 장비를 가져다주겠대."

게일은 고개를 끄덕였다. "발전기는 작동하니까 난방과 전기는 문제없고, 식량과 물도 부족하지는 않을 것 같아."

그들은 힘을 합쳐 뒤집힌 스노모빌을 붙잡고 똑바로 세웠다. "생각보다는 심각하지 않아서 다행이야." 레오는 차량의 연료 탱크에 누출이 있는지 점검했다.

게일은 열쇠를 앞뒤로 돌리면서 점화장치를 점검했다.

"와, 저것 좀 봐!" 그 소리에 게일은 고개를 돌리고 레오의 팔 방향을 따라가다 숨이 막힌 듯 헉 소리를 냈다. 저 멀리, 파란 하늘 끝에 있는 지평선 위로 느닷없이 거대하고 하얀 벽처럼 생긴 것이 보였다.

"대체 저게 뭐지?"

레오는 고개를 저었다. "모르겠어. 눈 폭풍은 아닌 것 같아." 그는 스노모빌 한 대에 올라탔다. "가서 확인해 보자."

* * * * *

헬리 캠프는 아문센-스코트 남극 기지에서 약 160킬로미터, 맥머도 공급 기지에서는 약 1600킬로미터 이상 떨어져 있었다. 도움을 요청하기에는 너무 멀리 떨어져 있기에, 그들은 직접 스노모빌을 타고 느린 속도로 거의 한 시간 가까이 달려갔다. 남극에서 자주 목격할 수 있는 화이트아웃(빛이 눈보라 또는 눈에 난반사되어 주변이 온통 하얗게 보이는 현상)처럼 보였지만, 이번 것은 움직이지 않았다. 대신, 그들이 오면서 바라보는 내내 허공에 머물러 있는 것처럼 보였다.

레오와 게일은 나란히 하얀 안개처럼 보이는 그곳 안쪽으로 들어갔고,

시야가 금세 10미터 미만으로 떨어졌다. 그들은 폭풍으로 인해 드러났을지 모를 균열을 피하기 위해 지면을 신중하게 살피면서 스노모빌을 거의 기어갈 정도로 천천히 몰았다. 캠프가 빙붕 연구의 전초기지라 이 지역에 여러 번 와봤지만, 지금 정확히 어느 지점에 있는지는 알 수 없었다.

레오는 멈춰 서서 검은색 안경을 위로 올리고 고개를 들었다. 햇빛은 완전히 차단되었기 때문에 하얀 지면을 더 상세히 보기가 어려웠다. 게일은 스노모빌을 중립에 놓고 휴대용 지피에스(GPS) 장비를 꺼냈다.

그녀는 고글을 방한복 모자 위로 올렸다. "첫 번째 능선까지는 아직 8킬로미터 정도 떨어져 있어. 얼마나 더 가볼 거야?"

레오는 하얀 안개를 주의 깊게 지켜보았다. "맑아지기 시작하는 것 같아. 하지만 얼마나 멀리 퍼져 있는지는 모르겠어. 조금 더 가보자고, 좀 더 옅어지면 알 수 있겠지."

게일은 고개를 끄덕이고 그 장비를 방한복 주머니에 다시 넣었다. 그들은 계속해서 아주 천천히 앞쪽으로 나아갔다.

몇 분 더 지나자 가시거리가 서서히 늘어났고, 햇빛도 제한적이긴 하지만 조금씩 투과해 들어오기 시작했다. 두 사람은 지면을 주의 깊게 살피면서 속도를 조금씩 올렸다.

"조심해!" 갑자기 레오가 브레이크를 꽉 쥐었다. 스노모빌이 급정거하며 앞으로 급격히 기울었다. 그가 잽싸게 일어나서 좌석 등받이 너머로 몸을 날렸고, 눈 위로 엎어진 다음 간신히 옆으로 기어 나왔다. 곧바로 스노모빌의 뒷부분이 위로 높이 들린 다음 아래쪽으로 사라져버렸다.

게일은 그와의 충돌을 피하려고 운전대를 급히 비트는 바람에 옆으로 구를 뻔했지만, 이를 악물고 간신히 장비를 멈춰 세웠다. 앞서가던 레오의 스노모빌 자국이 별안간 사라진 지점에서 불과 30센티미터 앞이었다.

"세상에!"

그녀는 스노모빌에서 뛰어내린 다음 뒤로 물러났다. 게일과 레오는 안전을 위해서 몇 걸음 더 뒤로 물러섰다.

"대체 이게 뭐야?" 그가 중얼거리며 천천히 앞으로 걸어가는 동안 게일은 무의식적으로 그를 뒤로 끌어당겼다.

레오는 땅꺼짐 지점이 얼마나 떨어져 있는지 보기 위해 스노모빌 자국 끝을 향해 조금씩 앞으로 나아갔다. 가장자리 주변에서 발을 몇 번 힘껏 구르며 눈의 강도를 시험했다. 게일은 그가 앞으로 몸을 숙이자 본능적으로 그의 팔을 붙잡고 그가 가장자리 너머를 볼 수 있도록 도왔다. 그는 스노모빌이 바닥면에 누워있는 것을 볼 수 있었다.

"얼마나 깊어?" 그녀는 잘 움켜잡고 있는지 다시 확인하면서 뒤에서 물었다.

레오는 고개를 저었다. "5미터 정도밖에 안 돼. 하지만… 이건 구멍이 아니야." 그는 그녀에게 앞으로 오라고 손짓했다. "이리 와봐, 조심해서."

그녀는 가장자리 너머를 볼 수 있을 때까지 몇 걸음 앞으로 나아갔다. 그녀는 양 옆을 바라보았는데, 기상이 계속 맑아지면서 절벽이 얼마나 멀리까지 뻗어 있는지 드러나기 시작했다.

"세상에나."

"나도 놀랐어. 균열이 더 멀리까지 뻗어 나갔을 거야." 그는 그녀와 함께 가장자리에서 물러섰다. "지피에스에는 뭐라고 나와?"

게일은 그 장비를 꺼내서 좌표를 확인했다. 그녀는 걱정스러운 표정으로 그를 바라보았다.

"여기가 어디쯤인데?" 그가 물었다.

그녀는 고개를 저었다. 걱정은 두려움으로 바뀌고 있었다. "빙붕까진 한참 멀어. 얼음은 자연히 갈라진 게 아니야. 지진 때문이었어."

 9

수족관의 현관은 잠겨 있었고 8시간 동안은 열리지 않을 것이다. 모든 전광판은 꺼져 있었고, 몇 개의 천장 조명만이 긴 타일 바닥을 비추고 있었다. 거무스름한 포스터들이 벽을 따라 줄지어 있었는데 그림자에 가려 거의 보이지 않았지만, 곧 있을 수족관 행사들을 알리는 내용 일부분이 희미하게 드러나 보였다.

연구실 내의 모든 조명은 꺼져 있었지만, 서버에서 흘러나오는 깜박거리는 작은 불빛 때문에 그 방은 으스스하게 빛나고 있었다. 서버들의 웅웅거리는 소리는, 건물의 에어컨에서 나오는 백색 소음이 없어서인지 훨씬 더 크게 들렸다. 사실 서버들이 없었다면 아무런 소리도 나지 않았을 것이다.

형형색색의 데이터 흐름들이 리 켄우드의 책상 위에 있는 모니터 상단에서 계속해서 춤을 추듯 이어지고 있었다. IMIS 시스템은 결코 멈추지 않았다. 그 시스템은 끊임없이 데이터를 처리하고 있었다.

갑자기 모든 선들이 한순간 하나로 합쳐졌고, 그 교차점은 곧바로 커다란 초록색 원으로 강조되었다. 띵 하는 소리가 울리더니 왼쪽 아래 구석에 글자가 나타났다. *번역된 단어: 1 − 예상 정확도: 77%*

갑작스레 멈췄던 데이터 흐름들이 다시 춤을 추며 이어지기 시작했다.

10

앨리슨은 수족관 후문 앞에 산악자전거를 멈춰 세우고 내렸다. 정오가 가까워질 무렵이었고, 그녀는 전날 밤에 떠나면서 우편물을 가지러 잠깐 들러야겠다고 다짐했었다. 청구서들은 그녀가 지난 2년 동안 주당 70시간 일하는 대가로 얻은 뜻하지 않은 재난 가운데 하나에 불과했다. 아직까지 전기가 끊어지지 않은 것만도 기적이었다. 그녀는 자전거를 벽에 기대어 놓고 안장 밑 작은 주머니에서 열쇠를 꺼냈다. 자물쇠 두 개를 풀고 문을 열자 끼익 하는 소리가 났다. 어두컴컴한 복도를 빠르게 걸어간 다음 연구실 문을 열고 안으로 들어갔다. 연구실은 더크와 샐리가 있는 수조의 유리 천장을 통해 들어오는 햇빛 때문에 환했다. 그녀는 돌고래들이 저 건너편 차가운 유리벽에 코를 대고 있는 한 무리의 아이들 앞에서 왔다 갔다 하며 헤엄치는 것을 볼 수 있었다.

앨리슨은 미소를 지으며 개인 사무실로 들어갔다. 책상 하나, 컴퓨터, 전화기, 그리고 구석에 접이식 침대가 있는 평범한 작은 방이었다. 책과 신문은 사소한 일에도 꼼꼼하게 신경을 쓰는 그녀의 성격을 보여주듯 가지런히 쌓여서 정리되어 있었다. 그녀는 전화기의 깜박거리는 불빛 옆에 있는 버튼을 누르고 비밀번호를 입력했다. 책상을 둘러보는 동안 메시지가 재생되기 시작했다.

"안녕하세요, 쇼 양. 저는 〈마이애미 인디펜던트〉의 제이 선덜랜드 기자입니다. 취재를 위해 방문하고 싶…."

앨리슨은 투덜거리며 메시지를 중단했다. 다음 메시지도 별반 다르지 않았다. 그녀는 책상을 뒤적거리며 우편물을 찾아보았다. 인상을 쓴 그녀는 고개를 들고 잠시 생각을 한 다음, 몸을 비스듬히 기울이며 문 바깥쪽을 내다보았다. 우편물들은 리의 책상 위에 내려놓은 그녀의 휴대전화 밑에 있었다.

그녀는 기분 좋게 걸어가서 우편물들을 집어 들려는 순간 뭔가가 시선을 끌어당겼다. 그녀는 모니터 화면을 보고 눈이 휘둥그레졌다. "세상에, 설마!"

그녀는 허둥지둥 전화기를 잡으려다가 잘못 건드리는 바람에 책상 위에 있던 서류와 우편물들을 아래로 떨어뜨렸다. 그녀는 재빨리 전화기를 들고 떨리는 손으로 문자를 입력하기 시작했다.

* * * * *

늦은 아침, 햇살이 달그락거리는 블라인드를 통과해서 큰 침대 위에 담요를 덮고 누워 있는 한 사람 모습을 비추었다. 방에는 큰 옷장과 책상만 소박하게 놓여 있었고, 책상 위에는 노트북 컴퓨터와 서류 더미가 쌓여 있었다. 벽에는 단체행사 사진 몇 장이 걸려 있었는데, 대부분 친구들과 찍은 사진들이었다. 사진의 배경은 매우 다양했다. 해변, 산속, 그리고 작은 외딴 마을로 보이는 곳들.

잠꾸러기로 소문난 라미레즈는 여전히 침대에 엎드려 있었는데, 그때 전화벨이 울렸다. 그는 비몽사몽 상태로 한숨을 쉬며 손을 내밀고 침대 머리맡을 더듬었지만 전화기는 그곳에 없었다. 그는 몸을 뒤척이며 담요 밖으로 머리를 내밀었다. 눈을 비비며 얼굴에서 30센티미터 떨어져 있는 전화기를 집어든 다음 메시지를 읽었다.

"뭐라고!" 그가 소리쳤다. 그는 재빨리 일어나려다 담요와 함께 바닥으로 굴러 떨어졌다. 담요에서 벗어나려고 발버둥을 친 다음 욕실로 뛰어 들어갔다. 그는 멈춰 서서 다시 메시지를 읽은 다음 찬물로 얼굴을 적시고 젖은 손으로 헝클어진 갈색 머리를 쓸어 넘겼다.

* * * * *

작은 아파트 내부, 리는 거실에 앉아 커다란 컴퓨터 모니터를 응시했다. 머리카락은 부수수했고 수염도 까칠한 터라 꽤 오랫동안 의자에 앉아 있었던 게 분명해 보였다. 그는 가벼운 헤드셋을 착용한 채로 무시무시한 무기를 든 화면 속 캐릭터가 커다란 방을 드나드는 모습을 집중해서 지켜보았다. 비디오 게임 속, 그의 아바타는 적을 찾아서 좌우를 훑어보았다. 아무도 보이지 않자, 리는 긴장을 풀고 마운틴 듀 캔 음료를 집어들었다. 음료를 마시려는 순간, 전화기에서 밥 시거의 '올드 타임 로큰롤'이 불쑥 흘러나왔다. 전화기의 작은 액정 화면을 들여다보는 순간, 그는 몸이 얼어붙고 말았다. "세상에!" 그는 의자에서 벌떡 일어나 헤드셋을 벗어던지고 열린 서랍에서 바지 한 벌을 움켜쥐었다. 한쪽 다리만 끼운 채 깡충깡충 뛰면서 침실 안으로 비틀거리며 들어갔다.

리는 아내가 자고 있는 침실 밖으로 나왔다가 재빨리 다시 들어가서는 큰 서랍에서 티셔츠를 휙 잡아당겼다. "나 나간다, 자기야!"

* * * * *

프랭크 뒤부아와 그의 아내는 작은 프랑스풍 카페의 테라스에 있는 작은 탁자에 앉아 있었다. 높은 차양이 이글거리는 태양으로부터 그들을 보호해주었다. 그는 〈월 스트리트 저널〉을 태블릿 컴퓨터로 읽고 있었고, 그의 아내는 크루아상의 마지막 부분을 야금야금 먹으면서 〈마사 스튜어트〉 잡지를 뒤적거리고 있었다. 그녀는 엉덩이에서 작은 진동을 느끼고 의자 뒤에 걸어놓은 작은 핸드백을 내려다보았다. "여보, 전화 왔나봐." 그녀가 전화기를 꺼내며 말했다.

프랭크는 태블릿을 내려놓고 전화기를 받아 화면을 보았다. 그가 자리에서 벌떡 일어나는 바람에 탁자가 뒤집어졌다.

"뭐야, 무슨 일인데?" 그녀는 소리치면서 음식이 옷에 흘렀는지 내려다보았다.

그는 허리를 굽혀 재빨리 소지품들을 집어 들었다. "빨리 가야 해!"

* * * * *

리의 낡은 폭스바겐 비틀과 프랭크의 BMW가 동시에 수족관의 뒤쪽 주차장으로 경쟁하듯 들어오더니 끼익 하는 소리를 내며 나란히 멈추었다. 리가 차에서 잽싸게 내린 다음 은색 BMW 앞을 지나쳐 달려가는 사이 프랭크는 아내에게 입을 맞추었다. "나중에 전화할게!" 그러고 나서 그는 리를 뒤쫓아 어두운 복도 안으로 사라졌고, 그들 뒤로 커다란 철문이 천천히 닫혔다. 두 사람 모두 복도를 질주해서 연구실에 도착해 보니, 책상 뒤에서 앨리슨과 크리스가 모니터 화면을 보고 있었다.

"뭘 발견했다고?" 프랭크가 흥분해서 물었다.

앨리슨은 대답하지 않았다. 그저 미소를 지으며 그들의 얼굴을 지켜볼 뿐이었다. 그들은 책상으로 다가와서 직접 눈으로 확인했다.

"옳거니!" 리는 불끈 쥔 주먹을 허공에 휘두르며 소리쳤다. "세 단어야!" 그가 마우스를 쥐고 어휘라고 표시된 버튼을 누르자 작은 창이 나타났고 그 안에 세 단어가 나열되었다. *안녕, 네, 아니오.*

모두들 흥분해서 소리쳤고 어설프게 서로를 포옹했다. 앨리슨은 심호흡을 하고 손으로 입을 가린 채 침착함을 잃지 않으려고 애썼다.

리는 각 단어의 세부 정보를 살펴봤다. "정확도를 봐, 77%, 78%, 81%야!" 그는 활짝 웃었다. "믿겨져? 이놈의 컴퓨터가 정말로 해냈어!"

"아직은 일러요." 앨리슨이 말했다. 그들은 침착하려고 애썼지만 얼굴에서 흥분을 지울 수는 없었다. "오류일지도 모르잖아요." 그들 모두 수조를 향해 몸을 돌렸다. 더크와 샐리는 유리벽 건너편에서 천천히 앞뒤로 움직이며 그들을 지켜보고 있었다.

"우리를 지켜보고 있어." 크리스가 말했다.

앨리슨은 미소를 지으며 수조로 다가가 유리벽에 손바닥을 부드럽게 갖다 댔다. "쟤들은 우리가 이렇게 흥분해하는 걸 처음 봤을 거예요."

리는 앨리슨을 바라보았다. "그럼… 이제 뭘 하면 되는 거지?"

모두가 프랭크를 향해 돌아섰고, 그는 그 이유를 알았다. 프로젝트 계획의 한 부분에는 시스템이 실제로 뭔가를 번역했을 경우 자연히 그들이 무얼 해야 하는지가 다루어져 있었다. 그들이 동의한 계획서에서 요구하는 것은 일련의 데이터 점검과 꼼꼼한 문서화였다. 물론, 그 절차에 중요한 요소 하나는 포함되어 있지 않았다. 그것은 다름 아닌 실제로 연구가 성공했을 때의 순수한 흥분과 들뜬 행복감이었다.

프랭크는 잠시 진지한 표정을 지었지만 미소를 억누를 수는 없었다. "적어도 계획서 중 일부는 지키도록 노력합시다. 크리스는 비디오카메라를 가져오고 문서 작업은 나중에 하자고."

크리스가 연구실 한편에서 소형 캠코더를 가지고 오는 사이, 리는 천천히 의자에 앉았다. 크리스는 캠코더의 전원을 켜고 리의 모니터에 초점을 맞추었다.

리는 심호흡을 한 다음 *안녕*이라는 단어 하나를 입력했다. 그는 어깨 너머로 다른 연구원들을 돌아보고 나서 '통역'이라고 표시된 버튼을 클릭했다.

아무 일도 일어나지 않았다.

크리스가 뭔가 말을 하려는 순간 리가 손을 들어 제지했다. 마침내 돌고래들의 수조 안에 있는 수중 스피커에서 높은 음조로 뚜렷이 구별되는 두 음절의 흡착음이 흘러나왔다.

더크와 샐리가 갑자기 몸을 돌리고 스피커를 바라보았다. 돌고래들은 스피커 쪽으로 헤엄쳐 가더니 유심히 살펴보았다. 돌고래들은 스피커에서 고개를 돌리고 유리벽 건너편에 모여 있는 연구원들을 바라본 다음 다시 스피커를 쳐다보았다. 더크는 코로 스피커를 가볍게 툭툭 건드렸다. 샐리는 수조의 유리벽 가까이로 헤엄쳐 오며 잠깐 입을 열고 똑같은 흡착음 두 음절을 소리 내며 화답했다.

어느 순간, 리가 모니터에 입력한 '안녕'이라는 단어 아래에 똑같은 단어가 또 한 번 나타났다. *안녕.*

11

앨리슨은 목이 메었다. 그녀는 감격과 흥분이 동시에 밀려들자 꼼짝도 할 수 없었다. 그래도 활짝 웃으면서, 크리스와 리가 카메라에 정확하게 녹화되었는지 확인하려고 서두르는 모습을 지켜보았다. 프랭크는 리의 의자 뒤에 있는 책상 모서리에 앉아 망연히 화면을 응시하고 있었다. 그녀는 그가 무슨 생각을 하고 있는지 알았다. 초기의 흥분 아래에 깔려 있는 짙은 의구심. 그들은 겨우 한 단어만 주고받았을 뿐이었다. 이는 요행일 수도 있고, 컴퓨터 오류일 수도 있고, 아니면 순전히 운일 수도 있었다. 그래도 분명한 건 샐리가 그들에게 말을 했다는 사실이었다. 그것이 실제 대화였을까, 아니면 들은 것을 단순히 반복한 것일까?

"카메라는 문제없어요. 잘 녹화되었어요." 크리스는 카메라를 다시 리의 모니터 쪽으로 돌렸다.

리는 어깨 너머로 뒤를 돌아보며 말했다. "다음은 뭐지?"

"한 번 더 해보죠. 우리가 환각을 본 게 아닌지 확실하게 해두자고요."

리는 고개를 끄덕이며 두 번째로 *안녕* 을 입력했다. 이번에는 주저 없이 통역 버튼을 눌렀다. 또 한 번, 그 소리가 수중 스피커를 통해 반복되었다. 크리스는 카메라를 더크와 샐리 쪽으로 돌렸다.

샐리는 흥분해서 빙글빙글 돌다가 다시 유리벽 쪽으로 돌아왔다. 샐리가 똑같은 소리를 반복했다. 리의 화면에 *안녕* 이라는 단어가 다시 나타났다. 그는 세 번째로 그 일을 반복했고, 샐리는 또 다시 대답했다.

"이번엔 지체 없이 스피커를 통해 나왔어." 리는 생각나는 대로 말했다. "이건 IMIS가 어떤 단어를 처음으로 통역하면 그 단어를 영구히 저장해 둔다는 뜻이야. 즉, 학습한다는 이야기지."

앨리슨은 숨을 깊이 들이 쉬었다. 리가 옳았다. 이것은 요행이 아니었다. 하지만, 그 단어가 실제로 '안녕'을 뜻한다는 의미도 아니었다. 뜻 모를 말일 수도 있고, 샐리가 그들에게 그 소리를 단순히 반복했을 수도 있었다. 인간의 언어들 중에서도 일부는 음색이나 어조의 높낮이 변화에 따른 의미가 너무 복잡해서 그 언어를 배우기가 거의 불가능한 것들이 있다. '나바호' 언어가 바로 그 완벽한 예였다. 그 언어는 체계가 너무 복잡해서 그 언어를 사용하는 사회 속에서 태어나거나 자라지 않는 한, 그 언어를 결코 완전히 이해할 수 없다고 한다. 그런 연유로 제2차 세계대전 당시 일본을 상대로 그 언어를 암호로 사용해서 큰 효과를 보기도 했다. *어쩌면 돌고래의 언어가 같은 방식이지 않을까? 어쩌면 IMIS가 실제로 통역하지 않은 것을 통역했다고 생각하는 건 아닐까?*

크리스가 카메라의 접안렌즈에서 눈을 뗐다. "이제 또 뭐하지?"

앨리슨은 몸을 앞으로 숙였다. "문제는 실제 상황에 맞는 단어들이 충분한가 하는 거예요. 다른 단어를 입력해 봐요."

리는 *네* 라는 단어를 입력하고 통역 버튼을 천천히 눌렀다.

몇 초가 흐른 후, 스피커에서 약간 다른 소리가 났다. 이번에는 더크가 유리벽 앞에 있는 샐리 옆으로 헤엄쳐 왔다. 더 이상 스피커에는 관심이 없는지 이번에는 더크가 입을 열면서 같은 소리를 반복했다. *네* 라는 단어가 화면에 나타났다. 두 번째 습득한 단어였다.

"믿기지가 않아." 프랭크가 손으로 머리를 쓸어넘기며 말했다.

앨리슨은 수조로 걸어가서 유리벽 너머를 바라보았다. 돌고래들과는 불과 몇십 센티미터밖에 떨어져 있지 않았다. *너희들이 말한 거니?* 그녀는 확신이 서지 않았다.

갑자기 샐리가 길게 끼익 하는 소리와 혀 차는 소리를 여러 번 냈다. 그러고는 다시 원을 그리며 헤엄을 쳤고 그 행동을 반복했다.

네 사람은 서로를 쳐다본 다음 화면으로 고개를 돌렸고, 크리스는 카메라를 리의 어깨 너머로 휙 돌렸다. 그들 모두 숨을 죽였다.

긴 침묵 끝에, 컴퓨터가 삐 소리를 냈고 빨간색 큰 글자가 번역 창에 표시되었다. *번역할 수 없음.*

"그럴 거라고 생각했어." 리가 말했다. "IMIS가 그 소리들을 식별해내기 전까지는 새로운 단어를 인지할 수 없을 거야." 그는 다른 사람들에게 몸을 돌렸다. "세 단어로는 역시 한계가 있어 보여."

"그래도 그게 작동한다는 건 확실히 알아냈잖아?" 프랭크가 물었다.

리는 객관적인 입장을 유지하려고 애썼다. "그런 것 같긴 하지만 아직은 뭐라고 단정하기 일러요."

"그래도 마지막 단어까지는 해봐야지." 그가 말했다.

리는 고개를 끄덕이며 *아니오* 라는 단어를 입력했다. 통역 버튼을 누르자 어떤 소리가 흘러나왔고, 더크로부터 같은 소리의 응답을 받았다.

오랜 침묵 끝에 앨리슨은 인상을 쓰며 팔짱을 꼈다. "더 많은 단어를 습득하길 기다리는 수밖에."

* * * * *

앨리슨은 눈을 비비며 크리스의 흐릿한 형체를 바라보았다. "지금 몇 시야?" 그녀는 어둑해진 사무실을 둘러보며 물었다.

"다섯 시쯤. 곧 해가 뜰 거야."

그녀가 끄덕였다. "어때? 다른 일 없었어?"

"또 다른 단어를 알아냈어."

"그래! 뭔데?" 그녀가 침대에서 몸을 구르며 벌떡 일어섰다.

"와서 봐."

그녀는 그를 지나 책상으로 달려갔다. "음식!" 그녀가 미소를 지으며 말했다. "아직 시도해보지 않았어?"

"아직, 자네를 기다리고 있었어." 리가 콜라 한 캔을 들고 뒤에서 다가오며 말했다. 프랭크가 그 뒤를 따라왔는데, 그 역시 방금 깨어난 것처럼 보였다. "준비됐어?" 리가 앉으면서 물었다.

앨리슨은 수조를 바라보았다. 더크와 샐리는 이미 깨어 있었고 기대에 찬 눈으로 그들을 바라보았다.

"이건 어때요, '음식, 네?'" 그녀가 제안했다.

모두들 이상한 표정을 지었다. "음식, 네?"

리가 눈썹을 추켜올렸다. "아, 알겠어. 정말 영리해." 그는 크리스를 쳐다보았다. "준비됐어?"

크리스는 재빨리 카메라 뒤로 가서 녹화를 시작했다. "시작하세요."

그러자 리는 몸을 돌리고 *음식, 네* 를 입력한 후 통역 버튼을 눌렀다.

그 소리를 들은 더크는 갑자기 매우 흥분하면서 똑같은 소리로 응답했고, *네* 라는 단어가 화면에 나타났다.

리는 앨리슨에게 미소를 보내고 크리스와 프랭크에게 말을 건넸다. "그렇게 물어봄으로써 한 단어의 응답을 위한 선택권을 제공한 겁니다. 물어본 단어를 식별하고 단순 반복되는 단어를 제거하면서 말이죠. 여러분, 이거야말로 진짜 통역입니다!"

세상에 이런 일이! 프랭크는 벌떡 일어나서 문을 향해 달려갔다.

"어딜 가려고요?"

그는 문간에 서서 그녀를 돌아보았다. "샴페인을 가져오려고." 그런 다음 돌고래들을 바라보았다. "더크와 샐리에게 음식 좀 갖다 줘!"

 12

클레이와 시저는 랭포드 제독의 사무실로 들어가서 조용히 문을 닫았다. 제독은 한 손으로 전화기를 귀에 댄 채 다른 손으로 앉으라는 손짓을 했다. 두 사람은 그 사무실에 여러 번 와봤기 때문에 느긋하게 앉았다. 랭포드의 사무실은 실제로 그들이 주로 논의를 하는 곳이었다. 공식적이건 비공식적이건. 겉으로는 전형적인 관료 같아 보이지만 랭포드는 자신이 맡은 부서의 세부사항, 특히 기술적인 측면에 있어서는 많은 관여를 하려고 애썼다. 그는 팀 업무의 기본을 이해하지 못하거나 이해할 수 없는 지휘관은 처음부터 그 팀을 이끌지 말아야 한다는 점에서는 단호했다. 그것이 더 나은 의사결정과 더 효율적인 부서 운영을 위한 일이라고 주장했고. 그가 맡은 부서의 성취는 논쟁의 여지가 거의 없었다.

그들이 에머슨의 배에 다녀온 후 2주가 지났다. 구식 잠수정으로 실종된 트라이톤 탐사선에 대한 3일간의 수색을 마친 후, 그들은 어쩔 수 없이 워싱턴으로 복귀했고 다시 되돌아가서 임무를 끝내겠다는 공식적인 지원 요청을 해놓은 상태였다. 랭포드의 표정으로 판단하건대, 그들은 무슨 일이 일어날지 감이 잡혔다.

통화를 마친 그는 한숨을 쉬며 전화를 끊었다. "음, 지원해줄 잠수정이 없다는 군." 랭포드가 말했다.

"잠수정을 내려보내지 않고서는 트라이톤을 찾을 희망이 없거니와, 그런 문제가 되풀이될 수 있다는 사실을 모를 리 없을 텐데요." 클레이가 대답했다.

랭포드는 고개를 끄덕였다. "그들도 알아. 나도 그 점을 충분히 강조했으니까. 빌어먹을 비용 타령뿐이야. 민주당 의원들이 예산을 삭감하는 있는 터라, 그곳으로 출항해서 조사를 벌이는 데에 몇 백만 달러를 쓰기에는 명분이 약하다는 거지."

"에머슨의 잠수정은 어떡합니까?" 시저가 물었다. "아직도 그걸 찾지 못한 데다 단념하기엔 너무 값비싼 장비입니다. 우리가 조사를 하는 동시에 그걸 찾을 가능성도 있습니다."

랭포드는 고개를 저었다. "트라이톤을 포기하자는 게 아니야."

클레이는 놀라지 않았다. 재정 지원 때문에 임무가 중단된 것은 이번이 처음이 아니었다. 결국, 모든 것은 돈 문제로 귀결되었다. 그를 가장 괴롭힌 것은 그 결정이 사망 진단서가 아닌 회계 프로그램에 근거했을 가능성이 높다는 점이었다. 만약 앨라배마 호가 마리아나 해구에 있을 때 오류가 발생했다면, 해구의 한쪽 벽에 충돌한 후 그 잠수함은 거대한 무덤으로 변했을 것이다. 누군가가 이 사건을 독립적인 어떤 시스템의 오작동이라고 결정을 내린 게 분명했다. 추가적인 조사 없이는 부인할 수 없는 노릇이었다. 당연하다. 조사해보지 않고서는 어느 쪽이든 확증할 수 없으니까. 해군 관료주의의 또 다른 전형적인 예였다.

"해군에선 트라이톤을 원하긴 하지만, 잠수정을 내어줄 순 없다는 말이네요." 시저가 말을 꺼냈다. "그럼 어떻게 그걸 회수하죠?"

랭포드는 미소를 지었다. "그것까지 꼭 내 입으로 말해줘야 하나."

* * * * *

미국 지질조사국은 1879년 러더포드 B. 헤이스 대통령이 소정의 기금을 책정하는 법안에 서명하면서 창설되었다. 버지니아 주 레스톤에 기반을 둔 지질조사국의 임무는 지구의 무수한 환경과 생태계에 대한 상세한 자료를 제공하는 것이었다. 10억 달러가 조금 넘는 예산, 400여 곳의 지부, 그리고 10,000명이 넘는 과학자 및 기술자 연락망과 지원 인력 등 지질조사국의 과학적 권한은 어마어마했다. 이러한 규모 때문에 부서의 책임자인 캐서린 뢰케 국장은 편하게 잠을 이룬 날이 거의 없었다. 조직의 수장으로 떠들썩하게 출세한 데다, 이전 국장이 사기와 혼외정사 스캔들에 휘말린 덕분에 뢰케는 업무를 처리하고 조직의 이미지에 입은 손상을 바로잡는 데에 온 힘을 쏟고 있었다.

역설적인 것은 지질조사국이 공공 기관들 가운데에서도 가장 잘 운영되고 있는 곳 중 하나라는 사실이었다. 그 점은 뢰케도 평상시 인정하던 바였다. 경력 대부분을 지질조사국에서 보냈기 때문에 개인적으로도 그 사실을 인정하지 않을 수 없었다. 사실 뢰케는 전임자들과 비교했을 때, 이 부서의 첫 여성 국장일 뿐만 아니라 과학적으로도 가장 능력 있는 국장임에 틀림없었다. 그녀는 몇 년 동안 수석 과학자로 있으면서 조직의 가장 어려운 과제들을 주로 수행해왔다. 그래서인지 조사국을 운영하는 직책이 좌절감만 더욱 안겨주는 자리란 것을 알았다. 그녀는 관료 출신이 아니었기 때문에 이따금 생각했던 바와 다른 역할을 해야 하는 것이 몹시 꺼림칙했다. 특히 오전 10시 화상 회의를 마친 후 회의실을 나설 때는 더더욱.

뢰케는 빠른 걸음으로 꼭대기 층에 있는 자신의 사무실 안으로 들어갔고, 비서도 돌아보지 않은 채 그냥 지나치려고 했다.

"뢰케 국장님!" 리첼이 전화기를 내려놓으면서 말했다. "헤인즈 씨가 방금 전화를 해서 국장님과 급하게 통화할 일이 있다고 하셨어요."

뢰케는 눈살을 찌푸렸다. "무슨 일로?"

"그건 말하지 않았어요. 하지만 곧 올라오시겠대요. 그래서 제 딴에는 국장님께서 곧 있을 회의 약속을 다른 날로 옮기라고 하시지 않을까 해서… 어쩌면 이게 더 성가신 회의를 될 수도 있겠지만요."

뢰케는 오전 내내 화상 회의에 시달렸음에도 불구하고 미소를 지을 수밖에 없었다. 리첼은 분명 에너지자원부의 책임자인 알버트 페트리오노와의 회의 약속을 말하고 있었다. 모두가 피하려고 하는 사람. "고마워 리첼. 그래주면 좋겠어."

그녀가 한쪽 눈을 깜박였다. "이미 옮겨 놓았어요."

헤인즈는 2분 후 사무실에 불쑥 들어와서는 재빨리 문을 닫았다.

"문제가 생겼어요."

뢰케는 깜짝 놀랐다. 무척이나 그답지 않은 행동이었다. 그녀는 노트북을 밀어내고 그에게 온 신경을 집중했다. "무슨 문제죠?"

"남극에서 일어난 지진에 대해 들으셨나요?"

"간략히요. 오늘 아침에."

헤인스는 숨을 깊이 들이쉬었다. "론 빙붕 근처였답니다."

"또 다른 분리가 일어났나요?" 뢰케는 몇 년 전 론 빙붕에서 떨어져 나간 거대한 섬 크기만한 얼음 덩어리를 생각하면서 물었다.

"우선, 빙진(큰 얼음덩어리가 부서질 때의 진동)은 아니었습니다."

뢰케는 걱정스러운 표정을 지었다. "계속하세요."

"우리 연구원 두 명이 그곳 핼리 캠프에 있었는데, 한밤중에 침대에서 떨어질 정도였답니다. 다음날 아침 그들이 주위를 살피러 나가봤고, 균열, 그것도 아주 큰 균열을 발견했답니다."

뢰케는 숨을 죽였다. "얼마나 큰데요?"

"수십 킬로미터랍니다."

그녀의 다음 질문은 매우 신중했다. "어디쯤이죠?"

헤인즈는 천천히 숨을 들이쉬었다. "육지 위 빙붕에서 약 15킬로미터 안쪽입니다."

그녀는 한참 동안 그를 쳐다본 다음 의자에 몸을 기대었다. "맙소사." 헤인즈는 그녀가 충분히 이해할 시간을 갖도록 조용히 앉아 있었다. 뢰케는 벽에 걸린 커다란 남반구 지도를 보았다. "균열의 깊이는 어느 정도랍니까?" 그녀가 물었다.

"5미터입니다."

"세상에!" 그녀는 믿지 않는다는 듯 고개를 저었다. "확인해 봤습니까?"

"네. 맥머도에서 비행기가 그쪽으로 갔습니다. 그들이 균열의 길이를 따라 날면서 측정했는데, 약 70킬로미터에 달했고 그 대부분이 대륙 위였습니다. 지상 팀이 캠프에서 가장 가까운 사태의 깊이를 확인했고요. 공중에서 본 것과 상당히 일치해 보인답니다. 대륙의 모든 지진 계측기가 울릴 만큼 강했습니다."

뢰케는 그것이 무얼 의미하는지 잘 알았다. 남극이 다소 작은 대륙임에도 불구하고, 모든 지진 감지기가 반응했다는 것은 단층의 변화가 강력, 아니 매우 강력했다는 것을 의미했다. "대규모로 팀과 장비들을 꾸려서 당장 그곳으로 보내야겠어요. 이를 외부에 알리기 전에 모든 측정 자료를 입수하고 지반 투과 검사를 이용해서 검증할 필요가 있어요."

헤인즈는 고개를 끄덕였다.

"그 동안, 나는 사람들을 모아볼게요."

 13

크리스는 캠코더의 테이프를 새것으로 교체하고 이전 테이프를 앨리슨에게 건네주었다. 앨리슨은 자그마한 바코드가 표시되어 있는 테이프 등쪽에 작은 분류표를 붙였다. 그런 다음 그것을 광 스캐너 아래로 통과시키자, 스캐너가 바코드 번호를 기록하고 컴퓨터 모니터에 내용을 첨부하는 작은 메모판을 띄웠다. 그녀는 방금 완료한 활동을 간단하게 요약해서 입력하고 엔터키를 눌러 데이터베이스에 목록을 추가했다.

"다음 거 준비할까?" 크리스가 물었다.

"쟤들도 잠깐 쉬어야지." 그녀는 더크와 샐리를 바라보며 말했다. 그리고 시계를 힐끗 보았다. "먹이 줄 시간도 다 되었고 우리도…."

음식 지금. 샐리의 말이 스피커를 통해 흘러나왔다.

앨리슨은 미소를 지었다. 그녀는 몸을 기울이고 *네, 음식 지금* 을 입력하고 통역 버튼을 눌렀다. 그런 다음 전화기를 들고 수족관의 급식 부서에 전화를 걸었다.

고마워 앨리슨, 기계적인 목소리의 대답이 흘러나왔다.

앨리슨은 갑자기 얼어붙었다. 그녀는 전화기를 떨어뜨리고 돌아서서 수조를 바라보았다. 크리스와 리 역시 똑같은 행동을 했다. 긴 침묵이 흐른 후, 그들 모두 서로를 향해 돌아섰다.

"샐리가 방금 뭐라고 말한 거야?" 앨리슨이 물었다.

크리스는 리의 어깨 너머로 몸을 숙이고 모니터 화면을 바라보았다. "샐리가 방금 *앨리슨* 이라고 말했죠?"

리가 앞으로 당겨 앉고 화면을 살폈다. "어… 샐리가 확실히 그랬어." 그는 한쪽 눈썹을 추켜올렸다. "대관절 어떻게 샐리가 그렇게 한 거지?" 리는 컴퓨터에 몇 개의 명령어들을 입력하고 엔터키를 눌렀다. 또 다른 창이 열리면서 전산처리 과정의 기록들과 수백 줄의 암호화된 문자가 표시되었다. 그는 마지막으로 통역된 줄을 확인하고 *앨리슨* 이라는 단어의 속성을 살펴보았다. 그러고 나서 아래로 내려가며 지난 이틀 동안의 모든 통역에 대한 세부 기록을 검토했다. "아하!" 그가 의기양양하게 말했지만, 다른 생각이 떠오르자 갑자기 의자 뒤로 몸을 기대었다. "와우!"

"뭔데 그래요?" 앨리슨이 재촉했다.

그는 곧바로 대답하지 않았다. "대단해, 한 차원 더 발전한 것 같아."

"설마, 벌써요?"

"문맥. IMIS가 문맥으로 통역을 했어." 그는 거의 혼잣말을 하는 것 같았다. 재빨리 정신을 차리고 앨리슨과 크리스를 바라보았다. "알겠지만, IMIS 인공 지능의 목적, 즉 학습을 가능하게 하는 역할이 문맥을 파악하려는 시도를 하고 있다는 거야. 근본적으로 다중 변수들 사이의 관계에서 가장 정확하다고 판단되는 결과를 얻어내려는 거지."

크리스가 얼굴을 찌푸렸다. "좀 알아듣도록 말해주시면 안 될까요?"

"자," 리는 흥분하기 시작했다. "IMIS가 *안녕* 이라는 단어를 이해하려 한다고 쳐봐. 만약 *안녕* 에 알맞은 돌고래 소리를 찾아냈다고 생각했는데, 그 소리가 돌고래들이 멀리 떨어져 있을 때 났다고 생각하면, 그 상호작용의 맥락은 그 통역이 뭔가 잘못되었다는 것을 보여주겠지."

앨리슨은 끄덕였다. "그렇겠죠."

"알겠지만 그건 아주 단순한 예야. IMIS가 방금 실행한 것은 그 맥락을 통역의 양쪽 측면 모두에게 적용한 거야. 이걸 봐!" 그는 화면에 있는 통역 기록들을 가리켰다. "샐리가 한 말은 *고마워 앨리슨* 이 아니야. 샐리가 실제로 한 말은 *고마워 아가씨* 야. 하지만 IMIS는 *아가씨* 를 식별하고 성공적으로 번역했을 뿐만 아니라, 문맥 알고리즘을 사용해서 앨리슨이 우리들 중 유일한 여성이라는 것을 인식했어. 앨리슨이 더크와 샐리에게 몇몇 단어들을 입력해왔기 때문에 아마도 그녀의 컴퓨터 계정에 근거했을 거야. 그 결과 IMIS는 이 메시지가 유일한 아가씨를 위한 것임을 인식하고 앨리슨의 이름으로 대체한 거지. 헐, 심지어 그녀의 이름을 대문자로 쓰기까지 했어."

"어쩜."

"어쩜이란 표현이 딱 어울리네." 리가 응답했다. "IMIS는 내가 생각한 것보다 훨씬 더 똑똑해." 그는 한쪽 벽에 자리하고 있는 서버들을 바라보았는데, 데이터를 계속 뒤적거리고 있다는 듯이 수백 개의 불빛들이 깜박거리고 있었다. "이만큼 빠른 진전을 보이는 게 놀랄 일은 아니네."

전화벨이 울리면서 그들을 훼방 놓았다. 앨리슨은 재빨리 수화기를 들었다. "앨리입니다."

"앨리, 프랭크야. 내 사무실로 좀 올라와 줄 수 있어?"

"그럴게요." 그녀가 끄덕이며 말했다. "20분만 기다려주시겠어요? 지금 한창—"

"실은, 급한 일이야." 그가 끼어들었다. "지금 바로 와주었으면 해."

"알았어요…. 바로 올라갈게요."

크리스는 못마땅한 표정을 했다. "뭐야, 20분도 못 기다린대?"

"모르겠어. 그냥 나를 좀 보자고만 했어." 그녀는 전화기를 내려놓았다. "쟤네들 점심 좀 챙겨 줘, 알았지?"

"알았어."

돌고래들을 마지막으로 힐끗 쳐다본 그녀는 몸을 돌려 계단으로 향했다. 그녀는 기분이 좋았다. 그들은 지난 몇 주 동안 프로젝트를 훌륭하게 진척시켰고, 남들 앞에 나서기를 좋아하는 프랭크가 최초의 통역 이후 또 다른 보도 자료를 발표하지 않기로 동의한 것도 고마운 일이었다. 그 텔레비전 쇼에서 받은 관심만으로도 더크와 샐리를 보고 싶어 하는 사람들은 넘쳐났다. 입장권 판매 실적은 훌륭했지만, 마이애미 시장을 포함해서 많은 사람들이 공개 출연과 사진 촬영을 위해 몰려들면서 그들의 작업은 상당히 더디어졌다. 프랭크는 그러한 관심을 즐겼지만 나머지 연구원들은 연구의 지체와 호들갑에 불만을 토로했다. *사실, 모든 사람이 다 그런 건 아니었지만,* 이라고 그녀는 생각했다. *불만을 느낀 사람은 바로 나 자신이었어.* 다른 남자들 역시 그러한 관심을 즐거워했다. 그녀는 가끔 자신은 왜 주목받는 걸 피하는지 생각해봤지만 구체적인 답을 얻지는 못했다. 어쩌면 엄마의 매력적인 이목구비를 물려받은 덕에 학창 시절 내내 끊임없이 걸어오는 수작 때문이었을지도 모른다. 어쩌면 학문에 대한 그녀의 투지로 인해 항상 선생님들에게 지목을 받았기 때문이었을 수도 있었다. 그녀는 어떤 계기로 자신이 그렇게 되었는지 알 수 없어서 지금까지 체념해왔지만, 설사 알았다 한들 뭔가 달라졌을까? 아마 아닐 것이다. 마음속으로는 언제나 책벌레 쪽이길 바랐으니까.

앨리슨은 계단을 오른 후 짧은 복도를 따라 걸어간 다음 정중하게 노크를 하고 문을 열었다.

"믿지 못하실 거예요, 방금—" 그녀가 말을 꺼내며 안으로 들어섰지만 갑자기 미소가 사라졌다. 안에는 프랭크와 정장 차림의 두 남자가 있었다. 그들 모두 그녀가 들어갔을 때 서 있었다.

"아, 그녀가 왔네요." 프랭크가 책상을 돌아 나오며 말했다. "앨리슨, 존 클레이와 스티브 시저를 소개할게요. 이분들은—"

"제가 맞춰보죠." 그녀는 공손한 척했다. "정부에서 나오셨군요. 육군 치고는 너무 차려입으셨네요. 그럼 CIA?"

클레이와 시저는 손을 내밀며 그녀에게 다가가다가 걸음을 멈췄다. "아, 사실은 해군입니다."

그녀는 가슴 앞으로 팔짱을 꼈다. "여긴 어쩐 일이시죠?"

사내들은 당황한 기색을 띠며 프랭크를 바라보았다. "앨리," 프랭크가 말을 꺼냈다. "이분들은 그 프로젝트에 대해 이야기하러 오셨어."

앨리슨은 비꼬는 듯이 눈썹을 추켜올렸다. "와, 정말요!"

"그렇습니다." 클레이가 우려 섞인 목소리로 말했다. "당신의 프로젝트 이야기를 듣고 우리가 그 돌고래 연구에 뭔가 도움을 드릴 수 있지 않을까 해서 뒤부아 박사님께 막 설명을 드리고 있던 참이었습니다."

"정부에서 도움을 주러 오셨다고요. 어떤 종류의 도움이죠? 적함에 기뢰를 부착하도록 가르치시려고요?"

클레이는 좀 더 염려스러운 시선으로 프랭크를 다시 바라보았는데, 그는 프로젝트의 주인공을 정색하고 쳐다보고 있었다.

"아뇨, 그런 건 아닙니다. 여러분의 연구를 발전시키는 데에 도움이 되지 않을까 해서 돌고래와 함께 일할 수 있는 기회를 여쭤보는 겁니다."

앨리슨의 태도는 변하지 않았다. 그녀는 프랭크를 한참 노려보았다. "어떤 종류의 기회죠?"

시저는 그녀에게 그가 뽐내는 미소를 보내며 말했다. "캐리비안 해에서 소형 연구용 잠수정 한 대를 회수하는 일입니다."

앨리슨은 그와 클레이를 차례로 바라보았다. 그녀는 그 말에 관심조차 보이지 않았다. "당신들 스스로는 할 수 없나요?"

"음, 할 수는 있습니다." 클레이는 그녀의 빈정대는 말을 무시하며 말했다. "하지만 우리는 그 일이 당신과 연구원들에게 기회를 제공할 수 있을 거라고 생각했습니다. 현실 속에서의 상호작용이 여러분의 통역 연구를 더 발전시킬 수도 있고, 어쩌면 더 나아가―"

"그 돌고래들은 몇 년 동안 바다로 나가본 적이 없어요. 걔네들은 바다에 익숙하지 않아서 우리도 정확히 통제할 수 없을 거예요. 게다가 걔네들을 수송하는 일은 또 어떻게 하시려고요."

"당신이 원하는 어떤 요구 조건도 받아들일 준비가 되어 있습니다."

"저는 그럴 생각 없습니다." 앨리슨이 대답했다. "게다가, 통역 능력도 아직은 너무—"

"선생님들," 프랭크는 격앙되었지만 능숙한 어조로 말을 가로막았다. "잠시만 자리를 비켜주시겠습니까?"

클레이와 시저는 고개를 끄덕이고 문을 향해 돌아섰다. 그들은 정중하게 앨리슨을 지나친 다음 조용히 문을 닫았다.

밖으로 나간 그들은 복도 맞은편 벽에 기댄 채 주머니에 손을 넣었다.

"그녀가 너를 맘에 들어 하지 않는 것 같은데." 시저가 말했다.

클레이는 웃었다. "군에 대해 뭔가 격한 감정을 갖고 있는 것 같아."

"하지만 꽤 귀여워." 시저가 말했다. 그는 몇 걸음을 걸어가서 액자 속 사진을 살펴보았다. 수족관의 기공식을 찍은 오래된 흑백사진이었다. 백여 명의 조금 안 되는, 정장과 가운 차림을 한 군중들이 서너 사람의 주위를 반호 모양으로 에워싸고 있었는데, 그 한가운데에는 한 사람이 반짝이는 삽을 들고 서 있었다. 사진 아래에 있는 작은 명판에는 1925라고 쓰여 있었다. "여기는 지은 지 꽤 오래되었네."

클레이는 고개를 끄덕이며 사진을 보러 왔다. "전에 와본 적 있어." 그가 말했다. "내가 어렸을 때였을 거야, 7살이나 8살 정도. 아빠를 만나려고 마이애미에 왔을 때 아빠가 데리고 왔었어." 그는 사진을 자세히 보기 위해 몸을 기울였다. "당시에는 훨씬 작았어." 클레이는 말없이 그 사진을 빤히 들여다보았다. 그는 아직도 그 여행을 똑똑히 기억했다. 그 주말에 아버지가 그에게 어머니와 곧 이혼할 거라고 말해주었으니까.

시저는 문을 돌아보았다. 가운데 있는 작은 문패에는 프랭크 뒤부아 박사라고 쓰여 있었다. "만약 저들이 싫다고 하면 어떻게 하지?"

클레이는 어깨를 으쓱했다. "우리가 스노클과 오리발을 껴야지, 뭐."

프랭크는 앞으로 나와 커다란 나무 책상 가장자리에 걸터앉았다. 그의 얼굴은 피곤해 보였다. 그는 잠깐 가슴을 움츠린 다음 한숨을 쉬며 어깨를 늘어뜨렸다. 그러고는 앨리슨을 올려다보았다.

"이번 일은 해야 돼."

"뭐라고요?" 그녀가 코웃음을 쳤다. "설마 저들을 믿는 건 아니죠? 저 사람들은 해군이에요, 프랭크! 우리를 도우러 온 게 아니에요. 저들이 여기 온 건 우리 기술을 어떻게 활용할 수 있는지 알아내기 위해서예요!"

"이봐, 앨리. 당신이 저 사내들에 대해 어떻게 생각하는지, 그리고 전에 무슨 일이 있었는지는 나도 알아."

"그래서 지금은 다르다고 생각하세요? 제가 장담하는데 지금 밖에서 이 연구를 어떻게 군사적 이점으로 바꿀 수 있는지 이야기하고 있을 거예요. 그들이 원하는 건 오로지—"

"누가 이 연구에 돈을 대고 있다고 생각해, 앨리슨?" 프랭크가 불쑥 내뱉었고 그 여파가 방을 감돌았다. "산타클로스? NASA든, 해군이든, 빌어먹을 국세청이든 상관없어! 정부의 돈으로 우리가 여기까지 온 거라고! 이런 돈을 끌어오는 게 얼마나 힘든지 알기나 해?" 그는 심호흡을 하고 목소리를 낮추었다. "이봐, 우린 적자를 보고 있어. 당신도 알잖아. 그보도 자료 이후 사람들이 밀려드는 데도 불구하고 티켓 판매는 여전히 저조한 실정이야. 분명한 사실은 우리에게 좀 더 시간이 필요하다는 거야. 해야 할 일이 너무나 많잖아, 하지만 보조금을 받지 못하면 수족관을 열어두는 것도 운이 좋아야 연말까지라고."

앨리슨은 팔짱을 풀고 못마땅한 표정을 지었다. 그가 옳았다. 돈이 없으면 이 모든 것이 조만간 끝장나고 말 것이다.

"들어봐," 프랭크가 계속 말했다. "당신이 이 사내들을 어떻게 생각하는지 알아, 정말이야. 무슨 일이 있었는지 나도 안다고." 그는 앨리슨이 긴장하는 모습을 보고 약점을 건드렸다는 것을 알았지만, 그렇게 해야만 했다. 언젠가는 결국 이런 날이 올 거라는 사실을 알았다. "우리는 연구를 계속 해야 해. 적어도 지금은 말이야. 어쩔 수 없어. 우리가 이 분야에서 크게 앞서 나가고 있지만, 문을 닫게 되면 우리가 가진 정보는 죄다 모든 사람들이 이용할 수 있도록 제공될 거야. 그러면 누군가가 몇 달 안에 우리가 있던 자리를 차지하게 될 거라고."

그녀의 힘이 빠졌다. "그들이 지난번처럼 갑자기 우리는 끊어낼 거라곤 생각 안 하세요?" 그는 굳이 대답하려고 하지 않았다. 대답할 필요가 없었다. 앨리슨은 자신이 그 말을 입 밖으로 꺼냈다는 게 믿기지 않았다.

그녀는 천천히 창가로 걸어가서 거리를 따라 한 줄로 늘어선 야자수들을 바라보았다. 아직도 몹시 화가 난다는 사실이 놀라웠다. 그 일은 5년도 훨씬 지났지만 아직도 생각하기조차 싫었다. 그녀가 처음으로 진지하고, 의미 있는 연구 프로젝트를 맡은 것은 코스타리카에서였다. 그것은 세계 최초로 바다거북의 번식 및 이동 방식을 지도로 만들고 기록하는 중요한 연구 시도였다. 연구원들은 수천 마리의 거북들에게 꼬리표를 달고, 추적하고, 돌보면서 3년을 보냈는데, 그 기간 동안 사실상 돈이 없어서 텐트에서 지냈다. 그리고 마침내 다른 어떤 해양생물학 팀도 해내지 못한 것을 성취했다. 하지만 연구원들은 너무나 이상주의자들이었다. 그 당시 돈 문제에 있어서만큼은 해군과 미국 정부를 하늘이 준 선물로 여겼다. 그들이 장비, 컴퓨터, 추적 장치 등을 제공했으니까. 그들의 보조금이 없었다면, 앨리슨과 연구원들은 그 파충류들이 대서양과 태평양을 건너는 것은 말할 것도 없고, 해변만 벗어나도 추적할 수 없었을 것이다.

연구원들은 연구 일정을 연장할 수만 있다면, 이동경로뿐 아니라 출생에서 죽음에 이르기까지 거북의 전 수명에 걸친 연구가 가능하리란 걸 조금도 믿어 의심치 않았다. 연구원들은 논문을 마무리하고, 앨리슨을 포함한 몇몇은 박사 학위를 마무리하는 와중에 뒤통수를 얻어맞았다. 조직적인 작전을 펼치듯 해군은 단번에 그 연구물 대부분을 압수했다. 무엇이든 국가 안보에 이익이라고 여겨지는 것들을 다양한 분야의 정부 연구팀에 영구적으로 이관시켰다. 그녀와 연구원들은 거북 개체군이 안보에 장차 위협이 될 거라곤 상상도 못한 일이기에 경악할 노릇이었다. 정말 말도 안 되는 일이었고, 연구원들 모두 그것이 그저 어처구니없는 오해라고 확신했다. 그녀는 지인을 통해 해군이 처음부터 또 다른 계획을 가지고 있었다는 걸 알게 되었다. 그들의 의도는 거북에게 작지만 강력한 송신기를 부착시킨 다음 거북 요원들을 접근시켜서 적함들끼리의 교신을 방해하는 데에 이용할 수 있는가를 알아내는 것이었다. 세상에, 거북 요원이라니. 그 당시에도 그랬지만 지금도 터무니없이 들렸다. 우스꽝스럽든 아니든, 해군의 지원이 처음부터 속임수였다는 것을 알게 된 것은 충격이었다. 그들은 생물학에는 전혀 관심이 없었다. 그들의 관심사는 오로지 군사적 응용이 실행 가능한지 여부였다.

당연히 가능하지 않았다. 이동 경로는 도움이 되었지만 지형 관리, 이동 속도, 적절한 신호 차단에 필요한 전력 등 병참의 복잡성은 간단히 극복할 수 없는 문제였다. 결국 해군은 그 발상을 철회했고 이후에도 2년간의 법적 공방이 이어졌다. 그들은 마침내 마음을 풀고 모든 자료를 과학계가 이용할 수 있도록 했다. 그러나 그땐 이미 더 장기적이고 더 포괄적인 연구 구상으로는 자금을 조달하기가 너무나 어려워서 끝난 것이나 다름없었다. 그 연구 결과는 결국 좋은 평가를 받았지만, 출생에서 죽음에 이를 때까지의 완전한 행동적 이해를 연구했다면 거의 알려진 게 없는 그 종에 대한 관문을 열어젖혔을 것이다. 그들이 충격에서 벗어나 정상으로 돌아갔을 즈음엔 그 열정이 온데간데없이 사라져버렸고, 대부분의 연구원들도 다른 프로젝트들을 찾아 떠난 상태였다. 그 연구를 포기한 지 일 년이 다 되어갈 무렵 그녀는 프랭크를 만났다. 언어 통역에 대한 그의 미친 생각도.

그녀는 창문에서 돌아선 후 그를 빤히 쳐다보았다.

그는 어깨를 으쓱했다. "이 친구들은 우리를 돕는 데 정말로 관심이 있을 수도 있어."

그녀는 눈을 굴리고 고개를 저었다. "해군은 우리가 꿈도 꿀 수 없는 돈과 자원을 갖고 있어요. 그들이 왜 우리에게 왔겠어요? 아니, 정말로요. 그들이 작은 잠수함 하나 찾는 게 뭐가 얼마나 어렵겠어요?"

"하는 수 없죠." 그녀는 허탈한 표정을 지으며 팔짱을 풀고 문으로 걸어갔다. 그녀는 문을 열기 전에 프랭크를 향해 돌아섰다. "그거 알아요, 프랭크? 우리가 연락하기 전까지는 절대로 다른 보도 자료는 내보내지 않기로 한 거?"

그는 어깨를 으쓱했다. "알지. 실질적인 통역을 보여줄 준비가 되었을 때 새로운 보도 자료 일정을 잡기로 했잖아?"

그녀는 고개를 저었다. "제 말은 그런 뜻이 아니에요. 아직 통역에 대해 정식으로 발표하지도 않았는데 해군에서 그걸 어떻게 알아낸 거죠?"

* * * * *

클레이와 시저는 앨리슨을 따라 복도를 지나 계단으로 향했다. 그들을 경멸하던 앨리슨의 태도가 약간 누그러진 걸로 보아 뒤부아와 사무실에서 나눈 대화는 특별한 내용 같았다. 뒤부아의 요청으로 그녀는 그들에게 연구실과 사용된 기술의 시범을 보여주겠다고 제안했다.

말없이 그녀 뒤를 따라가는 동안 클레이는 시저의 말을 맞았다는 걸 인정했다. 그녀는 매력적이었다. 또 무척 똑똑해서 우습게 대할 사람이 아닌 게 분명했다. 정부를 위한 일이 아닌 다른 일로 만났더라도 말이다. 그는 그녀가 무엇 때문에 불쾌해했는지는 몰랐지만, 직접 겪어봐서인지 왠지 모르게 공감이 갔다.

층계를 다 내려온 그들은 앨리슨을 따라 새로운 부속 건물을 통과했다. 클레이는 어린 시절에 방문한 이후 수족관의 크기가 두 배는 커졌다고 짐작했다. 구조적 설계는 더 현대적이었지만, 교묘하게 꾸며져서 원래의 건물과 잘 어울렸다. 일반 방문객이라면 증축 건물이란 걸 알아차릴 수 없을 정도였다. 그들은, 거대한 유리 수조 안에 있는 돌고래를 빤히 들여다보며 손을 흔들어대는 한 무리의 아이들을 지나쳤다. 복도 끝에는 커다란 보안용 출입문이 있었는데, 수조가 그 너머로 계속 이어져 있으므로 연구실의 한쪽 벽은 수조를 관찰하는 용도일 거라고 생각했다. 안으로 들어섰을 때 클레이는 작은 층계가 또 하나 있는 걸 알아차리고 앨리슨이 먼 길을 돌아왔다는 사실을 깨달았다. 설마하니 자신들이 미워서 그런 것은 아닐 거라고 생각했다.

연구실은 생각보다 훨씬 컸는데, 멀리 있는 벽은 높이가 대충 3미터가 넘어 보였고 서버들이 가득한 서버랙들이 벽 대부분의 자리를 차지하고 있었다. 연구실 중앙에는 탁자 세 개와 큰 책상 네 개, 그리고 점심 식사 중으로 보이는 젊은 남자 두 명이 있었다.

크리스와 리는 문이 닫히는 소리를 듣고 돌아보았다. 그들은 앨리슨이 두 방문객과 함께 가까이 다가오자 재빨리 입을 닦았다.

"친구들," 그녀가 방을 가로지르며 말했다. "이 신사분들은 해군에서 나오셨어요. 우리 프로젝트를 배우려고 오셨답니다."

크리스와 리는 갑자기 몸이 뻣뻣해졌다.

"이쪽은 또 다른 수석 연구원인 크리스 라미레즈, 그리고 이분은 컴퓨터 엔지니어인 리 켄우드예요. 죄송한데," 앨리슨이 말했다. "성함을 다시 한 번만?"

"존 클레이입니다." 그가 앞으로 나서며 대답했고, 크리스 그리고 리와 차례로 악수를 했다. "이 사람은 제 동료 스티브 시저입니다."

"만나서 반갑습니다." 시저가 두 사람과 악수를 하며 덧붙였다.

"쇼 양이 친절하게도 수족관을 두루 보여줬습니다. 정말 멋진 곳에 계십니다."

리는 긴장을 풀었지만 클레이가 보기에 크리스는 앨리슨과 비슷하게 방어적인 냉정함을 유지하는 듯했다.

"프랭크가 이분들에게 시범을 보여 드리라고 부탁했어요." 앨리슨이 말했다.

크리스는 아무 말도 하지 않았지만 리는 흔쾌히 의자에 앉아 IMIS 시스템을 화면으로 불러들였다.

"프랭크와 저는 이 프로그램을 6년 전에 시작했어요." 그녀가 이야기를 시작했다. "얼마 지나지 않아서 많은 자금과 도움이 필요하다는 걸 깨달았죠. 크리스와 저는 중앙아메리카에서 진행된 어떤 프로젝트를 함께 연구한 경험이 있어서 프랭크와 제가 첫 번째 보조금을 받은 후 약 1년 뒤에 그를 영입했어요." 앨리슨은 리의 책상을 빙 돌아 그의 어깨 너머로 준비 작업을 대충 훑어보았다. "두 번째 인물로 리를 데려왔어요. 그 전에는 IBM에 있었죠." 그녀는 컴퓨터들이 있는 벽 쪽으로 이동했다. "IBM 측에서는 서버를 기증했고 IMIS라고 불리는 통역 소프트웨어와 알고리즘의 설계를 도와주었어요. 그게 바로 돌고래어를 실제로 통역하는 시스템이죠."

시저는 눈썹을 추켜올렸다. "돌고래어?"

그녀는 어깨를 으쓱했다. "우리는 그렇게 불러요. 누가 알아요, 그 언어가 실제로 그렇게 불릴지도. 그게 언제—"

"미안합니다만," 클레이가 끼어들었다. "통역이 이제 막 시작 단계라고 들었습니다. 지금 어휘가 있다는 말씀이신가요?"

앨리슨이 웃었다. "음, '어휘'는 조금 과장된 말이지만 늘려 나가는 중이에요."

클레이는 진심으로 놀라워했다. 잠시 후 그가 물었다. "그러면… 정확히 얼마나 진척이 되었나요?"

앨리슨은 여전히 웃으면서 리에게 고개를 끄덕였다. "보여드리죠."

리는 통역 창에 빠르게 *안녕* 이라고 입력했다.

클레이와 시저는 뭘 예상해야 할지 모른 채 수중 스피커에서 흘러나오는 소리를 듣고 큰 수조를 향해 돌아섰다. 그들은 두 마리의 돌고래가 건너편에서 아이들을 위해 재롱을 피우다가 갑자기 멈추더니 그들을 향해 헤엄쳐 오는 모습을 지켜보았다. 클레이는 돌고래들의 눈이 유리 건너편에서 그들에게 직접 초점을 맞추는 듯한 이상한 느낌을 받았다.

돌고래들 중 한 마리가 그 소리를 반복했고 그들은 대답이 화면에 나타나는 것을 보았다.

"와우." 클레이가 소리쳤다. 그는 시저를 쳐다보았는데 그 역시 깜짝 놀란 표정이었다. "놀랍네요."

나머지 세 사람도 들떠 보였다. 앨리슨은 리의 어깨에 가까이 기대면서 모니터에 눈을 고정시켰다. "기분이 어떤지 물어봐요."

리는 빠르게 *오늘 너 어때?* 를 입력하고 마우스를 클릭했다.

그 소리를 들은 후, 더크가 재빨리 대답했다. *좋아, 너 어때.*

리가 대답했다. **좋아. 고마워.**

앨리슨은 몸을 바로 세우고 클레이를 바라보았다. "리가 음성 인식을 추가로 연구하고 있어서 앞으로는 일일이 입력하지 않아도 될 거예요. 시간이 좀 걸리겠지만."

클레이와 시저는 꼼짝도 하지 않은 채 서 있었다. 두 사람의 눈은 휘둥그레졌고 입은 떡 벌어져 있었다. 놀라서 완전히 멍한 상태였다.

몇 초가 지나서야 클레이는 정신을 차렸다. "다른 말도 할 수 있는—"

더크가 유리 건너편에서 끼어들었다. **음식 얼마나 오래.**

앨리슨이 다시 웃었다. "쟤네들은 항상 배고파해요." 그녀는 몸을 숙여 직접 대답을 입력했다. **음식 곧.**

클레이는 시저를 바라보았는데, 그는 아직도 말문이 막혀 있었다. "와우." 그가 그제서야 돌고래들을 돌아보면서 입을 열었다.

리는 의자를 빙 돌리고 두 사람을 향해 환한 미소를 지었다. "신사분들, 더크와 샐리를 소개하죠."

그들 누구, 샐리가 물었다.

리는 앨리슨에게 의자를 내밀었고, 그녀는 바로 자리에 앉아 대답했다. **친구들. 그들은 도움 원해.**

멍한 상태임에도 불구하고 클레이는 앨리슨이 자신들을 친구라 표현하면서도 별로 달갑지 않아 한다는 낌새를 알아차렸다.

더크와 샐리가 갑자기 빙글빙글 작은 원을 그리며 헤엄쳤다. 클레이가 즐거워하리라 추정하는 것을 보여주듯.

네. 도움 좋아해, 샐리가 대답했다. **더크 배고파.**

음식 곧, 앨리슨이 다시 입력했다

시저는 더크와 샐리에게서 눈을 떼지 못했다. "믿어지지가 않아."

리는 활짝 웃어 보였다. "이제는 먹을 걸 더 달라고 아양까지 떨죠!"

14

앨리슨은 2층 갑판에 서서 패스파인더 호의 선미에 만들어진 커다란 수조를 내려다보고 있었다. 배의 기중기 두 대를 분해해서 1만 갤런의 소금물 수조를 수용할 만한 공간을 만드는 바람에 선미의 개방형 갑판에 남은 공간은 4분의 1 정도에 불과했다. 남아 있는 세 번째 기중기에는 더크와 샐리를 들어 올리거나 내릴 때 사용하는 직물로 만든 두꺼운 인양 도구가 매달려 있었다. 두 마리를 그런 작은 공간에 가두어 놓고 난 후 5시간 동안 맘껏 움직이지 못할 것을 생각하니 앨리슨을 극도로 불안해졌다. 창문이 하나도 없다는 사실은 불안을 더욱 가중시켰다. 그럼에도 불구하고 두 돌고래 모두 비교적 평온해 보였고, 바다의 물결에 따라 수조 안의 물도 부드럽게 앞뒤로 철벅거리고 있었다.

다행히 기상이 좋아서 잔잔한 바다와 파란 하늘이라는 이상적인 전망을 제공했다. 캐리비안 해의 겨울 기간에는 좀처럼 보기 드문 날씨였다. 앨리슨은 해변의 흔적이라곤 전혀 보이지 않는 수평선을 훑어보고 나서 시계를 보았다. 그녀는 빤히 들여다보이는 이 수작이 곧 끝나길 바랐다. 그녀는 몇몇 다른 사람들이 배 안을 서성거리면서 맑은 공기와 망망대해의 냄새를 즐기는 모습을 지켜보았다. 스무 명 남짓한 승객들 대부분은 거의 해군의 사진 촬영 기회에 참가하기 위해 초대된 기자나 언론인들이었다. 앨리슨은 속으로 그들에게 긍정적인 언론매체만 불러 모았을 거라고 생각했다. 기자 한 사람이 아래에서 수조를 살펴보고 있었다. 그 사람은 뒤로 물러나서 수십 장의 사진을 찍고 있는 것처럼 보였는데, 앨리슨은 그가 사진 한 장당 얼마를 받는지 궁금했다. 또 그가 모자를 거꾸로 쓴 걸 알고 있는지도.

앨리슨은 의기소침한 기분을 떨쳐내려고 애썼다. 원해서 여기에 있는 건 아니었지만, 그렇다고 화를 내고 불평해봤자 아무런 도움이 되지 않을 것 같았다. 그녀는 심호흡을 하고 전망을 감상하려고 애썼다. 하지만 아무리 애를 써봐도 기분은 조금도 나아지지 않았다.

클레이가 뒤에서 가까이 다가왔다. "괜찮아요?"

그녀가 급하게 돌아섰다. "네. 괜찮아요. 고마워요."

"뱃멀미가 나시나요? 좀 더 일찍 알았더라면 효과가 좋은 걸 드릴 수도 있었는데."

그녀는 그 말에 히죽 웃었지만 억지로 예의바른 미소를 지었다. "뱃멀미는 해양생물학자의 길을 택하기엔 치명적이죠."

그는 고개를 끄덕였다. "그러네요. 제가 실수했군요." 그는 함교를 향해 다시 몸을 틀었다. "곧 도착할 겁니다. 그리고 켄우드 씨가 설정 작업을 거의 다 끝내간답니다."

그녀는 클레이를 따라 배 앞쪽으로 되돌아가서 삼층으로 이어진 계단을 올라갔다. 그가 함교로 통하는 문을 붙잡고 있자 고맙다고 웅얼거렸다. 냉방이 된 실내로 발을 들여놓은 그녀는 곧바로 바깥의 따스한 날씨가 다시 생각났다.

함교 내부 한쪽에서는 리가 승조원들이 마련해준 탁자 위에 놓여 있는 장비를 손보고 있었다. 그 밑에는 두 대의 대형 휴대용 컴퓨터 서버가 전선들에 둘러싸여 있었다. 탁자 위에는 리의 키보드와 마우스, 모니터, 그리고 그녀도 잘 모르는 몇몇 다른 장비들이 놓여 있었다. 크리스는 그 뒤에 서서 창밖으로 비미니 군도의 윤곽을 내다보면서, 몇몇 기자들이 비집고 들어와 리와 장비들 사진을 찍어대는 동안에도 애써 침착함을 유지하고 있었다.

"준비는 다 되었어요?" 앨리슨이 리에게 물었다.

"거의." 그가 대답했다. "시스템이 다 준비되었는지 확인 차 몇 가지 시험 명령을 막 실행해보려던 참이었어."

"그럼 어떤 어휘를 가지고 하실 건대요?"

그는 어깨를 으쓱한 후 입력을 계속했다. "우리가 떠날 때까지 IMIS가 성공적으로 통역한 모든 어휘들. 뭔가 새로운 걸 통역할 수 있는 장비들은 갖고 오지 않았으니까. 하지만," 그는 밑에 있는 두 대의 서버를 손짓으로 가리켰다. "요놈들 성능으로도 적어도 이미 확보한 단어들 정도는 충분히 처리할 수 있어. 연구실로 돌아가면, 입력 작업을 거치지 않고 스피커로 바로 통할 수 있는지 시험해봐야겠어, 그리고 준비는 다 끝났어."

* * * * *

목적지에 가까워지자 마침내 배의 엔진이 서서히 멈추기 시작했고, 에머슨 선장은 책임자로서 모든 것이 잘 진행되고 있는지 확인하기 위해 함교로 돌아왔다. 그는 일등 항해사와 이야기를 나눈 뒤 앨리슨과 연구원들을 향해 돌아섰다.

"쇼 양, 더 필요한 건 없습니까? 몇 분 내로 멈출 예정입니다."

"네, 필요한 건 다 있는 것 같습니다. 감사합니다."

"그렇다면 다행이군요. 배가 멈추는 대로 여러분의 친구들을 수조 밖으로 꺼내기 위한 인양 작업을 준비할 겁니다. 그 친구들도 몸을 편히 움직이고 싶어서 안달이 나 있을 테니까요."

"감사합니다." 그녀가 대답했다. "크리스와 제가 내려가서 돕겠습니다."

"그래주시면 저희야 고맙죠." 그러고 나서 선장은 다른 사람들을 향해 고개를 끄덕인 다음 돌아서서 클레이와 조용히 이야기를 나누었다.

배가 점점 느려지자, 앨리슨과 크리스는 서로를 초조하게 바라보았다. 두 사람은 떠나기 전에 프랭크 말고는 아무에게도 말하지 않았던 걱정거리를 함께 염려했었다. 더크와 샐리는 그들과 마찬가지로 수족관의 식구나 다름없었고, 앨리슨은 돌고래들에게 깊은 애정을 느꼈다. 하지만 돌고래들은 늘 가두어져 있었는데, 그건 어떤 의미에서 그들이 수족관의 포로라는 뜻이었다. 앨리슨과 크리스가 걱정하는 것은, 아니 두려워하는 것은 돌고래들 역시 두 사람에 대한 강한 친밀감을 보여주었음에도 불구하고, 바다로 돌아갔을 때 망망대해로 달아나지 않으리란 보장이 전혀 없다는 점이었다. 다른 수십 가지 세부 사항을 빼더라도 돌고래들이 수족관을 떠날 수 있도록 준비하고 또 수송하기 위한 수조를 건설하는 데만 거의 2주가 걸렸다. 그 기간 동안 두 사람과 더크, 샐리와의 유대 관계는 훨씬 더 공고해졌다. IMIS가 제공한 놀라운 진전 덕분에 돌고래들이 연구원들과 이야기할 때는 마치 그들끼리 소통하는 것만큼이나 신이 난 것처럼 보였다. 하지만 돌고래들은 여전히 자연적인 서식지와 고향으로부터 억류되어 있었다. 앨리슨은 돌고래들이 한번 수조를 벗어나 드넓은 바다로 되돌아가면, 다시는 그들을 볼 수 없을까봐 몹시 겁이 났다.

엔진 소리가 마침내 조용해졌고 배는 관성으로 천천히 움직이다가 마침내 멈췄다. 몇 분 후, 거대한 닻이 내려졌고 엄청난 물보라를 일으키며 바닷물을 꿰뚫었다. 앨리슨과 크리스는 뒤쪽 갑판에 있는 승조원들에게 합류해서 돌고래를 들어 올리는 작업을 도왔다. 그들은 기계 팔을 수조 위로 천천히 회전시킨 다음 물속으로 내렸다. 수조가 작은 편이라 위험할 수도 있었지만, 앨리슨은 고집을 부리고 수조 안으로 들어가서 운반용 큰 직물 포대로 샐리를 감싸는 동안 샐리를 안심시켰다. 샐리는 저항할 기미를 보이지는 않았다. 앨리슨은 몸을 이리저리 빠르게 움직이며 직물 포대가 단단히 결박될 수 있도록 조치했다. 취재진들이 수조가 놓인 갑판에 몰려들어서 전 과정을 촬영했다.

앨리슨은 승조원들이 샐리를 들어 올린 후 갑판을 지나 따뜻한 바닷물 속으로 내리는 것을 초조하게 지켜보는 동안 울컥 목이 메는 것을 느꼈다. 더크에게도 똑같은 작업을 반복했고, 5분 만에 돌고래 두 마리를 물속으로 옮겼다. 앨리슨은 시야가 좋은 배 뒷부분에 서서 두 돌고래가 신나게 헤엄치는 것을 지켜봤다. 그들이 배 옆을 선회하며 움직이자, 앨리슨은 함교 쪽으로 이어진 계단을 뛰어올라갔고 크리스도 그녀의 뒤를 바싹 쫓아갔다. 그녀는 문을 통과하고 리에게 가까이 기댔다.

"다 됐어요, 말을 시켜봐요!"

리가 끄덕이며 수중 마이크와 스피커를 작동시키기 위해 버튼을 눌렀다. 그는 빠르게 *안녕*을 입력하고 엔터키를 눌렀다.

답장을 기다리는 동안 긴 침묵이 흘렀다. 앨리슨은 걱정이 되는지 눈이 서서히 커졌고 리의 어깨에 손을 얹었다. 그들은 계속 기다렸다.

"다시 시도—" 앨리슨이 부탁하는 사이 샐리가 끼어들었다.

안녕 앨리슨.

리가 그녀에게 키보드를 넘겼고 그녀가 입력을 했다. *안녕 샐리. 도움 준비되었어?*

네 우리는 도움 좋아해, 돌고래의 대답이 왔다.

앨리슨은 크리스를 바라보았다. 두 사람 다 안도의 한숨을 내쉬었다.

너는 어디 앨리슨?

앨리슨이 다시 입력했다. *나는 배 위에 있어.* 오류 메시지가 화면에 번쩍였다. *통역할 수 없음.* 그녀는 리를 바라보았다. "어휘 목록을 어떻게 불러내요?"

리가 몇 차례 키를 누르자 목록이 나타났고 현재까지 통역이 가능한 단어들을 모두 보여주었다.

앨리슨이 대답을 다시 입력했다. *나는 금속 위에 있어.*

큰 금속, 샐리가 응답했다.

앨리슨이 웃었다. *네, 큰 금속.* 그녀는 막 그들에게 합류한 클레이를 올려다보았다. "준비되었나요?"

그가 끄덕였다. "언제든 괜찮습니다."

"좋아요. 돌고래한테 이곳에 있는 것이 괜찮은지 확인해볼게요."

앨리슨이 다시 입력했다. *너와 더크는 두려워?*

안 두려워, 샐리가 말했다. *더크 배고파.*

앨리슨은 큰소리로 웃었다. "그 녀석은 항상 배고파해요." 그녀는 장난스럽게 입력했다. *더크는 항상 배고파.*

샐리가 이상한 소리를 냈는데 컴퓨터가 통역하지 못했다.

앨리슨은 갑자기 크리스를 바라보았다. "샐리가 방금 웃은 거야?"

그도 흥분하며 미소를 지었다.

앨리슨은 잠시 긴장을 풀고 자세를 바로잡았다. "좋아요. 클레이 씨, 우리가 여기서 찾아야 하는 것이 정확히 뭐죠?"

"작고 하얀 잠수정이고, 대략 1미터 크기의 공 모양입니다." 그는 그녀에게 트라이톤의 사진을 건네주었다. "우리의 추정대로라면 반경 5킬로미터 이내 어딘가에 있을 겁니다."

그녀는 사진을 바라보았다. "이런, 이걸 어떻게 묘사하지?"

리는 다시 어휘 목록을 불러들였다.

앨리슨은 그 목록을 유심히 살펴본 다음 입력을 시작했다. *준비되었어 샐리? 준비되었어 더크?*

준비되었어, 샐리가 대답했다.

준비되었어, 더크도 따라했다.

그것은 금속 공처럼 보여, 그녀가 입력했다. *부탁해 찾아보고 돌아와.*

우리 찾아본다, 샐리가 대답했다.

연구원들은 무슨 말이라도 더 들으려고 귀를 기울였지만, 스피커는 조용했다. "벌써 가버렸나 봐."

앨리슨은 다시 클레이에게 돌아섰다. "다시 말씀드리지만, 그들이 얼마나 멀리, 얼마나 깊이 수색할 수 있을지는 몰라요. 돌고래는 50~70미터 이상은 더 깊이 들어가지 않기 때문에 음파 탐지 능력으로 발견한다고 해도 우리에게는 방향을 가리키는 것만 할 수 있을 거예요."

"알겠습니다." 클레이가 대답했다. "잠수정의 부력 탱크가 부분적으로 채워져 있기 때문에 우리도 얼마나 깊이 가라앉아 있는지는 알 수 없습니다. 이 주변에는 암초들이 많이 있으니까 운이 좋을 수도 있어요." 그는 다정한 미소를 끝을 맺었다. "앞으로는 존이라고 부르세요."

15

시저가 윌 보거의 연구실 안으로 걸어 들어갔고, 보거는 책상 앞에서 시거가 지난번 이곳에 왔을 때 봤던 그 지도를 살펴보고 있었다. 보거는 고개를 들고 끄덕였다. "어서 오게, 스티브."

"윌. 시간 내줘서 고마워요." 시저가 대답했다. 그는 보거에게 다가가서 소형 기억 장치를 건네주었다.

"천만에." 보거는 기억 장치를 대충 훑어본 후 컴퓨터에 삽입했다. "클레이는?" 그가 키보드를 두드리며 물었다.

"그 친구는 돌고래들과 놀러갔어요."

보거가 웃었다. "물어보지 말걸 그랬군." 화면에 기억 장치의 내용을 보여주는 창이 열렸다. "좋아, 그럼 여기 뭐가 있는지 볼까?"

"이건 패스파인더 호에 있는 테이라는 친구가 보내온 동영상 자료예요. 트라이톤 잠수정이 잠수 중에 녹화한 겁니다… 잠수정의 신호를 놓치기 전까지요. 그리 길지는 않지만, 클레이와 저는 혹시 도움이 될 만한게 있을지 모르니 박사님한테 보여줘야 한다고 생각했어요. 우리와 연락이 끊긴 후 어느 방향으로 향했는지 정도라도 알 수 있었으면 해서요."

"알았어." 보거는 절반 정도의 속도로 동영상을 재생했다. 그는 돌아보지도 않고 뒤에 있는 콜라 캔을 향해 손을 뻗었다. 그의 책상 선반 위에는 빈 콜라 캔이 작은 탑처럼 쌓여 있었다. 시저는 캔의 개수로 미루어 보아 보거가 혹시 주주가 아닐까 생각했다.

보거는 캔을 딴 후 트라이톤이 깊고 푸른 물속으로 내려가는 장면을 지켜보았다. 소리는 나지 않았지만 동영상의 화질은 선명했다. 3분이 조금 넘었을 때, 첫 번째 전파 방해의 징후가 나타났다. 거의 눈에 띄지 않을 만큼 아주 작은 하얀 점들 몇 개. 시간대가 지남에 따라 점들이 더 커지고 빈번해졌지만, 아직까진 사소한 방해에 지나지 않았다.

갑자기 전파 방해가 눈에 띄게 심해지자 보거가 몸을 앞으로 기울였다. 그는 비디오를 멈추고 되감았다. 몇 초 동안의 동영상 구간을 계속 반복해서 재생하더니 특정 장면에서 멈추었다.

"이게 뭐지?" 그가 혼잣말을 하듯 물었다.

시저가 몸을 기울였다. "뭐요?"

보거는 일련의 장면들 사이를 왔다 갔다 했다. 그는 화면 오른쪽 상단을 가리켰다. "바로 여기."

시저는 좀 더 가까이 들여다보았다. 희미하긴 했지만 옅은 빛깔을 띤 형체가 난데없이 나타났다. 한 장면 한 장면씩 재생되면서 그 형체는 조금씩 선명해졌고 부드러운 곡선을 가진 선을 닮아가기 시작했다. "음… 잠수정의 실내등에서 반사된 빛 같은데요, 어쩌면 앞부분의 강화 유리에 비친 걸 수도 있고요."

"어쩌면." 보거가 입을 오므리며 말했다. 그는 계속해서 그 장면들을 반복해서 지켜보았다. 그 형체가 점점 더 뚜렷해질수록 전파 방해가 심해져서 마침내 화면을 거의 뒤덮을 정도로 상태가 나빠졌다. 그는 그 장면을 다시 뒤로 돌렸다. "빛 반사는 아닌 것 같은데." 그는 화면에 있는 작은 점을 가리켰다. "바닷물에는 작은 부스러기들과 유기 물질들이 가득해. 여기를 자세히 봐…. 작은 부스러기 하나가 창문 너머에서 이 위쪽 방향으로 움직이는 게 보이지. 그리고 여기에서는 그게 하얀 형체 위를 지나간단 말이야. 만약 그 형체가 빛의 반사였다면 이 작은 반점은 그 빛에 묻혀 보이지 않았을 거야."

시저가 끄덕였다. "그렇겠죠."

"동영상에 다른 이상이 있을 가능성도 있지만 의심스럽긴 해." 그는 동영상을 다시 앞쪽으로 재생하면서 말했다. "불행하게도, 전파 방해가 너무 강해지는 바람에 바로 여기서 신호가 끊어져버렸어."

시저는 몸을 바로 세웠다. "그러면 우리가 알아낼 수 없겠네요."

"뭐, 꼭 그렇지는 않아." 보거는 컴퓨터의 창을 닫으면서 대답했다. 그는 프로그램 하나를 실행했고 많은 명령어들을 시저가 따라갈 수 없을 정도로 빠르게 입력했다.

"무슨 말이에요?"

"무슨 말이냐면," 보거가 화면에 뜬 여러 창들과 프로그램을 드나들면서 말했다. "그 전파 방해를 어느 정도 제거할 수도 있다는 거지."

"어떻게 그렇게 할 수 있죠?" 시저가 의자를 끌어당기고 앉았다.

"전파 방해의 비율이나 정도를 파악할 수 있다면, 컴퓨터가 이를 계산해서 화면에 있는 전파 방해를 제거할 수도 있어. 천문학자들이 지상 망원경으로 우주를 관찰할 때 사용하는 기술인데 '보정 광학'이라고 하지. 지구의 대기 때문에 빛이 통과할 때 왜곡되잖아, 그래서 과학자들이 레이저를 이용하여 이 왜곡을 측정한 다음 컴퓨터가 그 왜곡을 바로잡을 수 있도록 하는 방법을 고안해냈어. 그 결과 대기권 밖에서 공전하고 있는 허블 망원경이 만들어내는 것만큼 선명한 영상을 얻을 수 있었지."

"그렇지만 우리에겐 측정할 수 있는 레이저가 없잖아요." 시저가 지적했다.

"맞아," 보거가 대답했다. "하지만 차선책이 있어."

"그게 뭔데요?"

보거가 미소를 지었다. "수학."

＊ ＊ ＊ ＊ ＊

클레이는 함교의 뒤쪽 벽에 기대어 앨리슨을 비롯한 연구원들과 함께 셀리나 더크의 응답을 기다렸다. 리 켄우드는 컴퓨터 앞에 앉아서 시스템 기록 일부를 살펴보았다. 그가 클레이를 올려다보며 말했다.

"저기, 클레이 씨, 아니 존. 원하신다면 이번 현장 활동을 녹화해 드릴 수도 있습니다."

앨리슨은 클레이가 대답하기도 전에 말했다. "이 사람들은 처음부터 이 모든 걸 녹화하고 있는 게 틀림없을 걸요."

클레이는 앨리슨을 쳐다본 다음 어깨를 으쓱하며 리를 바라봤다. "그녀의 말이 맞습니다."

리는 소심하게 웃었다. "아."

"바람이나 쐬러 가야겠네요." 앨리슨이 가까이 있는 문을 열면서 말했다. 크리스도 그녀를 따라나섰다.

앨리슨은 안전을 위해 난간을 붙잡고 배의 측면 너머 푸른 물속을 바라보았다. "내가 장담하건대, 그 사내들도 다 똑같은 놈들이야."

크리스는 미심쩍은 표정을 지으며 얼굴을 찌푸렸다. "난 잘 모르겠어. 그 친구는 우리가 증오하는 그런 부류로 보이지는 않던데." 그는 그녀를 쳐다보며 기분을 풀어주려는 생각으로 말했다.

그녀는 미끼를 물지 않았다. "방금 그가 한 말 못 들었어? 우리도 모르게 이 모든 것을 녹화하고 있다고 시인했잖아."

"그래, 하지만 그 사람은 그걸 부정하지는 않았어. 그렇잖아?" 크리스가 지적했다. "그냥 조용히 있을 수도 있었고, '그래요, 리. 당신이 녹화해주면 정말 좋겠어요'라고 말할 수도 있었어. 내 말은, 젠장 앨리, 여기는 군대야. 그들은 별거 아닌 것도 다 기록한다고!"

그녀는 고개를 저었다. "나는 그 사람을 믿지 않아."

크리스는 고개를 떨어뜨렸다. "앨리, 넌 아무도 믿지 않잖아."

그녀의 놀라서 눈이 휘둥그레졌다. "그렇지 않아!"

"아니, 맞아. 그게 사실이라는 건 너도 알잖아! 우리가 오랜 친구 사이이긴 하지만 인정할 건 인정하자고. 너는 거의 모든 걸 속에다 감추고 드러내지 않아."

앨리슨은 분한 표정으로 크리스를 노려보았다. "모든 건 아니야!"

"앨리, 너는 똑똑한 사람이야." 그가 말했다. "하지만 이런 일들은 그냥 내버려둬야 해. 나 역시 군대는 좋아하지 않아, 그리고 너도 알다시피, 어쩌면 그들이 우리를 어떻게든 또 다시 엿 먹일 수도 있어. 하지만 나는 항상 분노해 있는 것 같은 삶을 살고 싶지는 않아." 크리스는 다시 바다를 바라보았다. "난 클레이라는 친구는 잘 몰라. 하지만 그는 우리가 이 일을 돕는 걸 진심으로 고마워하는 것 같아. 그래, 그들은 언론과 결탁해서 이 일을 통해 어느 정도 홍보 효과를 얻으려 하겠지? 그럴 거야, 하지만 누가 신경이나 쓴대? 우리 없이는 전혀 관심을 끌 수 없어. 그들이 얻는 게 있어야 우리 역시 얻는 게 있는 거 아니겠어."

앨리슨은 한참 동안 그를 쳐다보더니 마침내 숨을 크게 내쉬었다. "알았어, 그 사람한테 기회를 한 번 줄게."

"잘 생각했어." 크리스가 말했다. 그는 그녀를 팔로 감싸고 살짝 안아주었다. "자, 이제 전망을 즐겨, 그리고 그 친구가 지금 이 순간에도 네 지갑을 뒤지고 있을 거라는 사실은 생각하지 말자고."

함교 내부, 리가 모니터에서 고개를 들고 클레이를 다시 쳐다보았다. 클레이는 배의 출렁거림에 맞서 몸을 가누기 위해 벽에 기댄 채 조타 장치 앞에 있는 승조원들을 지켜보고 있었다.

"이봐요, 존. 당신이 해군을 위해 하는 일이 정확히 뭔지 물어봐도 될까요?"

클레이는 놀란 표정을 지었다. "괜찮습니다. 저는 해군의 특수조사대라는 부서에서 일하고 있습니다."

"그 부서가 '나는 당신을 죽일 거야' 같은 부류는 아니죠?"

클레이가 웃었다. "아닙니다. 우리가 조사하는 것은 일반적인 해군 작전을 벗어난 특이한 사안들입니다."

"어떤 종류의 일을 조사하는데요?" 리는 호기심이 생겼다.

"대부분 기밀입니다만, 일반적으로 시스템 오작동이나 통신 문제와 관련된 것들입니다. 예를 들면, 두 시스템이 중복된 주파수를 사용해서 문제를 일으키는 경우 같은 겁니다. 꽤 지루한 일이죠."

리는 웃었다. "칵테일파티에서 내가 하는 행동만큼이나 지루하게 들리네요."

클레이는 다시 웃었다. "그럼, 우리가 파티에서 우연히 마주치면, 당신은 제 이야기를 들어주시고 저는 당신 이야기를 들어드리면 되겠네요."

"좋습니다." 리가 따라 웃으면서 말했다. "내 생각일 뿐이지만, 가끔은 다른 기술 쪽 책임자와 함께 있는 것도 괜찮네요. 제가 컴퓨터 전문 용어를 쓰면 연구원들이 많이 따분해 하거든요."

"이해합니다." 그가 끄덕였다. "당신이 작업하고 있는 프로젝트는 정말 대단한 일이니까요."

"그건 그래요." 리가 동의했다. "통역이 어느 순간 시작되면서부터는 정말로 흥분되더군요. 이렇게 빨리 이뤄질 거라고 기대하지 않아서인지 정말 기뻤어요. 그 반대가 될까봐 걱정했거든요, 특히 앨리슨이."

클레이는 고개를 끄덕이며 창문을 통해 크리스와 앨리슨이 서로 이야기하는 것을 바라보았다.

"볼수록," 리는 계속 말했다. "앨리슨은 대단한 아가씨예요. 이 모든 걸 지키려고 무척 애쓰거든요. 더크와 샐리에 대해선 더 애틋하죠. 그녀는 과거에 해군과 좋지 않은 경험을 겪은 적이 있어요, 그 바람에 경력도 꼬이고 말았으니까. 그래서 그 길을 다시 따라가게 될까봐 걱정을 하는 겁니다."

"이해할 수 있습니다."

"게다가 그녀는 무척 똑똑하기도 하죠." 리는 윙크를 하며 덧붙였다. "그러니 조심하세요."

클레이 미소를 지었다. "신중하게 행동하죠."

에머슨 선장이 다가오며 클레이를 바라보았다. "삼각파도(진행 방향이 다른 둘 이상의 물결이 부딪쳐서 생기는 불규칙한 물결)가 보이기 시작하고 있어." 그런 다음 그는 리를 내려다보았다. "전문가 양반, 우리가 여기 얼마나 더 오래 기다리고 있어야 할지 감이 잡힙니까?"

"아뇨, 선장님." 리가 대답했다. "그건 앨리나 크리스에게 물어봐야 할 것 같은데요."

앨리슨은 시계를 확인하고 크리스를 쳐다보았다. "녀석들이 돌아오는 중이겠지?"

"나도 그랬으면 좋겠어." 그가 눈을 가늘게 뜨고 보면서 말했다.

그들 뒤에서 문이 열리자 두 사람은 고개를 돌렸고 에머슨과 클레이가 밖으로 나오는 것을 보았다. 에머슨은 바다를 흘끗 보고 나서 앨리슨에게 다가갔다. "아가씨, 돌고래들로부터 무슨 소식은 없습니까?"

"아직요."

"음, 기상 상태가 점점 안 좋아지고 있어요. 파도가 너무 거세지면 더 이상 이곳에 머무를 수 없습니다."

그녀는 놀란 표정을 지었다. "떠나겠다는 말씀이신가요?"

"불행히도 그럴 것 같아요."

"그들을 놔두고 떠날 순 없어요!"

"여러분 심정은 이해합니다만 파도가 계속 거칠어지면 닻을 올릴 수밖에 없습니다. 다른 승객들의 안전을 위해 위험을 감수할 수는 없으니까요."

"시간이 얼마나 더 있죠?" 그녀가 물었다.

"딱히 단정짓기는 어렵습니다. 여건이 지금처럼 지속된다면, 1시간 어쩌면 2시간 정도일 겁니다."

앨리슨은 걱정을 하기 시작했다. 그녀는 선장에게 고개를 끄덕이고 나서 더크와 샐리의 흔적을 보이는지 바다로 시선을 돌렸다.

함교로 다시 들어가면서 클레이는 에머슨에게 호기심 어린 시선을 보냈다. "날씨가 좀 이상한 거 눈치챘어요?"

"무슨 뜻이야?" 에머슨이 물어보며 다시 바깥을 유심히 살펴보았다. "정말이군. 파도는 점점 거칠어지는데, 바람도 안 부는 데다 하늘에 구름 한 점 없어."

16

12만 제곱미터의 면적에 건물 복도 길이만 27킬로미터가 넘는 미 국방부는 세계에서 가장 크고 가장 효율적인 사무실 건물 중 하나다. 건물의 최하층에서도 사람들 눈에 잘 띄지 않는 곳에 위치한 작은 연구실 안, 윌 보거는 트라이톤 동영상의 전파 방해 부분을 제거하기 위한 프로그램을 짜느라 진땀을 흘리고 있었다. 그 작업은 캘리포니아대학교 버클리 캠퍼스의 한 프로그래머와의 긴 통화와 함께 시작되었다. 그 친구는 보거에게 컴퓨터 코드를 전송하고 그에 필요한 수학적 알고리즘을 포함한 기호 논리학을 설명하는 데에 한 시간을 소비했다. 보거가 행성들을 찾는 것이 아니기 때문에 프로그램의 많은 부분을 다시 손봐야만 했다.

그의 뒤쪽에서 시저가 특대 크기의 피자 한 판과 콜라 6개들이 두 상자를 가지고 안으로 들어왔다. 그 건물에서 가장 똑똑한 남자의 오후를 징발한 대가로 말이다. 보거는 시저가 떠난 순간부터 쉬지 않고 키보드를 두드렸다. 시저는 돌아오자마자 작업이 훨씬 더 오래 걸릴 수도 있겠다는 걱정을 하기 시작했다. 그럴 경우 저녁식사도 제공해야 하니까.

"어떻게 되어가고 있어요?" 시저가 그의 옆에 앉으면서 물었다.

보거는 잠시 쉬면서 방금 추가한 명령어가 컴퓨터의 논리 문법이 맞는지 꼼꼼히 훑어보았다. "몇 가지 오류들이 있어서 해결하고 있는 중이야. 잘 될 것 같아." 그는 다른 창으로 옮겨가서 모든 요소들을 다시 정리하는 명령어를 입력했다. "좋았어. 이번에는 오류가 없어." 그는 마지막 명령어를 입력하고 엔터키를 눌렀다. "한번 돌려보자고."

보거는 돌아서서 피자 상자를 개봉했다. 큰 조각 하나와 냅킨을 움켜쥐고 나서 모니터를 향해 다시 몸을 돌렸다. 화면은 자료 영상으로 가득 찼고 문제의 장면들이 다시 저속으로 재생되었다. 시저는 피자 조각을 한 입 물고는 몸을 기울이며 지켜보았다.

자료 영상은 전파 방해로 인한 첫 반점이 보이는 지점에 이를 때까지 빠르게 재생되었다. 갑자기 자료 영상이 눈에 띄게 느려졌고 컴퓨터가 정지된 화면을 픽셀 단위로 스캔하고 불필요한 점들을 제거해 나가는 과정을 볼 수 있었다. 그 작업을 마친 후에는 다음 장면으로 넘어갔다. 두 사람은 각각의 화면이 점점 더 명료해지는 것을 조용히 지켜보았다. 프로그램이 실행 작업을 마치자, 보거와 시저 모두 앞으로 몸을 숙이며 마지막 장면에서 그들이 보고 있는 게 무엇인지 파악하려고 애썼다. 트라이톤이 방향을 바꿨기 때문에 화면 속 그 물체는 더 이상 구석이 있지 않았다. 이제는 화면 전체를 넘어서까지 늘어난 것처럼 보였다.

"도대체 저게 뭐죠?"

보거는 고개를 저었다. "모르겠어. 둥그렇게 구부러진 뭔가의 일부분 같아 보여."

"저게," 시저가 가까이 들여다보며 물었다. "바닥 위에 있는 건가요?"

"그런 것 같아. 바깥쪽으로 좀 더 어두워 보이는 이것들 보여? 저건 산호야." 그는 잠시 생각을 했다. "통신 회사들이 바다 밑에 깔아놓은 광섬유 케이블 다발인가 생각해봤는데, 이건 그것보다 훨씬 더 커."

시저는 눈살을 찌푸렸다. "케이블은 아니에요. 이곳 수심이 그렇게 깊은 바다는 아니지만, 저 정도 수심이라면 우리 눈에는 보이지 않을 거예요. 저렇게 깊은 곳은 빛이 충분하지 않거든요. 게다가 트라이톤의 빛이 저만큼 강할 리도 없고요."

"그렇군." 보거가 동의했다. "그렇다면 저게 뭐든 간에 스스로 빛을 내뿜고 있다는 얘긴데."

"특이하네요. 얼마나 큰지 판별할 수 있겠어요?"

"그 정도는 할 수 있지." 그가 다시 입력을 하면서 말했다. "색깔을 도치시키고…." 그 물체가 갑자기 검게 변한 동시에 화면의 나머지 부분이 흰색으로 뒤바뀌었다. "…그리고 축소 명령을 하면… 현재의 크기를 이용해서 전체적인 모양이 어떤지 추정해 볼 수 있어." 그는 엔터키를 다시 누르고 물체가 줄어드는 것을 지켜보았다. 이어서 컴퓨터가 어떤 형체인지를 계산하기 위해 조각들을 추가하기 시작했다. 그 작업이 끝나자 두 사람 모두 충격을 받았다.

"제가 보고 있는 걸 보고 계시는 거 맞죠?"

보거가 끄덕였다. "저건 마치… 거대한 원형 고리 같아."

* * * * *

리는 작은 탁자 앞에 앉아 돌고래들을 반복해서 호출했다. 매분마다 그는 **안녕 더크, 안녕 샐리**를 입력하고 기다렸다. 응답은 오지 않았다. 앨리슨은 쓰러질 듯 비틀거리며 뒤에 있는 벽에 기댔다.

"아무런 신호도 없나요?"

리는 낙심한 듯 고개를 저었다. 배가 요동치자 탁자 위의 작은 장비 하나가 갑자기 미끄러졌고 그는 떨어지기 전에 그것을 재빨리 붙잡았다.

앨리슨은 고개를 돌려 크리스를 바라보았는데, 그 역시 걱정스러운 표정이었다. "녀석들이 길을 잃었을지도 몰라." 그가 완곡하게 말했다.

앨리슨은 고개를 저었다. "아니야." 그녀는 다시 리를 내려다보았고, 그는 그녀의 눈치를 알아채고 또 한 번 메시지를 입력했다.

클레이가 바깥에서 함교 안으로 들어왔다. 그는 에머슨 선장에게 고개를 끄덕였다. "모든 승객들이 휴게실에 모였습니다. 비좁긴 합니다만, 뱃멀미를 하는 일부 승객들을 제외하곤 괜찮을 겁니다. 사람들은 출입구 가까이에 앉아 있습니다."

에머슨은 고개를 끄덕였고 그들 두 사람은 앨리슨과 연구원들을 훑어보았다. 그들은 연구원들에게 다가갔고 에머슨이 입을 열었다. "시간이 다 되었습니다."

앨리슨은 벽에 기댄 채 버티었다. "10분만 더요. 제발요! 걔네들 없이 떠날 수는 없어요."

"아가씨, 더 이상 기다릴 수 없습니다. 상황이 더 악화되면 심각한 문제에 처할 수 있습니다. 떠나야 합니다!"

"제발요!" 그녀가 간청했다. "당신들은 걔네들을 잃어도 아무 상관없지만 우린 달라요!"

클레이는 에머슨 쪽으로 약간 몸을 기울였다. "닻을 올리는 데 적어도 5분은 걸릴 겁니다."

에머슨은 그를 빤히 쳐다본 다음 앨리슨을 돌아보았다. 그는 한숨을 내쉬고 자신의 어깨 너머로 고개를 돌렸다. "해리스 항해사."

일등 항해사가 재빨리 돌아섰다. "네, 함장님!"

"닻을 올리게."

"네, 함장님!" 그는 계기반으로 돌아가서 전화기를 들었다.

단호한 표정을 지으며 에머슨은 앨리슨에게 돌아섰다. "닻을 올리는 데 5분 정도 걸릴 겁니다. 그때까지입니다. 하지만 시간이 되면 우린 떠날 겁니다! 이해하셨습니까?"

앨리슨은 힘없이 고개를 끄덕였다. "감사합니다."

뱃머리에 있는 거대한 모터가 천천히 회전하며 육중한 닻사슬을 당기기 시작했다. 엄청난 파도가 배 밑에서 밀려들면서 패스파인더 호는 거칠게 흔들리기 시작했다. 파도가 칠 때마다 뱃머리가 공중으로 높이 솟구쳤다가 요란한 소리를 내며 아래로 떨어졌다. 선미에 있는 돌고래 수조는 배가 위아래로 격렬히 흔들리는 바람에 담고 있던 물 대부분을 쏟아냈다. 휴게실에서는 선반에서 떨어진 손가방과 카메라 가방이 바닥에 굴러다녔다. 사람들은 뭐든 붙잡을 것을 찾아 갈팡질팡했고, 손을 놓친 사람들이 옆 사람 위로 쓰러지는 것을 보고 겁먹은 사람들도 있었다.

갑자기 올라오던 닻사슬이 철커덩 소리로 내며 멈추었다.

갑판 아래에 있던 두 명의 승조원이 닻의 권양기를 조사한 후 모터를 다시 작동시켰다. 아무런 움직임이 없었다. 그들은 좀 더 힘을 가해 다시 시도했다. 이번에는 모터가 멈춘 상태에서 작은 회색 연기구름이 방출되기 시작했다. 두 남자는 재빨리 제어기의 방향을 반대로 바꿔서 사슬을 다시 풀려고 시도했다. 여전히 움직임이 없었다. 거대한 닻이 바닥 어딘가에 끼어버린 게 틀림없었다.

전화기를 손에 든 일등 항해사 해리스가 선장을 바라보았다. 에머슨도 다른 사람들과 마찬가지로 큰 소음이 울리면서 배가 갑자기 덜컹거리는 것을 느꼈다. "권양기가 꼼짝도 하지 않습니다."

에머슨의 눈이 휘둥그레졌다. "풀었다가 다시 해봐!"

"안 됩니다, 선장님! 이미 시도해 봤습니다."

에머슨과 함교 안의 모든 사람들은 뭔가를 단단히 붙잡고 쓰러지지 않으려고 안간힘을 쓰고 있었다. 그는 다시 창문 밖을 내다보았다. 하늘은 여전히 맑았지만, 바다는 점점 빠르게 악화되고 있었다. 그는 클레이를 바라보았고, 클레이는 거의 감지할 수 없을 정도로 고개를 끄덕였다.

"끊어버려!" 그가 해리스에게 말했다.

"네, 선장님." 일등항해사가 대답했다.

갑판 아래. 두 명의 승조원 중 한 명이 검은색 용접용 마스크를 쓰고 대형 불대에 불을 붙였다. 그는 불대를 잡은 팔을 커다란 톱니바퀴 너머로 구부렸다. 다른 승조원이 그 뒤에 서서 힘을 보탰다. 불대의 화염이 거대한 쇠사슬 중 하나에 닿았고 천천히 두꺼운 금속을 자르기 시작했다.

함교 안. 통신 장교는 또 다른 수화기를 들었다. 그는 잠시 귀를 기울이고 나서 클레이에게 건넸다.

"클레이 중령님, 국방부에서 전화가 왔습니다."

클레이는 비틀거리며 함교의 계기반 앞으로 다가갔다. "누굽니까?"

그 장교는 전화기에 말한 다음 귀를 기울였다. "스티브 시저랍니다."

"맙소사." 클레이가 투덜거렸다. "내가 다시 전화하겠다고 전해줘요."

그는 전갈을 전하고 나서 잠시 듣더니, 다시 클레이를 돌아보았다. "그분이 급한 일이랍니다."

클레이는 전화기를 낚아채서 송화구에 대고 거의 소리치듯 말했다. "지금은 통화하기 힘들어, 스티브!"

"너 괜찮아?" 시저가 물었다.

"그래. 전화 받기 곤란해. 빨리 말해."

시저의 목소리는 진지했다. "존, 트라이톤에서 확보한 동영상에서 뭔가를 발견했어. 바다 밑바닥에 뭔가 큰 게 있어." 시저가 말했다. "정말로 큰 놈이야."

클레이는 듣고 있는 동안 에머슨을 쳐다보았다. "그게 뭔데?"

"우리도 잘 모르겠어. 거대한 원형 고리처럼 보여. 보거가 추산했는데 직경이 25km쯤 된대."

클레이의 눈이 휘둥그레졌다. "지금 25라고 말했어?"

"그래, 직경 25킬로미터." 시저가 확실하게 말했다.

"맙소사!"

"게다가 네가 바로 그 위에 있는 것 같아. 빨리 거기서 빠져 나와!"

"우리도 그러고 있는 중이야." 클레이는 수화기를 통신 장교에게 돌려주고 에머슨에게 돌아섰다. "당장 떠나야 합니다!"

갑판 아래. 승조원들은 앞뒤로 비틀거리면서도 불대를 쇠사슬에 계속해서 집중시켰다. 뱃머리가 다시 들어 올려지자 두 사람은 몸을 가누기 위해 거대한 권양기의 바퀴를 움켜쥐었다. 백열의 불꽃이 금속 부분을 뚫고 천천히 파고들어 들어가자 작은 강철 조각들이 바닥에 떨어졌다. 갑자기 배가 좌현으로 기울었다. 두 승조원 모두 쓰러지며 강철로 된 벽으로 구르는 바람에 불대의 머리 부분이 박살나며 불꽃이 꺼져버렸다.

항해사가 에머슨에게 돌아섰다. "선장님, 불대가 망가졌습니다."

에머슨은 그를 빤히 바라보면서 생각했다. "닻에서 얼마나 멀리 떨어져 있나?"

해리스 항해사는 처음에는 선장의 말이 무슨 뜻인지 확신하지 못했지만 이내 깨달았다. "충분히 떨어져 있습니다!"

"실행해!"

해리스가 다른 승조원들을 향해 돌아섰다. "엔진 출력을 올려!"

"걔네들이 왔어요!" 리가 끼어들었다. "더크와 샐리가 돌아왔어요!"

앨리슨은 탁자로 달려들어 화면을 확인했다. 그녀는 즉시 에머슨에게 돌아섰다. "기다려요! 기다려주세요!"

에머슨은 그녀를 뚫어지게 쳐다보며 집게손가락을 치켜세웠다. "딱 1분입니다!"

앨리슨은 최대한 빨리 입력했다. *샐리 너와 더크 괜찮아?*

네. 샐리가 대답했다.

우리는 문제가 있어. 우리는 떠나야 해. 우리를 따라와! 앨리슨이 통역 버튼을 누르고 함교를 둘러보았다. 모두들 함교의 어딘가를 붙잡은 채 그녀를 지켜보고 있었다.

오류 메시지가 화면에 나타났다. '통역할 수 없음.'

"안 돼." 그녀가 고통스러운 소리를 냈다.

리가 그녀의 어깨 너머로 바라보았다. "느낌표를 *빼봐.*"

앨리슨은 다시 입력했다.

오랜 기다림 끝에 두 돌고래가 마침내 응답했다. *알았어.*

"출발해요!" 앨리슨이 승조원들에게 소리쳤다.

패스파인더 호의 거대한 엔진들이 굉음을 내면서 배는 앞으로 나아갔다. 패스파인더 호가 힘껏 잡아당기자 쇠사슬이 팽팽해졌다. 배 전체가 전율하듯 요동쳤다. 승조원들과 승객들 모두 뭔가를 단단히 움켜잡았고, 배가 거의 한계에 이를 정도로 쇠사슬과 닻을 끌어당겼다.

"전속력으로!" 에머슨이 소리를 내질렀다.

엔진 소리가 더 크게 으르렁거렸다. 쇠사슬이 배의 측면을 요란한 소리를 내며 긁어댔다. 갑판 바로 아래, 권양기 앞쪽에 연결된 반쯤 잘린 쇠사슬이 압박을 받으며 천천히 꼬이기 시작했다. 아주 조금씩 밀고 당기는 줄다리기가 계속되다가 마침내 쇠사슬이 터졌고, 배가 앞쪽으로 휘청거리는 동시에 사슬의 부러진 끝 부분이 선체 여기저기를 강타했다.

함교에 있던 거의 모든 사람들이 손을 놓치며 바닥에 쓰러졌다. 패스파인더 호는 거대한 물결을 가로질러 나아가며 뱃머리를 향해 덮쳐오는 파도와 맞부딪쳤다. 휴게실 안 승객들은 칸막이와 탁자 너머로 내동댕이 쳐졌고 쓰러지면서도 서로를 붙잡아주었다.

 17

대통령 전용 VH-3 헬리콥터인 마린 원이 백악관의 뒷마당으로 천천히 접근했고 잔디밭 바로 위에 잠시 멈춘 채 떠 있었다. 이내 착륙의 충격을 육중한 헬기가 흡수하듯이 부드럽게 내려앉았다. 탑승해 있던 해병대원이 회전날개가 멈추기를 기다린 후 문을 열고 나와서 발판 사다리를 펼쳤다. 그는 캐서린 뢰케의 손을 잡고 첫 번째 계단을 내려가도록 도운 다음 밑에서 기다리고 있는 두 번째 해병에게 손을 건넸다.

그녀는 땅을 밟는 순간 본능적으로 가방을 꽉 움켜쥐었고 재빨리 호위를 받으며 헬리콥터로부터 물러섰다. 머리가 희끗희끗한 중년 남자가 휘청거리는 듯 보였지만 빠른 걸음으로 성큼성큼 다가왔다. 빌 메이슨은 대통령 수석보좌관으로 보안에 있어서만큼은 허튼 짓을 용납하지 않는 인물로 알려져 있었다. 캐서린은 그를 몇 번 만난 적 있었다. 그는 늘 조급하고 서두르는 것처럼 보였지만, 비교적 정중한 편이었다.

"다시 만나 반갑습니다, 뢰케 국장님." 그는 백악관 뒷문으로 이어지는 좁지만 깔끔하게 손질된 통로로 손짓하며 말했다. "따라오십시오."

그들은 두꺼운 개폐식 출입문 앞에 이르렀고 안으로 들어서자마자 캐서린은 검색을 위해 소지품들을 검색대 위에 올려 달라는 요청을 받았다. 그런 다음 대통령 경호실의 여성 요원에게 몸수색을 받고 앞쪽으로 안내되었다. 캐서린은 검색대 끝에서 가방을 움켜쥐고 메이슨을 계속 따라갔다.

"비행이 몇 분 지연되었기 때문에 대통령께서 기다리고 계십니다." 메이슨은 모퉁이를 돈 다음 그녀를 안내하며 지하실로 통하는 계단을 내려갔다. 모퉁이를 두 번 더 돌아서 악명 높은 백악관 상황실 문 앞에 도착했다. "필요하신 거라도 있습니까?"

캐서린은 고개를 저었다. 그녀는 자료와 발표 내용을 몇 번이나 검토했었다.

그녀가 안으로 들어갔을 때 존 카 대통령은 서 있었다. 대통령이 돌아서자 메이슨이 그녀 뒤에서 앞으로 나섰다. "각하, 지질조사국의 캐서린 뢰케 박사가 도착했습니다."

카 대통령은 190센티미터가 넘어서인지 우뚝 솟아 있는 것처럼 보였다. "만나서 반갑습니다, 뢰케 박사님."

그녀는 초조하게 미소를 지었다. "영광입니다, 각하. 시간을 내주셔서 감사합니다."

"천만에요." 그는 대답을 한 후 뒤로 물러서며 의자를 붙잡았다. "내가 퉁명스럽게 굴더라도 이해바랍니다. 20분 후에 이스라엘 측과 통화를 해야 해서요. 시작할까요?"

"알겠습니다." 캐서린은 대답을 하고 재빨리 가방 속을 더듬거리며 노트북을 꺼냈다. 여러 명의 다른 남성들은 이미 회의용 탁자에 둘러앉아 있었다. 그녀는 부통령, 국방장관, 국가안보보좌관을 알아보았다. 그 외의 다른 사람들은 훈장이 달린 군복 차림으로 보아 군에서 나온 고위 장교들로 보였다.

그녀는 노트북을 열고 뒤에 있는 대형 모니터에 선을 연결하면서 말을 꺼냈다. "대통령 각하," 그러고는 다른 사람들을 바라보았다. "그리고 여러분. 지질조사국은 지구의 북극과 남극에서 벌어지고 있는 급속한 변화를 지난 몇십 년 동안 면밀히 추적해 왔습니다. 최근 몇 년은 더욱 특별하게 말입니다." 그녀가 키 하나를 누르자 커다란 모니터 화면이 환해지면서 노트북 화면에 있는 사진들이 나타났다.

"여기 네 장의 사진들이 있습니다. 북극과 남극 각 2장씩입니다. 각 사진은 2년의 간격을 두고 촬영한 것입니다." 그녀는 돌아서서 화면을 가리켰다. "이 정도 높이의 고도에서는 여러분도 변화가 일어나는 사실을 쉽게 알아보실 수 있을 겁니다. 실제로 이러한 변화는 가속화되고 있습니다. 여러분은 몇 년 전 론 빙붕의 거대한 단면이 분리되어 바다로 떨어진 후 북쪽으로 떠다니고 있다는 소식을 들어본 적 있을 겁니다. 빙붕의 분리가 일어난 원인은 수년 동안 측정한 결과, 얼음 덩어리에 대한 무게와 압력의 증가 때문이었습니다. 압력이 얼어붙은 얼음의 강도를 초과하는 시점에 붕괴가 발생합니다." 캐서린은 노트북의 키 하나를 눌렀고 커다란 남극 사진이 화면 전체에 나타났다. 올해 초 입수한 위성사진으로 거대한 론 빙붕에서 떨어져 나간 얼음 덩어리를 보여주었다. 그 얼음 덩어리는 사진 속에서 이미 몇백 킬로미터 떨어진 것을 볼 수 있었다. "이 분리는 깜짝 놀랄 만한 일이었지만 다행히 충격은 심각하지 않았습니다." 그녀는 잠시 말을 멈추고 다시 방 안을 둘러보았다. "제가 여기 온 이유는 며칠 전 아침에 매우 심각한 전화를 받았기 때문입니다."

"원인을 알 수 없는 지진, 좀 더 구체적으로 말하면, 어떤 지질학적 변화가 빙붕을 따라 일어났는데 이번 경우는 얼음 속이 아니었습니다." 그녀는 다음 화면을 제시했는데, 그것은 빙붕의 드넓은 얼음 지대를 보여주었다. 남쪽으로, 빨간 선 하나가 얼마 전 일어난 지질 변화를 따라 그려져 있었다. 육상과 첫 번째 큰 산맥 주변으로 최근에 지질 변화가 있었으며, 그 변화가 대륙의 중심부로 향하고 있는 것이 분명해 보였다. "몇 년 전 그 빙붕의 거대한 단면이 떨어져 나갔을 때, 그 얼음 덩어리는 멀리 떠내려갔습니다. 떠내려간 이유는 얼음인 데다 전체 질량이 그 아래의 바닷물보다 밀도가 낮았기 때문입니다." 이번에는 화면에서 빨간 선이 확대되었다. "최근에 일어난 변화는 빙하의 맨 아래 부분에서 일어났는데, 그곳은 단순한 얼음보다 훨씬 무거운 땅덩어리입니다. 이 광활한 땅덩어리가 지금 거의 5미터나 내려앉았습니다."

카 대통령은 회의용 탁자 주위를 둘러보고 나서 뢰케를 돌아보았다. "그게 어떤 의미입니까?"

캐서린은 멈칫했다. 그녀의 심장은 빠르게 뛰고 있었지만, 이것을 어떻게 표현할지 신중을 기하고 싶었다. "그것은 임박한 자연 재해에 대한 높은 수준의 위험을 의미합니다."

메이슨이 탁자 왼편에서 말을 꺼냈다. "위험도가 얼마나 높기에 우리가 논의하고 있는 겁니까?"

"저희도 정확히는 모릅니다." 캐서린은 한숨을 쉬었다. 그녀는 두세 명의 남성들이 인상을 쓰고 있는 것을 알아챘다. "정확한 연대표 없이는 그 위험이 얼마나 높을지 판단할 수 없습니다. 가능성과 충격을 어림잡아봤는데, 위험도는… 아주 높았습니다."

한 남성이 말을 하려 했지만 대통령은 손을 들었다. "뢰케 국장, 지금 '충격'이라고 말했는데, 무슨 뜻입니까?"

"그러니까," 그녀가 말을 꺼냈다. "심각하게 악화될 수 있는 상황을 몇 가지 예상할 수 있습니다. 반드시 고려해봐야 할 시나리오는 빙하의 토대가 거대한 사태를 일으키며 바다 속으로 미끄러지는 것인데, 그럴 경우 엄청난 쓰나미가 대서양 전체로 퍼져 나갈 겁니다. 현대사에서 한 번도 본 적이 없는 규모일 겁니다."

"인도네시아에 발생했던 것만큼요?" 메이슨이 물었다.

"그보다 훨씬 더 클 겁니다. 대서양 양쪽 연안의 모든 주요 도시나 항구를 파괴할 만한 에너지를 가지게 될 수도 있습니다. 런던까지 덮칠 수도 있고요. 큰 파도가 내륙으로 수십 킬로미터까지 이를 수도 있는데, 그 말은 인도네시아를 덮친 것보다 몇 자릿수 더 큰 규모라는 뜻입니다."

회의실 안에는 긴 침묵이 흘렀다.

"알겠소." 국가안보보좌관이 안경을 벗어 두 손가락으로 들었다. "우리가 뭘 해야 합니까?"

행크 스티바스는 매우 정치적인 인물이었다. 키가 작고 60대 후반인 그는 양당 모두로부터 비난을 받는 인물이었다. 스티바스는 대립을 일삼고 지나치게 경솔하며, 다른 사람들의 점잖은 표현을 빌리면 '무례' 하다고 알려져 있었다. 캐서린이 이 회의에 가장 참석하지 않았으면 하고 바랐던 사람이 바로 그였다.

캐서린은 호흡을 가다듬었다. "음, 가장 좋은 조치는 선제적인 접근을 취해서 세계적인 공황이 일어날 수 있는 상황을 피하도록 노력하는 것입니다. 다시 말하면 의도적으로 어느 정도의 압력을 완화시킬 방법을 찾아야 한다는 뜻입니다. 몇 가지 가능성이 있는데 상당한 시간과 자원을 필요로—"

"알겠습니다." 스티바스가 그녀의 말을 자르며 대응했다. "그러면 지질조사국의 모든 사람들이 당신의 평가에 동의합니까?"

캐서린은 이 질문을 예상하고 있었다. 행크 스티바스는 1년 전에도 그녀가 환경 실태를 보고하는 동안 드러내놓고 공격을 했다. 그녀는 그가 실증적인 사실을 완전히 묵살한 데다, 그 진상 파악에는 관심조차 없어 하는 모습에 무척 놀랐다. 대신 그는 개인의 인격이나 평판을 추적해서 정치적으로 공격했다. 작년에 그와 언쟁을 벌인 후, 그가 그녀의 전임자와 친구라는 사실을 나중에 알게 되었다. 그는 가만히 자고 있는 개를 그냥 내버려두지는 않을 작정인 것 같았다.

캐서린은 잠시 망설였다. 결코 간단히 대답할 문제가 아니기도 했지만 그가 얻고자 하는 만족감 때문에 주저했다. "아뇨."

"아뇨." 스티바스는 그 말을 반복하면서 고개를 끄덕이고 인상을 썼다. "그럼, 얼마나 많은 과학자들이 당신의 생각에 동의합니까?"

그의 비난 섞인 말투가 허공을 맴도는 동안 그녀는 그를 똑바로 쳐다보았다. 그에게 편리하도록 '결론' 대신 '당신의 생각'이라고 말을 했으니까. "그렇게 쉽게는 아닙니다."

스티바스는 조롱하는 몸짓으로 두 손을 벌렸다. "당신 생각에 동의하는 사람이 몇이나 되겠소? 절반? 절반이나 될까? 아니, 당신 견해에 동의하는 사람이 있기나 하오? 지구상에서 가장 큰 과학 부서의 수장으로 계시니 당신의 하급자들 중 몇 사람은 물론 동의할지도 모르겠지."

캐서린은 그 인간을 노려보지 않으려고 억지로 참았다. "몇 사람은 그렇습니다."

"몇 사람." 그는 비꼬듯이 고개를 끄덕였다. "몇 사람이라." 스티바스는 회의실 안을 둘러보며 탁자 주위에 둘러앉은 사람들에게 연설을 했다. "자, 우리는 지금 심각한 위험이 될 수도 있고 아닐 수도 있는 지질학적 사건에 대한 소수의 과학적 의견을 듣고 있습니다. 게다가 얼마나 많은 비용이 들어갈지도 모르겠답니다. 제가 여러분께 상기시켜드리고 싶은 것은 작년에도 저분은 전 세계의 해수면이 실제로 낮아지고 있다고 주장하는 보고를 했다는 겁니다, 과학계의 다른 모든 사람들과는 모순되게 말이죠. 그들은 정반대의 의견을 제시했습니다. 실제로도 그 반대로 측정이 되었고요."

캐서린은 대응하고 싶지 않았지만, 회의실 안의 모든 사람들 앞에서 해명하지 않고 그대로 넘어갈 수는 없었다. "제 의견은 널리 이용되고 있는 측정 방법들이 다양한 변수들의 값을 충분히 반영하지 못하므로 결점을 가지고 있다는 것이었습니다. 예를 들면, 달의 중력 패턴, 지구의 적도 융기, 게다가—"

"당신이 주장했잖소." 스티바스가 다시 그녀의 말을 끊었다. "해수면이 낮아지고 있지만, 사라지고 있는 물이 어디로 가는지는 설명할 수는 없다고 말입니다! 말해보시오, 뢰케 국장, 1년이 지난 지금도 당신의 주장에 동의하는 사람이 있습니까?"

캐서린은 그의 조금 전 질문 때도 대답하고 싶지 않았지만, 이번 질문에는 더더욱 대답하고 싶지 않았다. 스티바스는 이번 회의의 주제가 무엇인지를 알고 남의 뒤를 캐내기로 작정한 게 분명했다. 마지못해 그녀가 대답했다. "제가 아는 바로는 그렇지 않습니다. 하지만 이 문제는 줄자를 가지고 가까운 해변을 걸어 내려가며 측정하는 것과는 다르다는 걸 이해하셔야 합니다. 거기에는 수많은 계산들이 포함되어 있습니다."

"당신이 아는 바로는 그렇지 않겠죠." 그가 따라했다.

"보세요," 그녀가 스티바스를 무시하며 다른 사람들에게 연설했다. "이번 일은 심각한 상황입니다. 빠른 시일 내에 그 빙붕에 걸쳐 있는 압력을 풀어주기 위해 뭔가를 하지 않는다면, 어쩌면 지금까지 보지 못한 엄청난 재앙에 대해 논의하게 될지도 모릅니다. 대륙의 그 단면이 무너질 경우 몇 시간 안에 5천만 명을 대피시켜야 할 수도 있습니다." 이제 그녀는 스티바스를 노려보았다. "절박한 대피 계획이 얼마나 순조롭게 진행될 것 같나요?"

캐서린은 대통령을 바라보았는데, 그는 두 손을 입 앞에 모으고 탁자 주위의 사람들을 지켜보고 있다. "뢰케 국장, 이 붕괴가 임박했다는 구체적인 증거를 가지고 있습니까?"

곁눈질을 통해서 그녀는 스티바스가 다시 안경을 쓰고 있는 것을 알아차렸다. "아뇨." 그녀가 대답했다.

"음, 유감스럽지만 제가 나서서 지구의 절반 가까운 나라들에게 경고를 하기는 좀 곤란한 문제 같습니다. 잠재적으로 공황상태에 빠질 가능성도 있으므로, 뭔가 구체적인 증거를 제시해주셨으면 합니다." 그가 일어서자 탁자 주위에 있던 사람들도 따라 일어섰다. "당신네 연구원들이 좀 더 조사를 한 다음, 더욱 구체적인 뭔가가 나왔을 때 다시 찾아주셨으면 합니다." 그는 그녀와 악수를 나누었다. "와주셔서 감사합니다."

캐서린은 망연자실한 채 모든 남성들이 회의실을 느릿느릿 빠져나가는 모습을 지켜보았다. 몇몇은 나가는 길에 그녀와 악수를 했다. 스티바스는 그들 중에 끼어 있지 않았다.

그녀가 천천히 물건들을 모아서 가방에 다시 넣는 동안 메이슨은 복도에서 그녀를 기다렸다. 그녀는 방금 일어난 일을 믿을 수가 없었다. 대통령은 그 자리에서 앉아서 스티바스의 주장에 전적으로 손을 들어주었다. 그건 결국 그녀가 무능하다는 말이었다.

그녀는 속이 쓰려오는 것을 느꼈다. 정치적 거동에 있어서만큼은 완전히 해고된 것이나 마찬가지였다. 혹시라도 그녀의 말이 맞을 경우, 스티바스와 미국 대통령은 지금 수백만 명의 사람들에게 사형 선고를 내린 셈이었다.

그녀는 회의실에서 걸어 나와 메이슨을 따라 위층으로 올라갔다. 일이 눈앞에 닥칠 때까지 그들이 아무것도 하지 않으리라는 것을 안 이상 그녀는 이제 자신이 틀렸음을, 정말로 틀렸으면 하고 간절히 바랐다.

 18

7~8미터 높이의 파도가 거의 한 시간 동안 몰아친 후 날씨는 서서히 진정되었고, 패스파인더 호는 물결을 헤치며 북쪽으로 나아가고 있었다. 심하게 다친 승조원들과 승객들은 상처를 치료받기 시작했다. 몇몇 기자들은 휴게실 벽에 부딪쳐서 심각한 부상을 입은 테라 배의 의료진들로부터 치료를 받고 붕대를 감고 있었다.

함교에 있던 앨리슨은 밖으로 나가 배 측면에 더크와 샐리가 아직도 함께하고 있는지 확인했다. 두 돌고래는 뱃머리 주변에서 멀리 벗어나지 않은 채, 헤엄을 치며 힘들이지 않고 파도를 뚫고 뛰어올랐다. 앨리슨이 몸을 돌리고 다시 안으로 들어선 동시에 에머슨도 함교로 돌아왔다.

"이봐, 클레이. 내 연구선이 다치고 아픈 사람들로 가득찬 병원선이 되었고 휴게실은 아예 진료소로 변했어. 붕대와 부목도 거의 다 떨어졌네. 도대체 무슨 일이 벌어지고 있는 건가?"

"잘 모르겠어요, 루디. 저도 알아내려고 노력하는 중입니다."

에머슨은 고개를 저었다. "그런 건 나도 처음 봤어. 맑은 하늘에 난데 없이 폭풍우가 몰아치다니, 배가 거의 침몰할 뻔했어. 이곳에서 정말 뭔가 심상찮은 일이 벌어지고 있는 것 같아."

"제 생각도 그래요." 클레이가 대답했다.

"그건 그렇고, 무슨 통화였나? 듣자하니 뭔가 알아낸 것 같은데."

클레이는 앨리슨과 연구원들에게 돌아섰다. "혹시나 해서 묻는데 기밀정보 취급허가를 갖고 있진 않겠죠?"

그들은 한결같이 고개를 저었다.

클레이는 한숨을 쉬고 에머슨에게 다시 돌아섰다. "저들도 알아야 할 필요는 있습니다. 시저와 국방부의 전문가 한 사람이 선장님의 승조원이 녹화해서 보내준 트라이톤의 동영상에서 뭔가를 발견한 것 같습니다."

에머슨은 기대에 찬 눈으로 그를 바라보았다.

"해저에 정체불명의 물체가 있는 것처럼 보이는데, 무척 크답니다."

"얼마나 큰데?" 에머슨이 물었다.

"25킬로미터 이상이랍니다."

"맙소사!" 에머슨은 말문이 막혔다. "농담이겠지?"

"농담이 아닌 것 같아요. 그게 반지 모양의 고리라고 말했습니다."

에머슨은 이맛살을 찌푸렸다. "25킬로미터짜리 반지 모양의 고리라고. 대체 그게 뭔 개소리야?"

클레이는 어깨를 으쓱할 수밖에 없었다. "저도 그 정도밖에 모릅니다. 다시 전화해서 더 많은 정보를 얻을 수 있는지 알아보겠습니다. 그동안 쇼 양은 돌고래들이 무슨 말을 하는지 알아봐주시겠습니까?"

앨리슨은 고개를 끄덕였다. "우선 엔진을 꺼야 합니다."

에머슨은 일등항해사를 바라보았다. "엔진을 끄게."

"네, 선장님." 해리스가 대답한 후 점차 엔진을 감속시키다가 마침내 엔진을 정지시켰다. 배는 관성으로 서서히 움직이다가 멈추었다.

리는 탁자 앞에 앉아서 *안녕 샐리 안녕 더크* 를 입력하고 통역 버튼을 눌렀다.

안녕 리.

너 괜찮아? 리가 물었다.

네.

금속 방울 찾았어?

네, 아주 멀리서. 우리 따라와.

기다려, 리는 선장에게 난색을 표했다. "다시 그곳으로 돌아가는 일은 별로 내켜하지 않으실 것 같은데요?"

"차라리 깨진 유리를 씹고 말겠소." 에머슨이 코웃음을 쳤다.

"제 생각엔 반드시─" 클레이가 갑자기 말을 멈추고 크리스 라미레즈의 어깨 너머를 유심히 바라보았다. 누군가가 창문 밖에서 그들을 지켜보고 있었다. 앨리슨을 비롯한 다른 사람들이 뒤돌아보는 동시에 클레이도 좀 더 자세히 보기 위해 그들 사이로 한 걸음을 내딛었다. 그때 그 사람이 갑자기 뭔가를 들어 올리며 그들 방향으로 겨누었다. "엎드려!" 클레이가 소리치며 앨리슨 바로 앞으로 나서면서 막아섰다.

앨리슨은 클레이를 붙잡고 그의 어깨 너머를 눈여겨보았다. 그녀는 창밖에 있는 사람을 즉각 알아보았다. 앞서 보았던, 모자를 거꾸로 쓴 바로 그 기자였다. 그 남자는 그들이 아니라 리 켄우드의 모니터 화면에 집중하고 있었다. 그는 다른 사람들이 자기를 쳐다보고 있다는 것을 깨닫는 순간 들어 올렸던 물체를 떨어뜨리고 쏜살같이 달아났다.

"이봐!" 클레이가 소리치며 그의 뒤를 쫓았다. 그는 문을 박차고 나가서 좁은 긴 보행자용 통로를 따라 수상한 사람을 뒤쫓았고, 그가 뜀박질을 할 때마다 굵은 철망 바닥이 쿵쿵거렸다.

수상한 남자는 빠르게 계단 쪽으로 달려갔고 반쯤 내려가다가 아래층으로 뛰어내렸다. 그 남자는 휴게실을 급히 가로질러 달아났고 배의 뒤쪽으로 향했다.

"놈을 막아!" 클레이가 소리쳤지만 외부에 아무도 없다는 사실에 욕설을 내뱉었다. 대부분의 승조원들은 내부에서 의사를 도와 승객들을 돌보고 있었다. 클레이는 2층 보행자용 통로 끝에 이르렀고 모퉁이를 돌았지만 그곳 전망대에는 아무도 없었다. 그는 좌측으로 건너가서 앞쪽을 바라보았다. 에머슨이 앞에서 그를 향해 달려오고 있었다. 클레이가 다시 주위를 둘러보는 순간 그 남자가 그의 뒤쪽에서 빠르게 도망치는 것을 보았다. 그 남자는 2층 갑판을 둘러치고 있는 난간에 가로막혔는데, 그 바로 아래에는 선미의 갑판과 돌고래의 임시 수조가 있었다. 그는 주위를 둘러본 다음 다시 클레이를 돌아보았다. 클레이가 바로 앞까지 다가오자, 수상한 남자는 아래로 뛰어내릴 곳을 찾으면서 난간을 타넘었다. 하지만 마지막 순간 튀어나온 나사못에 그 남자의 소매가 걸리고 말았다. 갑작스럽게 몸이 기우뚱거리는 바람에 다리는 안쪽으로 미끄러졌고 머리와 어깨는 바깥으로 기울어졌다. 그는 넘어지면서도 중심을 바로잡으려 했지만 몸은 이미 고꾸라지기 시작했다. 머리 먼저 바닥에 세게 부딪치면서 으드득 하는 소름끼치는 소리가 났다.

클레이와 에머슨, 그리고 이제 막 함교에서 내려온 다른 승조원은 철제 층계를 허둥지둥 내려가서 꿈쩍도 하지 않는 그 사람에게 달려갔다. 클레이는 남자의 목에 손가락을 대고 맥박을 감지해보았다. "아직 살아 있어요."

두 명의 승조원이 더 도착했다. "의사를 이리로 불러!" 에머슨이 소리쳤다. 승조원 한 명이 계단을 뛰어 올라갔다. 남은 두 승조원은 클레이 옆에 무릎을 꿇고 앉아서 그 남자가 등을 돌리고 눕도록 도왔다. 그들은 다른 심각한 부상을 입었는지 살피기 위해 옷을 열어 젖혔다.

의사가 계단을 뛰어 내려오자 클레이와 에머슨은 일어서서 뒤로 물러났고, 의사는 맥박, 호흡, 체온, 혈압 같은 활력 징후를 검진하기 시작했다. 몇 분 후, 의사는 승조원들을 올려다보았다. "이 사람을 조심해서 들것에 싣고 의무실로 데려가게!"

배가 흔들거림에도 불구하고 승조원들은 다친 남자를 떨어뜨리거나 들것을 놓치지 않도록 주의하면서 계단을 조심스럽게 올라갔다. 클레이와 에머슨이 지켜보는 가운데 승조원들은 2층 갑판으로 올라갔고 휴게실을 가로질러 함교의 바로 아래에 위치한 의무실로 그를 데리고 갔다.

에머슨은 고개를 저었다. "오늘은 시시각각으로 이상해지는 날이군." 그가 계단을 오르려고 할 때 클레이가 그의 팔을 붙잡았다.

"돌아가시기 전에," 그가 주머니에 손을 넣으면서 말했다. "이걸 좀 보세요." 클레이는 작은 은색 물체를 꺼내 그것을 선장에게 보여주었다.

"이게 뭔데?" 에머슨이 그 물체를 받아서 이리저리 뒤집어보았다. 그것은 작고 평평한 직사각형 금속으로 두께는 1인치 정도 되었다.

"저도 잘 모르겠습니다." 클레이가 대답했다. "하지만 창문을 통해 그 사람을 보았을 때 그자가 이것을 들고 있었어요."

"어디서 났는데?" 에머슨이 물었다.

"그 사람 주머니 속에 들어 있었습니다."

"흠… 애들 장난감 블록처럼 생겼군. 아니, 어쩌면 디지털 카메라일 수도 있어, 헌데 겉면에 아무것도 없단 말이야. 렌즈도 없고, 버튼 같은 것도 없어, 아무것도." 그는 그것을 클레이에게 돌려주었다.

클레이는 손가락으로 매끈한 옆면을 만지작거렸다. "그자가 왜 이걸 들고 있었을까요?"

"글쎄."

클레이는 인상을 썼다. "흥미로운 건 제가 그자를 봤을 때, 이것을 겨누고 있는 것처럼 보였다는 겁니다."

"무기처럼 말인가?"

"딱히 그렇진 않았어요." 클레이가 말했다. "게다가 우리를 겨눈 게 아니라 그자는 리 켄우드, 그 친구와 모니터로 겨누고 있었어요."

* * * * *

클레이는 의무실 문 바깥에 서서 칸나 박사를 지켜보고 있었는데, 그 의사는 의식을 잃은 채 진찰대 위에 누워 있는 남자를 살펴보는 중이었다. 그들은 그자의 지문을 조사해 보았지만 조회 결과 아무것도 나오지 않았고, 신분증이나 기자증도 없었다. 그자가 어떻게 다른 사람들과 함께 승선할 수 있었는지 확실치가 않았다. 부두의 탑승 수속 과정에서 실수나 서류 위조가 있었을 거라고 추측했다. 또한 탐문을 통해서 기자들 가운데 그를 아는 사람이 아무도 없다는 사실도 알아냈다.

의사는 움직임이 전혀 없는 그 인물을 살펴보면서 작은 마이크에 대고 자세한 진찰 내용을 녹음했다. 부상이 심각했기 때문에 이미 가까운 병원에 환자 이송을 요청해 놓은 상태였다. 클레이는 칸나가 엑스레이 촬영을 하는 걸 지켜보고 있었는데, 앨리슨이 뒤쪽에서 걸어왔다.

"다른 소식은요?" 그녀가 물었다.

클레이는 고개를 저었다. "아직은 없습니다. 조금 수수께끼 같은 인물이에요."

"헬리콥터가 그를 이송하기 위해 온다고 하던데요."

그는 고개를 끄덕였다. "의사의 말로는 상태가 무척 안 좋답니다."

아무 말 없이 의사를 지켜보던 그녀는 클레이에게 시선을 돌렸다. "저기… 고맙다는 말을 하고 싶었어요."

클레이는 창문에서 돌아섰다. "무엇 때문에요?"

"저 사람한테서 나를 보호해주었잖아요." 그녀는 진찰대 위에 누워 있는 인물을 가리켰다.

"아," 클레이는 가볍게 어깨를 으쓱해 보였다. "신경 쓰실 것 없습니다. 그냥 본능일 뿐이었어요." 그는 돌아서려다가 그녀가 계속 자신을 쳐다보고 있다는 것을 알아차렸다. "왜…?"

앨리슨은 아무 말도 하지 않았다. 대신 그녀는 그를 노려보았다.

클레이는 마침내 그 의도를 알아차리고 미소를 지었다. "아, 고맙긴요, 뭘. 어쨌든 별일 없어서 다행입니다."

앨리슨은 긴장을 풀었다. "뭐 좀 물어봐도 돼요?"

"물론이죠."

"단순히 무인 탐사선을 찾으려고 이러는 건가요?"

그는 다시 미소를 지었다. "그럼요."

"숨겨진 의도는 없나요?" 그녀가 회의적인 목소리로 말했다.

"정말로 무인 탐사선 때문입니다."

앨리슨은 그 말에 고개를 끄덕였다. "사과드릴 게 있어요."

"뭐 때문에요?"

그녀는 눈을 굴렸다. "음, 혹시 눈치 못 채셨을 수도 있는데, 제가 좀 고약하게 굴었어요."

클레이가 웃으며 말했다. "눈치 못 챘는데요."

"그럼 당신은 장님이에요."

"이런 게 고약하게 구는 건가요?" 그가 손짓을 해가며 물었다.

"이제 그만해요." 그녀가 고개를 가로저으며 말했다.

"그 일은 잊어버리세요. 도움이 될지 모르겠지만 저는 당신을 탓하지 않습니다."

"무슨 뜻이죠?"

"해군이 중앙아메리카에서 당신 프로젝트를 어떻게 했는지 조금 읽었어요."

"뭐요?" 그녀가 말했다. "내 개인 정보를 뒷조사했어요?"

클레이가 능글맞게 웃었다. "개인 정보? 무슨 말이에요? 그냥 구글에서 검색해 봤을 뿐이에요."

이번에는 앨리슨이 웃었다. "그걸 구글에서 알아냈다고요?"

"놀랐나 보군요. 해군의 시스템 대신 그걸 애용할 때도 많아요."

앨리슨은 여전히 미소를 지은 채 고개를 끄덕였다. "그러니까…," 그녀는 손을 내밀며 말했다. "안 좋은 감정은 없는 거죠?"

클레이는 그녀의 손을 잡고 부드럽게 흔들었다. "안 좋은 감정은 없습니다." 그는 검사를 계속하고 있는 의사를 힐끗 돌아보았다. "더크와 샐리는 어떻게 지내고 있나요?"

"걔들은 괜찮아요. 약간 배고파 하지만 상태는 좋아요."

클레이는 그녀에게 돌아섰다. "나도 당신한테 말해야겠네요. 지금까지 놀라운 일들을 많이 봐왔지만, 당신이 돌고래들과 함께 한 일은 정말 세상이 깜짝 놀랄 만한 일이에요."

"고마워요." 그녀가 어깨를 으쓱하며 말했다. "하지만 저 혼자 한 일은 아니에요."

"알아요. 하지만 당신이 많은 일을 했잖아요." 그는 그녀를 진지하게 바라보았다. "당신은 세상을 바꿀 거예요, 앨리슨 쇼."

앨리슨은 미소를 지었다. "저도 그랬으면 좋겠어요."

클레이는 잠시 생각했다. "뭐 하나 물어봐도 돼요?"

"그럼요."

그는 조심스럽게 단어를 선택하며 천천히 말했다. "그렇지 않을 사람이 없겠지만… 성공하길 바라나요?"

"무슨 뜻이죠?" 그녀가 물었다.

"제 말은 경쟁자들이 있냐는 겁니다. 다른 팀들도 같은 목표를 향해 연구하고 있지 않나요?"

"물론이죠. 다른 팀들이 몇몇 있어요. 미국에 서너 팀, 유럽에 두어 팀. 왜요?"

클레이는 유리창 건너편에 있는 의식 없는 남자를 다시 돌아보았다.

"저 사내가 당신들이 위층에서 하는 일에 몹시 관심이 있는 것처럼 보여서요."

앨리슨은 혼란스러운 표정이었다. "애초에 배에 올라탄 요점이 그거라고 생각했어요, 이 일을 취재하기 위해서요. 나는 그저 그 사람이 화면을 몰래 찍으려 한다고 추측했어요, 뭐랄까, 자신의 기사를 좀 더 돋보이게 하려고 말이죠."

클레이는 앨리슨에게 돌아섰다. "그렇다면 그자가 왜 도망쳤을까요?"

앨리슨은 당혹스러운 표정을 지었다. 그 생각은 미처 하지 못했다. "모르겠어요, 휴게실 혹은 모여 있던 곳을 이탈해서 곤란한 문제를 겪을 거라고 생각한 건 아닐까요. 날씨가 정말 위험해지고 있었으니까."

"설마," 클레이는 혼잣말처럼 말했다. "그런 일로 얼마나 곤란해진다고?"

"농담이죠? 여기는 해군이에요." 그녀는 비꼬는 듯한 표정을 지었다. "군대를 잘 아시잖아요! 당신네들은 모든 일에 대해 강박관념에 사로잡혀 있다고요."

"맞는 말이네요." 그는 고개를 끄덕였고, 잠시 혼자 생각에 잠겼다. 그는 주머니에 손을 넣어 그자의 옷에서 꺼낸 작은 직사각형 물체를 꺼냈다. "혹시 이게 뭔지 알아요?"

그녀는 그것을 바라보았다. "카메라?"

"저도 그렇게 생각했어요." 그는 그것을 뒤집어가며 여러 면을 보여주었다. "하지만 렌즈나 화면도 없고, 어떤 구분도 없어요. 그건 아닌 것 같아요."

앨리슨은 손을 뻗어 그 물건을 쥐었다. 자세히 살펴본 다음 손 위에 올려놓고 위아래로 흔들어보았다. "무겁지는 않네요. 안쪽도 금속이라면 무거울 텐데, 그렇지 않아요?"

"금속에 따라 다르겠지만, 맞아요. 일반적으론 훨씬 무거울 겁니다."

"그럼 이게 뭘까요?" 그녀가 물었다.

"저도 잘 모르겠어요." 클레이가 말하는 사이 앨리슨은 그것을 다시 그의 손에 떨어뜨렸다. "하지만 카메라가 아니라면, 왜 그자가 이것을 들고 창가에 있었을까요?" 그는 앨리슨을 바라보았다. "난 그자가 당신의 정보를 훔치려 했다는 생각이 들어요."

그녀는 어깨를 으쓱했다. "가능성 있는 얘기지만, 연구원들은 보통 경쟁적이기보다는 협력적인 경향이 있어요. 내 말을 오해하진 마세요. 연구를 비밀로 하려는 사람들도 분명 있지만, 그건 대개 물리학이나 전자공학 같은 상업적 잠재력을 가진 분야예요. 우리가 이 연구를 비밀로 하고 있는 건, 단지 다른 사람들보다 먼저 해내고 싶었기 때문이에요, 물질적인 이득을 위해서가 아니라요. 다른 식으로 표현하면, 해양생물학으로 부자가 되는 사람은 많지 않아요. 물론, 우리도 책을 쓰고 좋은 대학에서 종신 재직권을 얻을 수도 있겠지만, 부자가 되고픈 마음으로 연구를 비밀로 부치는 그런 부류는 아니에요."

"게다가," 그녀가 덧붙였다. "돌고래와 함께 연구하는 다른 그룹들은 다른 접근 방식을 취하고 있어요. 좀 더 수동적이고, 기술적인 부분도 많이 개입되어 있지 않아요. 실제로 다른 두 그룹은 동역학과 에너지의 영향을 측정하는 것이 주 연구인 만큼 의사소통을 시도할 생각은 하지 않을 거예요."

"그러니까, 당신네 자료를 염탐할 이유가 별로 없다는 뜻이군요." 클레이가 마무리하듯 말했다.

"거의 없죠."

클레이는 그녀의 설명을 듣고 고개를 끄덕였다. "저기, 당신에게 다른 할 말이 있어요."

"말하세요."

클레이는 심호흡을 했다. "저도 아까 위층에서 친절하게 굴지 않은 것 같아요, 기밀정보 취급허가가 있느냐고 물었을 때요."

"농담하시는 줄 알았어요." 그녀가 웃었다. "왜 우리한테 그런 게 있 겠어요?"

"저도 그렇게 생각해요. 하지만 에머슨 선장이나 제 상관들과 이야기 를 나눈 후, 우리가 거기서 경험한 모든 것을 보안 문제로 다뤄야 한다는 데에 동의했어요."

"그게 무슨 뜻이죠?"

"음," 그는 계속했다. "그건 우리가 항구로 돌아가면, 당신 연구원들 을 포함한 모든 탑승자들이 기밀 준수 서약을 해야 된다는 뜻이에요."

"그러죠, 뭐." 앨리슨은 개의치 않는 것 같았다. "그게 얼마나 오래 걸 리는데요?"

"단정짓긴 어렵지만, 아마 개인별로 두어 시간 정도 될 겁니다." 클레 이가 말했다. "기억하죠? 여기는 군대에요. 우리는 강박관념에 사로잡혀 있는 경향이 있거든요."

앨리슨은 깜짝 놀랐다. "개인당 두어 시간?"

"유감스럽지만 그럴 거예요."

"그건 안 돼요. 더크와 샐리는 어떡하고요? 방금 수조 안으로 들여보 냈어요. 당신네들이 눈부신 조명 아래에서 질문을 해대는 동안 개들을 밤새 그곳에 가두어 둘 순 없다고요."

"눈부신 조명?"

"왜, 영화 같은 걸 보면 보통 그렇게들 하잖아요!" 그녀가 소리쳤다.

"진정해요. 군에서는 당신들이 돌고래를 수족관으로 데려가도록 한 다음, 다시 불러서 그 절차를 밟기로 동의했어요. 비록 군에서 당신들을 호위해서 데려오겠지만."

"동의했다는 게 무슨 뜻이죠?"

"약간의 설득이 필요했어요." 그가 인정했다.

"누구한테요? 당신?"

"중요한 것은 당신이 더크와 샐리를 우선 안정시킬 수 있는 시간을 갖게 될 거라는 점이에요."

"고마워요." 앨리슨은 진심으로 말했다. 그는 그녀가 짐작했던 것과는 전혀 다른 모습을 드러내고 있었다.

"아직 고마워하지 마세요. 기밀 준수 서약이 늘어질 수도 있으니까."

앨리슨은 고개를 끄덕이며 의무실을 둘러보았다. 칸나 박사는 커다란 화면에 나타난 몇 장의 엑스레이 사진을 유심히 살펴보고 있었다. 그는 손을 턱에 대고 뒤로 물러섰다.

"일단 짐을 싸야 할 것 같네요." 그녀가 말했다. "위층으로 돌아가실 건가요?"

클레이는 고개를 저었다. "아직요. 의사한테 물어볼 게 좀 있습니다." 그는 주머니에서 은색 물체를 다시 꺼냈다. "엑스레이 장비를 빌려야 할지도 모르고요."

"알겠어요." 앨리슨이 말했다. 그녀는 잠시 말을 멈추고 손을 내밀었다. "당신과 함께 일해서 즐거웠어요."

클레이는 미소를 지으며 악수를 했다. "저 역시 즐거웠습니다."

앨리슨은 몸을 돌리고 의무실을 떠나면서 문을 닫았다.

칸나 박사는 클레이가 들어갔을 때 여전히 엑스레이를 보고 있었다. 대형 진료소 크기만 한 의무실에는 각종 스테인리스 기구들과 가구들이 가득했다. 한쪽 벽면에 기대어 있는 작은 책꽂이에는 수많은 의학 서적과 학술지들이 가득 차 있었다. 칸나는 잠깐 그를 바라본 다음 다시 엑스레이 쪽으로 고개를 돌렸다.

"칸나 박사님." 그가 조용히 말했다.

"어서 오세요, 존."

"변화가 있습니까?" 클레이가 물었다.

"네, 하지만 좋은 쪽은 아니에요. 병세가 급속히 악화되고 있거든요. 헬리콥터가 빨리 여기로 왔으면 합니다. 시간이 부족할까봐 걱정이에요." 그는 의무실 안을 서성거렸다. "여기 있는 장비로는 할 수 있는 것이 별로 없거든요."

클레이는 고개를 끄덕였다. 환자 몸에는 심박동수와 혈압을 확인하는 전선 몇 가닥만 붙어 있을 뿐이었다. 그 두 수치 모두 의학에 대해 아는 것이 거의 없음에도 불구하고 유난히 낮아 보였다.

"좀 이상하긴 하지만," 칸나는 계속해서 말했다. "가장 안 좋은 것은 머리에 가해진 충격이에요, 게다가 뇌도 부은 것 같아요. 하지만 나머지 부분은 비교적 손상을 입지 않은 것처럼 보입니다. 그러나 호흡, 혈압, 그리고 그 밖의 다른 수치들은 저하되어 있어요. 심장박동조차 불규칙해 보이고요. 무척 특이하면서도 약간 걱정스럽습니다."

클레이는 그 남자를 가까이서 살펴보았다. "그 모든 게 뇌 외상 때문에 그런 게 아닐까요?"

칸나는 어깨를 으쓱했다. "가능한 얘기죠. 또 성형수술을 받은 것처럼 보이는데, 그 때문에 다른 건강상의 문제가 나타날 수도 있습니다. 이 사람을 외상센터로 데려가야만 더 많은 것을 알아낼 수 있을 것 같아요." 그는 엑스레이를 좀 더 가까이서 들여다보았다. "이 부분도 이상해요."

"그게 뭐죠?" 클레이는 진찰대를 한 바퀴 돌아 화면 가까이 다가갔다.

칸나는 왼쪽에 있는 사진을 가리켰다. "흉곽 오른쪽 주변에 넓은 부위의 뼈가 빠져 있어요." 그는 다른 사진을 가리켰다. "그리고 여기, 대퇴골도 이상한 모양을 하고 있고요. 선천적 결손이나 어떤 결함을 갖고 있을지도 모릅니다. 그 때문에 연약한 뼈 구조를 가지게 되었고, 부상이 그토록 심각한 게 그래서가 아닐까 하는 생각이—"

의사는 날카로운 경고음 때문에 말을 멈췄다. 모니터에서 그 남자의 심장 박동이 급격히 느려지는 것이 보였다. 잠시 후 두 번째 경고음이 울렸고, 그래프가 혈압이 떨어지는 것을 보여주었다. 칸나는 재빨리 모니터, 그리고 센서가 환자의 가슴과 팔에 잘 부착되어 있는지를 확인했다. "위험한 상황이에요! 젠장, 헬기는 대체 언제 오는 거야!"

갑자기 모니터의 화면이 완전히 녹색이 되었다가 퍽 하는 소리와 함께 검게 변했다. 머리 위쪽에서는 형광등이 터졌다. 실내는 어두워졌고, 빛이라곤 창문의 차광막 주위로 스며 나오는 약간의 햇빛뿐이었다. 한순간 이상한 푸른색 광채가 실내의 스테인리스 진찰대와 선반들을 너머 휙 지나갔고 실내의 공기가 따뜻해졌다. 클레이의 뒤쪽으로, 작은 원 형태의 백색 광채가 방 중앙에 나타나더니 서서히 커지기 시작했다. 원의 지름이 1미터 가까이 이른 후, 그 광채는 수직에서 늘어나며 계란 형태로 변하기 시작했다. 실내도 따라서 환하게 빛나기 시작했다. 클레이와 칸나가 뒤돌아보는 순간 타원형이 최대한 늘어나며 바닥에 닿았다.

타원형 광채의 칠흑 같이 어두운 중심부가 갑자기 눈이 멀 정도로 하얀 빛을 내뿜는 바람에 클레이와 칸나는 어쩔 수 없이 눈을 가려야만 했다. 잠시 후, 그 빛은 부드럽게 누그러지며 어둡게 변했다. 이어 환자가 누워 있는 진찰대가 흔들리기 시작했고 그 위에 놓인 칸나 박사의 의료 도구들 몇 개가 덜그럭거리다가 바닥으로 떨어졌다. 환자의 진찰대는 천천히 광채 쪽으로 미끄러지듯 움직이기 시작했다. 칸나가 본능적으로 진찰대를 꽉 붙잡고 굴러가는 것을 막으려 했지만, 진찰대와 함께 앞으로 끌려갔다. 진찰대는 다리 하나가 바닥의 오목한 곳에 걸리는 바람에 비로소 멈춰 섰다. 끌어당기는 힘 때문에 진찰대는 더욱 심하게 요동쳤지만, 진찰대 다리가 끼인 탓에 꼼짝도 하지 않았다. 칸나가 진찰대를 놓고 의식이 없는 환자의 몸을 움켜잡자, 요동치는 진찰대 때문에 그의 몸도 격렬하게 떨렸다. 어느 순간 떨림이 정점에 올랐다가 모든 것이 조용해졌다. 몇 초 후, 멍해 있던 의사의 눈이 휘둥그레졌다. 커다란 타원형 광채 안에 한 인물이 나타나더니 걸어 나오는 것이었다. 그 인물은 얇은 가운 같은 옷을 입고 있었고 의사를 잠시 동안 쳐다보았다. 그는 진찰대 끝 부분을 바닥의 오목한 곳 위로 부드럽게 들어 올리고 직접 광채 쪽으로 끌어당기려고 했다. 그 인물은 존 클레이의 반자동 권총이 장전되는 소리를 듣는 순간 행동을 멈추었다.

그 인물이 고개를 돌리자, 클레이의 총이 바로 눈앞에서 그의 머리를 겨누고 있는 것이 보였다. "대체 방금 무슨 짓을 한 거야?" 클레이가 말했다.

그 남자는 움직이지 않았다. 대신 진찰대 위에 누워 있는 환자를 내려다보았다. 환자는 더 이상 숨을 쉬고 있지 않았다.

총은 클레이의 손가락이 방아쇠 위로 움직이는 순간에도 전혀 흔들림이 없었다. "당신 누구야?" 그는 몸짓으로 빛을 가리켰다. "그리고 저건 어떻게 한 거야?"

그 남자는 잠자코 있었다. 광채를 바라본 다음, 마치 무엇인가를 결정한 듯 환자를 다시 돌아보았다. 그는 주저하다 마지못한 듯 말을 했다. "이 사람은 죽어가고 있습니다."

클레이는 의식을 잃은 채 진찰대 위에 누워 있는 인물을 힐끗 내려다보고 나서 다시 앞에 있는 인물에게 시선을 돌렸다. "내 질문에 대답해."

"시간이 없습니다. 그를 구할 시간이 몇 분밖에 없습니다."

클레이는 다른 손으로 총 바닥 부분을 감아쥐며 꽉 움켜잡았다. "당신 누구야?"

클레이 앞의 남자는 방 한가운데서 발산하고 있는 광채를 다시 바라보았다. "이 사람을 구하도록 해주면 당신 질문에 대답을 하겠습니다."

클레이는 천천히 고개를 저었다.

"부탁입니다. 이 사람을 구하도록 해주면 내가 남겠습니다."

클레이는 그를 노려보며 머뭇거렸다.

"부탁합니다. 나는 이 사람을 구해야 합니다!" 그가 간청했다. 그의 목소리가 절망적으로 들리기 시작하고 있었다. "이 사람을 여기 계속 붙잡아두면 당신은 아무것도 얻지 못합니다. 그가 죽게 되면 나는 아무 말도 하지 않을 겁니다."

잠시 후, 클레이가 동의했다. "좋아, 하지만 허튼 짓을 하면 두 사람 다 끝장내 버리겠어."

남자는 고개를 끄덕였다. 그는 진찰대를 살짝 들어 올려서 다리가 풀려나도록 했다. 남자는 아주 천천히 한 걸음 뒤로 물러서며 진찰대가 지나갈 수 있도록 비켜났고, 진찰대는 아무 도움도 없이 광채를 향해 계속 미끄러지듯 굴러갔다. 클레이가 눈앞에 있는 남자와, 진찰대를 번갈아가며 지켜보는 사이 진찰대는 부드러운 광채 속으로 사라졌다. 그 남자는 광채가 깜박거리다가 마침내 완전히 사라질 때까지 계속 지켜보았다.

클레이는 고개를 살짝 돌리며 곁눈질로 의사를 보았다. "박사님." 칸나는 대답하지 않았다. 그는 망연자실한 채 클레이 앞에 있는 남자를 빤히 쳐다볼 뿐이었다.

"박사님!" 클레이가 소리치자 멍하니 있던 칸나가 움찔했다. "함교에 연락하세요. 당장 여기로 지원을 요청하세요!"

의사는 허둥대며 전화기를 찾아서 집어 들었다.

"무장을 하고 오라고 하세요."

칸나는 고개를 끄덕였다. 그가 전화기에 대고 말하는 동안 클레이는 앞에 있는 남자를 자세히 살펴보았다.

"자, 당신은 누구입니까?" 클레이가 다시 물었다.

그 남자는 꼼짝도 하지 않고 선 채 클레이를 빤히 쳐다보고 있었다. 총은 그 사람을 전혀 겁먹게 하는 것 같지 않았다. 마침내 그가 대답했다. "내 이름은 페일린입니다."

"당신은 어디서 왔습니까?" 클레이가 물었다.

그 남자는 천천히 의무실 안을 둘러보았다. "멀지는 않습니다."

클레이가 눈을 가늘게 떴다. "좀 더 구체적인 대답이 필요합니다."

페일린이라는 남자가 클레이를 돌아보았다. "나는 당신이 묻는 말에 대답을 할 것입니다. 그게 우리의 약속이니까요."

칸나가 전화기를 내려놓자마자 위쪽의 보행자용 통로에서 쿵쿵거리는 발소리들이 들렸다. 클레이가 페일린의 뒤쪽을 몸짓으로 가리켰다. "저 벽에 기대고 손을 앞으로 내보이세요."

페일린은 그 말에 따라 등이 벽을 닿을 때까지 천천히 뒤로 물러섰다. 잠시 후 해리스와 테이가 총을 겨눈 채 클레이 뒤쪽에서 방으로 뛰어들었다.

"무슨 일입니까?" 해리스가 물었다.

클레이는 페일린에게서 눈을 떼지 않았다. "나도 궁금한 질문입니다. 우선 여기 있는 마술사 양반에게 수갑을 채우는 것부터 시작하죠."

19

에머슨 선장은 컴퓨터 장비를 해체하고 있는 앨리슨과 연구원들에게 다가갔다.

"쇼 양," 그는 말을 꺼낸 다음 크리스와 리를 바라보았다. "여러분. 계획에 변화가 생겼습니다."

앨리슨이 일어섰다. "무슨 말씀이신지?"

"여러분들과 다른 승객들은 이 배에서 즉시 내려야 합니다."

그들은 혼란스러웠다. "뭐라고요?"

"여러분의 안전과 국가안보를 위해서 여러분들을 패스파인더 호에서 하선시킬 수밖에 없습니다." 에머슨이 말했다.

"이해할 수 없네요. 우리를 마이애미로 데려가는 중이었잖아요. 무슨 일이 생겼나요?"

에머슨은 고개를 저었다. "보안 사고가 있었다는 것밖에는 말할 수 없습니다. 저를 믿으세요, 이 일은 여러분을 보호하기 위한 조치입니다."

"사고요? 언제요?" 그녀는 함교를 훑어보았지만 찾고자 하는 사람은 보이지 않았다. "클레이 씨에게 무슨 일이 생겼나요?"

"존 클레이는 괜찮습니다." 그는 그들을 안심시켰다. "해안경비대 함정 한 대가 몇 분 내로 도착할 겁니다. 중요한 것은 여러분들이 가능한 한 빨리 이동할 준비를 해야 한다는 겁니다."

"잠깐만요," 그녀가 말했다. "더크와 샐리는 어떡하고요?"

"안타깝지만 해안경비대 함정에는 돌고래들을 수용할 만한 장비가 없습니다. 돌고래들은 상황이 해결될 때까지 이곳에 남아 있어야 할 것 같으니 나중에 당신들에게 돌려보내도록 하겠습니다. 죄송합니다. 돌고래들을 인도하는 일은 우리가 최우선 과제로 삼고 그때까지 잘 보살필 테니 안심하십시오."

앨리슨은 평소 같았으면 항의를 했을 테지만, 뭔가 위험한 일이 방금 발생했을 거라고 짐작했다. 그녀는 지금 해군과 말싸움을 하기에는 좋은 때가 아니라고 결정했다.

그녀는 에머슨을 바라보았다. "약속하시는 거죠, 선장님?"

"확실히 약속드리죠. 다른 도움은 필요 없나요?"

그녀는 리를 바라보았는데 그는 고개를 가로저었다. "네, 곧 준비하겠습니다."

해안경비대 함정이 신속히 도착해서 패스파인더 호 주위를 반원을 그리며 돌고 있는 것으로 보아, 길이는 절반 정도에 불과했지만 속도는 훨씬 빨라 보였다. 함정은 선회를 마치고 속도를 늦추면서 배를 나란히 한 채 측면으로 접근했다. 두 배 모두 접촉으로 인한 피해로부터 선체를 보호하기 위해 거대한 방현재를 내린 다음 서로의 선체를 끌어당긴 후 한쪽 배의 난간에서 다른 쪽 배의 난간으로 큰 통로를 설치했다.

모든 기자들이 소지품을 들고 줄을 섰다. 그들은 앞으로 움직이면서 한 번에 한 명씩 건너가기 시작했다. 앨리슨, 크리스 그리고 리는 데크와 샐리를 잠깐 찾아가 보았다. 그리고 나서 뱃머리로 되돌아갔다. 그들이 이르렀을 때는 마지막 승객이 양쪽으로 두 선원의 도움을 받아 건너고 있었다.

앨리슨은 통로 위에 올라선 다음 뒤를 돌아다보았다. 클레이는 어디에도 보이지 않았고, 배 뒤쪽에 있는 돌고래 수조도 가려서 보이지 않았다.

그녀는 크게 심호흡을 하고 재빨리 건너갔다. 크리스와 리도 그 뒤를 따라 건너갔다.

모든 승객들이 앉고 인원수를 확인한 뒤 통로는 재빨리 치워졌다. 엔진이 다시 굉음을 냈고, 함정은 빠르게 움직이기 시작했다. 함정이 앞으로 나아갈수록 패스파인더 호의 모습은 뒤쪽 멀리로 점점 줄어들었다. 앨리슨이 몸을 한쪽으로 기울인 순간 헬리콥터들이 패스파인더 호의 뱃머리로 접근하는 것이 얼핏 보였다. 대형 헬기 한 대가 양쪽으로 소형 아파치 공격 헬기 두 대를 거느리고 있었다.

20

캐서린 뢰케는 책상에 앉아 있다가 필립 르블랑이 걸어 들어오는 것을 보고 재빨리 일어섰다. 180센티미터의 키에 60대인 르블랑은 내무부 장관으로, 캐서린의 견해지만, 지위에 걸맞은 몇 안 되는 명예로운 정치인 중 한 명이었다. 또한 그는 그녀의 상관이기도 했다. 여러 행정부를 거치면서 스캔들 파동 바로 전까지 지질조사국을 관리했던 르블랑은 캐서린의 과학부서 경력 초기에 그녀를 눈여겨보고 후원자가 되어주었다. 그녀가 기억하기론, 지질조사국을 한번 맡아보라고 떠밀다시피 격려하면서 이 부서의 책임자가 되는 데에 산파 역할을 한 사람도 바로 그였다.

"발표는 어땠어?" 그는 책상 앞 가죽 소파에 앉으면서 물어보았다.

그녀는 숨을 크게 내쉬었다. "어땠을 것 같아요?"

"좋지 않았나 보군?" 르블랑이 넘겨짚으며 물었다.

"제 좋은 친구인 스티바스가 그 자리에 있었거든요."

"쓰레기 같은 놈."

캐서린이 다시 앉았다. "어차피 기대하지 않았어요. 지금 제가 말할 수 있는 건, 그 작자와 대통령이 나를 미치광이라고 생각한다는 거죠."

"스티바스는 추잡한 놈이긴 하지만 자네가 미쳤다고 생각하진 않아. 그런 문제에 대해서 멍청하거든. 그저 비열한 정치를 일삼을 뿐이지. 그 작자가 내년에 출마할 생각을 하고 있는 건 아나?"

캐서린의 눈이 번쩍 떠졌다. "대통령 선거요? 농담하시는 거죠?"

"그런 소문이 있어."

캐서린은 의자에 등을 기대고 손으로 입을 가렸다. "맙소사, 그자가 이 조직을 어떻게 할지 상상하기도 싫어요."

"나도 마찬가지야."

뢰케는 고개를 가로젓고 가방을 열어 노트북을 꺼냈다. 플러그를 꽂고 전원 버튼을 누른 다음 르블랑을 다시 돌아보았다.

"그러니까," 그가 말했다, "그들이 자네가 기대한 대로 반응하지 않았단 말이지."

"우리가 기대한 대로죠." 그녀가 그의 말을 정정했다. "게다가 전혀 안 먹혔어요. 아무리 말해도, 예측 불가능한 위험 정도로는 주목을 끌지 못했어요. 대통령은 다른 나라를 방문해서 공황상태에 빠뜨리기 전에 더 많은 증거를 원한다고 말했고요." 그녀는 그가 못 미더워한다는 걸 엿보았다. "장관님이 저와 함께 갔었어야 했는데."

르블랑은 이맛살을 찌푸렸다. "아니야, 캐서린. 이제는 자네가 조직을 운영하고 있잖아. 어차피 내가 덧붙일 것도 없었고." 그는 다시 소파에 몸을 기대고 다리를 꼬았다. "음, 대통령이 좀 더 확실한 증거를 원한단 말이지."

"네. 바라건대 다가올 쓰나미보다는 조금 덜하지만 강렬한 뭔가가 있었으면 해요."

그가 웃었다. "그렇게 되기를 바라자고."

캐서린은 빈정대듯 어깨를 으쓱했다. "다행인 건 그 사람들은 그저 붕괴가 예상되는 날짜와 시간을 원하는 것 같아요."

"그래서 계획이 뭔데?"

캐서린은 컴퓨터에 접속했다. "더 많은 증거가 필요해요. 그리고 그 증거는 해수의 부피가 감소한다는 제 추산에 의존하지 않아야 하고요. 스티바스가 그 문제를 가지고 나를 완전히 바보 취급했으니까요." 그녀는 큰 의자에 다시 앉았다. "우리가 좀 더 정확한 측정값을 구하고, 이전의 론 빙붕 분리에서 얻은 초기 지표들과 실제로 그 분리가 일어났던 속도를 활용한다면, 보다 현실적인 위험도 수준을 제시할 수 있을 거라고 생각해요. 우리가 다른 유수의 기관들보다 훨씬 더 많은 사실 자료들을 갖게 되면, 그 사람들은 더 이상 논쟁을 벌이지 않을 거예요. 유일한 논쟁거리는 우리가 그 일에 관해서 무엇을 하고 비용이 얼마나 들 것인가밖에는 없을 거예요."

"누가 그 자리에 있었는지 하는 것보다 더 중요한 것은 자네를 믿는 다른 누군가가 있었느냐는 거야?"

"음, '믿는다' 라는 단어가 설득력 있는지는 모르지만, 분명히 있었어요. 제가 전하고자 하는 위험을 이해한 인물이 몇 명은 있었던 것 같아요. 놀랄 일은 아니죠, 정치인이 아니라 군 장교들이었으니까요. 그들은 위험성과 그 결과에 대해 어느 정도 이해하는 것처럼 보였어요. 그리고 국방부 장관인 밀러도 이해하는 것 같았고요."

"그래, 놀랄 일은 아니군." 르블랑이 대답했다. "결국엔 군 장교들이 전쟁을 치러야만 하니까. 정치인들은 그냥 전쟁을 시작할 뿐이고." 그는 말을 계속했다. "지금쯤이면 모르긴 해도 스티바스가 대통령의 귀를 막고 있을 걸, 그게 정치판이니까. 자네가 할 수 있는 최선의 방법은 가능한 한 많은 자료를 모으고, 메이슨을 설득해서 스티바스가 없는 사이 자네가 대통령에게 그 자료를 진술할 수 있도록 하는 거야. 대통령이 선뜻 받아들일 수도 있으니까."

"제가 어떻게 해야 메이슨을 설득할 수 있을까요?" 그녀가 물었다.

그는 어깨를 으쓱했다. "자네는 미인이잖아. 잘 꼬셔봐."

캐서린은 기분이 상한 척했다. "진심으로 말한 거예요?"

"물론 농담이지."

캐서린은 미소를 짓고 노트북을 바라보며 생각에 잠겼다. "강력한 조사팀을 구성해야겠어요, 그 사태를 조사했던 연구원들도 포함해서요. 더 많은 인원들이 필요할 거예요."

르블랑은 그녀가 벌써 계획 단계에 들어갔음을 알 수 있었다. 그는 일어서서 넥타이를 고쳐 맸다. "게다가 그 사람들한테 따뜻한 의자에서 궁둥이를 떼고 당분간 영하의 날씨 속에서 돌아다녀야 한다고 설득해야 할 걸."

그녀는 갑자기 입력하던 것을 멈추고 걱정스러운 표정을 지었다. 그가 옳았다. 그녀는 다른 프로젝트에서 사람들을 끌어와야만 했다. 이 일로 인해 인심을 잃을지도 모를 일이었다.

그녀는 자신이 해야 할 일의 전반적인 범위를 깨닫고는 표정이 변했다. 르블랑은 그녀의 표정 변화를 지켜보며 말했다. "이번 기회에 사람 꼬시는 연습을 많이 해두라고." 그러고는 윙크를 하며 걸어 나갔다.

 21

두 대의 아파치 공격용 헬리콥터가 패스파인더 호의 뱃머리 바로 위를 맴도는 동안, 대형 시호크 헬기가 배의 착륙장에 내렸다. 착륙 즉시 문이 옆으로 열렸고 전투 장비를 갖춘 네 명의 해병들이 M4 카빈 소총을 들고 갑판으로 뛰어내렸다. 그들은 돌고 있는 회전날개 아래를 지나 계단이 있는 곳까지 재빨리 달려갔다. 그곳에는 무장한 승조원들 몇 명이 존 클레이와 작은 체구의 페일린을 에워싸고 있었다. 클레이는, 두 손을 등 뒤로 하고 수갑을 찬 페일린 곁에 서 있었다. 페일린은 아무런 표정도 짓지 않고 해병대원들이 다가오는 모습을 지켜보았다.

선두에 선 해병이 그들 앞에 멈추고 클레이 옆에 서 있는 에머슨 선장에게 경례를 했다. 다른 세 해병도 한 걸음 뒤에서 똑같이 경례를 했다.

"중령님!" 해병이 클레이에게 시선을 돌리며 말했다. "중령님을 기지로 데려오라는 명령을 받았습니다. 준비되셨습니까?"

클레이는 고개를 끄덕였다.

해병들은 페일린의 팔을 붙잡고 헬리콥터로 다시 씩씩하게 걸어갔다. 헬기의 회전날개는 여전히 전속력으로 돌고 있었다. 클레이는 더플백을 움켜쥐고 어깨 너머로 끌어올렸다. 그는 에머슨에게 돌아섰다.

"감사합니다, 루디." 그가 악수를 하며 말했다.

에머슨은 고개를 끄덕였다. "연락 주게."

클레이는 승조원들에게 허물없는 경례를 한 다음, 돌아서서 해병들 뒤를 빠른 걸음으로 쫓아갔다. 그가 헬리콥터에 이르렀을 때 페일린이 탑승을 했고, 그도 뒤를 이어 올라탔다. 해병들은 페일린의 사방에 앉아 그에게 소총을 겨누었다. 클레이는 가방을 뒤쪽으로 툭 던지고 그들 옆에 앉고 나서 철문을 쾅 닫았다. 대원들 중 한 명이 그에게 헤드셋을 건네주었고, 그는 그것을 쓴 다음 마이크를 조절했다.

조종사가 시호크의 회전날개를 조정했고, 헬리콥터는 이륙 준비를 마친 다음 착륙장에서 떠올랐다. 헬기가 공중으로 솟아오르자, 아파치들이 측면을 호위했다. 헬기들은 북쪽으로 향하면서 석양으로부터 조금씩 멀어져갔다. 뒤쪽 한참 아래에서, 패스파인더 호의 거대한 엔진들이 다시 굉음을 내며 시동을 걸었다. 배는 좌현으로 빙 돌더니 북쪽으로 빠르게 나아갔다.

헬리콥터 회전날개의 강렬한 쿵쿵 소리에도 불구하고 클레이는 대화를 끝내고 헤드셋을 벗었다. 그는 페일린을 지켜보면서 문에 기댔다. 그 남자는 여전히 두 손을 등 뒤로 한 채 눈은 바닥으로 내려다보며 불편한 듯 앉아 있었다. 해병들은 무기를 움켜쥔 채 그를 예의 주시하며 지켜보았다. 페일린은 조금 전보다 풀이 죽어 보였다. 그는 조용히 앉아 있었고 몸부림도 치지 않았다. 클레이가 보기에 그는 거의 낙담한 듯했다.

페일린은 천천히 고개를 들어 작은 선실과 주위에 앉아 있는 해병들을 둘러보았다. 그들의 얼굴은 마치 깎아 놓은 돌처럼 아무런 표정도 없었다. 페일린은 클레이를 바라보았고 두 사람의 눈이 마주쳤다. 그들은 오랫동안 서로의 눈을 바라보았다.

클레이는 페일린의 시선에서 뭔가를 알아차렸다. 겉으로는 풀이 죽고 무력해 보였지만, 그의 눈빛에서는 아무런 두려움도 보이지 않았다. 페일린이 시선을 돌리자 클레이도 고개를 돌리고 창밖을 바라보았다. 몇 분후, 푸른 바다가 끝나고 하얀 모래 해변이 나타나자 헬리콥터는 플로리다의 대서양 해안선을 따라 북쪽으로 속도를 높였다.

* * * * *

잭슨빌에 있는 해군항공기지는 남동부 지역에서 가장 큰 해군 기지이
자 미국에서는 세 번째로 큰 기지였다. 이 기지는 대잠수함 전투와 지구
상에서 가장 뛰어난 비행사 훈련을 전문으로 하고 있었다.

세 대의 헬리콥터는 두 시간 만에 도착했다. 그들은 주위의 이목을 피
하기 위해 남서쪽 구석에 있는 기지의 외딴 지역에 착륙했다. 험비 차량
몇 대가 전조등을 켠 채 착륙 구역을 에워싸고 있었고, 20여 명의 무장
한 해병이 대기하고 있었다. 시호크가 착륙하자마자 그들이 달려와서 문
을 열어젖혔다. 클레이가 먼저 뛰어내렸고 이어 네 명의 해병들이 비틀거
리는 페일린을 양쪽에서 강압적으로 붙잡은 채 계단을 내려왔다.

"살살 다뤄!" 클레이가 회전날개 소리보다 더 크게 고함쳤다.

해병들은 전혀 개의치 않고 페일린을 착륙장 바깥쪽에 대기하고 있는
차량들 중 한 대로 호송했다. 나머지 해병들은 그들 주위에 정렬해 있었
다. 클레이가 따라가려 했지만, 갑자기 한 무관이 옆으로 다가왔다.

"클레이 중령님?" 그가 물었다.

"그렇습니다."

"저와 함께 가시죠." 그 무관은 클레이에게 다른 차량을 가리키며 차
문을 열어주었다. 그가 올라타자 그 무관은 반대편으로 가서 운전석에
올랐다.

클레이는 페일린을 찾으려 했지만 눈부신 전조등 불빛 때문에 그를 어
떤 차량에 태웠는지 판단할 수 없었다. 험비 차량들은 일제히 빠져나갔
고 그도 잘 모르는 방향으로 향했다. 기지의 그리 중요치 않은 구역에 자

리한 희미하게 불이 켜진 건물들 쪽을 향해서.

클레이의 운전수는 왼쪽으로 방향을 틀고 그 방향 대신 수 킬로미터나 뻗어 있는 어둡고 울창한 숲 가장자리에 있는 2층짜리 작은 건물로 차를 몰았다. 불이 켜진 등 하나와 철문 앞에 경비를 서고 있는 두 명의 해병이 아니었다면, 클레이는 그 건물이 더 이상 사용하지 않는 곳이라고 생각했을 것이다. 그 무관이 험비를 멈춰 세웠고 두 사람 모두 차에서 내렸다. 운전수는 클레이가 본능적으로 뒷좌석을 들여다보는 것을 알아차렸다. "소지품들은 다른 사람이 곧 가져다 드릴 겁니다."

클레이는 고개를 끄덕였고 그를 따라서 입구로 향했는데, 그곳에서 그 무관은 경비대원들에게 신분증을 흔들어 보였다. 오른쪽에 있던 경비대원이 돌아서서 처음 보는 계기반에다 비밀번호를 눌렀다. 거대한 철문이 쉿 하는 소리와 함께 옆으로 미끄러지듯 움직였다.

두 사람은 환하게 불이 켜진 건물의 현관 안으로 들어섰고, 그곳에서 네 명의 해병과 마주했다. 해병들 중 두 명은 소총을 들고 있었고, 나머지 두 명은 각각 긴 원통형 방사능 탐지기를 들고 있었다. 한 명은 클레이를, 다른 한 명은 호송 무관을 검사했다. 클레이는 군 신분증을 꺼내 보였고 두 사람 모두 전자 검색대 아래를 통과했다. 클레이는 기다리는 동안 커다란 실내를 둘러보았다. 네 대의 카메라가 각각 다른 곳에 위치하고 있었다. 하나뿐인 넓은 복도는 맨 끝에 있는 어떤 문까지 뻗어 있었다. 두 사람 모두 신분증을 돌려받고 복도 끝으로 걸어갔다. 그 문은 엘리베이터였고, 그들이 다가오자 문이 열렸다. 안으로 들어가자 또 다른 무장한 해병과 마주했는데, 그는 한 손에 무기를 든 채 다른 한 손으로 하강 버튼을 눌렀다. 그 작은 공간은 움찔하더니 내려가기 시작했다.

클레이는 해병 뒤에 조용히 서서 그의 복장과 장비를 살폈다. 그가 이전에 잭슨빌 해군항공기지를 방문했을 때는 언제나 기지의 주요 시설들 가운데 어느 곳을 내방했고 그곳에서 여러 사람들을 만났다. 사실 그의 마지막 방문은 불과 5주 전이었고, 그때는 잠수함 기술자들과 통신 문제를 토론하면서 하루를 보냈다. 그는 지금 자신이 있는 건물을 이전에는 한 번도 본 적이 없었는데, 그렇다면 설계 시부터 그렇게 의도한 것이 명백했다. 실제로 클레이는 2만 3천 명의 기지 요원들 중 이곳을 알고 있는 이가 몇 명이나 될지 궁금했다.

그들이 하강한 시간으로 보아 클레이는 서너 층 정도라고 짐작했다. 문이 열렸을 때, 건물의 진짜 심장부가 지하에 있다는 건 의심할 여지없이 분명해 보였다. 배후에서 몇 사람이 급하게 왔다 갔다 하며 지나갔다. 그들 바로 앞에서는 한 여군 장교가 그들이 걸어 나오기를 기다렸다. 그녀는 아무 말 없이 몸을 돌리고 그들을 인도했다. 두 사람 모두 그녀의 뒤를 따라갔다.

오른쪽으로 두 번 돈 후 그들은 넓은 회의실에 도착했다. 놀랍게도 랭포드 제독이 잭슨빌 해군항공기지 사령관인 포스터 대령과 함께 기다리고 있었다. 그들은 클레이를 호위하던 두 사람이 경례를 하고 사라지자 방을 가로질러 왔다.

"어서 오게." 랭포드가 손을 내밀며 말했다. "존, 이쪽은 제임스 포스터 대령일세. 이곳 기지의 책임자지."

"반갑네, 중령."

클레이는 거수 경례를 한 다음 포스터의 악수를 받아들였다. "만나서 반갑습니다, 대령님. 이곳에 여러 차례 와봤지만 처음 뵙습니다."

랭포드는 방 한가운데에 있는 커다란 회의용 탁자를 향해 손짓을 하며 바로 본론으로 들어갔다. 멀리 있는 한쪽 벽에는 얇고 큰 평면 모니터가 설치되어 있었다. "클레이, 곧 합동참모본부 의장과 국방부 장관 그리고 국가안보보좌관과 원격 화상 회의가 있을 예정이네. 또한 다양한 분야의 전문가 몇 명도 참여할 거야. 분명히 말해두지만, 오늘 아침 패스파인더 호에서 있었던 일을 정확하게 설명해 주어야 하네, 그래야 우리가 이 자리에서 무얼 처리해야 할지 합의할 수 있으니까."

클레이는 고개를 끄덕였다. "알겠습니다."

"시작하기 전에 뭐 필요한 게 있나?" 랭포드가 물었다. "아직 몇 분 시간이 있네."

"없습니다," 클레이가 대답했다. "전 괜찮습니다."

"좋아. 그럼 앉아서 얘기하세나." 그들은 걸어가서 자리에 앉았다. "트라이톤II에 대한 해결책이 있다고 하던데."

"네, 제독님. 하지만 해결책이라기보다는 단서라는 편이 맞을 겁니다. 우린 아직 그것이 어디에 있는지 정확히 모르는 상태입니다. 온갖 소동이 벌어지는 바람에 조사할 시간이 부족했습니다."

"이해하네." 랭포드는 말했다. "그 돌고래들은 도움이 되던가?"

"네." 클레이가 말했다. "돌고래들이 트라이톤을 발견했다고 여겨지지만, 그 부분은 아직 추가 정보가 필요합니다. 제 생각으론 회수 작업은 무척 힘든─" 클레이는 갑자기 휴대폰이 울리는 바람에 말을 중단했다. 월 보거의 번호였다. 그는 랭포드를 바라보았다. "이걸 받을 시간이 있습니까, 제독님?"

랭포드는 시계를 보았다. "4분 정도 있네. 빨리 하게."

클레이가 일어서서 방 뒤쪽으로 걸어가는 동안, 랭포드와 포스터는 이전의 대화를 이어나갔다. 그는 전화를 받고 귀에 갖다 댔다.

"클레이입니다."

"클레이. 나 월이야." 건너편에서 보거의 목소리가 들려왔다.

"네, 월. 무슨 일이죠? 뭐 좀 나온 게 있나요?"

"그래, 바다 밑바닥에 있는 거대한 홀라후프에다 추가로 더."

클레이는 랭포드와 포스터를 바라보았는데, 그들은 여전히 대화를 나누고 있었다. "말씀하세요."

"프로그램을 미세하게 조정한 결과, 영상의 화질을 상당히 개선할 수 있었어."

"고생하셨네요." 클레이가 말했다. "그래서요?"

보거는 옆에 앉아 있는 시저를 바라보았다. "그러니까," 그가 말을 계속했다. "그 물체가 움직이는 것처럼 보여."

"움직인다고요?" 클레이가 물었다. "어떻게 움직이는데요?"

"회전하듯 움직이고 있어." 보거가 말했다. "그 물체가 빙글빙글 돌고 있다는 뜻이야. 내 계산이 맞는다면, 이 물체는 대략 3분마다 한 바퀴씩 회전하고 있어, 오차는 좀 있겠지만."

"뭐라고요!" 클레이가 소리쳤다. "농담하는 거죠?"

"아니."

클레이는 전화기를 내리고 랭포드와 포스터를 바라보았는데, 그들은 이제 그를 지켜보고 있었다. "지금 통화하고 있는 보거와 연결해야 합니다, 제독님!"

원격 화상 회의는 거대한 화면이 커지면서 시작되었다. 화면 너머로 커다란 회의실이 보였는데, 클레이는 국방부 어딘가로 짐작했다. 회의용 탁자 주위에는 밀러 국방장관과 스티바스 국가안보보좌관이 앉아 있었다. 합동참모본부 의장과 부의장, 공군, 해군, 육군, 해병대, 해경 등 5개 군 병과의 수장들을 포함해서 다수의 군인들이 자리하고 있었다.

잠시 후 화면 아래쪽에 네 개의 다른 영상이 나타났는데, 클레이는 랭포드가 언급한 전문가들로 추측했다. 마침내 또 하나의 작은 창에 보거와 시저가 모습이 나타났다. 보거는 화상 회의가 가능한 곳까지 500여

미터를 뛰어서인지 숨이 가쁜 모습이었다. 시저 역시 약간 숨이 찬 기색이었다.

"여러분," 랭포드가 말을 시작했다. "편의상 소개는 생략하겠습니다. 존 클레이는 방금 이곳 잭슨빌 기지에 도착했고, 오늘 에머슨의 배에서 정확히 무슨 일이 일어났는지 이제 곧 보고드릴 겁니다." 그는 돌아서서 클레이에게 고개를 끄덕였다. "시작하게, 클레이."

"감사합니다, 제독님." 클레이는 일어서서 카메라를 마주보았다. 그는 처음으로 돌아가서 트라이톤 잠수정의 분실, 그것을 찾기 위한 시도로 해양 생물 팀에 대한 협조 요청, 그리고 그들이 항구를 떠날 때부터 시작해서 패스파인더 호에서 일어난 모든 일을 설명했다. 그는 설명을 마친 후에도 질문을 받기 위해 여전히 서 있었다. 그는 속으로 누군가 이 이야기에 충격을 받았더라도 아무도 그런 모습을 화면에다 내비치진 않을 거라고 생각했다.

밀러 국방장관이 먼저 뛰어들었다. "그러니까 클레이 중령, 방금 의무실에서 허공이 벌어지며 '페일린'이라는 그 남자가 발을 들여놓았다고 했나?"

"네, 장관님," 클레이가 대답했다. "그런 일이 일어났다고 믿습니다."

스티바스는 영상 화면 속에서 몸을 앞으로 숙였다. "그런 일이 일어났다고 믿는다고요? 그게 도대체 무슨 말입니까? 그런 일이 있었습니까, 없었습니까?"

"보좌관님," 클레이가 대답했다. "저 역시 정확히 무슨 일이 일어났는지, 어떻게 그런 일이 가능한지는 잘 모릅니다. 제가 여기 있는 모든 분들에게 설명하고 있는 것은 제가 최대한 이해할 수 있는 범위 내에서 직접 체험했던 내용을 말씀드리고 있는 겁니다."

랭포드가 끼어들었다. "논의에 들어가기 전에 그 같은 일이 과연 가능한지 알아보자고 제안해도 될까요? 그리고 가능하지 않다면 다른 어떤 일이 일어난 것인지 말이죠?" 랭포드는 화면에 나와 있는 전문가 중 한 명을 불렀다. "하딩 교수가 이 화상 회의에 참여하고 계시는데 그분은 MIT에서 물리학부를 이끌고 있습니다. 하딩 박사님, 우리가 여기서 살펴보고 있는 상황에 대해 말씀해 주실 수 있겠습니까?"

"음," 하딩은 목을 가다듬으며 시작했다. "솔직히 말해서 믿기 어려운 이야기입니다." 하딩의 영상이 화면에서 커지는 동시에 그가 모두에게 말을 했다. "이런 종류의 묘기를 해내는 데 필요한 기술 같은 건… 글쎄요, 현재로서는 가능할 것 같지 않습니다." 그는 잠시 생각했다. "클레이 씨, 이 페일린이란 사람이 이미 배에 타고 있었을 가능성은 없습니까?"

"있습니다." 클레이가 고개를 끄덕였다. "하지만, 모든 승조원들과 승객들에게 확인해봤습니다. 탑승할 때나 여행 중에 그를 본 사람은 아무도 없었습니다."

"그 환자는 어떤가?" 랭포드가 물었다. "부상당한 사람 말일세. 그들이 무슨 속임수를 썼을 수도 있잖은가, 뭘 조작한다든지 해서 말이야?"

"가능합니다." 클레이는 인정했다. "하지만 이게 속임수라고 생각하지는 않습니다."

"왜 그렇게 생각하죠?" 스티바스가 국방부에서 쏜살같이 반격했다. "왜 이게 속임수가 아니라고 그렇게 확신합니까? 하딩 박사도 그건 불가능하다고 말했고, 내가 보기에도 어떤 형태의 속임수라는 것이 여기서 가장 논리적인 결론인 것 같은데."

"그 말도 일리는 있습니다, 보좌관님." 클레이가 대답했다. "두어 가지 문제를 제외하면요."

"어떤 것들이죠?" 스티바스가 고집했다.

"진찰대가 사라진 것입니다. 그 위에 누워 있던 환자는 말할 것도 없고요."

스티바스는 그 빈정거림을 인정하지 않았다. "진찰대가 사라진 것을 확신할 수 있습니까? 당신이 말한 것을 보면, 진찰대 위의 남자와 이 페일린이란 인물의 생김새가 매우 비슷해 보인다고 했는데."

"맞습니다."

"어떤 환각이나 속임수 같은 걸로 마치 두 사람이 있었던 것처럼 보이게 할 수도 있지 않을까요, 실제로는, 단 한 사람뿐인데 말이죠?"

"뭘 하려고 했는지는 모르겠지만," 랭포드가 말했다. "만일 그 사람이 곤경에 처했다면, 부상당한 기자 입장으로 배에서 내리는 것이 포로가 되어서 내리는 것보다 훨씬 쉬웠을 겁니다. 게다가, 왜 연구용 선박에 타려고 그렇게 애썼을까요? 새로 발견된 석유 매장량에 대해 알아보려고?"

"동의합니다." 레너드 불맨 육군참모총장이 덧붙였다. 불맨은 호리호리하지만 차분하고 사려 깊은 표정을 짓고 있었다. "왜 정교한 속임수나 생명에 대한 위험을 무릅쓰고 연구용 선박을 타려고 했을까요?" 그는 고개를 돌려 옆에 앉아 있는 해군참모총장 브루스 비숍을 바라보았다. "에머슨의 배에 다른 중대한 가치를 가진 게 있습니까?"

비숍은 고개를 저었다. "한 시간 전에 에머슨과 통화했습니다. 그럴 만한 가치가 있는 건 아무것도 없습니다. 실제로 대다수의 그들 데이터는 아직 분석조차도 되지 않은 상태입니다."

"그렇다면," 랭포드가 말했다. "항구를 떠날 때 그 선박에 변화가 있었던 유일한 것은…." 그의 목소리가 차츰 잦아들더니 클레이를 바라보았다.

"…돌고래들." 클레이가 마무리 지었다.

"사람 말을 좀 알아듣는 그깟 돌고래가 얼마나 가치가 나갈까요?" 밀러 국방장관이 물었다.

클레이는 고개를 저었다. "당치도 않습니다. 제가 그 돌고래들과 연구원들을 지켜본 결과, 무엇에 견주어도 내세울 만한 자격이 있었습니다. 어떤 상을 받아도 손색이 없을 만큼 귀한 가치를 지녔습니다. 물론 평생을 감옥에서 보낼 만큼은 아니겠지만 말입니다."

월 보거가 화면 속에서 손을 들고 말했다. "어, 실례지만."

클레이가 소리 높여 말했다. "여러분, 이쪽은 월 보거와 제 동료 스티브 시저입니다. 해저에서 그 고리를 발견한 장본인들입니다. 제가 저들에게 이 화상 회의에 동참해 달라고 부탁한 것은 그 물체에 대한 더 많은 정보를 찾아냈기 때문입니다. 계속하세요, 월."

보거와 시저를 보여주는 영상의 창이 커지면서 화면 중앙으로 이동했다. "우리는, 어, 이 물체를 제법 많이 분석했는데, 이 고리처럼 보이는 물체는… 움직이고 있습니다."

화상 회의 참여자 대부분은 혼란스러운 표정을 지었다. 그러나 하딩은 호기심에 찬 표정이었다. "무슨 뜻입니까?" 그가 몸을 앞으로 내밀며 물었다.

"움직인다고 말했지만, 실제로는 회전하고 있다는 뜻입니다. 제 계산으로는 3분마다 완전히 회전을 하는 것 같습니다. 이 물체의 총 둘레가 약 75킬로미터인 것을 감안하면, 그 물체가 시속 1100킬로미터에 가까운 속도로 회전하고 있다는 뜻입니다."

화면상에 있던 모든 사람들이 갑자기 말문이 막혔다. 하딩의 입도 크게 벌어졌다.

22

"방금 뭐라고 말했습니까?" 밀러가 말했다.

보거가 말을 이었다. "이 고리는 에너지를 발생시키는 것으로 보입니다." 그는 몇 개의 명령어을 입력했고 그의 노트북 화면이 모든 사람들도 볼 수 있도록 대형 모니터에 나타났다. 화면은 고리의 특정 부분을 보여주었다. "그 물체에서 뿜어져 나오는 광파를 측정하면, 진동을 보여주는 도플러(소리나 빛이 발원체에서 나와 발원체와 상대적 운동을 하는 관측자에게 도착했을 때 진동수에 차이가 나는 현상)의 미묘한 변화를 볼 수 있습니다. 그 파장의 변화를 참고해서 속도를 측정할 수 있었습니다."

화상 회의에 참여한 거의 모든 사람들은 여전히 어리둥절한 상태였다.

"월," 클레이가 말했다. "이 물체가 뭐라고 생각하세요?"

보거는 고개를 저었다. "우리도 뭐라고 확신하지 못하겠어. 내 짐작으로는 일종의 발전소 같아."

"뭘 위한 발전소 말입니까?" 스티바스가 물었다.

"저도 잘 모르겠습니다." 보거가 대답했다. "알 수 없는 것들이 너무 많습니다. 예를 들어, 왜 그것이 물속에 있는지? 왜 이렇게 멀리 떨어진 곳에 있는지? 얼마나 많은 전력을 생산할 수 있는지? 그런 것들 말입니다. 중앙에 뭐가 있는지를 볼 수 있다면 도움이 되겠지만, 해상도가 명확하지 않습니다." 그는 고개를 저었다. "만약 그것이 발전소가 맞다면, 이렇게 회전하는 방식은 난생 처음 봅니다."

"여기서 잠깐 정리 좀 해봅시다." 밀러가 끼어들었다. "분명 이 물체는 거대합니다. 어떤 나라가 이 같은 것을 건설할 능력이 있단 말인가요, 그것도 은밀하게?"

아무도 대답하지 않자 밀러가 말을 이었다. "만일 우리가 저런 걸 짓는다면 무엇이 필요할까요?"

"최소한 수천 명의 인력과 10년 정도는 족히 필요할 겁니다." 보거가 대답했다. "비밀을 유지하려고 애쓰지 않는다는 가정하에 말입니다."

"그것도 아마 보수적으로 잡은 걸 겁니다." 하딩이 덧붙였다.

"좋아요, 그러니까 수십 년 동안 이 일을 해 온 비밀 단체가 있다는 거로군요." 스티바스가 말했다.

밀러는 눈썹을 추켜올렸다. "누가 있을까요?"

"제가 그걸 어떻게 압니까? 제 입장에서 보면, 더 큰 문제는 누가 저 거대한 발전소를 건설했느냐가 아니라 무슨 용도냐 하는 겁니다."

"어쩌면 수온을 변화시켜서 날씨나 기후에 영향을 줄 수도 있을 겁니다." 메이슨이 제시했다.

스티바스가 동의하며 손을 들었다. "맞습니다. 어쩌면 태풍이나 지진을 일으키고 싶은 걸지도 모릅니다. 아니면 국가 전력망을 약화시켜서 멈추게 하거나요." 그는 가슴 위로 팔짱을 끼었다. "우선 이 물체가 어떤 작용을 일으키는지 밝혀내야만 합니다."

밀러는 화면을 바라보았다. "하딩 박사?"

하딩은 난색을 표했다. "이론적으론, 충분한 에너지만 주어진다면 거의 모든 것이 가능합니다. 하지만 누군가가 태풍이나 지진을 일으키는 방법을 알아낸다 하더라도 그것을 통제할 방법이 없다는 겁니다. 태풍이 북쪽 대신 남쪽으로 갈 수도 있고, 서쪽 대신 동쪽으로 갈 수도 있으니까요." 그는 다시 화면을 응시했다. "고의로 기상을 조작한다는 건 상상도 할 수 없는 일입니다."

"알겠습니다!" 스티바스가 소리쳤다. "그럼 당신 생각은 어떻습니까!"

보거는 눈을 몇 번 깜박거렸다. 그리고 침을 꿀꺽 삼켰다. "이것은…" 그는 고개를 가로젓기 시작했다. "미친 소리처럼 들리겠지만, 어떤 과학자 단체가 스위스에서 연구하고 있는 게 떠올랐습니다." 그는 자신의 화면을 응시했다. "그 연구단체는 두 작은 물체 사이의 시간·공간적 상관성을 구명해오고 있는데, 그들의 실험 역시 고리들을 이용한 것이었습니다. 하지만 그 고리들이 아주 작았고, 그 상관성은 단 몇 분의 1초 동안 존재했습니다. 가능성 없는 일이지만, 몇 가지 측면이 여기 상황과 들어 맞습니다."

"당신이 말하는 '상관성'이 무슨 뜻입니까?" 랭포드가 물었다.

보거는 대답하지 않았다. 그는 그냥 화면을 응시하며 계속 말해야 할지 말지를 고민했다. 이건 정말이지 너무 터무니없는 말이었다.

"저분이 말하려는 게 일종의 터널이 아닐까 생각합니다." 하딩이 대답했다.

랭포드는 혼란스러웠다. "터널이요?"

"웜홀이죠." 보거가 말했다.

"웜홀이란 게 무엇입니까?"

"웜홀은 시간과 공간을 통과하는 터널입니다." 하딩이 설명했다. "현대 물리학에서 나온 이론이죠."

"그러면 스위스에서 이 일을 벌인 건가요?" 스티바스가 물었다.

"그건 아닙니다." 하딩이 고개를 가로저으며 대답했다. "보거 씨가 언급한 것은 스위스에서 추진된 일련의 실험입니다. 하지만, 그 실험은 순간에 불과했고 거리도 1밀리미터의 100만 분의 1도 채 되지 않았습니다. 게다가 엄청난 양의 에너지를 필요로 했습니다. 스위스가 1년 동안 사용하는 모든 전기에 버금가는 에너지를 1초 이하로 압축할 정도의 에너지였습니다."

"그러면 우리가 그 실험의 거대한 형태를 보고 있다고 생각하십니까?"

"그렇게 생각할 수도 있습니다." 하딩이 천천히 말했다. "그 실험에서 스위스 과학자 단체는 고리들 사이에서 어떤 조파 관계(통신에 사용되는 신호 상호 간에 존재하는 주파수 관계)를 발견했습니다. 충분한 에너지를 가지고 고리를 회전시키자, 고리들은 고조파 수준에서 연결되었고 터널의 가능성을 만들어냈습니다." 그는 의자를 모니터 가까이로 당겼다. "보거 씨, 그 사진을 확대해 주시겠습니까?" 잠시 후, 사진이 확대되었다. "그 실험의 독특한 측면 중 하나는 고조파 연결을 이룩하기 위해 음속 이상으로 고리를 회전시켜야 한다는 것이었습니다."

랭포드는 보거를 바라보았다. "이 물체가 수중에서 얼마나 빨리 돌고 있다고 했죠?"

"거의 음속 수준이었습니다."

"하지만 수중에서의 음속은 공기 중에서와는 다릅니다." 하딩이 지적했다. 그는 마치 자신이 하는 말을 스스로도 믿지 못하겠다는 양 말했지만, 수학적 정리에 입각한 것이므로 멈추지는 않았다. "소리는 물속에서 4배 이상 더 빨리 이동합니다. 다시 말해, 소리가 어떤 변수라면, 웜홀은 수중에서 에너지를 훨씬 더 적게 필요로 하므로, 그것을 두기에 우선적인 장소가 되었을 겁니다. 그러나 우리가 감당할 수 있는 수준을 훨씬 넘어선 단계의 에너지를 필요로 한다는 문제는 여전히 논의해봐야 할 것입니다."

"미국의 차원에서 '우리'를 말하는 겁니까?" 스티바스가 물었다.

"아뇨." 하딩이 말했다. "인간의 차원에서 '우리'를 말하는 겁니다."

몇 사람이 고개를 숙이고 비속어를 웅얼거렸다.

밀러 국방장관은 심호흡을 했다. "이 물체가 인간이 건설한 것이 아니라는 겁니까?"

"고려해봐야 합니다."

밀러는 자신이 들은 말을 믿을 수가 없었다. "그러면 바다 밑에 웜홀이 있을 수 있다는 겁니까?"

"어쩌면요." 보거가 말했다. "하지만 설령 우리가 그 정도의 에너지를 만들어낼 수 있는 방도를 알고 있다 하더라도, 그것을 실행할 수 있는 수단이 있을 것 같진 않습니다."

하딩은 동의하며 고개를 끄덕였다. "그분 말이 맞습니다. 세계의 모든 발전소를 합친다 해도 그 일을 해낼 수 없습니다. 그렇다면 다시 문제로 돌아가서, 우리가 전력을 공급할 수 없다면, 이 물체를 건설하는 것은 말할 것도 없고, 과연 누구일까요?"

"또… 필요한 전력이 이곳에 없다면, 어디서 그 힘을 얻고 있는 걸까요?" 보거가 마무리 지었다.

회의용 탁자에 둘러앉은 남자들은 서로의 얼굴을 살폈다.

"좋습니다, 잠시만요." 밀러가 말했다. "잠깐 생각을 해봅시다. 이 고리에 대한 다른 설명은요? 또 다른 게 있습니까?"

하딩이 헛기침을 했다. "음, 만약 우리가 그것을 만들었다면, 그 목적은 몇 가지 가능성으로 국한될 겁니다. 만약 우리가 만들지 않았다면, 무슨 일이 일어날지는 아무도 알 수 없을 겁니다."

"보거 씨," 밀러가 말을 이었다. "선생의 데이터에 대해 얼마나 확신하십니까?"

"꽤 확신합니다." 보거가 대답했다. "제가 분명 틀릴 수도 있지만 저는 이 숫자들을 여러 번 검토해 보았습니다. 물론 우리가 알아낼 수 없는 다른 어떤 일이 이곳에서 일어날 수도 있습니다. 사실, 거의 그럴 수밖에 없을 겁니다. 예를 들면, 내부에 뭐가 있는지도 모릅니다. 어쩌면 그것이 한

정된 사진 해상도 때문에 드러나지 않았을지도 모르고요. 제가 여기서 밝힌 몇 가지 기본적인 가정이 틀릴 수도 있습니다. 현 시점에서는 그저 그럴 듯한 가능성일 뿐입니다."

클레이는 큰 소리로 말하며 랭포드에게 돌아섰다. "제독님, 저 물체를 좀 더 자세히 살펴볼 필요가 있습니다. 최소한 트라이톤을 찾아서 뭔가 다른 것이 녹화되어 있는지 봐야 합니다."

랭포드는 고개를 끄덕였다. "동감이네."

"좋습니다." 스티바스가 말했다. "우리가 이 고리를 자세히 살펴보기 전까지는 이 자리에서 최악의 시나리오를 고려할 필요가 있습니다. 만약 그것이 뭔가 다른 걸로 밝혀진다면, 오히려 다행이겠죠. 반면에 이것이 일종의 웜홀이라면, 과연 그것을 어떻게 처리해야 할까요?"

"글쎄요." 랭포드가 말했다. "그 용도에 따라 달라져야겠지요."

"용도라니요?" 스티바스는 의아하다는 듯이 말했다. "미치겠군, 그건 터널입니다. 터널이 무슨 용도로 쓰입니까?" 그는 하딩을 바라보았다. "박사님, 저만 이렇게 생각하는 겁니까, 아니, 터널의 전반적인 목적은 그것을 통해서 뭔가를 내보내는 거잖습니까? 누가 이딴 걸 만들었든 간에 뭔가를 가져올 수도 있지 않겠습니까?"

하딩은 눈썹을 추켜올리며 고개를 끄덕였다, "가능합니다. 우리는 그 물체의 특성을 충분히 알지 못합니다만, 그 말에 동의해야 할 것 같습니다. 가능성이 있으니까요."

"감사합니다." 스티바스가 흡족해하며 말했다. "그러니까 이 웜홀을 통해 뭔가를 보내는 것이 가능하다면, 다른 사람들은 모르겠지만, 제가 생각하는 최악의 시나리오는 우리가 상대하는 쪽이 누구든 간에 그것을 통해 뭔가를 보냈거나, 혹은 앞으로 보낼 수도 있다는 겁니다."

모두들 조용히 앉은 채 스티바스의 의견을 심사숙고하고 있었다. 한참 후 랭포드가 말을 꺼냈다.

"만약 이것이 어떤 종류의 터널이라면, 누군가가 우리 선박들 중 한 척에 어떻게 발을 들여놓을 수 있었는지가 확실히 설명이 되는군요." 그는 화면을 향해 손짓을 했다. "하딩 박사님, 클레이가 패스파인더 호에서 본 것이 작은 사람 크기의 웜홀일 가능성이 있습니까?"

"가능합니다." 그는 다시 고개를 저으며 말했다. "하지만 믿기 어렵습니다. 제 말은 우리가 논의하고 있는 내용을 실행할 수 있는 기술적 진보의 요지를 말하는 것입니다. 만약 누군가가 이 고리를 만들 수 있었다면, 짐작건대, 아주 작은 터널은 그리 어렵지 않을 거라는 뜻입니다. 하지만, 우리는 이 자리에서 너무 많은 추측을 하고 있습니다."

"다른 견해나 해석을 가진 분은 없습니까?" 랭포드가 물었다.

보거는 어깨를 으쓱했다. "그밖에 다른 것은 상황에 맞지 않습니다."

"무슨 뜻입니까?"

"제 말은, 딱 맞아떨어진다는 겁니다. 전력을 비롯해서, 복잡성, 구축 시간. 왜 그것이 물속에 숨겨져 있는 것처럼 보이는지. 에너지와 자기장 왜곡. 가장 합리적인 생각인 것 같습니다. 또한 하딩 박사의 말에도 동의합니다. 누군가가 큰 웜홀을 만들 수 있다면, 분명 작은 것을 만드는 건 어렵지 않을 겁니다. 이 자리에서 중요하게 고려해야 할 점은 우리가 이미 생각하고 있는 것일지도 모릅니다. 어쩌면 우리보다 훨씬 더 똑똑한 존재를 상대하고 있다는 사실 말입니다."

밀러는 몸을 앞으로 숙이고 두 손으로 얼굴을 가렸다. "누군가가 그런 말을 할까봐 두려웠습니다. 웡 박사님," 그가 다시 화면으로 돌아오면서 말했다. "박사님은 우주생물학 전문가이십니다. 이 페일린이라는 인물의 사진과 비디오를 검토해 보셨으리라 생각합니다만?"

웡 교수의 모습이 화면을 가득 채우는 동시에 그가 말을 했다. 50대초반에 안경을 쓰고 백발이 간혹 보이는 웡 교수의 명성은 천문학 분야에서는 널리 알려져 있었다. "네, 검토해 보았습니다."

"박사님 의견은요?"

"무슨 뜻인지?" 웡이 물었다.

"뜻이라니요…." 밀러가 말했다, "우리가 인간에 대해 더 이상 이야기할 게 있습니까?"

웡은 인상을 썼다. "음… 이 고리가 일종의 관문이라는 건 그럴 듯해 보이지만, 이 페일린이라는 사람이 외계인인지는 의심스럽습니다. 묻고 있는 게 그거라면 말이죠. 패스파인더 호에 있는 칸나 박사로부터 받은 그 환자의 엑스레이를 포함해서 그의 해부학적 신체 구조를 판단해 보면, 너무나 인간적으로 보입니다."

"'너무나 인간적'이라는 게 무슨 뜻입니까?" 불맨 육군참모총장이 물었다.

"우리는 이 자리에서 다소 폭넓은 가정을 하고 있습니다. 우리가 이 웜홀을 만든 외계 인종을 상대하고 있고, 그들이 다른 어딘가, 즉 잠재적으로 멀리 떨어진 곳에서 전력을 공급할 수 있다고 말이죠. 간단히 말해서 그들의 해부학적 신체 구조는 우리와 별반 다르지 않았습니다." 웡이 설명했다. "요점은 다른 행성에서 성장하고 있는 모든 생명체도 그 나름대로의 진화 경로를 가지고 있다는 겁니다. 예를 들면, 다른 행성은 지구와 극도로 다른 환경 변수를 가지고 있을 것입니다. 지구보다 작을 수도 있고, 뜨거울 수도 있고, 낮이 짧을 수도 있고, 물이 적을 수도 있습니다. 사실 우리 주변 환경들 사이에 존재하는 수많은 작고, 심지어 아주 자그마한 차이점들로 인해서 생물들이 물리적인 형태로 진화할 수 있는 다양성은 거의 무한에 가깝습니다. 그러니까, 거의 무한한 다양성 때문에 다른 종족이 거의 동일한 존재로 발전할 확률은…, 글쎄요, 수학적으로는 불가능합니다."

"불가능하다?"

윙이 고개를 끄덕였다. "거의."

밀러는 몸을 뒤로 젖히고 한숨을 쉬었다. 그리고 손으로 눈을 문질렀다. "좋습니다. 자, 이건 확실히 짚고 넘어가죠. 우리가 생각하는 것은 바다 아래에 어떤 웜홀이 있는데, 우리가 알지 못하는 어딘가로 갈 수 있고, 우리가 언젠가는 생산하기를 바라는 많은 에너지를 필요로 하며, 우리보다 훨씬 똑똑한 누군가에 의해 건설되었는데 그들은 외계인이 아니다." 그는 회의실을 둘러본 다음 화면을 보았다. "내가 놓친 게 있나요?"

아무도 대답하지 않았다.

"랭포드 제독," 밀러가 의자에 앉은 채로 불쑥 몸을 앞으로 숙였다. "우리는 더 많은 정보가 필요하고 나는 당신의 요원들이 그 정보를 구했으면 합니다."

"알겠습니다, 장관님." 랭포드가 대답했다.

"우리 조사관 한 명을 곧 그곳으로 보내겠습니다. 페일린이라는 포로에게서 뭘 알아낼 수 있는지 한번 봅시다. 하지만, 이 자리에서는 신중을 기해야 할 필요가 있습니다. 굳이 말하자면, 섣불리 어떤 행동을 취하는 것은 매우 위험하지 않겠습니까?" 밀러는 방을 둘러보았다. "아침에 다시 모입시다. 그때는 더 많은 걸 알아내리라 봅니다. 수고하셨습니다, 여러분." 그러고는 곧바로 회의실 탁자 위의 리모컨을 향해 손을 뻗었고 그의 창이 깜박이며 닫혔다.

"감사합니다, 여러분." 랭포드가 말했다. "곧 연락드리겠습니다." 그는 자신의 조종 장치로 보거와 시저를 제외한 다른 모든 영상을 껐다. 랭포드와 포스터 두 사람 모두 일어섰다.

"클레이," 랭포드가 말했다. "기지로 돌아가서 눈 좀 붙이게나." 그는 포스터에게 시선을 돌렸다. "그가 이용할 수 있는 비행기가 있나?"

"마련해 보겠습니다."

"고맙네." 그는 다시 클레이에게 돌아섰다. "아침에 자네가 비행기를 탔으면 하네."

"알겠습니다, 제독님." 클레이가 대답했다.

"자네들 두 사람은," 그가 보거와 시저에게 말했다. "그 자료 영상을 계속 살펴봐주게나. 더 찾아낼 게 있는지 말이야."

"네, 제독님." 그들이 동시에 대답했다.

랭포드와 포스터 모두 그 방을 나갔다.

클레이는 그들이 나간 후 문이 닫히는 것을 지켜보았다. 그러고 나서 대형 모니터로 시선을 돌렸는데, 보거와 시저가 아직 화면에 남아 있었다. "일이 흥미로워지는데."

23

앨리슨이 지켜보는 가운데 더크를 감싸고 있는 보호대가 수족관의 유리 수조 너머로 천천히 움직이다가 멈추었다. 그런 다음 하강하기 시작하더니 조심스럽게 물에 닿았다. 하강은 더크가 수면 아래로 일 미터 정도 내려갈 때까지 계속되었다. 그 지점에서 작은 밧줄이 당겨졌고 커다란 걸쇠가 풀리면서 보호대가 펼쳐졌다. 더크는 몸부림을 치며 빠져나오더니 흥분했는지 수조 주위를 몇 차례나 헤엄치며 돌아다녔다. 그러고 나서 더크는 샐리가 있는 커다란 유리벽 쪽으로 향했고, 그곳에서는 샐리가 유리벽에 손과 코를 바짝 갖다댄 아이들 모습을 지켜보면서 그 아이들을 향해 몸을 흔들고 있었다. 잠시 후, 더크는 샐리와 아이들에게서 몸을 돌리고 아래로 헤엄쳐 갔다. 더크는 수조의 바닥에 이르자마자 유리벽을 향해 곧장 다시 속도를 높였고 갑자기 몸을 빙글빙글 비틀면서 밝고 푸른 물 속에 있는 몇 개의 원통을 통과하는 묘기를 펼쳤다. 아이들은 미친 듯이 환호성을 질렀다.

앨리슨은 더크와 샐리가 아이들을 정말 좋아한다는 인상을 늘 받았다. 아침마다 돌고래들은 유리벽 앞에서 수족관 문이 열리고 아이들이 줄지어 들어오기를 기다리고 있었다. 돌고래들과 아이들은 분명 서로에게 친밀감을 느꼈고, 그녀는 그들을 지켜보는 것이 싫증나지 않았다. 그녀는 로비에서 웃고 있는 아이들을 뒤로 한 채 수조의 반대쪽 끝에 있는 자신의 연구실로 걸어갔다. 철문 앞에서 판독기에 카드를 통과시키고 기다리자 찰칵 소리와 함께 문이 열렸다. 문을 당겨 열고 초록색 카펫이 깔린 연구실 안으로 들어섰다.

그녀는 리 켄우드 뒤로 걸어가서 그의 어깨 너머를 보았다. "상태는 어때요?"

"괜찮아 보여." 그가 말했다. "시스템들 전부 좋아. 사실, 우리가 없는 동안 IMIS가 단어들을 몇 마디 더 익혔어."

"어휘 목록이 점점 길어지네요." 그녀가 모니터를 보면서 말했다.

리도 고개를 끄덕였다. 그는 입력 작업을 끝내고 화면에 있는 창을 닫았다. 그는 다른 창을 열었는데, 앨리슨이 한 번도 보지 못했던 새로운 프로그램이었다. 리는 자신이 앉은 의자를 옆으로 밀고 그녀를 올려다보았다. "자네를 위한 깜짝 선물이 있어."

그녀는 어리둥절한 표정으로 그가 준비했다는 선물을 기대하며 바라보았다. 그는 그녀에게 미소를 지으며 그냥 앉아만 있었다.

"뭔데 그래요?" 결국 그녀가 물어보았다. 그러고 나서 화면을 다시 보았다. 새로운 프로그램은 커다란 검은색 원 하나와, 그 원의 중심을 가로지르는 얇은 녹색 선 하나를 보여주었다. 그녀는 무엇을 보고 있어야 할지 몰라서 의아한 눈으로 리를 돌아보았다.

"몸을 숙여봐." 리가 말했다.

앨리슨은 책상에 가까이로 몸을 숙였다. 그녀는 여전히 아무것도 모르겠다는 표정을 지었다.

"이제 말해 봐." 그가 속삭였다.

그녀는 아직도 어리둥절한 표정이었다.

그가 다시 속삭였다. " '안녕' 이라고 말해 봐."

그녀는 눈살을 찌푸리며 다시 화면을 보고 말했다. "안녕."

얇은 녹색 선이 그녀가 말할 때 춤을 추었다가 다시 평평해졌다. 잠시 후, IMIS가 그 짧은 단어를 수조 속으로 통역하는 것을 들었다.

더크와 샐리는 몸을 돌리고 연구실 쪽으로 헤엄쳐 왔다. *안녕 앨리슨,* 그들이 대답했다.

앨리슨의 눈이 휘둥그레졌다. "IMIS가 정말 내 말을 들은 거예요?"

리는 미소를 지었다. "음성 인식. 이젠 더 이상 입력하지 않아도 돼." 그는 손을 뻗어 키보드를 밀어냈다. "그냥 마이크에 대고 얘기하면 IMIS가 자동으로 통역을 할 거야."

앨리슨은 리를 지켜보면서 다시 말을 했다. 또 한 번 녹색 선이 그녀의 목소리 소리에 따라 춤을 추었다. "오늘 너는 어때?" 그녀가 물었다.

우리 좋아, 더크가 말했다. *너 어때?*

"리!" 그녀가 소리쳤다. "당신은 정말 대단한 사람이에요!"

그가 미소를 지었다. "어때 멋지지 않아?"

앨리슨은 가방에서 바나나 하나를 꺼냈다. 바나나 껍질을 벗기고 수조를 향해 걸어갔는데, 수조 안에서는 더크와 샐리가 헤엄을 치며 그녀를 지켜보고 있었다. 그녀는 한 입을 베어 물고 손을 뻗어서 유리벽 위에 갖다 대었다. 더크가 앞으로 헤엄쳐 와서 유리벽 반대편에다 코를 갖다 대었다. 샐리는 제자리에서 앨리슨을 계속 지켜보고 있었다. 앨리슨은 바나나의 껍질을 더 벗기고 한 입을 더 베어 물었다.

뭐 먹어 앨리슨? 샐리가 물었다.

놀란 앨리슨은 샐리를 바라보았다. 잠시 후, 그녀는 유리벽에서 돌아서서 다시 리의 책상으로 돌아왔다. 마우스를 붙잡고 IMIS의 현재 어휘 목록이 나열되어 있는 창을 열었다. 목록을 훑어보다가 고심 끝에 최적의 단어를 골랐다.

앨리슨은 마이크에 바짝 몸을 기댔다. "나는 식물을 먹고 있어." 뒤늦게 생각이 떠오른 그녀는 다시 유리벽으로 걸어가서 샐리가 볼 수 있도록 바나나를 들어 올렸다. 샐리는 아주 천천히 앞으로 헤엄쳐 와서 그 과

일을 살펴보았다.

너 식물 좋아해? 샐리가 물었다.

앨리슨이 대답하기도 전에, 리는 책상을 그녀가 서 있는 곳 가까이로 밀어서 마이크에 그녀의 목소리가 잘 집음될 수 있도록 했다.

앨리슨은 고개를 끄덕였다. "나는 많은 식물을 좋아해." 그녀는 가방을 움켜쥐고 사과 하나를 꺼냈다. 사과를 한 입 베어 물고 나서 샐리가 볼 수 있도록 들어 올렸다.

샐리는 사과를 살펴보았다. *먹지 않아 식물.*

"나도 알아." 앨리슨은 미소를 지었다. "하지만 나는 식물을 좋아해."

샐리는 흥분해서 꼬리를 흔들었다. *내가 더크 좋아해.*

앨리슨이 이번에는 풋 웃음을 터뜨렸다. "나 역시 더크를 좋아해."

어떤 소리가 샐리의 분수공에서 터져 나왔는데, 앨리슨과 연구원들은 그것을 웃음소리라고 여겼다.

"왜 웃었어?" 앨리슨이 물었다.

샐리는 다시 꼬리를 흔들었다. *너 더크 좋아 안 해. 내가 더크 좋아해.*

앨리슨은 신기한 듯 샐리를 바라보았다. 그녀는 살짝 고개를 돌려 유리에 비친 리의 반응을 슬쩍 보았는데, 마침 크리스가 그의 뒤에 서 있었다. 두 사람 모두 지켜보고 있었다.

"너는 더크를 사랑해?"

내가 더크 사랑해, 샐리가 다시 말했다. *더크 나 사랑해.*

앨리슨은 다시 크리스를 돌아보았다. "네 생각은 어때?"

크리스는 눈썹을 추켜올렸다. "내 생각도 그래."

"더크가 너의 짝이야?" 앨리슨이 물었다.

네, 그 내 짝이야. 나 그 짝이야. 내가 더크 사랑해.

"이런, 설마." 앨리슨은 크리스와 리를 돌아보며 말했다. 그녀는 손으로 목을 가로로 긋는 동작을 취하며 리에게 마이크를 꺼달라는 신호를 보냈다. 그는 재빨리 '일시 중지' 버튼을 눌렀다. "쟤네들은 서로 사랑하고 있어."

크리스는 그녀가 흥분한 것을 알아차렸다. "놀란 것 같은데?" 그가 물었다.

"그런 게 아니라," 그녀가 대답했다. "내 말은, 동물들이 애정의 단계들을 경험한다는 가정은 항상 있어 왔지만, 샐리는 뭔가 더 깊이 있게 묘사하고 있는 것처럼 들린다는 거지." 앨리슨은 갑자기 놀란 듯 헉 하는 소리를 내더니 입을 가렸다. "세상에나. 어떻게 생각해… 그들이 단순히 서로를 좋아하는 게 아니라 사랑에 빠져 있을 가능성 말이야?"

크리스와 리, 두 사람 모두 말없이 서로를 바라보았다.

우리 돌아가 앨리슨? 더크가 유리 앞에 있는 샐리 곁으로 와서 물었다.

리가 다시 마이크를 켜자 앨리슨이 말했다. "돌아가? 어디로 돌아가, 더크?"

바깥으로.

앨리슨의 기분이 순식간에 변했다. 그녀는 숨을 깊이 들이쉬었다. 이 상황이 올 거라는 예상은 하고 있었다. 더크와 샐리는 10살 이후로 계속 수족관에서 살아왔다. 앨리슨은 그들이 다시 바다로 돌아가게 될 거라는 생각은 전혀 해보지 않았다. 하지만, 이제 그 문제는 존 클레이를 돕기 위해 그들을 데리고 나간 후 피할 수 없는 일이 되어버렸다.

그녀가 대답을 하려고 입을 떼는 순간 더크가 다시 말했다.

얼마나 오래 기다려?

앨리슨은 눈을 감았다. 그 질문은 가슴에 비수를 꽂는 것 같았다. "너는 여기가 좋아?" 그녀가 물었다.

네 좋아해 여기, 더크가 말했다. *음식 많아.* 그는 흥분해서 달아났다가

작은 원을 그리듯 헤엄치며 돌아왔다. *음식 언제?*

앨리슨은 억지로 웃었다. 더크는 실제로 음식을 요구할 수 있게 되니까 더욱 자주 먹이를 요구하고 있었다. "너 방금 먹었어, 더크."

샐리는 여전히 헤엄을 치면서 앨리슨을 지켜보고 있었다. *너 슬퍼.*

"쟤들은 인간의 감정을 너무나 쉽게 읽네." 크리스가 유리벽으로 다가가며 말했다. 그는 그녀의 어깨에 부드럽게 손을 얹었다. "우리는 더크가 언제 배고픈지 겨우 알 수 있는데 말이야."

앨리슨은 리를 향해 고개를 저었고, 그는 다시 마이크를 잠시 정지시켰다. "우리는 쟤들과 헤어져야 할지도 몰라, 크리스. 해군을 돕기 위해 그 빌어먹을 항해를 하는 게 아니었어." 그녀는 갑자기 좌절감에 휩싸였다. "이게 다 프랭크의 잘못이야! 그 사람은 도대체 무슨 생각으로 그 일에 동의한 거야! 그가 완전히 엉망으로 만들어버렸다고, 크리스! 우린 더크와 샐리를 잃게 될 거야, 그러면 이 모든 게 끝장이라고!"

"그건 사실이 아니야, 앨리슨, 너도 알잖아. 프랭크는 '아니오'라고 말할 수 있었지만, 그랬으면 우리 프로젝트가 훨씬 더 빨리 끝장났을 수도 있었어. 우리 둘 다 그 일이 모험이라는 건 알았잖아." 그녀는 결백을 주장하려 했지만 크리스는 고개를 저었다. "아니라고 말하지 마. 너 역시 그런 생각을 했다는 거 알아. 우리 둘 다 그랬으니까. 우리는 다른 종과 실제로 대화를 나눈 최초의 인간이 되자고 계획했고 결국 그 일을 해냈어, 그건 대단한 일이야! 하지만, 우리 둘 중 누구도 더크와 샐리가 가두어져 있는 걸 좋아한다는 생각은 한시도 하지 않았어. 물론, 쟤네들은 잘 지내고 있지, 고리를 통과하지 않아도 공짜 음식을 먹고, 지속적으로 치료도 받고, 환경적인 위험도 전혀 없으니까. 하지만 안전하다는 게 행복하다는 걸 의미하지는 않아." 그는 유리 너머를 다시 돌아보며 한숨을 쉬었다. "우리가 IMIS을 통해 성취한 의사소통 수준은 꿈에도 생각지 못한 거야, 앨리. 그리고 이제는 더크와 샐리가 수족관에 갇혀 사는 것을 좋아하지 않는다는 것도 알게 되었어. 그건 너나 나한테는 별로 놀랄 일도 아니잖아. 슬프다고? 맞아. 하지만 그렇다고 프랭크를 비난할 수는 없어, 해군도 마찬가지고."

앨리슨은 눈물이 흐르자 재빨리 닦아냈다. 크리스의 말이 옳았지만, 그녀의 기분은 조금도 나아지지 않았다. 그들은 놀라운 일을 해냈고 그 결과 이제는 곧 돌고래들과 헤어져야만 했다.

너 친구 여기, 샐리가 말했다.

앨리슨은 억지로 미소를 지었다. "그래, 내 친구들은 여기 있어."

아니오 다른 친구. 샐리가 대답했다. *금속으로부터.*

"아." 앨리슨은 샐리가 존 클레이를 이야기하고 있다는 걸 깨달았다. "아니, 그 친구 여기 없어."

샐리가 웃었다.

크리스는 앨리슨의 어깨를 꼭 쥐고 다시 리의 책상으로 걸어갔다. 그는 커피 잔을 들고 뒤를 돌아보았다. "누가 알아, 우리가 쟤네들을 놓아 줘도 다시 돌아올지."

앨리슨이 인상을 찌푸렸다

"가끔씩이라도 말이야." 크리스는 어깨를 으쓱했다.

내가 앨리슨 이야기 좋아해, 샐리가 말했다.

앨리슨은 충혈된 눈으로 샐리를 바라보았다. "나도 너랑 이야기하는 게 좋아, 샐리."

왜 너는 오래 기다려?

앨리슨은 웃었다. 인간이 그들과 대화하는 데 왜 그렇게 오래 걸렸는지를 묻는 건가? 샐리가 농담한 게 틀림없었다. "우리는 도움을 받을 수 있는 금속을 만들어야 했어."

오류를 알리는 소리가 리의 모니터에서 들렸다. 무언가가 제대로 번역되지 않았다. 그건 중요하지 않았다.

우리 아주 오랫동안 이야기 없어.

앨리슨은 혼란스러운 표정을 지었다. "우리가 오랫동안 이야기를 하지 않았다고?"

아니오.

"너와 내가?" 앨리슨이 물었다.

아니오, 사람들.

앨리슨의 입이 벌어졌다. *사람들이라니?* 샐리가 한 말을 제대로 들은 건가? 돌고래들은 여태껏 연구원들 외에는 어느 누구와도 대화를 하지 않았다. 그녀는 크리스에게 돌아섰다. "방금 샐리가 한 말이 내가 생각하는 그 말이 맞아?"

크리스도 컵을 입가에 댄 채 얼어붙었다.

샐리의 말에는 뭔가 다른 뜻이 있는 게 틀림없었다. 그때 누군가가 뒤쪽에서 "안녕하세요!" 이라고 말하자 앨리슨은 순간 움찔했다.

그녀가 몸을 돌리자 연구실 뒤쪽에 있는 문에 존 클레이가 서 있었다. 그는 주위를 둘러보면서 깨달았다. 자신이 그들을 놀라게 했거나 중요한 일을 방해했거나, 아니면 둘 다라는 것을.

"미안해요." 그가 로비 쪽을 손짓했다. "안내소에 있는 여성분이 이쪽으로 가라고 알려줘서요." 그는 앨리슨을 바라보았다. "잘 지내셨어요?"

"네." 그녀가 말했다. 그러고는 고개를 돌려 눈이 말랐는지 확인했다. "오늘 아침은 참 놀랄 일이 많네요." 그녀는 클레이를 바라보았는데, 그는 뭔지 모르게 피곤한 것처럼 보였다.

그가 안쪽으로 걸어오면서 크리스와 리에게 짧게 손을 흔들었다. "방해해서 미안합니다. 또 배에서 있었던 일들도 미안하게 생각하고요. 상황이 좀 이상하게 돌아가는 바람에…."

"그랬겠죠." 그녀가 그를 향해 걸어가며 대답했다. "잘 지내셨어요?"

"네. 설명할 수 있으면 좋겠지만—"

"괜찮아요." 그녀가 말했다. "이해해요." 앨리슨은 크리스와 리를 향해 손짓했다. "우리는 당신이 더크와 샐리를 빨리 데려다줘서 고마워하고 있어요."

클레이는 미소를 지었다. "여러분이 우리를 돕기 위해 돌고래들을 데리고 나온 수고에 비하면 아무것도 아니죠."

앨리슨은 그가 그 심정을 반도 이해하지 못할 거라고 생각했다.

클레이는 그들 모두를 빤히 쳐다보고 있는 샐리를 호기심 있게 바라보았다. 더크는 수조 끝부분 근처에서 작은 원을 그리며 헤엄치고 있었다.

"그래, 이곳에는 무슨 일로 오셨어요, 관광 아니면 출장?" 앨리슨이 물었다. "수족관 무료입장권은 기대하지 않았으면 좋겠네요." 그의 머리카락은 그녀의 기억보다 숱이 많고 곱슬거리는 것처럼 보였다.

"둘 다입니다." 클레이가 대답했다. "저 역시 돌고래들과 이야기를 나누고 싶었거든요. 돌고래들에게 잠수정에 대해 물어볼 기회가 없었으니까요."

"좋아요." 그녀는 손짓으로 수조 옆에 있는 리의 책상을 가리켰다. 그녀는 마이크를 통해 더크를 불렀다. 더크가 헤엄쳐 돌아오다가 샐리 옆에서 멈추었는데, 샐리는 여전히 그 자리에서 부드럽게 움직이고 있었다. "금속 방울은 찾았어?" 그녀가 돌고래들에게 물었다.

네, 더크가 대답했다.

"그곳이 어디인지 기억해?"

네. 더크는 잠시 말을 멈추었는데, 생각 중이거나 설명을 분명히 하려는 것 같았다. *남쪽. 동쪽.* 잠시 후, IMIS가 단어를 결합하였다. *남동쪽.*

"얼마나 멀어?" 앨리슨이 클레이를 힐끗 쳐다보며 물었다.

한참 뜸을 들인 후 더크가 대답했다. *아주 멀어. 길이 많아.*

그녀는 눈살을 찌푸렸다. "길이가 무슨 뜻이지?"

길이는 가는 거야.

앨리슨은 고개를 저었다. 이번에는 다른 관점으로 접근해야 할 것 같았다. "길이는 얼마나 멀어, 더크?"

더크는 몸을 돌리고 수조의 반대쪽 끝을 보았다. 더크는 그 끝에까지 쏜살같이 헤엄쳐 간 다음 앨리슨과 클레이 앞에 있는 유리벽으로 돌아왔다. *길이.*

"그게 길이야?"

네.

"금속 방울까지 몇 길이야, 더크?"

더크는 한참 동안 말이 없었다. 마침내 더크가 대답했다. *백. 팔.* 다시 IMIS가 단어를 바꾸었다. *팔백.*

앨리슨과 클레이는 크리스가 컵을 떨어뜨리는 소리에 고개를 돌렸다. 크리스는 더크를 빤히 쳐다보고 있었다. 클레이는 크리스의 발에 엎질러진 커피를 내려다보고 나서 앨리슨을 돌아보았다. "왜 그러시죠?"

앨리슨은 마치 유령을 본 듯한 표정을 지었다. "쟤네들은 셈을 할 수 있어요."

클레이는 깜짝 놀라 눈썹을 추켜올렸다. "우와."

"쟤네들은 셈을 할 수 있어." 앨리슨은 다시 혼잣말을 했다. "난 좀 앉아야겠어요." 그녀는 뒤로 물러서며 가까이 있는 탁자의 가장자리에 몸을 기댔다.

"이건 대단한 발견이야." 크리스가 말했다. "정말, 정말 대단한 발견이라고."

"나도 알아." 앨리슨이 고개를 끄덕였다. 셈을 할 수 있는 능력은 훨씬 더 큰 의미를 지니고 있었다. 그것은 단순한 인사말이나 먹이 주는 시간에 대한 질문들과는 차원이 다른 이해의 깊이를 시사했다. 그들이 단어와 숫자의 차이를 이해한다는 조짐은 정말 충격적인 것이었다. 사실, 돌고래들이 단어를 이해하는 것도 믿을 수 없는 일이었지만, 앨리슨은 더크와 샐리가 그들에게 드러내 보이는 그런 종류의 정보에 대해 전혀 준비가 안 되어 있다는 걸 느끼기 시작하고 있었다.

클레이는 미소를 지었다. "이곳에 올 때마다 몹시 놀라운 일을 겪는 것 같네요."

앨리슨은 그 말이 귀에 들어오지 않았다.

클레이는 그녀에게 가까이 다가갔다. "분위기를 망치고 싶지는 않지만, 잠수함이 얼마나 깊은 곳에 있는지 물어봐도 될까요?"

이십, 더크가 대답했다.

클레이는 깜짝 놀랐다. "쟤네들이 내 말도 이해할 수 있어요?"

앨리슨이 빙그레 웃었다. "보셨잖아요."

클레이는 더크에게 돌아섰다. "이십 길이 깊이, 더크?"

네.

"고마워." 클레이는 고개를 끄덕였다. 그는 더크와 샐리를 한참 동안 바라본 후 연구원들에게 돌아섰다. "그럼 저는—"

그들 도시 가까이.

클레이가 갑자기 멈추었다. 그는 뒤로 돌아섰다. "뭐라고?"

그들 도시 가까이.

앨리슨은 다시 벌떡 일어섰다. "도시라고 말했니?"

네.

앨리슨은 초조하게 클레이를 바라보았다. 그녀는 그 다음 대답을 원하는지 확신이 서지 않았다. "누구의 도시야?"

그들. 다른 사람들.

클레이는 유리벽에 더 가까이 다가갔다. "그 도시에 가보았니, 더크?"

네.

"어떻게 생겼어?"

아름다워.

앨리슨, 크리스, 그리고 리는 완전히 혼란스러운 표정이었다. 그들은 돌고래들이 무슨 말을 하는지 전혀 알지 못했다. 클레이도 그랬다. "그 아름다운 도시에 얼마나 많이 살고 있어?" 그가 물었다.

몰라.

클레이는 잠시 생각하다가 주머니에서 은색 블록을 꺼냈다. 그는 한 걸음 더 다가섰다. "더크, 샐리, 이게 뭔지 알아?" 그는 그것을 높이 들어 보였다.

아니오.

아니오.

클레이는 심호흡을 했다. "다른 사람들이 왜 여기에 있는지 알아?"

더크의 대답은 오해의 여지가 없었다. *물.*

클레이는 블록을 탁자 위에 내려놓고 핸드폰을 꺼내 들었다. 신호가 잡히지 않았다. 그는 앨리슨을 바라보았다. "당신 전화 좀 써야겠어요."

24

페일린은 크고, 사방이 하얀 방 한가운데에 있는 작은 금속 의자에 앉은 채, 손은 등 뒤로 수갑이 채워져 있었다. 유일한 출구는 맞은편 벽에 있는 문뿐이었고, 두 대의 보안 카메라가 천장 양쪽 구석에 설치되어 있었다. 문 옆에는 건너편 관찰실에서만 볼 수 있는 커다란 한 방향 거울이 있었다. 그는 신기한 듯 방안을 둘러보다가 문이 열리며 정적이 깨지는 순간 고개를 들었다.

한 야윈 사내를 걸어 들어왔는데, 안경을 쓰고 짧은 머리를 하고 있었다. 그는 천천히 문을 닫은 다음 페일린에게 시선을 돌렸다. 방을 가로질러 다가오던 남자는 맞은편 의자에 앉은 다음 그를 마주보았다. 잠시 후 그가 차분한 목소리로 말했다.

"반갑습니다, 페일린. 제 이름은 앨버트 키스터입니다."

페일린은 대답하지 않았다.

키스터는 놀라지 않고 고개를 끄덕였다. "저는 해군에서 일하고 있고 당신에게 몇 가지 질문을 하기 위해 이곳에 왔습니다." 페일린이 침묵을 지키자 그는 말을 이었다. "영어를 할 수 있다고 들었습니다. 배에서 일어난 일에 대한 보고서도 읽어봤는데, 아무리 생각해봐도 평범한 일은 아니더군요." 여전히 아무 말이 없었다. "우리는 당신이 누구이며 어떻게 그렇게 했는지 솔직하게 알고 싶습니다."

페일린은 여전히 미동도 없는 건 물론 눈도 깜박이지 않은 채 그를 바라보았다. 키스터는 한동안 그를 유심히 살펴보고 나서 생각했다. 이번 일은 쉽지 않겠군.

* * * * *

험비가 멈추자마자 클레이는 조수석에서 뛰어내린 다음 아무런 표식
이 없는 건물을 향해 달려갔고, 그곳의 정문은 그를 위해 이미 열려 있었
다. 호위를 받으며 이번에는 빠르게 보안 검색대를 통과했다. 그는 엘리베
이터를 타고 회의실로 내려갔는데, 한나절 전에 단체로 화상 회의를 한
바로 그곳이었다. 클레이는 들어서는 순간, 밀러 국방장관과 스티바스 안
보보좌관이 직접 와 있는 것을 보고 깜짝 놀랐다. 그들은 랭포드, 포스
터와 함께 앉아 있었고, 그가 들어서자 그들은 본능적으로 일어섰다.

클레이는 걸음을 멈추고 경례를 했다.

밀러는 재빨리 경례를 받은 다음 긴 탁자 끝에 있는 의자를 향해 손짓
을 했다. "앉게, 클레이."

클레이는 얼른 자리에 앉았다.

"클레이, 자네가 페일린 사람에게 했던 말과 그자가 자네에게 했던 말
을 정확하게 다시 한 번 말해줬으면 하네." 밀러가 말했다.

클레이가 그자와 주고받은 대화를 말하는 동안 장관은 귀를 기울였
다. 이야기가 끝나자 밀러는 짧게 고개를 끄덕이고는 두 손을 모으고 생
각에 잠겼다. 마침내 그가 클레이를 바라보았다. "자네의 기밀정보 취급
권한은 알고 있지만, 그럼에도 불구하고 그 어떤 이야기도 이 방에서 새
어나가서는 안 된다는 사실을 강조하고 싶네."

클레이는 끄덕였다. "물론입니다."

"우선," 그가 시작했다. "그 친구는 말이 많은 것 같진 않더군. 앨버트
키스터는 우리 측에서 손꼽히는 최고 심문자인 데도 그에게서 단 한마디

도 얻어내지 못했다네." 밀러는 어깨를 으쓱했다. "이제는 신중을 기할 필요가 분명해졌으니 그에게 공격적인 태도를 취할 생각은 없어. 하지만 키스터의 방문 결과로 판단하건대, 뭔가 다른 조치를 취하는 게 좋겠다는 결정을 내렸네. 우리가 이곳에 죽치고 앉아 마냥 기다릴 수는 없는 노릇 아닌가."

"알겠습니다." 클레이가 대답했다.

"자네는 그자와 이미 이야기를 나눠봤으니까," 밀러가 계속 말했다. "이 일을 짧고 깔끔하게 끝내기 위해선 자네가 다시 그자와 대화를 나눴으면 하는 게 우리 생각이네."

"제가 말입니까, 장관님?" 클레이는 깜짝 놀라며 대답했다. "저는 자격이 없—"

"이번 일은 예외적인 전술을 필요로 하는 특별한 상황이야. 게다가 우리들 중 몇몇은 지금 다루고 있는 것이 무엇이든 간에 무기화가 될 수 있는 수단일지도 모른다고 우려하고 있어." 밀러가 언급하고 있는 사람이 스티바스인 것이 분명했다. 밀러는 클레이를 뚫어지게 바라보았다. "자네가 심문 전문가가 아니란 건 아네, 물고문을 하라는 것도 아니고. 자네는 똑똑한 친구잖아, 그리고 내가 말했듯이, 자네는 이미 그자와 제한된 수준이긴 했지만 의사소통을 해보았어. 우리는 몇 가지 답변이 필요하네, 그것도 빨리."

클레이는 다시 고개를 끄덕였다. "최선을 다해보겠습니다."

"좋네." 밀러가 말했다. "자 그럼, 자네가 함께 논의하고 싶다는 게 이 돌고래들에 대한 것인가?"

클레이는 초조해하며 회의용 탁자 주위를 둘러보았다. "장관님, 그 돌고래들이 정체를 알 수 없는 그쪽 사람들과 접촉을 한 것으로 보입니다." 그는 그들의 깜짝 놀라는 초기 반응에 멈칫했다. "그리고 그곳에는 많은 수의 사람들이 지내고 있는 것 같습니다. 돌고래들이 '도시'라고 언급할 정도라면요."

그들의 놀란 표정은 즉각 충격으로 바뀌었다. 스티바스는 목에 뭐가 걸린 듯이 대꾸했다. "무슨 뜻인가, 도시라니?"

"그 고리 근처에 있는 수중 시설물을 뜻하는 것 같습니다. 수백 가구를 수용할 만한 규모일 수도 있습니다."

밀러는 스티바스의 말을 끊으며 손을 들었다. "자네는 그 말에 대해 확신하나?"

"단언하기는 어렵습니다, 장관님. 다만 돌고래들에게 여러 가지 방법으로 거듭 물었는데, 항상 똑같은 대답을 들었습니다."

"젠장, 잠깐 기다려보게!" 스티바스가 쏘아보았다. "자네는 지금 이 폭로가 일부 돌고래들과 대화를 할 수도 있고 못할 수도 있는 그 컴퓨터에서 나왔다는 얘기를 하는 건가? 지금 장난하자는 거야!" 그는 랭포드를 바라보았다. "이 친구가 당신네 최고 요원인 게 확실한가요?"

랭포드는 눈살을 찌푸렸지만, 클레이가 재빨리 대답했다. "보좌관님, 저는 이 의사소통이 진짜라고 믿습니다. 그리고 그들이 만든 그 시스템은 정말 인상적인 것입니다."

"나는 물고기를 근거로 안보 결정을 내리진 않을 걸세. 우리에게 필요한 건 진짜 정보 요원들이야." 스티바스는 팔짱을 끼고 뒤로 기댔다. "마법 구슬 같은 컴퓨터에서 나온 메시지가 아니란 말일세. 이 친구야."

밀러는 스티바스를 바라본 다음 클레이에게 시선을 돌렸다. "자네 말을 믿고 싶네. 내 말뜻은 그 시스템에 대한 자네 생각을 믿는다고 말일세, 하지만 우리는 훨씬 더 구체적인 무언가가 필요하네."

랭포드는 클레이에게 돌아섰다. "트라이톤이 어디 있는지는 알아냈나?"

"그렇게 믿고 있습니다." 클레이는 돌고래들에 대한 스티바스의 경멸적인 언급을 바로잡을까도 고려했지만, 하지 않기로 마음먹었다.

"좋아, 자네가 그것을 회수하는 데 필요한 건 뭐든지 마련해주겠네. 그 카메라에 뭐가 찍혀 있는지 알아야겠어."

"네, 제독님." 클레이가 대답했다. 그는 회의용 탁자를 둘러보았다. "여러분들께 말씀드려야 할 것이 또 있습니다." 탁자 주위에 있던 모든 사람들이 기대감에 찬 눈으로 그를 바라보았다. "저는 돌고래들에게 혹시 그 사람들이 왜 여기 있는지 아느냐고 물어봤습니다." 그는 심호흡을 했다. "돌고래들의 대답은 '물'이었습니다."

"물?" 밀러의 눈이 가늘어졌다. "그게 무슨 뜻이지?"

"저도 잘 모릅니다. 더 많은 전후 사정을 얻을 수는 없었습니다." 클레이가 대답했다. "물이 그들에게 또는 그들이 하고 있는 일에 중요한 것 같습니다. 어쩌면 그 고리가 물에서 나오는 수소를 자체적인 동력으로 사용하고 있을 수도 있고, 아니면 우리가 알지 못하는 다른 필요 때문이겠지요."

스티바스는 얼굴을 찌푸렸다. "그 물체에 동력을 공급하고 있는 게 그거라고 말하는 건가?"

"어쩌면요," 클레이가 대답했다. "저는 보거에게 그 사실에 대해 전했습니다. 실현 가능성은 충분하답니다. 수소 원자에는 수많은 잠재적 에너지가 포함되어 있으니까요."

밀러가 말을 하려는데, 스티바스가 끼어들었다. "내가 듣기엔 그건 좀 억지 같은데." 그가 고개를 가로저으며 말했다. "이 모든 게 또 물고기들한테서 나온 거겠지, 내 짐작이 맞다면 말이야." 스티바스가 '물고기'라고 말할 때마다 사용한 말투는 매우 경멸적이었다.

클레이는 마지못해 고개를 끄덕였다. "아무래도 돌고래들이니까 그들도 정확히 이해 못하는 건 분명합니다."

"그러니까, 자네가 우리에게 말하려는 건," 스티바스는 계속 말했다. "바다 밑바닥에 어떤 도시가 있고 그 안에 살고 있는 사람들이 어떤 이유에서인지 우리의 물을 필요로 한다는 거로군."

"제가 믿는 건—" 클레이가 말을 시작했지만 스티바스가 다시 말을 잘랐다.

"내가 믿는 바를 말해주지." 스티바스는 분명 불만스러운 투로 말했다. "자네가 잊어버렸을지 모르겠는데, 지난 24시간 동안, 우리는 이것이 일종의 관문이며, 아마도 무기 같은 것들을 전달하기 위해 설계된 기계 장치라는 생각을 굳혔네. 그것도 우리가 단기간에 만들 수 없는 훨씬 더 발전된 무기 말일세." 스티바스의 목소리가 커지면서 말투도 더욱 격앙되었다. "그리고 그것을 통해 뭔가가 들어왔는지 아닌지도 우린 아직 모르고 있어! 전쟁 직전에 처해 있을 수도 있는데 이제야 그 사실을 알아차린 걸 수도 있네! 그런데," 그는 눈을 굴리며 말했다. "자네는 우리한테 와서 하는 말이 '그들은 뭔가에 쓰려고 물을 필요로 하는 것 같습니다'라고? 그럼 내가 뭐라고 말할지 알겠구만? 쓸데없는 말 집어치우게!" 그는 돌아서서 밀러를 바라보았다. "지금 당장 방어적 조치를 취할 필요가 있습니다. 그 망할 놈의 물고기와 대화하다 더 늦기 전에 말입니다."

밀러는 스티바스가 한 말을 생각하며 조용히 앉아 있었다. 마침내 그가 말했다. "방어적인 입장을 취해야 할 필요가 있다는 데에는 동의합니다. 당장은 이 물체에 대해 아무것도 모르고 있으니까요." 그는 클레이를 바라보았다. "돌고래들의 말이 맞는다 하더라도 그것이 우선 순위로 명시되지 않는 한, 방어에 초점을 맞출 필요가 있네." 밀러는 스티바스를 흘끗 바라보았다. "하지만 그렇다고 그것을 완전히 무시해야 한다는 말은 아닐세. 클레이, 자네는 계속 조사를 해주게나. 만약 자네와 보거가 이 일에 관해 더 많은 것을 알아내고 그 논의가 타당하다고 생각되면, 우리에게 알려주게나. 하지만 먼저 페일린이라는 친구와 이야기를 나누도록 하게."

"네, 장관님." 클레이가 말했다. "더 하실 말씀 있습니까?"

밀러는 다른 사람들을 바라본 다음 고개를 가로저었다. "없네, 그것뿐이야. 키스터 씨가 밖에서 기다리고 있네. 그가 자네에게 간단하게 설명을 해줄 거야, 그리고 함께 다른 시도를 한번 해보게나."

클레이는 고개를 끄덕이며 일어섰다. 그는 즉시 돌아서서 문 쪽으로 걸어갔다.

스티바스는 문이 천천히 닫히는 것을 지켜본 다음 밀러를 바라보았다. "무언가를 해야 한다면 빨리 하는 편이 나을 겁니다."

"동의합니다." 회의에 참석해 있던 포스터도 결국 큰 소리로 말했다.

"그러면 우리가 정확히 무얼 해야 합니까?" 밀러가 물었다. "우리는 그 물체가 무엇인지 확실히 알지 못합니다. 안 그렇습니까? 젠장, 의외로 우리가 엄청난 착각을 하는 건지도 모릅니다." 그는 스티바스를 뚫어지게 바라보았다. "혹시 내가 모르는 뭔가를 알고 있습니까? 그게 아니라면, 당신이나 나나 사실에 입각한 구체적인 정보가 똑같이 부족한 상태에서 당신이 어떤 행동을 염두에 두고 있는지 알고 싶습니다."

스티바스는 탁자를 손으로 내리쳤다. "나는 이번 일을 정보적인 관점에서 접근하고 있지 않습니다. 내가 생각하는 건 이 물체가 무슨 용도로 지어졌든 간에 이미 그것을 해냈을지도 모른다는 겁니다. 우리는 이 고리가 저 아래에 얼마나 있었는지 모릅니다. 전 세계의 모든 정보를 수집한다고 한들, 내일 아침에 공격을 받고 깨어난다면 뭐가 달라진단 말입니까! 당신이 나를, 먼저 총질을 해놓고 나중에 질문을 하는 그런 인간으로 부당하게 보고 싶은 뜻이라면, 난 눈곱만큼도 신경 안 씁니다. 내가 지금 당장 두려워하는 것은 질문을 하기 위한 이런 자리가 나중에는 없을 수도 있다는 겁니다!"

* * * * *

클레이는 키스터를 따라 크고, 사방이 하얀 방으로 들어갔고 페일린을 보자 격한 동정심이 일었다. 페일린이 어떤 대우을 받고 있는지는 정확히 모르지만, 경비가 가장 삼엄한 교도소에 있는 수감자처럼 죄수복을 입고 묶여 있는 것을 보니 조금 안쓰러웠다. 그는 하얀 광택이 나는 바닥을 가로질러 걸어가면서 비디오카메라가 있다는 걸 알아차렸다. 벽을 바라보던 그는 방음 시설이 되어 있으리라 추측했다. 이 방이 자주 사용되었을 거라는 의심도 들었다.

페일린은 강제로 묶인 자세로 그들이 다가오는 것을 지켜보았다. 수용하는 눈빛을 내보였기 때문에 몸부림을 치지는 않았다. 사실, 클레이의 눈에는 그의 몸이 조금도 움직이지 않는 것처럼 보였다.

두 사람은 페일린 앞에 있는 의자에 앉았는데, 클레이는 오른쪽으로 약간 떨어져 앉았다. 그는 페일린이 키스터보다는 자신을 바라보는 것을 눈치챘다.

키스터는 그것을 알아차리고 클레이에게 가볍게 고개를 끄덕이며, 그가 대략 간추려준 질문들과 전략을 시작할 수 있도록 허락했다. 질문들은 분명했지만 정확한 표현, 문맥, 사용된 단어들이 무척 중요했다.

클레이는 몸을 앞으로 기울이고 목을 가다듬었다. "몸은 괜찮습니까?" 그가 물었다.

페일린은 한참 클레이를 바라보았다. 표정이 약간 부드러워진 것처럼 보였다. "불편합니다." 그가 천천히 말했다. "하지만 예상했던 일입니다."

"우리가 당신에게 해드렸으면 하는 게 있습니까?" 클레이가 물었다.

페일린은 천천히 고개를 저었다.

키스터는 수첩에다 뭔가를 써서 클레이에게 보여주었다. '이름부터' 라고 쓰여 있었다. 클레이가 말을 꺼내기도 전에 페일린이 말했다. "내 이름은 페일린입니다." 클레이와 키스터는 서로를 바라보았다.

그냥 페일린이라고. 넘어 가주지. 클레이는 다시 그를 보며 물었다. "어떻게 우리 배에 올라탔습니까?"

이전과 마찬가지로 페일린은 곧바로 대답하지는 않았다. "출입구를 만들었습니다." 그가 마침내 천천히 말했다.

클레이는 더 많은 정보를 기다렸지만, 더는 얻어내지 못했다. 페일린은 그를 응시하면서 가만히 앉아 있을 뿐이었다. "어떤 종류의 출입구죠?"

"에너지 출입구."

클레이는 짧은 대답에 억지웃음을 지었다. 그는 페일린이 모든 걸 순순히 털어놓을 거라고 생각했었으니까. "에너지 출입구라." 그가 반복해서 말했다. "어디로 가는 에너지 출입구죠?"

"오는 겁니다." 그가 바로잡아주었다.

"어디에서요?" 클레이가 말했다.

"그 출입구는 우리 근거지에서 만들어낸 겁니다."

"그러면 당신의 근거지는 어디에 있습니까?" 클레이가 물었다.

페일린은 클레이에게 재미있다는 듯 모호한 표정을 지었다. 그는, 다른 사람에게 진심이냐고 물어볼 때 보통 그러듯이, 고개를 옆으로 살짝 기울였다. "그 질문에 대한 답은 이미 알고 있을 텐데요, 그렇지 않나요?"

"바다 밑?"

페일린은 고개를 끄덕였다.

"당신은 인간입니까?" 클레이가 물었다.

"네."

클레이는 키스터를 바라본 다음 그의 수첩을 내려다보았다. 그는 클레이를 위한 메세지를 더 이상 쓰지 않았다. 대신 계속해서 페일린을 골똘히 지켜보고 있었다. 의심할 여지 없이 그의 미묘한 움직임을 관찰하는 중이었다. 클레이는, 양팔을 뒤로 하고 수갑을 차고 있는 페일린을 상대로 키스터가 얼마나 많은 몸짓 언어를 얻을 수 있는지 궁금했다. "그런데," 그는 계속해서 말했다. "당신은 인간이라고 하지만, 다른 사람들의 능력을 넘어선 것처럼 보이는 기술을 사용하고 있습니다."

"다른 사람들?" 페일린이 물었다.

클레이는 눈썹을 추켜올리며 어깨를 으쓱했다. "지구상에 있는 모든 국가나 정부에 속한 다른 사람들 말입니다. 우리 지식으로선 당신이 한 일을 할 수 있는 사람은 아무도 없습니다. 당신의 국적은 어디입니까?"

뭐가 또 재미있는지 페일린의 입꼬리가 다시 올라갔다. "없습니다."

"국적이 없다." 클레이가 따라했다. 그는 잠시 생각했다. "그 근거지에는 얼마나 많은 사람들이 있습니까?"

"천이백."

클레이는 키스터를 또 다시 힐끔 쳐다보았다. "천이백이라. 대규모 근거지는 아닌가 보군요."

"그렇지 않습니다." 페일린이 대답했다. 약간 주저하다가 그가 덧붙였다. "그건 남아 있는 숫자일 뿐입니다."

클레이는 당황해서 인상을 찌푸렸다. "'남아 있는 숫자일 뿐'이라는 게 무슨 뜻이죠?"

페일린은 숨을 깊이 들이마셨다. 그는 남에게 말해야 하는지 말지를 놓고 갈등하는 것처럼 보였고, 클레이는 그가 왜 이 정보를 공개하려고 하는지가 궁금했다. 그것이 두려움 때문이라고는 생각하진 않았다. 페일린은 그들이 자신을 해치려 하지 않는다는 것을 알았으니까.

페일린은 조심스럽게 말했다. "우리들은 아주 오래된 집단의 잔존자들입니다."

"그게 무슨 집단입니까?" 클레이가 물었다. "어떤 혈통을 의미하는 겁니까?" 클레이는 순간 이 말이 얼마나 기괴하게 들리는지를 생각했다.

"우리는 오래된 집단이지만 이곳에 아주 오래 있지는 않았습니다."

이 대답들은 점점 더 수수께끼처럼 들렸다. 클레이는 앉은 채로 페일린을 지켜보고 있었다. 잠시 후, 키스터는 계속 진행할 것인지를 알아보려고 클레이의 동태를 살폈다. 클레이가 불쑥 물었다. "그 고리는 무엇에 쓰는 겁니까?"

페일린은 다시 숨을 들이쉬었다. "그것은 아주 큰 출입구입니다."

"또 출입구로군." 클레이가 혼잣말을 했다. "그러면 이 아주 큰 문은 어디로 가는 겁니까? 반대편에는 뭐가 있습니까?"

"고향."

"고향은 어디에 있습니까?"

페일린은 망설이다가 마지못해 대답했다. "가까운 행성."

클레이는 자신이 들은 것을 믿을 수 없었다. 만약 그 말이 사실이라면, 수많은 터무니없는 과학적 이론들이 과학적 사실이 되고 말 것이다. "당신의 고향이 가까운 행성이라고요?" 그가 물었다.

"그렇습니다."

"하지만 당신은 인간이잖소." 클레이는 모순을 지적하며 말했다. 분명히 그가 다른 행성에서 왔다면 인간일 리가 없었다. 그는 웡 교수가 화상 회의에서 외계생명체가 인간과 똑같은 형태로 진화할 확률은 사실상 '제로'라고 지적한 것을 기억했다.

"나는 인간입니다."

클레이는 눈살을 찌푸렸다. "나는 믿을 만한 소식통으로부터 인간은 지구에만 국한되어 있다고 들었습니다." 그는 빈정거리는 투로 말했다.

페일린는 능글거리는 미소를 돌려주었다. "어떤 소식통이 그랬나요?"

어떤 전문가가, 라고 클레이는 생각했다. 실제로는 *24시간쯤 전에 거대한 모니터에서 만난 소위 전문가라는 양반이.* 그는 논쟁은 하지 않기로 마음먹었다.

"여기 온 지 얼마나 됐습니까?"

"60년."

"60년? 그러면 그동안 뭘 하고 있었습니까?"

페일린는 대답하지 않았다.

클레이는 긴장을 풀고 몸을 약간 뒤로 젖혔다. "그러니까 당신은 인간이지만 다른 행성에서 왔단 말인가요?"

페일린는 고개를 끄덕였다.

키스터가 큰소리로 말했다. "어떻게 인간이면서 외계인이 될 수 있습니까?"

페일린는 점잖게 키스터를 바라보았지만, 다시 천천히 클레이에게 고개를 돌렸다. "진화 과정은 당신들이 지금까지 배운 것보다 배워야 할 게 더 많습니다. 특히 탄소를 기반으로 하는 경우에는요."

클레이는 다시 몸을 앞으로 기울였다. "인간의 형태가 진화 과정의 일반적인 결과라는 말인가요?"

"탄소를 기반으로 한 진화." 페일린이 바로잡아주었다.

"그러면," 키스터가 말했다. "탄소 생명체가 있는 행성에서는 결국 인간이 진화한다는 건가요?"

페일린는 키스터를 호기심 있게 바라보았다. 그는 머리를 끄덕였다. "탄소 DNA에는, 정확하지는 않지만, 공통적인 진화적 결과에 영향을 미치는 특성들이 포함되어 있습니다. 일반적으로 네 개의 팔다리, 두 눈, 내부 호흡계, 오감, 그리고 경우에 따라서는 큰 뇌도 포함됩니다. 생존가능성이 항상 우선이니까요." 페일린은 클레이를 다시 돌아보았다.

"당신들은 왜 여기 있습니까?" 클레이가 물었다.

"우리는 방문 중입니다."

클레이는 속으로 웃었다. 그는 페일린이 방금 거짓말을 했다고 확신했다. "무슨 일로 방문 중입니까, 정확히?"

페일린은 거의 감지할 수 없을 만큼 어깨를 으쓱해 보였다. 두 손이 묶은 상태에서 그가 할 수 있는 몸짓이라곤 기껏해야 그 정도뿐이었다. "우리는 감시자입니다." 페일린의 말투가 짧아지는 것 같았다.

"당신 측 그 남자는 우리 배에서 무엇을 하고 있었습니까?" 키스터가 물었다.

페일린은 키스터에게 무표정하게 대답을 했다. "감시."

클레이는 페일린을 가까이서 지켜보고 있었다. 그들은 그를 이해하지 못하고 있었다. 그는 좀 더 직설적이어야 한다고 생각했다. "그 고리는 무슨 용도입니까?"

"우리가 이곳에 온 수단입니다."

클레이는 고개를 끄덕였다. "엄청나게 크더군요." 페일린은 다시 침묵을 유지했다. 그의 몸짓 언어가, 클레이도 감지할 수 있을 정도로 변하고 있었다. 그는 빠르게 불편해하고 있었다. 클레이는 페일린에게 시선을 고정했다. "그 물체는 워낙 커서 뭔가 다른 것도 가지고 들어 올 수 있을 법해 보입니다. 아주 큰 것도 말입니다."

페일린은 클레이를 응시했다. 오랜 침묵 끝에 그는 갑자기 의자를 뒤로 밀면서 대화가 끝났다는 신호를 보냈다.

25

　케서린 뢰케는 두꺼운 파카를 단단히 껴입은 채로 C130 비행기 안에 앉아 있었다. 파카의 등에 달린 모자를 덮어쓰고 있었는데, 승조원과 대화할 수 있는 큰 헤드폰을 착용하고 있어서인지 불룩해 보였다. 차가운 전율이 그녀의 어깨를 타고 빠르게 흘러내렸다. 그녀는 이런 날씨와 기온을 겪어본 게 언제인지 기억이 가물가물했다. 옆 창문을 통해 아래에 펼쳐진 남극 대륙의 하얀 표면을 내려다보는 동안 비행기는 맥머도에 있는 주력 기지로 접근했다.

　비행기의 속도가 느려지는 동시에 조종사는 하강을 시작했다. 비행기가 지상 가까이로 내려가자 캐서린은 기지의 가장자리에 있는 네 개의 거대한 보급 탱크와, 그 너머에 있는 3개의 비행장을 둘러싸고 있는 백여 동의 건물들을 볼 수 있었다. 아주 멀리 떨어져 있는 항구도 식별할 수 있었는데, 두 척의 큰 보급선이 어두운 회색 물 위에 움직임 없이 정박해 있었다. 가느다란 선 하나가 까마득히 멀리까지 뻗어 있었다. 남극으로 가는 맥머도 도로였다.

　비행기는 하얀 활주로 위로 낮게 접근한 다음 부드럽게 착륙했다. 캐서린과 34명의 연구원들은 앞으로 나앉아서 각자의 물건들을 챙기기 시작했다. 비행기는 활주로를 천천히 달리다가 작은 터미널 건물 앞에서 멈춰 섰다. 가방을 부여잡은 승객들은 발을 끌면서 계단을 내려갔다. 여러 대의 대형 승합차들이 그들을 맞이하기 위해 기다리고 있었는데, 비행기에서 내린 사람들은 가장 가까이 있는 차량으로 몰려들면서 가방을 차의 지붕 위 짐칸으로 던진 다음 난방이 되어 있는 차량 안으로 재빨리 뛰어들었다.

탑승이 끝나자 모든 차량들이 일렬종대로 출발했고 1킬로미터 가까이 달린 후 지붕이 높고 평범해 보이는 격납고에 이르렀다. 차량들이 다가오자 커다란 입구가 열렸다. 7대의 차량 모두 안쪽으로 들어가서 주차를 했다. 커다란 출입구는 그들 뒤에서 빠르게 닫혔다.

캐서린이 맨 앞 승합차에서 내리면서 매끄러운 콘크리트 바닥에 발을 디뎠다.

"뢰케 박사님?" 한 남자가 격납고 중앙에서 다가오며 물었다. 뉴질랜드 억양이 분명했다. "스티븐 앤더슨입니다." 그가 손을 내밀며 말했다.

캐서린은 장갑을 벗고 악수를 했다. "안녕하세요, 스티븐. 드디어 만났네요." 그녀가 웃으며 대답했다. "이번 일에 도움을 주신 여러분들 모두에게 고맙다는 인사를 드리고 싶습니다."

"뭘요, 저희가 영광이죠." 앤더슨은 고개를 끄덕였다. "그 빙진(얼음 진동) 때문에 우리도 다른 일 하는 게 두려웠거든요." 그는 고개를 돌리고 그의 뒤쪽으로 손짓을 했다. "여러분들을 보니 마음이 좀 놓이네요."

그녀도 뒤를 돌아다보며 연구원들에게 손짓을 했다.

"좋은 소식은," 앤더슨이 말했다. "날씨가 최상일 때 오셨다는 것입니다. 앞으로 일주일 동안은 하늘이 맑을 겁니다. 아마 섭씨로 영하 14~5도까지는 올라갈 겁니다."

"엄청 위안이 되네요." 제이슨 헤인즈가 캐서린 뒤로 걸어오며 투덜거렸다. 제이슨은 지질조사국에 가장 최근에 들어온 최연소 지질학자였다. 그곳에 온지는 13개월밖에 되지 않았지만, 그럼에도 불구하고 이번 탐사에 제일 먼저 자원한 사람이었다.

그녀는 그 두 사람을 서로에게 소개하고 다른 사람들을 기다렸다. 앤더슨의 팀은 24대의 스노모빌을 준비하고, 연구원들과 모든 물자를 론 빙붕에 떨어뜨려줄 수송기를 마련했다. 그와 대원들은 연구원들의 안내 역할을 맡기로 되어 있었다.

앤더슨은 그 계획을 검토하면서 캐서린과 연구원들을 어떻게 10개의 그룹으로 나눌지를 설명했다. 그들은 5일 동안 이번 지진으로 인해 발생한 거대한 사태의 길이 전체를 조사하면서 가능한 많은 정보를 얻을 예정이었다. 5일째가 끝날 무렵에는 사태의 범위, 지표면의 구성 및 밀도를 위한 지층의 표본 추출, 측면 사태의 징후, 그리고 다양한 자료의 정확한 측정치를 얻을 수 있을 것이다. 만약 모든 것이 계획대로 잘 진행된다면, 캐서린은 백악관에 이 상황이 얼마나 위험한지를 충분히 보여줄 수 있는 확고한 자료를 구하게 될 것이다.

제이슨 헤인즈가 케서린 옆에서 손을 들었다. 앤더슨이 고개를 끄덕이자 헤인즈가 큰소리로 말했다. "얼마나 자주 연락을 취해야 합니까?"

앤더슨은 모두에게 들리도록 큰 소리로 말했다. "통신은 항상 열려 있을 겁니다." 그는 뒤에 서 있는 몇몇 대원들을 손짓으로 가리켰다. "알다시피 세 명으로 구성된 각 팀마다 안내인 한 명이 동행할 겁니다. 저희 대원들은 그 지역을 훤히 알고 있고, 이런 기후 환경을 누구보다도 편안해 합니다. 여러분들도 이런 환경이 곧 편안해질 겁니다." 앤더슨의 말투가 화기애애한 분위기를 연출했다. 그러나 그를 비롯해 그의 대원들의 표정은 모두 사무적으로 굳어 있었다. "소규모의 보급용 전초기지가 빙붕의 중심부에 설치될 겁니다. 여러분의 안내인들은 15분마다 좌표와 팀의 상태를 전초기지에 알릴 겁니다. 이곳에서는 바깥에서 얼어 죽는 데 오래 걸리지 않으니 길을 잃지 마십시오. 만약 어떤 팀이라도 20분 동안 연락이 없으면 정찰 대원이 즉시 파견될 것이고, 이동 중에라도 연락을 복구하기 위한 노력을 계속할 것입니다." 앤더슨은 모두가 귀를 기울이고 있는지 확인하기 위해 잠시 말을 멈추었다. 캐서린은 그를 보고 부대원들에게 상세한 작전 내용을 설명하고 있는 선임 하사를 떠올렸다. "연락이 복구되면 정찰 대원은 다시 전초기지로 돌아올 겁니다. 연락을 복구하지 못하면, 정찰 대원이 30분 안에 여러분들에게 도착할 겁니다. 우리가 얼음을 가로질러 오는 것을 보면, 멈춰 서서 팔을 최대한 높이 흔드십시오. 안개가 아주 적게 끼어 있어도 알아보기가 매우 어려울 수도 있으니까요." 그는 연구원들을 훑어보았다. "다음 질문?"

캐서린의 연구원들 가운데 또 다른 사람이 손을 들었는데, 루파 테드리라는 뛰어난 지진학자 중 한 명이었다. 그녀는 수줍게 주위를 둘러보았다. "그럴 경우엔 어떡하죠… 개인적인 볼일?"

앤더슨은 미소를 지었다. "여기는 남극입니다. 여러분이 길을 잃거나 구멍에 빠지면, 우리가 구멍을 찾기 전에 죽을 수도 있습니다. 제가 장담하는데, 여러분은 사생활을 원하지 않을 겁니다!" 긴장된 웃음소리가 일행들 사이에서 흘러나왔다. "부끄러워하지 마십시오, 신사 숙녀 여러분. 처음에는 조금 당황할 수도 있겠지만, 우리가 언제나 여러분을 볼 수 있다는 것이 훨씬 더 중요합니다." 그는 잠시 멈칫하더니 다시 말을 이었다. "좋은 소식은 이번 주 날씨가 아주 좋다는 겁니다. 바람이 잔잔하다면, 특별히 남의 시선을 의식하는 분들을 위해 작고 둥근 천막을 제공해 드릴 겁니다. 그리고 여러분들이 다음에 할 법한 질문에 대해서 대답해 드리겠습니다. 구멍을 깊이 파고 묻으십시오. 이걸 사용하시면 됩니다." 앤더슨은 작은 등산용 곡괭이 하나를 들어 올렸다. "여러분 모두는 이걸 하나씩 갖게 될 테고 몇 가지 기본적인 설명을 들으실 겁니다. 제가 보증하죠, 이 물건은 여러분이 빙붕에 있는 동안 가장 친한 친구가 되리란 걸 아시게 될 겁니다." 앤더슨은 다시 미소를 지었다. "다음 질문?"

20분 동안 질문과 응답이 더 이어진 후 앤더슨은 연구원들을 격납고 옆으로 인솔하며 수백 미터 떨어진 다른 건물로 향했다. 식당은 일반적인 식당이 아니었다. 1,800제곱미터가 넘었고, 수십여 개의 편안한 식탁과 의자들이 있었다. 식당 한쪽 끝에는 넓은 휴식 공간이 있었는데, 4대의 위성 텔레비전이 설치되어 있었고 그 주변으로 수십여 개의 소파들이 놓여 있었다. 식당의 절반 정도는 거대한 일광욕실이었고, 전 세계에 있는 다양한 종류의 식물들로 꾸며져 있었다. 캐서린 일행은 식당을 보고 깜짝 놀랐지만, 주방에서 나오는 식사를 접하고는 더욱 어리벙벙해졌다. 메뉴에는 신선한 야채와 채소를 가득 담은 샐러드가 포함되어 있었는데, 모두 맥머도의 큰 수경 정원 중 한 곳에서 현지 재배된 것이었다. 수경 감귤나무에서 나는 신선한 과일도 있었다. 이곳이 기지의 중심지인 게 분명해 보였다.

태드리는 빈 접시를 들고 캐서린에게 다가갔다. 그녀는 조금 더 먹을 요량으로 주방에 가던 길이었다. "캐서린, 아무 것도 안 드실 거예요?"

"어? 아, 먹어야지." 캐서린이 멍하니 대답했다. 그녀는 앞으로 있을 며칠 동안에 대해 너무 많은 생각을 하느라 아직도 같은 장소에서 접시를 들고 서 있다는 것을 깨달았다.

"괜찮아요?" 태드리가 물었다.

"어… 그래. 고마워. 그냥 이것저것 생각 좀 하느라고."

태드리는 미소를 지었다. "그럼, 좀 쉬세요. 새벽 네 시에 일어나야 하잖아요."

그녀의 말이 옳았다. 캐서린은 강박감에서 벗어날 방법을 찾아야만 했다. 그들은 새벽에 아침 식사를 하고 항공기로 이동할 예정이기 때문에 충분한 잠을 잘 시간이 없었다. 그녀에게 가장 필요한 것은 몇 년 만에 가장 힘든 몇 주를 시작하기 전에 반나절이나마 눈을 붙이는 것이었다.

그녀는 태드리의 팔을 툭 치고는 그녀를 따라 주방으로 들어갔다.

* * * * *

다음날 아침 거창한 식사를 한 후, 캐서린과 연구원들은 도착할 때 탔던 것과 같은 C130 항공기 세 대에 나눠 탑승했다. 각 비행기에는 세 개의 팀과 보급품들로 채워졌다. 마지막 비행기에는 캐서린과 네 개의 팀이 탔다. 탑승하고 30분 정도 지난 후, 비행기가 이륙했고 빙붕으로 향했다. 팀원들은 보온을 위해 옹기종기 모여 앉아 있었고, 그 옆으로 짐가방들과 보급품들이 8대의 대형 스노모빌 앞에 놓여 있었다. 창문을 통해 태양이 수평선 위로 천천히 떠오르는 모습이 보였는데, 남극의 여름 기간에는 밤에도 태양이 지지는 않지만, 낮에도 그 고도는 늘 낮은 편이었다.

캐서린은 팀원들의 얼굴을 둘러보았다. 그들의 얼굴에서 전날에는 보이지 않던 비장함을 엿보았다. 모르긴 해도 그들은 지금 이곳 남극에 와 있고 돌이키기엔 너무 늦었다는 사실을 받아들인 듯했다. 그녀는 자신의 경고에 대한 백악관, 특히 스티바스 국가안보보좌관의 대응을 듣고 많은 연구원들이 자진해서 왔다는 것에 자부심을 느꼈다.

두 시간 후, 그녀는 비행기의 하강을 암시하는 익숙한 급강하를 느꼈다. 다른 두 대의 비행기는 비스듬히 날며 폭이 넓은 균열 지역을 따라 팀들을 서쪽과 동쪽으로 더 멀리 내려주기 위해 서로 반대 방향으로 날아갔다.

캐서린이 탄 비행기는 균열에 근접한 곳에서 조금 떨어진 평평한 빙붕 위에 둔탁한 소리를 내며 착륙했다. 비행기가 멈추고 프로펠러가 천천히 공회전을 했다. 앤더슨의 대원들은 문을 열어젖히고 하차할 연구원들을 위해 접이식 사다리를 바깥쪽으로 굴렸다. 동체 뒤쪽에 있는 대원들은 잠금 장치를 풀고 커다란 화물 운송용 문을 연 다음, 스노모빌들을 가파른 경사로를 따라 밖으로 밀어 내렸다. 이어서 음식물, 가방 그리고 연료 등이 경사로를 따라 쿵쿵거리며 미끄러져 내려왔다. 캐서린 팀의 안내인은 앤드류라는 담색머리의 덩치 큰 남자였는데, 문신으로 미루어보아 전직 군인처럼 보였다. 그가 밖으로 뛰어내려 장비 하역 작업을 거들었다. 앤드류는 탑승하고 있던 다른 승조원들에게 엄지손가락을 치켜든 다음, 스노모빌 한 대에 장비들이 실린 커다란 썰매를 끌어당겼다. 캐서린, 태드리에 이어 세 번째 멤버인 피에르가 접이식 금속 사다리를 내려왔다. 그들의 발이 얼음에 닿자마자 사다리는 재빨리 그들 뒤쪽의 열린 문 안으로 다시 접혀 들어갔다. 그들은 앤드류에게 달려갔는데, 그는 스노모빌 한 대의 뒤쪽에다 짐들을 커다란 금속 걸쇠로 고정시키고 있었다.

앤드류가 스노모빌에 올라타고 나서 캐서린에게 뒤에 타라고 몸짓을 했다. 피에르와 태드리는 두 번째 스노모빌에 올라탔고 두 남자 모두 시동을 걸었다. 앤드류가 그들을 인솔해서 출발하자마자, 비행기의 문이 닫혔다. 1분도 지나지 않아서 엔진이 다시 살아났고 C130은 앞으로 나아가기 시작했다.

그들이 빙붕의 가장자리를 향해 질주하는 동안, 캐서린은 어깨 너머로 피에르와 태드리를 돌아보았고, 그런 다음 멀리서 비행기가 막 공중으로 떠오르는 모습을 바라보았다. 비행기가 착륙한 때부터 모든 것을 하역하는 데까지 10분이 채 걸리지 않았다. 그녀는 다른 사람들도 일이 순조롭게 진행되기를 바랐다.

26

카 대통령은 백악관 회의실에서 팔짱을 낀 채 대형 모니터를 쳐다보며 서 있었다. 키스터와 클레이가 페일린과 대화하는 자료 영상이었다. 대통령 뒤에 있는 커다란 회의용 탁자에는 스티바스, 밀러, 랭포드, 클레이, 키스터, 그리고 군 장성들이 앉아 있었다. 영상은 페일린이 의자를 뒤로 휙 물리는 장면에서 끝이 났다. 화면은 영상의 마지막 장면에서 멈춰 있었다. 카 대통령이 화면을 주시하는 동안 방안은 조용했다. 그는 천천히 고개를 흔들기 시작했다. "우리가 이 자리에서 도대체 뭘 다루어야 하는 겁니까?" 그가 돌아서며 말했다. 카 대통령은 앞으로 몸을 숙이면서 두 손을 탁자 위에 올려놓았다. "내 말뜻은, 젠장," 그가 목소리를 높였다. "이 사람이 친구인지 아닌지 알기나 합니까?" 그는 탁자 주위를 둘러보았다. "안 그런가요?"

스티바스가 큰소리로 말했다. "일단 친구가 아니라고 추정해야 합니다." 그는 대통령이 쳐다보자 말을 이었다. "어느 쪽도 확신할 수 없습니다. 그 말은 즉 최악의 상황을 가정해야 한다는 뜻입니다. 그 고리는 거대합니다. 고작 천 명 정도의 사람들을 데려오기 위한 거라고 보기엔 너무나 큽니다. 그들이 여기에 오래 머물러 있었다는 말도 전혀 믿지 못하겠습니다. 저는 그들이 고리를 통해 나갔다가 다음 번에 뭔가를 가져오려다 그 전에 발각된 거라고 생각합니다!"

"그럼 지금 말하고자 하는 게 뭡니까?" 대통령이 물었다.

"제가 말하고 싶은 건 아직 뭔가 할 수 있을 때 조치를 취해야 한다는 겁니다."

"어떤 조치를 말하는 겁니까?"

스티바스는 방을 힐끗 둘러보았다. "그 빌어먹을 고리를 파괴하는 겁니다."

클레이는 랭포드를 바라보았는데, 그는 동요하지 않고 가만히 있었다.

"그 고리를 파괴하자고요?" 그의 맞은편에 앉아 있던 밀러가 물었다.

스티바스는 고개를 끄덕였다. "관문을 닫아야죠. 그것을 파괴하고 그렇게 함으로써 그들을 차단시키는 겁니다."

클레이는 자신의 귀를 믿을 수 없었다. 그는 탁자 끝에 자리하고 있는 군 장성들을 바라보았는데, 그들은 랭퍼드만큼 침착해 보이지는 않았다. 클레이는 스티바스가 감정이 욱해서 무모하게 덤빈다고 생각하는 사람이 단지 자신뿐인지 궁금했다.

"그냥 그렇게 말입니까?" 밀러가 대꾸했다.

"그렇습니다." 스티바스는 대통령을 돌아보며 말했다. "선수를 쳐야합니다. 선제공격을 하면, 그들이 우리를 공격할지도 모를 가능성을 차단할 수 있고, 운이 좋다면 그들을 협상용으로 이곳에 가두어놓을 수도 있습니다." 대통령은 대답하지 않았다. 그는 스티바스의 주장을 고려하는 것처럼 보였다. "적어도 우리에게 시간은 벌어줄 겁니다."

밀러는 얼굴을 찌푸렸다. "무슨 시간 말입니까?"

"그들이 돌아올 경우를 대비해야죠. 방어 말입니다. 맙소사!"

밀러는 여전히 회의적이었다. "잠깐만요, 우리 쪽에서 이 물건을 파괴하면 그들이 어떻게 돌아옵니까?"

스티바스는 그 질문에 깜짝 놀란 표정을 지었다. 답을 모르는 게 분명해 보였다. 클레이는 그가 그런 것까지 고려했을까 하고 생각했다. 대통령은 어째서 이 남자의 말에 귀를 기울이고 있는 걸까 하는 것도. 클레이가 헛기침을 하자, 방안에 있던 모든 사람들의 시선이 그에게 쏠렸다.

"죄송합니다만," 그는 천천히 말했다. "이 자리에서 우리가 간과하는 게 있습니다." 스티바스가 차가운 시선을 보냈지만 클레이는 그를 무시하고 어쨌든 질문을 던졌다. "우리가 그 반지를 파괴한다고 해서 그들이 돌아올 수 없을 것이라고는 믿지 않습니다. 어쨌든 그들은 이전에도 그런 고리 없이 이쪽으로 왔으니까요. 그들이 어떻게 했는지는 모르지만, 만약 돌아온다면, 조금… 당황할 거라고 예상해야 하지 않을까요?"

스티바스의 시선은 더욱 싸늘해졌다.

"게다가 이 관문을 파괴할 경우에 발생할 파급 효과에 대해서도 염려해야 하지 않을까요?"

스티바스는 클레이를 뚫어지게 바라보며 대답했다. "우리 쪽 전문가들은 부정적인 부작용이 없을 거라고 생각하고 있네. 그냥 플러그를 뽑아버리는 거니까."

밀러가 끼어들었다. "누가요? 누가 그렇게 생각한단 말입니까?"

스티바스는 밀러를 돌아보며 천천히 신중하게 대답했다. "전문가들."

랭포드는 스티바스를 쳐다보았다. "그러면 이 고리를 어떻게 파괴할 계획입니까?"

해군참모총장 브루스 비숍이 탁자 반대쪽 끝에서 몸을 앞으로 기울였다. "잠수함으로요." 모두들 비숍에게 시선을 돌렸다. "24시간 내에 24척의 트라이던트 전략핵잠수함들로 고리를 포위할 수 있습니다."

클레이의 가슴이 철렁 내려앉았다. 이것은 이미 계획된 것처럼 들렸고, 지금은 형식상 절차를 위해 객관적으로 들리도록 해명하는 것 같았다.

"그들도 어느 정도의 방어 수단을 가지고 있을 겁니다. 따라서 우리에게 가장 좋은 선택은 수많은 어뢰를 발사해서 단번에 끝장을 내는 것입니다. 그렇게 해야만 그 고리가 회전하는 것을 멈춰 세울 만한 충분한 피해를 입힐 수 있을 것입니다."

모두들 침묵을 지키고 있는 대통령 쪽으로 시선을 돌렸다. 그는 고개를 숙이고 생각에 잠겼다가 고개를 들었다. "다른 의견은?"

클레이는 어쩔 수 없이 의자에서 벌떡 일어섰다. "어… 있습니다. 각하." 그가 손을 들어 올리면서 말했다. "그렇게 하지 않는 게 어떻습니까?" 웃기려는 의도는 아니었지만 클레이는 랭포드의 헛웃음을 곁눈질로 볼 수 있었다. 클레이는 다른 사람들을 바라보았다. "저는 이해할 수 없습니다. 우리는 이 남자, 아니 이 종족들에 대해서 사실상 아무것도 모르고 있습니다. 그럼에도 불구하고 그들이 조만간 우리를 공격할 거라고 생각하기 때문에 거리낌없이 전쟁을 개시하려는 겁니까?"

"무슨 말인지는 압니다, 클레이 중령." 대통령이 자세를 바로하면서 말했다. "만약 당신이 틀렸다면, 당신은 우리 국민과 전 세계에 어떻게 해명하겠습니까? 만약 우리가 공격을 당하고 짧게나마 시간이 있었는데 아무것도 하지 않았다면, 사람들에게 어떻게 해명하겠습니까?"

클레이의 생각으로는 공격이 임박했다는 위험성은 낮았고, 실제로 아무런 정보의 근거도 없었다. 사실 스티바스가 선택해서 인용한 정보는 알고 있는 모든 정보들 중에서 입맛에 맞는 것을 고른 것일 뿐이었다. 그는 그들이 여기에 얼마나 오래 있었는지에 대한 주장은 인정하지 않았지만, 그 관문이 다른 행성에서 왔다는 사실은 기꺼이 받아들였다. 그는 그들이 유순한 의도로 여기 있다는 생각은 받아들이려 하지 않았지만, 그들이 소수라는 사실은 확실히 받아들였다. 그는 자기 장의 정당성을 입증하기 위해 특정 항목만 채택하고, 나머지는 내팽개쳤다. 그의 말이 옳을지도 모르는 희박한 가능성에 대한 모든 사람의 두려움을 이용해서 말이다. 클레이는 그가 그저 공격하고 싶어 한다고 의심했다. 하지만 왜?

"대통령 각하." 랭포드가 클레이 앞에 있는 탁자 위로 조심스럽게 손을 올려 놓으면서 끼어들었다. "존이 이 자리에서 하려는 말은 가장 정확한 정보를 가지고 있을 때 최선의 결정을 내려야 한다는 사실을 말씀드리고 있는 거라 생각합니다. 이번 사건의 경우, 우리에게는 정보가 거의 없습니다. 그 말은 지금 우리가 어떤 결정을 내리든 간에 나쁜 결정이 될 수도 있다는 뜻입니다."

"각하!" 클레이가 말을 이었다. "현재까지 알아낸 많은 정보들은 여기에 다른 가능성이 있을 수 있다는 것과, 모든 것이 반드시 위험한 것은 아니라는 것을 내포하고 있습니다."

"그게 무슨 말인가?" 스티바스가 탁자 건너편에서 꾸짖듯이 말했다. "그들에 대해 미심쩍은 것을 유리하게 해석하는 건 아닌가?"

랭포드와 클레이는 스티바스를 쳐다보려고도 하지 않았다. 대신 그들은 대통령에게 주의를 기울였다. "유리하게 해석하는 것이 아닙니다, 각하. 단지 더 많은 정보를 수집해서 가능한 한 최선의 결정을 내려야 한다는 말입니다."

"잘 들었습니다." 대통령이 말했다. "그럼 정보를 더 가져오십시오."

"알겠습니다, 각하." 랭포드가 대답했다.

"당신들이 참고하려는 게 그 무인 잠수정이 맞습니까?" 그가 물었다.

랭포드는 고개를 끄덕였다. "그 잠수정에는 고리에 대한 중요한 많은 정보가 들어 있을 거라고 생각합니다."

"그것이 어디 있는지 압니까?" 대통령이 물었다.

랭포드는 고개를 끄덕이는 클레이를 바라보았다. "네, 각하."

대통령은 다시 탁자 위로 몸을 숙이면서 클레이와 눈높이를 맞추었다. "그럼 가서 회수해 오세요."

27

K-955 잠수정은 해군에서 가장 작고 빠른 잠수함이다. 주로 연구와 구조를 위해 고안된 이 작은 잠수정은 최대 4명을 수용할 수 있어서 클레이와 시저 뒤로 두 개의 빈 좌석이 남아 있었다. 그들은 함께 타고 완비된 시스템을 빠르게 살펴보았다. 앞 유리창 너머로 바닷물이 철벅거렸고, 잠수정은 카리브 해의 수면 위에서 앞뒤로 간닥거리고 있었다.

트라이톤II가 가라앉아 있을 걸로 추정되는 지점에서 수십여 킬로미터 떨어진 바다 위를 에머슨 선장의 패스파인더 호가 항해하고 있을 때였다. 에머슨은 갑작스럽게 클레이와 시저가 다시 이곳으로 향했다는 국방부의 지시문을 읽고 깜짝 놀랐고 부랴부랴 이곳으로 기꺼이 달려왔다. 에머슨과 승조원들이 급하게 패스파인더의 자매선(같은 설계로 건조된 동형선)으로부터 K-955 잠수정을 인도받았고, 쉴 틈도 없이 헬리콥터가 두 사람을 앞쪽 갑판 위에 내려놓았다. 에머슨은 진저리 치듯 고개를 내저으며 그들을 맞이했다.

네이비실 대원들은, 전직 네이비실도 포함해서, 약간은 제정신이 아니라는 평판이 나 있었다. 클레이는 에머슨도 마음속으로는 그렇게 생각할 거라고 여겼다. 그는 오른편으로 고개를 돌렸다. 시저가 매뉴얼을 들고 여러 장치의 위치를 확인하고 있었다. "자네 쪽은 어때?"

시저는 어깨를 으쓱했다. "좋아. 생각보다 복잡하진 않은데." 그는 왼편에 있는 클레이를 바라보았다. "자네 쪽은 어때?"

클레이는 고개를 끄덕였다. "괜찮아." 그는 앞에 있는 조종간을 움켜잡았다. "조종간은 익숙해지는 데 시간이 좀 걸리겠어."

"충전 상태는…," 시저는 뒤쪽에 있는 디지털 판독기를 어깨 너머로 돌아보았다. "완전히 채워졌으니 40~50킬로미터는 충분히 갈 수 있을 테고." 그는 다시 앞을 바라보았다. "산소도 가득 찼으니까 그때까지는 쓰고도 남을 거야. 뒤에 있는 인공호흡 장치는 쓸 일도 없겠는데. 이제 다 준비된 것 같아."

클레이는 손을 뻗어 해치가 단단히 잠겼는지 확인하며 커다란 금속 손잡이를 돌려보았다. 그런 다음 헤드폰의 마이크를 입 가까이로 조절했다. "패스파인더, 여기는 '세인트 버나드'입니다."

"잘 들립니다, 세인트 버나드." 헤드폰을 통해 테이의 목소리가 들려왔다.

"계기 확인을 마치고 발진 준비 완료했습니다." 클레이가 말했다.

"알겠습니다. 발진해도 좋습니다."

클레이는 고개를 끄덕이며 머리 위에 있는 커다란 빨간 손잡이를 손으로 감싸 쥐었다. "지금 분리합니다." 그가 말하며 힘껏 잡아당겼다. 잠수정이 고정 장치에서 분리되었지만, 자체의 부력으로 이미 수면 위에 반쯤 떠 있는 상태였으므로 약간 출렁거리기만 했다. 시저가 추진 장치를 작동시키자 잠수정이 오른쪽으로 나아가기 시작했고, 추진력을 얻으면서 자체적으로 방향을 바로잡아 나갔다. 잠수정이 앞으로 나아가자 앞 유리창에 출렁거리던 파도가 위쪽으로 밀려 올라갔고 앞부분이 약간 가라앉았다. 클레이는 조종간을 잡고 있던 오른손을 앞으로 천천히 내밀며 속도를 높였다. 그런 다음 작은 꼬리날개를 내려 잠수 각도를 높이자, K-955는 수면 아래로 부드럽게 미끄러졌다.

"느낌 좋은데." 클레이가 말했다.

"괜찮군." 시저는 수첩을 내려다보며 말했다. "진로를 131도로 잡아."

클레이는 방향 지시기가 일치할 때까지 회전시켰다.

"이 속도로 가면," 시저가 말을 이었다. "바닥까지 도달하는 데에 8분 정도 걸릴 거야."

카리브 해의 해저 지형은 생각보다 지루했다. 여러 산호초 군락 위를 지나쳤고 넓은 하얀 모래밭도 지나갔다. 수심 30미터를 지나자 시저는 고성능 LED 전조등을 작동시켰고 잠수정의 앞쪽이 밝아지면서 더 멀리 내다볼 수 있었다. K-955은 선반 모양의 지층 여러 곳을 지나쳤는데, 아래로 내려갈수록 산호밭은 점점 어두운 색을 띠었고 모래밭은 점점 넓어졌다.

30분 후, 시저 바로 앞에 있는 작은 녹색 화면 속에 무언가가 나타났다. "좌측으로 몇 도 떨어진 곳에 큰 물체가 있는 것 같아. 약 삼백 미터 앞이야."

클레이는 조종간의 방향을 부드럽게 돌린 다음 조금 잡아당겨서 잠수정의 속도를 늦추었다. 그 속도로 계속 앞으로 나아갔고, 그 물체가 시저 앞에 놓인 화면의 중심에 점점 더 가까워지자 완전히 속도를 줄였다.

"바로 이쯤이야…" 그가 천천히 말했다. "좋아, 조종간을 멈춰."

작은 잠수정이 천천히 멈춰 섰다. 두 사람 모두 작은 거품들 사이로 앞쪽을 바라보면서 모래바닥을 자세히 살펴보았다. 삐죽삐죽 솟아있는 녹조식물 밭이 그들 주위로 여기저기 흩어져 있었다. 식물들은 잔잔한 물살 속에서 천천히 앞뒤로 흔들렸다. 클레이는 조종간을 아주 조금씩 톡톡 건드리며 잠수정을 서서히 앞으로 움직였다.

시저는 몸을 뻗으며 옆면의 바깥을 내다보았다. "바로 이 아래쪽이 틀림없는데."

"뭔가 보여." 클레이가 말했다. 그는 앞부분을 살짝 내리고 버튼 하나를 누르자 잠수정의 아랫부분 바로 밑에서 강한 기류가 터져 나왔다. 기류가 많은 양의 모래와 흙을 밀어냈지만, 그 때문에 자욱한 먼지구름이 일시적으로 주변을 뒤덮었다. 그들은 먼지가 흩어질 때까지 참을성 있게 기다렸다. 잠시 후 그들 바로 밑에서 모습을 드러낸 것은 아주 크고 녹슨 철제 닻이었다.

"쓰레기였군." 시저는 좌석 뒤로 몸을 기댔다. "4번째 허탕이야."

"긍정적으로 생각해. 트라이톤은 찾기 쉬울 거야." 클레이가 말했다. "모래 속에 쳐박혀 있다 하더라도 아직까진 눈에 띌 만큼 두드러져 보일 테니까."

"엄청 위안이 되네," 시저는 앞 유리창에 서린 김을 닦아내면서 비꼬듯 말했다. "자네는 있잖아―" 갑자기 잠수정이 좌우로 흔들리자 그는 말을 멈췄다. "뭐지?"

클레이는 고개를 저었다. "나도 잘 모르겠어." 그는 몸을 앞으로 기울이고 창밖을 내다보았다. 전조등에 밝게 비친 모래뿐이었다.

"해류가 교차하는 지점에 있는 건가?"

클레이는 인상을 썼다. "이 정도 수심에서, 설마 그럴 리가." 잠수정에서 보이는 바깥 모래는 움직임 없이 그대로였다. 몇 분 전 잠수정이 일으킨 작은 먼지구름은 거의 가라앉았다. 잠수정은 또 다시, 더욱 세차게 흔들렸다.

"후와!" 시저가 잠수정의 옆 창문과 천장에 기대어 몸을 떠받치며 말했다. 그와 클레이는 서로를 쳐다보았다. "그럴 리 없다는 게 확실해?"

클레이는 당황했다. 그는 앞부분의 외부 조명 장치의 손잡이를 잡고 회전시키면서 잠수정 전방을 둘러보았다. 앞쪽에서 산호 일부를 발견하고 잠수정을 서서히 전진시켰다. 잠수정은 산호초 근처까지 부드럽게 다가갔다. 산호초는 다양한 식물들로 뒤덮여 있었는데, 그 중에는 바위 밑에서 튀어나온 플루트 모양의 긴 덩굴손도 있었다. "잘 봐."

시저는 그의 시선을 따라 앞 창문을 통해 식물들을 유심히 바라보았다. "저것들은 거의 움직임이 없어."

"맞아."

"이상한데." 시저는 측면 창밖을 내다보고 나서 뒤를 돌아보았다. 어떤 해저 협곡 안에 들어와 있는 건지도 모르니까. 삐익 소리가 작은 녹색 화면에서 들리자 그는 다시 몸을 돌렸다. 또 다른 물체가 레이더 화면에 나타났다. "또 하나가 잡혔어. 이번에는 왠지 운이 좋을 것 같은데!"

그들은 속도를 내서 산호 위를 미끄러지듯 나아간 다음, 경사면을 따라 내려가서 또 다른 모래밭을 가로질렀다.

"2~3도 북쪽으로." 시저가 말했다.

앞쪽에 커다란 산호초 언덕이 모래 위로 솟아 있어서 클레이는 우현을 기울이며 둘러갔다. 멀리서 무언가가 잠수정의 밝은 불빛에 반사되자, 클레이는 즉시 조종간을 움직여서 속도를 줄였다. "이번 것은 파묻혀 있지 않은데." 그가 말했다. 가까이 다가갈수록 그 물체는 더욱 밝아졌다. 반사율이 높은 물질이거나 표면이 비교적 깨끗하다는 뜻이었다.

"크기로 보면 맞는 것 같아."

"확실해 보여." 클레이가 조종간에서 손을 놓자 잠수정의 속도는 물살 때문에 자연스럽게 감속이 되었다. 몇 초가 더 지나자, 오해의 여지가 없는 트라이톤II가 그들 앞에 구체적인 모습을 드러냈는데, 모래 속 깊숙이 코를 박고 있었다.

"드디어 찾았군!" 시저가 외쳤다.

클레이는 고개를 끄덕였다. "정말 다행이야. 슬슬 의심이 들기 시작하던 중이었거든." 그는 문득 어떤 생각이 떠오르자 시저 쪽으로 몸을 돌렸다. "이게 뭘 의미하는지 알아?"

"물론, 오늘 밤에 돌아갈 수 있다는 뜻이지!"

"아니," 클레이가 말했다. "돌고래들이 옳았다는 뜻이야. 우리가 찾아 낸 지점은…," 그는 지피에스 좌표를 보았다. "돌고래들이 말한 곳에서 500미터도 안 떨어져 있어. 이건 그 연구원들의 통역 시스템이 제대로 작동한다는 증거라고."

"맞는 말이네." 시저는 고개를 끄덕였다. "잠깐," 그가 눈썹을 추켜세우며 말했다. "누가 그게 쓸데없는 거라고 말했어?"

"너한테 그 얘기 한다는 걸 깜박했네." 클레이는 트라이톤 쪽으로 서서히 다가간 다음 조종간을 뒤로 당겨서 잠수정을 완전히 멈춰 세웠다. "스티바스가 돌고래들에 대한 신빙성을 떨어뜨리려고 꽤나 애를 썼거든. 돌고래들의 정보가 그가 생각한 큰 그림에 들어맞지 않았던 것 같아."

"농담하지 말고. 그가 뭐라고 했는데?"

"미안하지만 그 대화 내용을 그대로 알려줄 순 없어. 그냥 그가 공격적인 선택을 고려하고 있다고만 말해줄게."

시저는 고개를 저었다. "그런 인간이 어떻게 그 자리까지 올라간 거지? 정말이지 제도를 의심하게 만든다니까." 그는 또 다른 조명등을 켜서 바로 아래 부분을 환하게 비추고, 잠수정의 관절형 로봇팔 손잡이를 쥐었다. 그는 클레이에게 미소를 지었다. "그럼 시작해 볼까?"

잠수정 밑면에서 긴 관절형 로봇팔이 천천히 펼쳐지며 바깥쪽으로 연장되었다. 시저는 잠수정 안에서 다루기 복잡해 보이는 손잡이를 손으로 감싼 채 그것을 조종했다. 가느다란 금속 팔이 창문 앞으로 뻗어 나갔고 모래 속에 가만히 앉아 있는 트라이톤에 닿았다.

"간단하네." 시저가 혼잣말로 중얼거렸다.

클레이는 조종간을 꽉 붙잡고 완벽한 부력을 유지하며 잠수정이 움직이지 않도록 애썼다.

로봇팔 끝에 달린 게 모양의 집게발이 트라이톤 뒤쪽 끝으로 다가갔다. 시저가 천천히 손잡이를 비틀자, 집게발도 같은 방향으로 비틀렸다. 그는 손잡이를 다시 앞으로 밀어서 트라이톤의 프로펠러 아래에서 집게발의 큰 부분 반쪽을 고리 모양으로 만들려고 노력했다. 몇 번의 시도 끝에 뒤쪽 안정핀 근처의 작은 틈 사이로 간신히 집게발을 넣어 감싸는 데 성공했다. 손아귀에 힘을 주어 집게발을 조이고 트라이톤의 꼬리 부분을 움켜잡았다. 아주 천천히 손잡이를 잡아당기면서 금속 팔을 오므렸다. 트라이톤은 움직이지 않았다. 시저는 손아귀가 풀리지 않도록 조심하면서 조금 더 세게 잡아당겼다. 트라이톤은 여전히 움직이지 않았다.

클레이는 계기들을 계속 지켜보며 잠수정이 움직이지 않도록 유지시켰다.

"젠장," 시저가 말했다. "꽤 단단히 파묻힌 모양인데." 그가 더 세게 잡아당기자 트라이톤이 파묻힌 부분을 둘러싸고 있는 주변 모래가 들썩거리기 시작했다. 모래들이 떨어져 나가면서 천천히 흘러내렸고 마침내 트라이톤이 풀려났다.

"잘 했어." 클레이가 말했다. "자, 이제 이걸 가지고—" 갑자기 잠수정이 격렬하게 흔들리더니 알 수 없는 강력한 물살에 밀려나며 모래 언덕에 충돌했다. "젠장, 뭐야?" 클레이는 중심을 되찾으려고 애를 썼다. 그는 조종간을 뒤로 당겨 모터를 역회전시키며 상승하려고 했지만, 잠수정은 모래 바닥 위에서 계속 뒤로 끌려갔다. 클레이는 창밖을 바라본 후 위쪽의 작은 창문을 올려다보았다. "부력에 뭔가 이상이 생긴 것 같은데?" 그는 계기반을 바라보았다. "물이 들어오는 건가?" 클레이는 K—955의 부력 탱크에 주목했다. 그 탱크에는 수중 중량을 증가시켜 잠수정이 하강할 수 있도록 물이 가득 채워져 있었다. 상승하기 위해서는 고압의 공기를 탱크에 주입해서 무거운 탱크의 물 일부를 강제로 빼내 배의 부력을 증가시켜야만 했다. 중성 부력은 적절한 중량을 제공해서 배가 원하는 수준에서 유지할 수 있도록 하는 공기와 물의 조합이다. 클레이가 갑자기 그 통제력을 잃어버린 것이었다. 그는 잠수함을 좀처럼 움직이게 할 수 없었다. 이제는 마치 모래 바닥에 박힌 것처럼 느껴졌다. 그는 조종간 위에 있는 단추를 눌러 공기를 주입시키며 잠수정의 무게를 줄였다. 고압공기의 쉿 하는 소리가 바닥 쪽과 조종실 외부에서 들렸다.

잠수정이 모래 바닥에서 벗어나며 옆으로 굴렀고, 그 바람에 시저의 몸도 좌우로 요동을 쳤다. 그는 한 손으로 간신히 몸을 지탱하면서, 다른 손으로는 관절형 로봇팔의 손잡이를 계속 붙잡고 있었다. 그는 트라이톤을 놓치지 않으려고 필사적으로 버티었고, 트라이톤은 손아귀에서 벗어나려는 거대한 물고기처럼 앞뒤로 들썩거렸다. 얼마나 힘껏 쥐고 있는지 그의 팔뚝이 팽팽해졌다.

클레이는 조종간을 앞뒤로 이리저리 움직이면서 잠수정이 계속 끌려가는 것을 막으려고 애썼다. 부력은 점점 커지고 있었지만 너무 느렸다. 위쪽에서 무언가가 클레이의 눈길을 끌었다. 그는 어두컴컴한 물속을 올려다보았는데, 수면에 비친 햇빛은 멀리 떨어진 흐릿한 바늘 구멍처럼 보였다. 계속 바라보던 그는 마침내 그것을 다시 보았다. "이건 해류가 아니야." 그가 시저에게 말했다. "손님이 온 것 같아."

"뭐라고?" 시저는 고개를 비틀며 위쪽의 작은 창문 밖을 살펴보려 했지만 보이지가 않았다. "뭔데?"

"나도 모르겠어." 클레이가 말했다. 순간 그들은 또 다시 해저의 바닥에 부딪혔다. K—955은 그 충격으로 쿵 하는 소리를 냈고 삐거덕거리는 금속 반향음이 울려 퍼졌다. 그가 다시 고개를 드는 순간 거대한 그림자가 그들 위로 지나갔다. "저게 뭐든 간에, 엄청 커."

"여기서 빠져 나가야 해." 시저가 클레이를 바라보았다. "트라이톤을 풀어버릴까?"

"절대 안 돼." 클레이가 인상을 썼다. "이 짓을 하러 또 내려오긴 싫거든. 꽉 잡고 있어!" 그는 조종간을 앞으로 밀고 다른 손으로 단추를 힘껏 눌렀다. 압축된 공기가 요란한 소리를 내며 탱크 밖으로 많은 물을 밀어냈다. 거의 동시에, 잠수정은 모래에서 튀어올랐다. 모터가 전속력으로 회전하면서 그들 뒤로 먼지구름을 내뿜었다. K-955은 앞으로 휙 나아갔고, 앞부분은 해수면을 향했다.

이때, 무언가가 잠수정에 부딪치는 바람에 잠수정이 한쪽으로 심하게 뒹굴었다. 클레이는 신속하게 선체를 반대로 되돌리며 간신히 수평을 유지했다. 손은 여전히 조종간을 앞쪽으로 최대한 밀고 있었다.

"세상에," 시저는 옆 창문 밖을 내다보며 말했다. "향유고래야!"

"여기에? 농담해?"

"농담 아니야." 시저는 잠시 멈칫하다가 말했다. "게다가 두 마리야!"

클레이는 잠수정 모터의 마지막 힘까지 짜내려는 듯 애쓰면서 조종간에 몸을 기대다시피했다.

"고래들이 이쪽으로 오고 있어!" 시저가 소리쳤다.

순간 K-955 측면에 쾅 하고 충격이 전해졌고 잠수정이 완전히 나뒹굴었다. 클레이는 뒹구는 잠수정을 멈추려고 기를 써봤지만, 탄력을 이길 수가 없었다. 대신 조종간을 뒤로 당기면서 충격과 함께 굴러가도록 내버려두었다. 어느 정도 진정이 되자 다시 수평을 맞추며 가까스로 상승 궤도를 유지했다.

"클레이." 시저가 조용히 말했다.

"속삭일 필요 없어, 스티브. 고래들한텐 네 말이 안 들릴 거야." 클레이가 대답하며 수심계를 보았다. 여전히 수면으로부터 80미터쯤 아래에 있었다.

"클레이." 시저가 다시 말했다.

클레이가 돌아보았을 때 시저는 자신을 빤히 쳐다보고 있었다. 그는 몸을 돌리며 클레이에게 옆 창문을 보여주었다. 선체 옆면이 커다랗게 움푹 패인 것을 보고 클레이의 눈이 휘둥그레졌다. 그러나 그보다 훨씬 더 위태로운 것은 창문의 균열 사이로 물이 내벽을 타고 흘러내리고 있다는 사실이었다. 얕은 수심에서도 누구든 겁을 먹을 만한 심각한 누수였다. 선체의 강도가 심각할 만큼 약화된 데다, 두꺼운 강화유리 창문도 갈라진 상태였다. 만약 창문이 완전히 깨진다면, 내부 압력이 사라지며 바닷물이 급류처럼 밀려들 테고 그들은 몇 초 안에 익사하고 말 것이다. 클레이와 시저 모두 그 작은 창문이 끝까지 버티어주는 것만이 유일한 희망이란 걸 알았다. 한 번 더 충격을 받으면 살아남지 못하리란 것도.

클레이는 시저를 다시 돌아보았다. "탱크를 날려."

시저는 투명 덮개를 열고 '비상 방출'이라고 쓰인 큰 비상 단추를 주먹으로 내리쳤다. 네 군데의 화약이 폭발하면서 잠수정이 격렬하게 흔들렸고, 대형 부력 탱크가 순식간에 선체에서 분사되며 밖으로 떨어져나갔다. 탱크의 무게가 줄어듦과 동시에 폭발로 인한 힘으로 잠수정은 상승을 가속했고 그들은 수면을 향해 올라갔다. 폭발로 인해 창문의 틈이 더 크게 벌어지면서 훨씬 더 많은 물이 쏟아져 들어왔다. 물은 금세 그들의 정강이까지 차올랐다. 시저는 아래를 내려다보며 트라이톤을 놓치지 않기 위해 움켜쥔 손을 재빨리 바꾸었다. "서둘러야겠는데."

클레이는 수심계와 위쪽의 푸른빛 바닷물을 번갈아가면서 곁눈질을 했다. 패스파인더 호의 커다란 그림자가 머리 위로 보였다. 잠수정은 빠르게 50미터 수심을 지나치며 수면을 향해 계속 나아갔다.

시저는 온전한 창문을 통해 바깥을 반복해서 내다보았다. "녀석들이 보이질 않아!" 그는 균열이 간 창문을 통해서도 내다보려 했지만 왜곡이

심해서 아무것도 식별할 수 없었다. "그놈들이 어디 있는지 모르겠어."

클레이는 계기반을 노려보며 상승 속도가 점점 느려지는 것을 알아차렸다.

시저도 뭔가 잘못되어 간다는 걸 눈치챘다. "왜 그래?"

"속도가 떨어지고 있어." 클레이가 말했다. "들어오는 물 때문에 무게가 다시 늘어나고 있나봐."

시저는 앞에 있는 손잡이를 움켜잡은 채로 벨트를 풀고 자리에서 몸을 살짝 빼냈다. 그는 클레이 쪽으로 몸을 비틀며 조종석 뒤로 손을 뻗었다. 물속으로 손을 앞뒤로 더듬어보았다. "산소통을 찾을 수 없어." 그는 수면에 도달할 때까지는 위쪽 해치를 열 수 없다는 사실을 알고 있었다. 바닷물의 압력이 너무 높아서 밀어 올릴 수 없기 때문이었다. 설사 연다 하더라도 거세게 밀려드는 바닷물 때문에 익사할 것이 뻔했다. 그에 비하면 금이 간 유리창을 통해 들어오는 물은 물방울에 불과했다.

잠수정의 상승 속도는 수심 40미터 지점을 지나고 유입되는 물이 무릎까지 닿는 순간부터 점점 느려지기 시작했다.

* * * * *

그들 바로 위, 패스파인더 호의 통신실에서는 에머슨 선장과 승조원들이 대형 음파탐지기 화면 주위에 몰려 있었다. 스피커폰이 켜져 있어서 클레이와 시저가 말하는 모든 대화가 전송되고 있었다.

"속도를 느려지고 있습니다." 테이가 말했다. 에머슨은 그가 앉은 의자에 바로 뒤에 서 있었다.

"상승 속도는?"

"분당 10미터입니다. 하지만 빠르게 느려지고 있습니다."

"버릴 수 있는 다른 것은?" 에머슨이 물었다. 테이가 고개를 저었다. "내부에는 없습니다."

다른 선원 하나가 옆에 서서 무거운 K−955 설명서를 다급하게 뒤졌다. 에머슨은 몸을 세우며 바로 뒤에 서 있는 라이트풋에게 돌아섰다. "뭔가 조치를 취해야 해."

라이트풋은 밖으로 나오라고 손짓하는 선장을 보았다. "네, 선장님!" 두 사람은 방을 뛰쳐나와 배의 뒤쪽을 향해 달렸다.

* * * * *

잠수정 내부는 물이 가슴 높이까지 이른 데다 빠르게 차오르고 있어서 조종석 공간도 급속히 줄어들고 있었다.

테이의 목소리가 스피커 너머로 치직 거렸다. "제 말 들립니까, 잘 들으세요. 각 좌석의 옆면 속에 예비용 산소 공기통이 내장되어 있을 겁니다!" 테이는 몸을 기울이며 다른 승조원이 들고 있는 설명서를 바라보았다. "오른쪽입니다."

시저는 손잡이를 잡은 손을 다시 바꾸고 좌석 옆면을 살펴보기 위해 손을 뻗었다. 손가락 끝이 겨우 닿았고 물 밑에서 위아래를 더듬거리자 잠금쇠가 만져졌다. 잠금쇠의 오목한 곳을 찾아내고 그것을 들어 올렸다. 덮개판 주위에 물이 많아서 조금밖에 열리지가 않았다. 시저는 할 수 없이 덮개판을 떼어내고 안을 더듬었다. 그는 작은 금속 통을 움켜쥐었고 몸을 비틀어가며 그것을 꺼냈다. 페트병만한 공기통은 대략 30센티미터 길이에 녹색 고무 흡입구가 그 위에 달려 있었다. 시저는 그것을 클레이에게 건넸고 재빨리 클레이의 좌석에서 두 번째 통을 꺼냈다.

"고래들은 어디 있어?"

시저는 창문의 아직 물이 차오르지 않은 부분을 통해 밖을 내다보았다. "여기선 고래들을 볼 수 없어." 그는 클레이를 바라보았다. "어쩔 셈인데?"

클레이는 인상을 썼다. 그는 필사적으로 조종간을 몇 번이나 밀어보았다. 달리 방법이 없었다. 두 대의 모터가 추진력을 최대한 발휘하면서 늘어나는 무게에 맞서 잠수정을 끌어올리려고 안간힘을 썼다. "꼼짝도 하지 않아. 우리가 갈 수 있는 건 여기까지야." 그는 수심계를 보았다. "21미터." 클레이는 고개를 들고 머리 위 창문을 내다보았다. 패스파인더 호의 거대한 그림자가 어른거렸다. 그는 시저를 바라보며 작은 산소통을 들어 올렸다. "이걸로 얼마나 버틸까," 그가 어깨를 으쓱했다. "10분쯤? 조종석에 물이 차기를 기다렸다가 압력을 균등해지면, 해치를 열고 헤엄쳐 올라갈 수 있을 거야."

시저는 턱이 물에 잠긴 상태에서 고개를 끄덕였다. "내 생각에도 그 방법밖에는 없을 거 같아. 네가 먼저―" 그가 갑자기 말을 멈추었다. 클레이가 자신의 어깨 너머로 무언가를 빤히 바라보고 있는 것을 알아차렸다. 그는 돌아서서 측면 창문의 물에 잠기지 않는 부분을 통해 밖을 내다보았다. 두 개의 커다란 형체가 다가오고 있었다. 그 순간 그들은 심상치 않은 느낌이 들어 수심계를 바라보았다. 잠수정의 무게 때문에 프로펠러가 힘을 쓰지 못하고 있었다. K-955는 아래로 미끄러지기 시작했다. 수심계의 수치가 22미터, 23미터, 그리고 24미터까지 늘어났다. 빠르게 아래로 떨어지고 있었다.

시저는 창문 밖을 내다보았다. 고래들이 점점 다가오고 있었다. "젠장, 도대체 저놈들 뭘 원하는 거야?"

두 사람 모두 조종실 전체가 물로 차지 않으면 해치를 열 수 없다는 사실을 알았다. 물이 빨리 불어나고 있기 때문에 그리 오래 걸리지는 않겠지만 고래들이 먼저 도달할 것 같았다. 설령 또 한 번의 충격에서 살아남는다 하더라도, 잠수함은 지금 빠르게 하강하고 있어서 그들이 밖으로 나갈 수 있을 때쯤엔 수면까지 너무 멀어서 도달하지 못할 수도 있었다. 성공하더라도 치명적인 잠수병에 걸릴 위험성도 높았다.

클레이는 친구를 바라보았다. "이번이 마지막일 지도 몰라."

시저는 말없이 고개를 끄덕였다. 두 사람 모두 불어나는 물 때문에 얼굴을 뒤로 기울인 다음, 측면을 단단히 붙잡고 충격에 대비했다.

그 순간 예상과 달리 외부에서 덜컹 하는 소리가 들리자 두 사람은 주위를 두리번거렸다. 금속성 소리가 선체 앞부분에서 다시 들렸다.

"저게 무슨 소리지?" 클레이와 시저가 연달아서 머리를 물 밑에 넣고 얼굴을 보글거리는 창문에 갖다 댔다. 유리창 너머로 흐릿한 그림자가 보였다. 사람의 형체였다.

* * * * *

에머슨, 테이 그리고 두 명의 승조원들이 패스파인더 호 선미의 넓고 평평한 갑판 위로 모였다. 그들은 갑판 양 측면에 두 사람씩 자리잡고 흔들리는 배 위에서 균형을 유지하며 각각 굵은 케이블을 푸른 물속으로 집어넣었다. 두 손을 번갈아가며 케이블이 팽팽해지거나 꼬이지 않도록 조심하면서 능숙하게 움직였다. 한쪽에서는 에머슨과 테이가 두툼한 검은색 산소공급선을 내렸고, 반대편에 있는 승조원들은 뒤쪽의 거대한 회전반에서 굵은 강철 케이블을 끌어당겨서 내리고 있었다.

물속에서는 라이트풋이 사각 팬티, 마스크, 오리발 차림으로 조금씩 밑으로 가라앉고 있는 K-955 잠수정 앞부분에 매달려 있었다. 라이트풋은 마스크에 연결된 산소공급선을 몸에 감싸는 것도 잊은 채 굵은 케이블을 잠수정에 연결하기 위한 작업에 착수했다. 그가 쓴 전면형 마스크는 얼굴 전체를 보호하며 탁월한 시야를 제공해주지만, 몸을 세운 채 잠수정 위로 기어오르기 위해 필사적으로 애쓰는 동안 거친 숨결로 인해 유리에 김이 서리기 시작했다. 전면 마스크의 장점은 일그러짐 없는 시야를 제공하고 작업을 하면서도 대화를 가능하게 해주었지만, 라이트풋이 내뿜는 엄청난 양의 이산화탄소는 마스크를 깨끗하게 유지시켜주는 산소의 적절한 공급량을 압도하고 있었다.

라이트풋은 날랜 작은 동물처럼 잠수정 위로 오른 다음 잠수정을 배에서 권양기로 내릴 때 사용했던 커다란 강철 고리들을 찾아냈다. 그는 강철 고리를 붙잡고 케이블을 놓치지 않도록 조심하며 몸쪽으로 바짝 당겼다. 케이블을 힘껏 잡아당기면서 한 발짝 더 가까이 다가섰다. 잠수정은 에머슨과 승조원들이 케이블을 내려보내는 속도보다 더 빠르게 가라앉고 있어서 케이블은 점점 더 팽팽해지고 있었다. 라이트풋은 잠수정 가까이 몸을 기대고 윗면에 나 있는 작은 창문 안쪽을 들여다보았다. 아래를 훑어보던 라이트풋은 내부의 불빛을 감지할 수 있었는데, 완전히 물에 잠겨 있어서 매우 흐릿했다. 클레이와 시저로 보이는 형체들이 그를 바라보고 있었고, 두 형체 모두 작은 공기통을 물고 숨을 쉬고 있었다.

잠수정 내부에서 클레이가 고개를 치켜든 다음 다시 조종간을 잡았다. *케이블이 너무 팽팽해. 느슨해지도록 도와야 해!* 그는 조종간을 뒤로 끝까지 잡아당기며 마지막 남은 동력으로 잠수정을 조금이나마 위로 움직였다.

K-955가 조금 상승한 덕에, 라이트풋은 케이블을 다시 한 번 힘껏 잡아당겼고 큰 고리들 중 하나에 겨우 걸 수 있을 정도로 느슨해진 걸 알아차렸다. 그는 얼굴이 일그러질 정도로 힘겹게 끝 부분을 밀어 넣었고, 힘이 빠질 때쯤 가까스로 커다란 갈고리를 걸고 고정시켰다. 그는 마스크

를 쓴 얼굴을 가까이 대고 단단히 고정되었는지 확인한 후, 마스크 한쪽에 있는 단추를 눌렀다.

"걸었습니다!" 그가 고함을 질렀다.

그의 목소리는 배의 외부 스피커를 통해 큰 소리로 방송되었다. 테이는 라이트풋의 목소리를 듣고 갑판을 가로질러 권양기의 크롬 손잡이를 감싸 쥐었다. 그는 모터를 최대한으로 작동시키기 위해 몇 단계의 눈금을 억지로 건너뛰었다. 선미의 넓은 갑판이 갑자기 잠수정의 하강 관성에 대응하면서 물속으로 잠길 듯 휘청거렸다. 모터가 끼익 하는 소리를 내는 동시에 모든 승조원들이 비틀거렸다. 마침내 모터가 돌아가면서 케이블을 끌어당기기 시작했다.

물속에서는 잠수정이 갑자기 위쪽으로 휙 잡아당겨지는 바람에 라이트풋이 그 위에서 미끄러지고 말았다. 그는 재빨리 두툼한 고무 산소공급선을 붙잡았다. 뱃마루에서는 에머슨의 다른 부하 두 명이 갑판 반대쪽으로 뛰어와서 산소공급선을 잡고 두 손을 번갈아가며 끌어당기는 일을 거들었다.

그들이 돌아보지 않는 사이 모터가 마구 휘돌면서 케이블을 점점 더 빨리 감아 당겼다.

승조원들이 라이트풋을 끌어올리는 동안 그는 열심히 발길질을 해대며 잠수정을 붙잡으려고 애썼다. 수면 위로 올라오자마자 가능한 한 빨리 잠수정의 해치를 열어야 하기 때문이었다. 클레이와 시저가 몇 분 동안 물속에 완전히 잠겨 있었으므로 산소가 바닥났을지도 모를 일이었다. 라이트풋은 해치 손잡이를 붙잡을 수 있을 만큼 가까이 다가가서 잠수정이 수면 위로 떠오르는 동안 잠수정에 매달린 채 버티었다.

"15미터." 해리스가 확성기를 통해 말했다.

에머슨은 안내방송을 듣고 부하들에게 돌아섰다. "좋아, 측면으로 가서 대기해. 잠수정이 올라오고 있다!"

네 명의 승조원들은 뱃마루 가장자리 근처에 있는 설치물을 붙잡고 몸을 고정시켰다. 회전반은 이제 최고 속도로 돌아가고 있었다. 잠수정이 수면 위로 튀어 오르기 전까지 그 탄력을 방해할 만한 요소가 전혀 없기 때문에 점점 거칠게 돌아가고 있어서, 곧 한계치를 넘어설 것 같았다. 게다가 대형 권양기를 선체의 측면 바깥으로 연장시키지 않고 케이블을 선미 측면 너머로 직접 내려보냈기 때문에 잠수정은 분명 패스파인더 호 바로 밑에서 강하게 치고 올라올 가능성이 있었다.

"5미터!" 해리스가 외쳤다.

잠시 후, 잠수정이 패스파인더 호의 선미 갑판 밑면에 강하게 충돌했다. 네 승조원 모두 고정되지 않은 물건들과 함께 갑판에서 공중으로 붕 떠올랐다. 장비와 공구들이 사방으로 날아갔고, 승조원들은 거의 동시에 바닥에 쿵 떨어졌다. 승조원 중 한 명이 손을 놓치고 배 바깥으로 미끄러지면서 막 수면 위로 떠오른 K-955의 꼬리에 부딪친 다음 파도 속으로 사라졌다.

"승조원이 떨어졌다!" 에머슨이 소리쳤다. 다른 승조원이 고개를 끄덕이고 바다에 빠진 동료를 찾아보았다. 그 동료를 발견하자마자 구명용 튜브를 움켜잡고 그 승조원을 뒤쫓아 바다에 뛰어들었다. 그런 다음 패스파인더 호 아래에서 위아래로 요동치며 뒹굴고 있는 잠수정을 간신히 피하면서 헤엄을 쳤다. 잠수정의 좌측면이 갑판 아래의 선체를 따라가며 긁어대자 금속들끼리 맞부딪히며 귀청이 터질 듯한 날카로운 소리가 허공을 가득 메웠다. 잠수정이 선체에서 떨어지고 나서야 비로소 잠잠해졌다. 잠수정이 제멋대로 뒹구는 사이, 라이트풋이 하얀 물보라 속에서 불쑥 튀어나왔는데 여전히 해치 가까이에 매달려 있었다. 그는 마스크를 벗고 해치가 달린 문으로 다가간 다음 다리를 벌리고 그 위에 올라앉았다. 얼굴을 흔들어 물기를 털어낸 다음 해치의 손잡이를 단단히 붙잡고 힘껏 돌렸다. 손잡이가 조금씩 누그러지며 천천히 돌기 시작했다. 라이트 풋은 계속 돌리다가 살짝 들썩거리는 순간 잡아당겨서 열었다. 곧바로 엄청난 양의 물과 시커먼 두 형체가 밖으로 쏟아져 나왔다.

물이 쏟아져 나오면서 잠수정의 무게 중심이 민감하게 변했다. 잠수정은 뒤쪽으로 구르기 시작하며 해치가 열린 상태로 다시 물속으로 빠졌다. 라이트풋은 이리저리 구르는 잠수정에 맞서 허우적거리면서도 잠수정이 안정을 되찾을 때까지 매달려 있었다. 10여 미터 떨어진 곳에서 에머슨의 승조원 두 사람이 불쑥 머리를 내밀었다. 다행히 부상을 입지는 않았다. 이제 모든 시선이 일그러진 잠수정의 바로 앞 수면에 쏠렸다.

몇 초 후, 클레이와 시저 두 사람 모두 수면으로 떠올라서 주위를 둘러보았다. 그들은 에머슨과 테이를 발견하고 다시 잠수정을 가리켰다. "트라이톤을 찾았어요!" 그들이 소리쳤다.

모두가 K-955를 바라보았고 소형 트라이톤을 발견했다. 기적처럼 여전히 잠수정의 집게발에 매달린 채 제멋대로 움직이고 있었다. 라이트풋은 작은 탐사선을 힘겹게 기어 내려가서 트라이톤을 집게발에서 분리시켰다. 그런 다음 트라이톤을 잡아끌면서 K-955 동체 옆면을 타고 미끄러지듯 물속으로 뛰어들었다.

다섯 사람 모두 배의 갑판 쪽으로 천천히 헤엄쳐 갔다. 에머슨과 테이는 배의 측면 너머로 손을 뻗어 그들을 한 사람씩 끌어올렸다. 라이트풋을 끌어올린 다음 마지막으로 트라이톤을 붙잡고 머리 위로 들어 올렸다. 그들 모두 몸을 앞으로 구부정하게 늘어뜨리고 선체의 가장자리 바깥으로 발을 걸친 채 잠시 숨을 가다듬었다. 에머슨과 테이는 트라이톤을 내려놓고 나서 앉아 있는 사내들 옆에 같이 앉았다.

긴 침묵이 흐른 후 에머슨이 클레이의 어깨에 손을 얹고 나서 활짝 웃었다. "자네들을 잃는 게 아닐까 걱정했네."

클레이는 에머슨을 바라보며 미소를 화답했다. 그의 가슴팍은 여전히 들썩거리고 있었다. 늘어뜨려진 젖은 머리칼이 얼굴로 흘러내리고 있는 물과 함께 이마에 달라붙어 있었다. "저희도 몇 번이나 그 생각이 들었어요."

에머슨은 승조원들 쪽으로 몸을 돌렸다. "화이티, 발머, 자네들은 괜찮나?"

두 사람 가운데 키가 큰 화이티가 고개를 끄덕였다. "넵." 그 옆에 있던 발머는 손을 들고 엄지손가락을 치켜세웠다.

에머슨은 시저 쪽으로 몸을 돌렸다. "시저, 자네는 어떤가?"

시저는 두 손을 뒤로 뻗은 채 두 팔에 몸을 기댔다. "괜찮습니다."

에머슨은 심호흡을 하고 출렁이는 파도 속에서 왔다 갔다 하며 흔들리고 있는 K-955를 바라보았다. 잠수정은 측면 대부분이 깊게 긁힌 채로 수면 위에 그대로 남아 있었다. 굵은 강철 케이블로 패스파인더 호에 느슨하게 연결되어 있었지만, 반쯤은 수면 아래에 잠겨 있었다. "이 해역이 정말로 싫어지려고 하는데!"

28

케서린 뢰케는 잠에서 깨며 기지개를 켜고 눈을 문질렀다. 그녀는 시계를 보고 나서 텐트를 둘러보았다. 새벽 5시, 앤드류의 침낭만 텅 비어 있었다. 피에르와 태드리는 각자의 침낭 속에 눈곱만큼의 피부도 노출하지 않은 채 푹 파묻혀 있었다. 케서린은 세 겹으로 단열 처리된 텐트 바닥에 생성된 얇은 얼음 층을 바라보았다. 아무리 현대적인 자재로도 엉덩이가 어는 건 아직 어찌할 수 없는 모양이라고 생각했다. 아직도 엉덩이가 얼어 있는 듯한 느낌이었다. 실제로는 이러한 첨단 자재들이 상당한 보호 역할을 제공했다고 확신했다. 추위에 대해 만반의 주의를 기울였음에도 불구하고 간신히 버티어냈으니 말이다.

케서린은 등을 돌리고 몇 분 동안 눈을 감고 다시 잠들려고 해보았다. 결국 인상을 쓰고 다시 등을 돌렸다. 그녀는 두툼한 니트 모자를 머리에 덮어쓰고 귀를 덮을 정도로 끌어내렸다. 조용히 침낭에서 몸을 빼낸 다음 앉은 채로 두꺼운 재킷을 걸치고 방한용 바지와 고어텍스 부츠를 착용했다. 그녀는 피에르나 태드리가 깨지 않도록 조심하면서 텐트의 지퍼를 열고 고개를 내밀었다.

태양은 지평선 위로 낮게 떠 있었고 사방은 온통 하얗게 질려 있었다. 케서린은 두 번째 텐트를 힐끗 보았는데 안쪽에서 작은 불꽃이 깜박거리는 내는 주황색 불빛이 보였다. 그녀는 커다란 덧문을 열고 나간 다음, 재빨리 바깥에서 다시 지퍼를 내렸다. 바람이 거의 없는 데도 새벽 공기가 곧바로 옷을 관통하는 느낌이 들었다. 그녀는 얼어붙은 땅을 10미터쯤 달려가서 두 번째 텐트의 덮개를 최대한 빨리 열어젖혔다. 일 초의 망설임도 없이 곧장 안으로 뛰어들었다.

앤드류가 알루미늄 커피 잔에서 고개를 들었다. "잘 잤어요?" 그가 나직한 목소리로 말했다.

"좋은 아침이에요." 그녀는 지퍼를 잠그고 돌아서서 버너 반대편에 있는 작고 가벼운 접이식 의자들 중 하나에 앉은 다음 버너 가까이로 몸을 기울였다. 버너의 불꽃은 커피가 식지 않도록 유지하면서 텐트를 따뜻하게 해주고 있었다. 그녀는 머그컵 하나를 들고 얼음을 긁어낸 후 직접 컵에 커피를 따랐다.

캐서린은 커피를 좋아하지 않았지만 공짜로 받은 물건이나 선물에 대해서는 트집을 잡지 않기로 사흘 전에 마음을 고쳐먹었다. 한 모금을 마신 후 쓴맛에 눈살을 찌푸리며 따뜻한 금속 컵을 두 손으로 감싸 쥐었다. 그녀는 텐트를 무심코 둘러보았다. 지질 관측기구들 대부분은 한쪽 벽에 늘어서 있었고, 노트북 두 대와 위성 전화 한 대도 같이 있었다.

"일은 잘 진행되고 있나요?" 앤드류가 굵은 뉴질랜드 억양으로 물었다.

"행운을 빌어야죠(touch wood)." 그녀가 히죽 웃으며 말했는데, 그것은 같은 미국 관용구(knock on wood)에 해당하는 뉴질랜드식 말투였다. 그녀는 두드릴 나무토막을 찾아 주위를 둘러보았다. 두 사람 다 텐트를 둘러보며 주위의 모든 것이 경량 금속과 천으로 만들어졌다는 사실을 깨닫고 조용히 웃었다.

앤드류는 커피를 다 마시고 작은 프라이팬으로 손을 뻗으면서 말했다. "이곳에 온 공식적인 이유는 알고 있습니다. 하지만 썩 개운치가 않네요." 그는 성냥을 켜고 버너에 불을 붙였다. "이미 빙붕에서 발생한 사태의 범위를 알고 있는데, 왜 이렇게 많은 인원이 그렇게 미친 듯이 달려온 거죠?"

캐서린은 그를 쳐다보고 나서 앞에 있는 불꽃을 조용히 내려다보았다. "자존심." 계속 불꽃을 바라보다가 어깨를 으쓱하고는 그를 돌아보았다. "그리고 약간의 오만함이라 할까요."

그는 팬을 불 위에 올려놓고 음식 상자 속을 뒤적거린 다음 달걀 몇 개와 베이컨 한 조각을 꺼냈다. "당신의 자존심 아니면 그들의 자존심?" 그는 알고 있다는 듯 웃으며 물었다.

"제 거요."

"아," 앤드류가 고개를 끄덕였다. "그럼, 당신의 자존심과 그들의 오만함, 맞나요?"

그녀는 컵 뒤에서 미소를 지었다. "어떻게 알았어요?"

"정치 문제는 어느 나라나 다 똑같죠. 우리 몫의 드라마는 이곳에 있는 거고요." 그는 달걀 두 개를 팬 위에다 깨뜨렸다. "실은 우리나라 정부 기구 중 한 곳에서 일하는 친구가 있어요. 떠나려는 제게 그 친구가 하는 말이 서둘러 돌아올 필요는 없다고 하더군요."

"당신은 어떻게 여기 오게 되었어요? 연구원인지 군인인지 잘 모르겠네요."

앤드류는 웃었다. "아, 군인이지만, 연구도 조금은 합니다. 그래야만 하거든요. 굳이 말하자면, 이곳의 기후 조건이 너무 험해서 일을 빨리 마무리하려면 조금이라도 돕는 게 낫기 때문이라고 해두죠." 달걀에 거품이 일기 시작하자 그는 플라스틱 주걱을 집어 들었다. "다시 뒤집어서 더 익힐까요?"

"그래 주면 고맙죠." 캐서린은 그가 달걀 뒤집는 것을 지켜보았다. 요리 솜씨가 서툴지는 않았다. 환경을 고려한다면 훌륭한 요리사일지도 모른다고 생각했다. "사람들을 이곳으로 많이 안내하시나요?"

"그런 편이라고 해두죠." 그가 말을 끌며 대답했다. "몇 년 전, 중국에서 온 어떤 팀이 눈폭풍 속에서 길을 잃은 적이 있었어요. 다섯 명 중 두 명만 돌아왔는데, 상태가 아주 안 좋았어요. 우리는 그들이 새 풍토에 잘 적응할 때까지 함께 있겠다고 제안했지만 그들이 거절했었죠. 그때 이후 로는 함께 내보내기 시작했습니다, 예외는 없습니다."

"나중에 후회하는 것보다 조심하는 편이 낫겠죠." 그녀는 고개를 끄 덕였다. "날씨가 나빠지면 어떻게 지내야 할지 생각조차 하기 두려워요."

"저런," 그는 다시 미소를 지었다. "우리와 함께 있으면 괜찮을 겁니 다." 그는 달걀을 작은 접시 위에 올려놓고 그 위에 베이컨을 슬며시 내 려놓았다. 그것을 캐서린에게 건네주고 음식 상자 속으로 다시 손을 넣 었다. "일이 빨리 끝나서 일찍 떠나실 경우엔, 모두를 위한 거창한 작별 용 아침 식사를 만들어 드리도록 하죠."

캐서린이 속한 4인조 팀처럼, 나머지 팀들도 무사히 착륙해서 자리를 잡았다. 마지막 수송 과정에서 스노모빌 한 대가 고장 나긴 했지만, 다행 히 3인조 남자 팀의 장비라 남은 한 대의 장비로도 그럭저럭 진행해 나 갈 수 있었다. 프로젝트는 지금까지 꽤 순조롭게 진행되었고, 절반 이상 의 업무가 끝나면서 이틀쯤 일찍 떠날 것으로 예상되었다. 그 소식에 모 두가 행복해했다.

각 팀들은 이미 대부분의 지진계를 단층선을 따라 배치했다. 새로운 모델이라 태양열로 작동되고 위성과의 직접 통신을 통해 연결되는 장비 였다. 큰 신발 상자 정도의 크기의 그 지진계는 빙붕 위의 어떤 변화도 어느 방향으로든 1인치까지 측정할 수 있었다. 앞으로 이틀 동안은 주로 측정과 표본 수집 작업을 할 예정이었다.

캐서린은 뒤쪽에서 텐트 문이 열리는 소리를 듣고 뒤를 돌아보았다. 태드리가 들어왔는데, 그녀는 캐서린이 한 것보다 더 빨리 지퍼를 채우 는 것 같았다. "누가 아침식사 얘기하는 소리가 들리던데요?"

"맞아요, 귀가 밝네요." 앤드류가 대답했다. "앉으세요. 바로 준비해드리죠."

"자상도 하셔라." 태드리는 뢰케 옆에 앉아 커피포트에서 커피를 조금 따랐다. 그녀는 첫 모금에 부드러운 신음소리를 냈다. "평생 마셔본 커피 중 가장 맛있는 커피 같아요."

앤드류는 미소를 지었다. "남극이라 그럴 겁니다. 뜨거운 것은 다 맛있고, 차가운 것은 다 맛이 없거든요."

"어젯밤 네가 만든 스튜에 모두가 왜 울었는지 알 것 같네." 캐서린의 말에 모두가 웃었다.

태드리는 캐서린을 바라보았다. "신형 지진계를 몇 대나 더 배치해야 하나요?"

"세 대만 더. 남은 기간은 대부분 자료 수집이 될 거야."

"다른 팀에서는 별 문제 없대요?" 태드리가 전날 밤 일찍 잠자리에 들어간 뒤 캐서린은 위성전화로 다른 팀들과 돌아가며 확인 통화를 했다.

캐서린은 고개를 저었다. "별거 없었어. 몇몇 하드웨어 장치가 제대로 작동하지 않는 같다, 장비를 설치하다가 자잘한 부상을 입었다, 그리고 그 외에는 대부분 음식에 대한 불만이었어." 그녀는 앤드류에게 미소를 지으며 반응을 기다렸다.

"여기요," 그는 계란이 담긴 접시를 태드리에게 건넸다. "다른 팀에는 저만큼 훌륭한 요리사가 없는 걸 어쩌겠습니까?"

"그 외엔 모든 게 대체로 순조로워." 캐서린이 말을 이었다. "날씨가 좋아서 정말 다행이지만 모두들 빨리 떠나고 싶어서 안달이 났어."

"아시겠지만," 태드리가 캐서린에게 말했다. "국장님이 우리가 뭘 해야 되는지 말했을 때 불편해한 사람들이 있었어요. 이 일은 단지 국장님을 위한 정치적 속셈일 뿐이라고 불평하면서 말이죠. 하지만 저는 이 일이 모두에게 좋은 일이라고 생각해요. 대부분의 사람들은 안이해진 게 아니라고 하지만, 저는 우리가 가진 실력들이 쓰지 않아서 무디어졌다고 생각해요. 많은 사람들이 아직도 큰 소리로 불평을 하고 있지만, 저는 이 일 덕분에 모두가 더 나아질 거라고 생각해요."

"고마워." 캐서린은 부드럽게 미소를 지었다. "솔직히 말하면, 이 문제로 사퇴 파동이 날 줄 알았어."

태드리는 윙크를 했다. "아직까진 국장님 편이 여럿 있어요."

"그들이 옳은 편에 섰기를 바랄게요." 앤드류가 씩 웃었다.

캐서린과 태드리는 서로를 쳐다보았다. 마치 앤드류가 그 부서의 문제 인물들이 누구인지 알고 있다는 듯이. 그들 모두 웃음을 터뜨렸다.

* * * * *

캐서린의 4인조 팀이 융기된 능선에 도착한 시각은 오전 7시였다. 2시간 후, 피에르는 지진계 하나를 배치하고 있었고, 그 사이 캐서린과 태드리는 지진으로 인한 균열의 폭, 깊이, 수평 이동 거리를 측정했다. 앤드류는 앞서 걸어가며 얼음 속에 금이 가 있거나 약해진 흔적이 있는지 지면을 살폈다. 다른 팀에서 몇몇 사람이 얼음 속에 빠져 경미한 부상을 입었다는 소식이 들려왔다. 그러나 발밑에서 붕괴가 일어났다면 훨씬 더 나쁜 결과가 일어날 수도 있었다. 발목이 부러지거나 복합 골절이 발생할 수도 있고, 아니면 동굴 같은 공동에 빠져서 꺼낸다 한들 무척 오랜 시간이 걸릴지도 모른다. 얄궂게도 남극의 외딴 지역에서 발생한 사망 사건 대부분은 작은 부상이 원인이었다. 희생자들이 악천후 속에서 제때 빠져나가지 못하게 만들기 때문이다. 이는 모든 가이드들이 첫날 캐서린의 연구원들에게 설명했고 자주 반복했던 교훈이었다.

두 여자는 커다란 크레바스의 가장자리에 다가가서 아래를 내려다보았는데, 지금까지 본 것 중 가장 깊었다. 깊이가 20미터쯤 된다고 추측했고, 가장자리가 여전히 불안정하다는 것을 알기 때문에 경계선을 따라 조심스럽게 발끝으로 살금살금 걸었다. 태드리는 무릎을 꿇고 작은 레이저 장비를 마치 수만 번 한 것처럼 능숙하게 배치했다. 그녀는 장비의 전원을 켠 다음, 균열을 가로질러 뻗어 나간 선명한 적색 레이저를 바라보았다. 그런 다음 작은 눈금판을 하단으로 돌리며 레이저의 각도를 천천히 아래로 내리자, 곧바로 반대편 벽의 경계선 위에 밝은 점이 나타났다. 태드리는 화면에 나타난 수치를 읽었다. "14.52미터."

캐서린은 태드리 뒤에 서서 지피에스 위치를 자동으로 추적하는 휴대용 장치에 그 치수를 입력했다.

태드리는 이번에는 레이저를 아래로 내리면서 갈라진 틈의 바닥에 초점을 맞추었다. "16.24미터."

캐서린은 숫자를 입력하고 얼굴을 찡그렸다. 그녀는 버튼을 눌러서 모든 측정치가 표 형식으로 보이도록 만들었다. 목록을 따라 내려가던 그녀는 뭔가를 눈치챘다. "흠."

태드리가 일어서서 돌아섰다. "왜 그러세요?"

"남쪽으로 이동하면서 이곳의 추세를 눈치챘어?"

태드리는 잠시 생각했다. "점점 깊어지는 것 같긴 했어요, 그런가요?"

캐서린은 고개를 끄덕였다.

"상황이 좋지 않네요." 태드리가 말했다. "더 깊어지고 있다면, 우리가 안쪽으로 더 들어갈수록 표면에 균열이 나타나 있을 가능성은 줄어들 거예요, 그리고—"

"그리고 빙붕 전체에 걸쳐 뻗어 있을 거야." 캐서린이 말했다.

수백 미터 떨어진 곳에 있던 피에르는 지진계의 설치를 마무리했다.

그는 일어서서 무릎에 묻은 얼음을 털어냈다. 나머지 일행들이 있는 남쪽을 바라보고 나서 몸을 돌리는 순간 뭔가가 눈에 띄었다. 그는 아래의 지진계를 내려다보았다. 꼭대기에 빨간 불이 켜져 있었다. 피에르는 잠시 밝은 LED 전구를 빤히 바라보고 나서 재설정 버튼을 눌렀다. 불이 꺼졌다. 그는 고개를 끄덕이며 짐을 집어 들었다. 돌아서서 몇 걸음 걷다가 다시 멈추고는 지진계를 돌아보았다. 빨간 불이 다시 켜져 있었다.

피에르는 허리에 찬 무전기를 입에 갖다대고 송신 버튼을 눌렀다. "캐서린, 들려요?"

캐서린은 허리께에서 피에르 목소리를 듣고 무전기를 들었다. 그녀는 피에르를 돌아보았다. 똑똑히 보이긴 했지만 목소리는 잘 들리지 않았다. "말해, 피에르."

"여기 있는 지진계에 이상이 있는 것 같아요." 그가 말했다.

"뭐가 이상한데?"

"경고등이 계속 켜지고 있어요." 그는 주위를 삼백육십 도 한 바퀴 둘러보았다. "제대로 작동하지 않고 있거나 센서가 너무 민감한 것 같아요. 주변에 다른 잡음은 전혀 안 들리거든요."

"재설정을 해봤어?"

"그럼요." 피에르가 대답했다. 그는 다시 재설정을 누르고 불이 꺼지는 것을 지켜보았다. 몇 초 후, 다시 켜졌다. "방금 다시 해봤어요. 여전히 다시 켜져요." 그는 그들이 왔던 길을 되돌아보았다. "다른 팀에서는 이런 문제가 없었대요?"

"위성과 동기화하는 것은 괜찮아?" 캐서린이 물었다.

"그런 것 같아요. 배터리와 위성 불빛은 둘 다 녹색이에요."

"이상하네." 캐서린이 말했다. "뭐가 문제지."

"저도 모르겠어요. 어떻게 할까요?"

"그냥 놔둬. 이상이 있다고 메모해 놓을게. 스노모빌을 타고 이리 와."

"그럴게요. 간식 좀 먹고요. 이따 봐요." 그는 무전기를 허리에 다시 걸고 나서 무릎을 꿇고 짐 속을 뒤지며 초콜릿 바를 찾았다.

캐서린은 멀리서 피에르가 가방을 뒤적거리는 모습을 지켜보았다. 그런 다음 레이저 장비를 챙기고 있는 태드리를 내려다보았다. "지진계가 이상한 모양이야."

"그럴 때도 됐죠." 태드리는 장치의 작은 다리를 접고 두꺼운 더플 백 속으로 밀어 넣었다.

"그렇긴 하지. 그래도 꽤 믿을 만한 편이야. 마지막으로 고장 난 게 언제였는지 기억이 가물—"

태드리는 캐서린이 말을 멈추자 고개를 들었는데, 그녀는 멀리 있는 피에르를 바라보고 있었다. 그녀는 다시 태드리를 돌아보며 천천히 무전기를 꺼내 들었다. 무전기를 입에 대고 버튼을 눌렀다.

"피에르. 내 말 들려?" 캐서린은 태드리에게 걱정스런 눈길을 보내며 대답을 기다렸다. 태드리의 눈이 갑자기 커지기 시작했다.

"네, 캐서린. 말하세요." 피에르의 목소리가 들려왔다.

"피에르, 능선에서 벗어나."

"뭐라고요?"

캐서린은 손에 들고 있던 무전기를 꽉 쥐었다. "가장자리에서 물러서라고!"

"무슨 일인데요?" 그가 물었다.

캐서린은 태드리를 바라보며 다시 전송 버튼을 눌렀다. "그 장비가 고장 난 게 아닐 수도 있어."

피에르는 그녀의 목소리를 듣고 남쪽으로 몸을 돌려 그들을 보았다. 그가 대답을 하려는 순간 발밑의 얼음이 흔들리기 시작했다.

캐서린은 눈이 휘둥그레졌다. 그녀는 지면을 내려다본 다음 다시 태드리를 바라보았다. 흔들림이 격렬해진 탓에 그들의 몸이 비틀거렸고 넘어지지 않으려고 서로를 붙잡았다. "뛰어!" 그녀가 소리쳤다.

태드리는 재빨리 바닥에 엎드린 후 손과 무릎으로 앞으로 계속 기어갔다. 그 사이 캐서린은 피에르를 바라보았다. 그의 주변 얼어붙은 땅이 갈라지며 균열이 발생하더니 그 속에서 두꺼운 벽 같은 하얀 안개가 치솟아 올랐고 그는 이내 그 안개 뒤로 사라져버렸다. 캐서린은 필사적으로 균형을 잡으며 넘어지지 않으려고 애쓰면서 무전기를 입으로 들어 올렸다. "피에르!" 그녀가 소리쳤다. 그녀는 짙은 안개 속을 들여다보려고 애쓰며 다시 소리쳤다. "피에르!" 땅이 갈라지는 소리가 사방에서 쿵쿵 울리는 탓에 무전기를 귀에 바싹 갖다 댔다. 아무런 대답이 없었다. 그녀는 다시 버튼을 누르고 있는 힘껏 소리를 질렀다. "피에르!"

갑자기 억센 두 손이 그녀의 파카 등 부분을 공작 기계가 쥐듯이 꽉 움켜잡았다. 캐서린은 땅에 쓰러지면서 고개를 들었다. 앤드류가 뒤에서 자신을 질질 끌고 가고 있다는 걸 알아차렸다. 지표면의 벌어진 틈에서 멀어지도록. 그는 격렬한 흔들림을 뚫고 비틀거리면서도 넘어지지 않으려고 중심을 잡으면서 앞으로 터벅터벅 걸어갔다. 10여 미터를 걸어간 후 그는 결국 중심을 잃고 바닥에 넘어졌지만 계속해서 캐서린을 끌어당기며 앞으로 힘들게 기어갔다.

갑자기 움직임이 느려진 것을 느낀 캐서린은 얼음 바닥을 발로 차면서 멀리 떨어지도록 도우려고 애썼다. 그녀는 조금 전까지 서 있던 곳이 갑자기 큰 조각들로 갈라지며 깊게 벌어지고 있는 균열 사이로 떨어지는 것을 볼 수 있었다. 그 균열은 그들 쪽으로 서서히 다가오고 있었다. 그녀는 몸을 비틀어 엎드렸고 무릎을 꿇고 기어가며 다가오는 그 균열로부터 더 멀리 떨어지려고 필사적으로 발버둥을 쳤다. 그녀는 앤드류를 따라 태드리 쪽으로 향했는데, 태드리 역시 앞에서 무릎을 꿇고 기어가고 있었다. 캐서린은 한참이 지나서야 뭔가를 눈치챘다. 그들이 미친 듯이 움직이는 동안, 앤드류는 기이할 만큼 침착한 얼굴로 그들 주위를 계속 살펴보고 뒤를 돌아다보았다. 이 상황에서 어떻게 그렇게 집중할 수 있는 거지?

마침내 우르릉거리는 소리가 고요해졌고 땅도 점차 진정되어 갔다. 그들은 얼음 바닥에 엎드린 채 헐떡거리고 있었고, 주변은 엄청난 양의 빙붕이 부서지면서 발생한 하얀 안개에 둘러싸여 있었다. 지면의 갈라진 틈이 눈앞의 두터운 하얀 장막 사이로 간신히 보였는데, 섬뜩할 정도로 넓어 보였다. 캐서린은 간신히 보이는 거대한 균열을 빤히 쳐다보고 있는 동안 앤드류가 자신을 토닥이고 신체를 좌우로 돌려가며 살펴보고 있다는 것을 깨달았다. 그는 그녀가 아무런 부상도 입지 않았다고 확신하자 재빨리 태드리에게 다가가 똑같은 과정을 반복했다.

그는 잠시 후 캐서린에게 돌아와 그녀의 손에 든 무전기를 낚아챘다. 큰 버튼을 누르며 그는 피에르를 불렀다. "피에르, 친구, 내 말 들려?" 그는 무전기를 입에서 떼고 귀를 기울였다. 긴 침묵 끝에 그는 고개를 저었다. 그는 줄이 달린 호루라기를 목에서 떼어내 그녀의 무릎에 떨어뜨렸다. "여기서 기다려요." 그가 짙은 안개 속을 들여다보며 말했다. 다른 말 없이 상의 주머니에서 작은 디지털 나침반을 꺼내서 잠시 들고 있다가 안개 속으로 사라졌다.

캐서린과 태드리는 멀어져 가는 앤드류의 발자국 소리를 들으면서 꼼짝도 하지 않고 앉아 있었다. 한참 후, 태드리는 캐서린 옆에 바싹 붙어 앉은 다음 캐서린의 팔 안으로 그녀의 팔을 감았다. 두 사람은 몸을 옹송그렸다. 당장 눈앞에 닥친 걱정은 피에르였지만, 캐서린의 생각은 빠르게 나머지 팀으로 미쳤다. 많은 사람들이 그녀 때문에 이곳에 왔는데 그들 중 누군가가 이 지진에 당했을지 모른다. 세상에, 어쩌면 그들 모두 당했을지도 몰라. 그녀의 마음이 갑자기 무거워졌고, 두려움은 죄책감과 공포가 뒤섞이면서 몸이 마비될 만큼 커졌다.

태드리는 그녀의 팔을 통해 캐서린이 몸을 떠는 것을 느끼고 그녀를 쳐다보았다. "캐서린? 괜찮아요?"

캐서린은 무력한 시선으로 태드리를 바라보았다. 그녀는 천천히 고개를 저었다. "다른 사람들." 그녀의 목소리 끝이 희미해지더니, 안개를 돌아보며 초조한 마음으로 그 너머를 들여다보려고 애썼다

태드리는 장갑 낀 그녀의 손을 잡고 꼭 쥐었다. "모두 괜찮을 거예요, 캐서린! 모두들 우리처럼 피했을 게 틀림없어요." 캐서린이 그녀를 돌아보았다. "피에르도 그랬을 거예요."

캐서린은 확신이 들지 않았다. 균열의 가장자리가 얼마나 빠르고 쉽게 떨어져 내렸는지를 생각했다. 반드시 찾아내야 했다. 그녀는 장거리 무전기가 매달려 있는 커다란 배낭을 찾아 두리번거렸지만, 짙은 흰색 안개가 이미 그들을 지나 주변 전체를 에워싸고 있었다. 캐서린이 일어서려고 하자 태드리가 그녀를 꽉 움켜잡았다.

"뭐 하시려고요?"

"내 배낭을 찾아서 다른 팀들에게 연락을 해봐야겠어."

태드리가 둘러보았다. "배낭이 보여요?"

캐서린은 히죽 웃으며 가리켰다. "바로 저 너머로 한 10미터쯤 앞에 있을 거야, "

"확실해요?" 태드리가 물었다.

캐서린은 조바심을 내며 고개를 끄덕였다. "그래!" 태드리는 아무 말 없이 그녀를 똑바로 쳐다보았다. 캐서린은 눈치를 채고 주위를 둘러보았다. 안개에 완전히 둘러싸여 있어서 아무것도 보이지 않았다. "틀림없이

바로 저 너머에 있을 거야."

태드리는 그녀의 팔을 꽉 잡았다. "어느 쪽을 바라보고 있는지 알기나 하세요? 나는 모르겠어요!"

캐서린은 그 질문을 생각하면서 다시 보았다. "솔직히 나도 모르겠어." 그녀는 한숨을 쉬며 땅바닥에 구부정한 자세로 앉았다.

태드리는 고개를 들었다. 하늘마저도 온통 하얗게 보였다. "앤드류가 돌아올 때까지, 아니면 뭔가가 정말로 보일 때까지 기다려야 해요."

그들 두 사람은 앉아서 계속 기다렸고 마치 몇 시간처럼 느껴졌다. 마침내 멀리서 뽀드득 하는 소리가 들리자 그들은 흥분해서 일어섰다. 안개의 벽을 뚫고 앤드류가 나타날 때까지 거의 1분 가까이 걸렸다. 두 사람은 그를 보고 웃었지만 그가 웃고 있지 않다는 걸 깨달았다. 그는 그들 앞에 멈춰 서서 어깨에 둘러맨 커다란 뭔가를 그들 발치에 떨어뜨렸다. 피에르의 배낭이었다.

캐서린은 눈이 휘둥그레졌고, 무슨 말을 들을지 두려워졌다.

"그를 찾을 수 없었어요."

그녀는 망치로 가슴을 얻어맞은 것 같았다.

"균열 안쪽으로 떨어진 것 같아요. 지진이 시작되었을 때 너무 가까이 있었어요." 앤드류는 무릎을 꿇고 배낭의 지퍼를 열었다. 그 안을 뒤지면서 빠르게 물품을 조사했다.

"어, 어떡하죠?" 그녀가 물었다.

"짐을 챙겨서 그를 찾으러 돌아갈 겁니다. 그를 불렀을 때 아무 소리도 듣지 못했지만, 아직 포기할 단계는 아닙니다. 짐 챙기세요." 그는 나침반을 바라보았다. "저쪽으로 몇 미터만 가면 돼요." 그가 가리킨 곳을 본 캐서린은 자신이 조금 전에 가려고 했던 방향이 아니라는 걸 알았다.

"장비와 밧줄이 최대한 필요해요. 스노모빌에 장비가 더 있어요. 두 대에 있는 장비로 어떻게든 해봐야죠."

두 여자는 앤드류가 가리킨 방향으로 머뭇거리는 걸음을 내디뎠지만 불확실한 표정으로 돌아섰다. 그는 여전히 쪼그리고 앉아 가방 안을 들여다보고 있다가 고개를 저었다. "제 소리를 듣고 따라오세요, 그러면 괜찮을 거예요."

앤드류는 걸어가며 되돌아가는 길을 안내했고, 캐서린과 태드리는 스노모빌을 타고 천천히 그의 뒤를 따랐다. 시야가 점점 좋아지고 있어서, 그들은 10여 미터 앞에 있는 다른 스노모빌의 윤곽을 식별할 수 있게 되자 이동을 멈추었다. 스노모빌의 앞쪽 스키가 가파른 절벽 가장자리에 반쯤 걸려 있었는데, 떨어지지 않았다는 게 놀라웠다. 앤드류는 재빨리 밧줄 하나를 각 스노모빌의 뒷부분에 묶어서 연결했다. 캐서린이 스노모빌을 천천히 앞으로 몰면서 가장자리에 걸쳐져 있는 두 번째 차량을 조심스럽게 끌어당겼다.

앤드류는 가장자리에 조심스럽게 서서 깊고 하얀 균열 아래를 내려다보았다. 밑에 있는 커다란 얼음 덩어리들의 끝부분은 분간할 수 있었지만, 더 아래로는 아무것도 보이지 않았다. "피에—르!" 그는 큰 소리로 외치고 귀를 기울였다. "피에—르!" 여전히 아무런 소리도 들리지 않았다.

앤드류는 두 대의 스노모빌을 연결한 밧줄을 풀고, 각 스노모빌의 뒤쪽 선반에 긴 밧줄 하나씩을 묶었다. 그는 각각의 밧줄을 힘껏 잡아당기며 스노모빌들이 움직이지 않는지 확인했다.

"뭐 하려고요?" 캐서린이 물었다.

"내려가 보려고요."

"뭐라고요? 얼마나 깊은지도 모르잖아요!"

그는 조바심 어린 표정을 내비쳤다. "캐서린, 그가 묻혀 있을 수도 있어요, 시간이 없습니다. 어쩌면 이미 늦었을 수도 있어요. 기회는 지금뿐입니다." 그는 스노모빌들을 가리켰다. "저것들이 움직이지 않도록 두 분이 그 위에 앉아 있어 주세요."

두 여자 모두 고개를 끄덕였고 뒤쪽을 바라보면서 좌석에 앉았다. 캐서린은 배낭을 붙잡고 무전기를 꺼냈다.

"안 돼요!"

그녀는 앤드류를 바라보았다. "왜요? 다들 괜찮은지 알아봐야죠. 그들도 도움이 필요할지 모르잖아요!"

"만약 그들에게 도움이 필요하다면, 우리 대원들이 나와 똑같은 행동을 하고 있을 겁니다. 그리고 피에르가 눈 속에 파묻힌 상태에서 도움을 청하는 소리를 지를 수도 있으니 아무런 소리도 내지 않았으면 합니다." 그는 밧줄을 허리띠에 단단히 묶고 내려갈 준비를 했다. 그는 가장자리에 발을 디디고 그들을 다시 바라보았다. "곧 돌아올게요."

29

클레이는 휴대폰 벨 소리에 잠에서 깼다. 그는 한쪽 눈만 뜬 채 휴대폰 화면을 유심히 보았다. 잠시 잠을 내쫓고 정신을 차린 후 전화를 받았다.

"보거. 어떻게 지내셨어요?"

"어이, 클레이, 내가 깨운 거야?"

"아니에요." 그 물음에 미처 생각해보기도 전에 말이 먼저 나왔다. "사실은, 맞아요. 무슨 일이에요?"

"클레이, 모두를 불러야 할 것 같아."

클레이는 손으로 얼굴을 문지르며 침대 위에 앉았다. "먼저 저한테 말해보세요."

전화기 저편의 보거는 잠시 멈칫했다. "우리가 생각했던 것과는 달라, 클레이."

"무슨 뜻이에요?"

"생각보다 더 안 좋아." 보거는 한숨을 쉬었다. "휴대 전화로 너무 많은 말을 해선 안 될 것 같아. 보안을 유지할 필요가 있어. 랭포드도 함께 들어야 해."

클레이는 고개를 끄덕였다. "알겠어요, 입조심 하죠. 제가 랭포드와 시저에게 연락해 볼게요." 그는 통화를 끊고 한동안 전화기를 빤히 쳐다보았다. 그러고는 눈을 치켜뜨고 어두컴컴한 방을 둘러보았다. 정신을 차리고 여기가 어딘지 기억을 떠올리는 데 몇 초가 걸렸다. 그와 시저는 어젯밤 에머슨의 승조원 두 사람과 함께 항공기를 타고 잭슨빌 해군항공기지로 이동한 다음, 그곳에다 재빨리 트라이톤을 내려놓았다. 그리고 그 것을 연구실에 가져간 후, 하드 드라이브를 빼내고 컴퓨터에 연결해서 데 이터를 보거에게 전송했다. 두어 시간에 걸쳐 자료를 받은 보거는 그들에게 휴식을 취하라고 권하고 그 사이 그것을 검토하겠다고 제안했다. 그것은 그들도 간절히 필요로 했던 바였다. 그들은 민간인 방문객들을 위해 남겨진 숙소를 얻어서 잠자리에 들었다. 그로부터 4시간이 조금 지났다. 지금은 새벽 4시 30분, 그는 화상 회의를 위해서 랭포드를 찾아야만 했다. 시저를 찾는 일은 쉬웠다. 옆방에서 그의 코 고는 소리가 벽 너머로 들렸으니까.

15분 후, 랭포드는 네 사람 중 마지막으로 화상 회의에 참여했다. 그는 시간을 낭비하지 않았다. "알아낸 게 뭔가요, 월?"

"제독님, 방금 MIT의 하딩 박사와 통화를 했습니다. 우리는 지난 두 시간 동안 클레이와 시저가 보낸 하드 드라이브 데이터를 검토했습니다. 트라이톤은 배와 연락이 끊긴 뒤 12시간 52분 동안 영상을 녹화했습니다. 그리고 크게 나선형을 그리며 서서히 아래로 가라앉은 후 바닥에 부딪쳤습니다. 대부분의 영상은 잠수정의 위쪽을 포착한 그다지 쓸모없는 영상이었습니다. 수면이나 그 위에 있는 배의 모습 등이었죠."

"알겠습니다, 그럼 무슨 얘기를 하기 위해 이 자리에 부른 겁니까?" 랭포드가 끼어들며 말했다.

"제독님, 대부분의 영상이 위쪽을 가리키고 있었지만, 잠수정 아래쪽을 가리키는 부분 때문에 클레이에게 부탁해서 연락을 드린 겁니다." 그는 잠시 머뭇거리다가 계속 말을 이었다. "트라이톤에 설치된 카메라는 초고화질로, 우리가 전에 보았던 무선 통신을 통해 전송되는 것보다 훨씬 더 선명하게 영상을 녹화했습니다. 이 새로운 영상을 통해서 그 고리를 보다 더 자세하게 볼 수 있었습니다. 물리적 특성은 우리가 이전에 생각했던 것보다 더 증가했습니다. 예를 들면, 폭은 생각했던 것보다 두꺼웠고, 속도는 계산보다 더 빨리 움직이는 걸로 보입니다."

"그러면 뭐가 달라지는 겁니까?" 랭포드가 물었다.

"음, 관찰 결과 이전에 했던 가정들이 크게 변화되지는 않습니다. 있다면, 그 고리가 우리 생각보다 더 많은 전력을 필요로 할 거라는 정도입니다. 그러나 변화가 있는 것은 고리의 안쪽입니다."

"고리의 안쪽?"

"네, 제독님." 보거가 말을 이었다. "우리는 고리의 내부 쪽을 세밀하게 관찰할 수 있었고, 이를 통해 추론한 것은 방향에 관한 것입니다."

클레이가 목소리를 높였다. "그게 무슨 뜻이죠?"

"내 기억으론 지난 번 화상 회의에서 이들… 사람들이 고리를 통해 뭔가를 가져올 계획을 하고 있다고 단정지었잖아."

클레이와 시저는 탁자 맞은편에서 서로를 바라보았다. 그것은 그들의 주장이 아니었다. 스티바스의 주장이었다. 두 사람은 랭포드도 같은 생각을 하고 있다고 확신했다. 그때 랭포드의 목소리가 저 너머에서 흘러나왔다. "맞습니다."

"제독님, 우리는 이걸 반대로 생각한 것 같습니다. 뭔가를 가지고 오는 게 아니라, 그러니까… 그들이 뭔가를 밖으로 내보내는 것 같습니다."

오랜 침묵이 흐른 뒤에 랭포드가 대답했다. "알겠습니다, 모두를 깨울 시간을 좀 주십시오."

* * * * *

밀러 국방장관, 메이슨 비서실장, 그리고 스티바스 국가안보보좌관이

30분 만에 원격 화상 회의에 모습을 드러냈다. 잠시 후에는 국방부 전략 회의실에서 네 명의 합참 참모들의 영상이 나타났다. 오른쪽 하단 구석에는 랭포드와 보거의 화면이, 이미 온라인에 접속되어 있는 클레이, 시저와 함께 나란히 자리했다. 클레이와 시저는 잭슨빌 해군항공기지 회의실에서 화상 회의에 참여하고 있었다. 하딩 교수와 웡 교수는 랭포드가 말을 시작하는 순간 나타났다.

"여러분, 새로운 소식이 있습니다. 트라이톤 잠수정에서 복구한 정보로부터 나온 겁니다. 그 자료는 보거 씨뿐만 아니라 하딩 교수와 MIT의 연구원들에 의해 확인되었습니다. 수면 아래를 촬영한 영상으로, 매우 선명하고 고리에 대한 새로운 정보를 제공했습니다." 그는 잠깐 호흡을 가다듬었다. "우리 손에 더 큰 문제가 있는 것 같습니다."

"지구 침공보다 더 큰 겁니까?" 스티바스는 비꼬듯이 물었다.

"당신의 판단에 맡기겠습니다." 랭포드가 대답했다. "잠시 후 보거 씨로부터 자세한 얘기를 듣겠지만, 요점은 우리가 관문의 방향을 거꾸로 생각한 것 같습니다. 문제는 그 고리가 무엇을 가져오는지가 아닙니다. 그것이 무엇을 내보내고 있는가에 관한 것입니다."

"내보낸다고요?" 밀러의 눈이 가늘어졌다. "무슨 소립니까?"

"우리는 이것이 편도 터널이라고 생각합니다." 보거가 말했다. "그리고 방향은 안으로 들어오는 쪽이 아니라 분명히 바깥으로 나가는 쪽입니다."

밀러는 옆에 앉은 메이슨과 스티바스를 바라보았다가 다시 화면으로 돌아왔다. "그러면 정확히 뭘 내보낸다는 겁니까?"

"물." 보거가 대답했다. "물인 것 같습니다."

"뭐라고 하셨습니까?"

보거는 숨을 깊게 들이쉬었다. "잠수정에 설치된 카메라는 무척 고화

234

질이라 그게 뭘 보여주는지는 확실합니다. 그건 물이 대량으로 고리 속으로 유입되는 것이었습니다." 보거는 다음 대사를 말하기 전에 자신의 말을 곰곰이 생각했다. "저는 돌고래들이 옳았다고 생각합니다. 물에 대해서 말입니다. 우리의 물을 가져간다는 뜻이었습니다."

순간적으로 클레이는 모든 사람들이 얼어붙은 것처럼 보이자 생방송 중인 영상 화면이 오작동을 일으켰다고 생각했다. 하지만 스티바스가 몸을 앞으로 내밀자, 영상 전송에 아무런 문제가 없다는 것을 알아차렸다. 모든 사람들이 그야말로 똑같은 반응을 보였다.

"이 고리의 목적이 우리의 물을 훔치기 위해서라는 말인가요?"

보거는 스티바스의 질문을 신중하게 생각했다. "글쎄요, 아직 우리가 모르는 것이 훨씬 더 많습니다… 하지만 관문의 방향이 한쪽 방향인 것은 확실해 보입니다."

"하딩 박사님," 밀러가 말했다. "당신의 평가도 마찬가지인가요?"

하딩은 카메라 속에서 고개를 끄덕였다. "유감스럽지만 그렇습니다."

"우리가 틀렸을 가능성은 없습니까?"

"물론, 그럴 수도 있습니다. 이미 말했듯이, 아직 모르는 것이 많습니다. 하지만 우리가 지금까지 알고 있는 것과 또 확인해본 것으로 보아… 꽤 확신이 듭니다." 화면이 갑자기 고리에 대한 고화질 영상으로 가득 찼다. 보거의 컴퓨터에서 공유된 것이었다. 그는 그 동영상을 느리게 재생하면서 설명했다. "강한 물의 흐름은, 바닷속에서도 마찬가지로 시각적 왜곡 현상을 만들어내고, 그 왜곡은 측정이 가능합니다. 따라서 우리는 이 왜곡에 대해서도 어느 정도 계산을 할 수 있습니다." 그러고 나서 보거는 영상 속의 여러 영역을 빨간 원으로 강조하였다. "다른 지표들도 물론 있습니다. 예를 들면, 주변 식물과 침전물의 움직임 형태, 그리고 고리 내부의 흐름 방향 등입니다. 보다 미묘한 광학적 단서들도 있는데, 그것들 대부분도 비교적 높은 정확도로 측정할 수 있습니다."

"얼마나 많은 물을 말하는 겁니까?" 밀러가 물었다.

"확신할 수 없습니다. 하딩 교수와 그의 연구원들이 그 계산을 하고 있습니다만, 예비 추정치는… 엄청난 양입니다."

"지금도 계속 늘어나고 있겠군요." 밀러가 고개를 가로저으며 말했다. "그리고 그게 어디로 가는지도 모르고요."

보거는 얼굴을 찡그렸다. "아마도 지구 밖일 겁니다."

밀러는 여전히 고개를 가로젓고 있었다. "만약 우리가 '엄청난 양의 물'을 잃고 있다면, 왜 전 세계에 있는 수만 명의 과학자들 중 아무도 이 것을 알아차리지 못했을까요, 돌고래 두 마리를 제외하고는."

아무도 대답하지 않았다.

밀러는 탁자 바로 맞은편을 똑바로 바라보며 스티바스를 빤히 쳐다보았다. "어쩌면 눈치챈 사람이 있을지도 모르죠."

스티바스가 되쏘아보았지만 아무 말도 하지 않았다.

"좋습니다." 밀러는 화면에 있는 모든 사람들에게 다시 시선을 돌리며 말했다. "메이슨 씨가 대통령과 부통령을 깨울 겁니다." 그는 손목시계를 보았다. "모두 잭슨빌 해군항공기지에서 만납시다." 밀러는 스티바스를 또 한 번 쳐다보고 나서 말했다. "자네 말이 옳은 것 같군, 클레이. 자, 이제 너무 흡족해하기 전에 키스터를 찾아보게나."

30

캐서린은 무릎을 가슴까지 세우고 그 사이에 머리를 묻은 채 얼음 바닥 위에 앉아 있었다. 휴대용 무전기는 바로 옆에 아무 소리도 없이 옆으로 누워 있었다. 태드리가 옆에 앉으며 한 팔로 그녀를 감쌌다. 캐서린은 살짝 고개를 들고 흐르는 눈물을 닦았다. 망연자실한 표정이었다. 피에르는 사라졌다. 앤드류는 한 시간 넘게 찾아봤지만 그의 흔적을 찾을 수 없었다… 모습은커녕 아무런 소리도. 균열의 깊이로 미루어 볼 때, 그는 7미터 아래에 있는 얼음 속에 묻혀 있을 가능성이 높았다. 어쩌면 그보다 더 깊이 묻혔을지도 모르고.

더욱 안 좋은 것은 다른 팀들로부터 들려온 소식이었다. 앤드류가 돌아온 직후, 그들은 6명이 더 추락해서 행방을 알 수 없다는 사실을 알았다. 그가 말했던 것처럼 다른 안내원들이 그들을 뒤쫓아 내려갔지만 살아 있는 두 사람만 데리고 올라왔다. 세 구는 시신이 수습되었고, 피에르를 포함한 네 사람은 발견되지 않았다.

이보다 더 나쁠 수는 없다고 캐서린은 생각했다. 모든 것이 그녀의 잘못이었다. 일곱 명이 그녀 때문에 죽었다. 그녀가 그들 모두를 데려왔고, 이곳으로 오도록 사실상 강요한 셈이었으니까. 무엇을 위해서? 워싱턴에 있는 그 자식들에게 뭔가를 보여주고 싶었기 때문이었다!

앤드류는 장비를 스노모빌에 묶고 그녀와 태드리 쪽으로 걸어갔다.
"준비됐어요."

그녀는 묵묵히 그를 응시한 채, 아무 말도 하지 않았다. 그녀가 손을 내밀며 그의 손을 잡자 그가 그녀를 일으켜 세웠다.

무전기에서 누군가의 목소리가 흘러나왔다. 앤드류가 무전기를 집어 들었다. 세 사람은 짧은 대화에 귀를 기울였다. "기지에 알린다. 우리는 9 팀이다. 지금 이동 중이며 접선 장소로 향하고 있다. 이상."

대답이 즉각적이었다. "알았다, 9팀. 도착 예정 시각은 약 2시간 20분 후다." 캐서린은 두 번째 목소리가 스티브 앤더슨인 것을 알아차렸다. 앤 드류의 상관이자 맥머도에 주둔하고 있는 뉴질랜드의 연구팀의 책임자.

앤드류는 피에르의 수색 작업에서 돌아온 후, 스티브 앤더슨에게 그 암울한 소식을 전했다. 다른 안내원들도 비슷한 보고를 했고, 무전기를 통해 각 팀의 사망자에 대한 소식을 듣자 캐서린의 가슴은 점점 더 깊이 가라앉았다.

"준비됐나요?" 앤드류가 그녀와 테드리에게 물었다.

그녀가 괴로운 마음으로 고개를 끄덕이자, 그는 무전기를 입에 갖다 댔다. "10팀 출발 준비 완료."

"알았다, 10팀. 대략 세 시간 후에 접선 장소에 도착할 예정이다."

"알겠다. 이상." 앤드류는 무전기를 내리고 벨트에 끼웠다. 그는 주변 을 다시 한 번 훑어보고 나서 두 여성에게 다시 돌아섰다. 그리고 그녀들 의 시선을 따라 얼음 위에 갈라져 있는 괴물 같은 균열을 바라보았다. 하 얀 안개가 대부분 걷히며 선명하게 드러난 두 번째 지진의 엄청난 충격 은 숨이 멎을 정도였다. 그보다도 일행 중 한 명이 그곳에 그대로 파묻혀 있다는 사실이 더욱 고통스러웠다. 그는 앞에 있는 스노모빌로 걸어가서 기다렸다.

캐서린은 마지막으로 피에르를 봤던 곳을 한참 동안 빤히 바라보았다. 오래 쳐다볼수록 돌아서기가 더 힘들었다. 바로 이것 때문이었다. 이것이 야말로 그녀가 내린 결정의 시발점이었고 연구원들은 목숨을 대가로 지

불했다. 그들은 집으로 돌아오지 않을 것이다. 영원히. 그녀 때문에.

그녀는 태드리의 손이 어깨에 닿는 것을 느끼고 몸을 돌려 태드리를 보았다. 두 사람은 아무 말도 하지 않았다. 함께 돌아서서 스노모빌로 걸어갔다. 캐서린은 앤드류 뒤에 묵묵히 올라탔고, 태드리는 두 번째 스노모빌에 올라탔다. 그들은 엔진의 시동을 걸고 천천히 움직이기 시작했다.

* * * * *

접선 장소는 평평한 빙판 지형을 넘어 50킬로미터 이상 떨어져 있었다. 지진이 얼마나 엄청났는지 지진 감지기를 통해서 아직도 여진이 감지되고 있었다. 앤더슨과 조종사들은 보고들이 들어오기 시작한 직후 곧바로 이륙했기 때문에 그 균열이 얼마나 깊은지 알지 못했다. 그들이 절대 해서는 안 될 일은 크고 거대한 몇 대의 비행기를 균열 가까이 착륙시키는 것이었다. 따라서 각 팀에 남은 인원, 보급품 및 연료량 등에 따라 도달할 수 있는 10곳의 각기 다른 장소를 찾아냈다. 위험이 줄어들긴 했지만, 앤더슨의 팀이 모험을 할 수는 없기 때문이었다.

* * * * *

지형이 험난했지만 그들은 꾸준하게 전진했다. 앤드류와 두 여성은 몇 군데의 함몰 지역과 얼음 속 틈새를 큰 위험 없이 조심스럽게 건너갔다. 그들은 구조를 약속한 시간보다 45분쯤 일찍 접선 장소에 도착했다. 앤드류는 배낭을 열고 캐서린과 태드리에게 기다리는 동안 먹을 것을 권했지만 두 사람 모두 사양했다. 대신 그녀들은 스노모빌의 따뜻한 엔진 근처에 앉아서 점점 강해지는 바람으로부터 자신들을 보호했다. 얼마 지나지 않아 그도 그녀들 옆에 털썩 앉았다. 그들은 아무 말 없이 한 시간 가까이 앉아 있었고 그제서야 멀리서 비행기 소리가 들려왔다.

은빛으로 반짝거리는 낯익은 C130 항공기 모습이 수 킬로미터 떨어진 밝은 하늘에 나타났다. 앤드류는 배낭에서 착륙용 조명탄을 꺼냈다. 앞으로 걸어 나가면서 작은 관에 불을 붙이자, 짙은 붉은색 연기가 뿜어져 나오면서 찬바람에 실려 멀리 날아갔다. 그는 임시변통의 활주로라고 여긴 평평한 지역에 이르자마자 신호탄을 얼음 위로 힘껏 멀리 던졌다. 그는 돌아서서 다시 캐서린과 태드리에게 걸어갔다. 그들은 연기 신호를 향해 대형 비행기가 비스듬히 선회하는 것을 지켜보았다. 엔진 소리가 둔화되면서 고도가 낮아지기 시작했다. 이어서 마치 거대한 새가 다리를 뻗는 것처럼 착륙 장치가 동체의 아랫부분에서 천천히 펼쳐졌다.

백여 미터를 남겨두고 비행기가 수평 비행을 하면서 머리 위를 통과했다. 조종사가 얼어붙은 지표면을 가늠해보는 것 같았다. 잠시 후 앤더슨의 목소리가 무전기를 통해 들려왔다. "착륙 장소는 이용 가능한 것으로 보인다. 대기하고 착륙을 기다려라."

항공기는 넓게 원을 그렸고 바람을 거스르며 같은 방향으로 다시 접근했다. 엔진 소리가 조금 더 둔화되었고, 지상 3~4미터 높이에 이를 때까지 꾸준히 고도를 낮추었다. 마침내 500미터 정도 떨어진 얼음 위에 부드럽게 착륙했다. 엔진이 갑자기 날카로운 소리를 내는 동시에 비행기가 역추진을 하며 속도를 감속했다. 고르지 못한 지면 탓에 여러 번 튀어 오르고 심하게 흔들거린 후에야 겨우 멈춰 섰다.

앤드류와 두 여성은 스노모빌에 올라타고 앞으로 나아갔다. 그들이 임시 활주로의 시작 지점으로 향하는 동안 대형 비행기는 천천히 방향을 바꾸고 그들을 뒤따랐다. 앤드류가 크게 반원을 그리며 그들을 유도했다. 그는, 방향 전환을 끝내고 다시 한 번 바람을 거슬러 이륙할 준비를 하는 C130의 꼬리 부분이 어디에 자리를 잡는지 보기 위해 대기했다. 비행기가 멈추자 특별히 개조된 꼬리쪽 뒷문이 접히며 열렸다. 대형 유압식 경사로가 뒷문 바깥쪽으로 뻗어 나온 다음 지면으로 내려왔다. 앤드류는 일행들과 함께 천천히 앞으로 이동한 다음 캐서린에게 내리라고 몸짓했다. 그는 엔진의 시동을 끄지 않은 채로 놔두고 그녀를 따라 내렸다.

스티븐 앤더슨과 8팀의 안내자인 카일 바센이 경사로를 내려오며 다가왔다. 앤더슨이 앤드류에게 가볍게 눈인사를 하자 그는 끄덕이고 나서 두 여성 쪽을 향해 고갯짓을 했다. 앤더슨은 이해했다는 듯 캐서린에게 곧장 걸어갔다.

"뢰케 국장님, 괜찮으십니까?" 그가 물었다.

그녀는 갑자기 감정이 복받쳐 오르는 것을 느끼고 진정하려고 애썼다. 그녀는 가까스로 고개를 끄덕였다.

앤더슨은 그녀의 얼굴을 보고 침울한 표정을 지었다. 그는 손을 내밀고 싶었지만 그녀가 마음을 가다듬을 동안 잠시 기다렸다. 그녀는 엄청난 스트레스를 받은 상태였고, 연구원들 앞에 모습을 드러낼 면목이 없다는 걸 잘 알고 있는 것 같았다. 몇몇 연구원들이 지금 비행기 뒤쪽의 틈새를 통해서 그녀를 지켜보고 있었다. 그는 조금 더 천천히 말을 이어갔다. "저 안에 있는 사람들을 제외한 나머지 연구원들은 맥머도 기지로 돌아가고 있습니다. 그리고 수습된 시신 한 구도 안에 있습니다." 그런 말을 꺼내기가 쉽지는 않았지만, 그녀는 그런 대로 잘 받아들이는 것 같았다. "괜찮으세요?" 그가 물었다.

캐서린은 눈에 힘을 주고, 놀라울 정도로 정직하게 대답했다. "아뇨. 별로 그렇지 않아요."

앤더슨은 고개를 끄덕이며 옆에 서 있는 카일에게 손짓을 했다. "탑승을 도와드릴까요?"

그녀의 대답은 예상대로였다. "괜찮아요." 그러고는 그들 옆을 지나 태드리를 따라서 짧고 조심스런 걸음으로 미끄러운 경사로를 올라갔다. 경사로 맨 위에 이르렀을 때 비행기의 동체 안을 둘러보았는데, 7팀부터 9팀까지의 연구원들 모습이 보였다. 그들은 건너편 끝에 옹기종기 모여 있었고 모든 시선이 그녀에게 향했다. 스노모빌들과 짐들이 동체 양쪽 측면에 단단히 고정되어 있어서 건너편 끝까지는 좁은 통로만이 남아 있었다.

그녀와 태드리는 천천히 사람들을 향해 나아갔다. 장비들을 지나치다가 시체용 포대에 들어 있는 사람 형체를 보고 갑자기 얼어붙었다. 꼬리표를 통해 그 시신이 팀에서 가장 어리고 가장 최근에 합류한 제이슨이라는 사실을 알아차렸다. 캐서린은 뒤에 있는 태드리의 말이 들리고 나서야 어쩔 수 없이 다시 앞으로 걸어갔다.

그녀가 비행기 앞쪽에 이르자, 다른 연구원들이 좁고 긴 좌석에 자리를 마련하기 위해 좀 더 가까이 붙어 앉았다. 그들 모두 보온을 위해 파카로 몸을 감싸고 있었다. 캐서린은 연구원들을 바라보았다. 그들의 눈빛에서는 동정심, 무시, 그리고 이런 일이 그들에게 일어났다는 걸 믿을 수 없다는 불신이 뒤섞여 있었다. 레오 토빈과 게일 프리스의 얼굴도 보였는데, 두 사람은 첫 번째 큰 지진이 일어났을 때 현지에 있는 핼리 연구소에 있었던 연구원들이었다. 게일은 레오에게 부드럽게 몸을 기대고 있었다. 캐서린은 레오가 그녀의 목숨을 구해주었다는 사실은 모르고 있었다. 그는 게일을 붙잡아서 그녀가 무너지는 얼음 아래로 떨어지지 않도록 막아냈다. 다른 누군가가 그랬던 것처럼.

마지막 장비가 적재된 후 앤더슨과 나머지 사람들이 다시 탑승하자 뒷문이 닫혔다. 그는 조종실 문을 통해 뒤를 돌아보고 있는 조종사들에게 엄지손가락을 치켜들었다. 잠시 후 엔진이 굉음을 내기 시작하자 안쪽의 모든 소리가 묻혀버렸다. 비행기는 마구 흔들리면서도 속도를 높였고, 처음에는 덜컹거리다가 나중에는 거의 난폭한 놀이기구를 타는 것처럼 튀어오르며 울퉁불퉁한 지형을 헤치고 나아갔다. 안에 타고 있는 캐서린과 연구원들은 본능적으로 서로를 붙들었고, 어느 순간 쿵쾅거림이 사라지며 비행기는 공중으로 떠올랐다.

몇 분 후, 수평 비행이 유지되자 앤더슨이 앞쪽으로 나섰다. 그는 캐서린에게 와달라고 손짓했다. 그녀는 일어서서 그가 서 있는 곳으로 천천히 걸어가며 그의 어깨 너머로 제이슨의 시신을 다시 한 번 바라보았다. 그녀는 앤더슨 옆에 있는 큰 장비 가방에 등을 대고 기대었다.

"아까 밖에서는 미처 당신에게 말할 기회가 없었어요." 그가 낮은 목소리로 말했다.

그녀는 무슨 말인지 궁금했다.

그는 다른 사람들을 바라보며 더욱 목소리를 낮추었다. "우린 맥머도로 돌아가지 않습니다."

그녀는 놀란 표정을 지었다. "그럼 어디로 가는 건데요?"

"우리 정부의 꽤 높은 곳에 있는 사람이 당신네 정부로부터 전화를 받은 모양입니다." 그가 살짝 얼굴을 찡그리며 말했다. "당신을 포클랜드로 곧바로 보내 달라는 요청을 받았습니다."

"요청을 받았다고요?"

그는 어깨를 으쓱했다. "단호하게 요청했다고 해두죠."

"바보 같은 질문처럼 들리겠지만, 이 비행기가 이 장비들을 모두 실은 채로 그 멀리까지 갈 수 있나요?"

"빠듯하죠."

"제 생각엔," 그녀가 다른 연구원들을 돌아보며 말했다. "아무도 반대하지 않을 것 같아요. 더 빨리 문명사회로 돌아갈 수 있을 테니까요."

그는 고개를 끄덕였다. "그렇죠. 저는 그냥 당신이 알아야 한다고 생각했어요. 어쨌든 착륙하면 다른 항공기가 당신을 기다리고 있을 겁니다."

"누군가 정말로 우리를 급하게 집에 데려다 주고 싶은 모양이네요."

앤더슨은 고개를 저었다. "아뇨. 그 비행기는 모든 사람을 기다리는 게 아닙니다. 특별히 당신을 기다리는 겁니다."

* * * * *

캐서린은 비행기가 오른쪽으로 급하게 선회하는 것을 느끼고 잠에서 깨어났다. 창밖을 내다보자 아래로 땅이 보였다. 몇몇 사람들은 하얀 눈 대신 갈색 땅이 보이자 그녀보다 훨씬 더 흥분했다. 캐서린이 창밖을 내다보는 동안 비행기는 백여 개의 작은 호수들 주변을 지난 다음 활주로로 진입하기 위한 준비를 시작했다. 하늘은 검푸르렀고, 태양은 서쪽 지평선 아래로 지는 중이었다. 근처에 앉아 있던 앤더슨의 대원 한 명이 모두에게 안전벨트를 채우고 착륙 준비를 하라고 상기시켰다. 모두들 이번에는 한결 부드러운 착륙이 되기를 바랐다.

착륙은 무사히 진행되었고, C130은 속도가 줄이며 영국 왕립공군기지의 긴 활주로를 천천히 달렸다. 이 지역은 1982년 포클랜드 군도를 둘러싸고 아르헨티나와 영국이 벌였던 전쟁의 중심이었다. 그 전쟁은 두 달 동안 지속되었지만, 900명 이상의 아르헨티나인과 영국 군인들의 목숨을 앗아갔다. 승전 후 영국은 이 지역의 섬들, 특히 방금 착륙한 이스트 포클랜드 섬에 대한 방어를 크게 강화했다.

비행기가 멈춰 서자, 캐서린과 연구원들 모두 열심히 안전벨트를 풀고 일어섰다. 옆문이 열렸을 때 밀려 들어온 공기는 확실히 따뜻했다. 그녀는 모든 사람들이 나가기를 기다린 후 그들을 뒤따라 사다리를 내려왔다. 사람들이 대기 중인 대형 버스를 향해 걸어가는 동안, 캐서린은 주위를 둘러보았고, 나머지 연구원들을 태우고 온 다른 두 대의 비행기를 발견했다. 그녀는 모든 사람들이 저 안에 타고 있을 거라는 생각이 들자 어느 정도 위안이 되었다. 적어도 그들에게는 끝이 났으니까.

"뢰케 박사님?" 근처에 서 있던 한 영국 장교가 물었다.

"네."

그는 손을 내밀며 악수를 청했다. "다이슨 대위입니다. 반갑습니다."

캐서린은 버스가 문을 닫고 천천히 출발하는 것을 지켜보았다. 태드리는 창문을 통해 혼란스러운 표정으로 그녀를 빤히 바라보았다. 그녀는 살짝 손을 흔들고 고개를 돌렸다. "감사합니다." 캐서린이 말했다.

"박사님을 미국으로 모셔가기 위해 비행기가 대기하고 있습니다. 보고를 받으신 걸로 알고 있습니다만."

"네." 그녀가 말했다. "이야기 들었습니다."

"좋습니다. 돌아가는 비행은 훨씬 더 빠르겠지만, 쉬실 시간은 좀 빠듯할 것 같습니다. 출발하기 전에 몇 분 정도는 시간이 있으니 기지개를 켜시거나 화장실에 다녀오셔도 권해드립니다. 필요하신 거라도 있습니까? 드실 거라도?"

캐서린은 고개를 끄덕였다. "고맙습니다만 괜찮습니다. 몸을 조금 움직이고 나서 화장실만 다녀올게요. 배는 고프지 않습니다."

"알겠습니다. 따라오십시오, 제가 바래다 드리겠습니다." 다이슨은 그녀를 소형 승합차로 안내하고 문을 열어주었다. "목이 마르시더라도 아무것도 마시지 않는 게 좋습니다. 이 비행기에는 화장실이 없거든요."

"좋은 충고네요." 그녀는 문을 닫고 뒤로 등을 기댔다.

* * * * *

그녀를 기다리는 비행기는 뜻밖이었다. 군에 대한 제한된 지식에도 불구하고, 차를 타고 다가가면서 알아본 것은 그 유명한 SR71 블랙버드였다. 블랙버드는 냉전시대 당시에 이전 모델이 소련 상공에서 격추된 후 더 빠른 정찰기의 필요성을 느낀 미국의 결과물이었다. SR71의 생김새는 오해의 여지가 없었다. 대부분의 미국 시민들은 수년 동안 그 사진을 지겹도록 보아왔으니까.

"얼마 전에 이 비행기가 공식적으로 퇴역했다는 기사를 읽은 것 같은데요?"

다이슨은 미소를 지었다. "공식적으로는 그렇죠."

그는 승합차의 짐칸 문을 열고 특수 제작된 비행복 한 벌을 꺼냈는데, 딱 그녀의 사이즈였다.

"그걸 입어야 하나요?" 캐서린이 놀라며 물었다.

"유감스럽지만 그렇습니다. 좋은 소식은 이 비행기가 매우 빨라서 비행시간이 길지 않다는 것이고, 나쁜 소식은 음속의 속도를 넘어 비행하므로 보호를 위해서 이 옷이 필요하다는 겁니다."

"알겠어요, 그건 그렇고 좀 우습네요. 도대체 누가 날 그렇게 빨리 돌아오길 원하는 거죠, 비행기 안에서 보호복을 입어야 할 정도로요?"

다이슨은 당황하며 고개를 저었다. "안타깝지만 저는 잘 모릅니다."

"알겠어요." 그녀는 파카를 벗어서 차 안으로 던졌다. 그런 다음 부츠를 벗고, 균형을 잡기 위해 다이슨의 어깨에 손을 얹은 다음 보호복 속으로 한쪽 다리를 집어넣었다.

31

12시간 후, 잭슨빌 해군항공기지에 있는 지하 회의실에 카 대통령이 들어서자 모든 사람들이 일어섰다. 부통령 에드워드 베일리가 그 뒤를 따라 들어왔다. 170센티미터의 키에 땅딸막한 베일리와, 키가 크고 날씬한 체격인 카 대통령의 모습은 뚜렷한 대조를 이루었다. 두 사람 모두 50대 중반이지만 카 대통령은 오랫동안 정치적 경력을 쌓아온 반면, 베일리의 경력은 그의 절반에도 미치지 못했다.

카 대통령은 탁자의 상석으로 걸어갔고, 베일리는 그의 오른쪽에 섰다. "여러분, 앉으세요." 대통령은 그대로 서서 말을 이었다. "빨리 와주셔서 고맙습니다. 방금 여러 국가의 대통령들과 통화를 했습니다. 러시아, 중국, 영국을 비롯해 몇몇 다른 나라들과 말입니다. 저는 그들에게 이곳에서 새롭게 전개된 국면의 일부분을 알렸고, 그들 모두가 무척 놀랐을 거라는 사실은 여러분도 상상할 수 있을 겁니다. 말씀드리지만, 그럼에도 불구하고 모든 세부사항을 제공하지는 않은 것은 우리가 자체적으로 여전히 상황을 종합적으로 파악하기 위해 노력하고 있기 때문입니다. 또 하나 말씀드리자면, 국제 연합에서 최고위 인사들로 구성된 위원회를 꾸리고 있으며 며칠 내로 그들을 이곳으로 보낼 계획이라는 겁니다. 그건 이 상황이 매우 정치적이고, 또 성가실 수도 있다는 뜻입니다."

"밀러 장관이 우리가 지금 이 자리에서 논의하고자 하는 가장 최신 국면에 대해서 제게 보고를 했습니다. 우리가 회합하는 데에 왜 12시간이나 걸렸는지도 궁금해 하실 겁니다. 그 이유는 두 사람을 추가로 초청했기 때문입니다. 첫 번째는 로렌스 씨입니다." 카 대통령은 랭포드 맞은편에 앉은 남자를 향해 손짓을 했다. "로렌스 씨는 에너지부의 연구 분야 책임자이시며, 최신 정보를 모두 보고받아서 알고 있습니다." 카 대통령은 손목시계를 힐끗 보았다. "두 번째 인물은 막 도착해서 이 방으로 안내되는 중입니다. 모두가 이 자리에 모이면, 공식적인 소개를 하겠습니다. 그래야 누가 누구인지 알 수 있으니까요. 또한—"

카 대통령은 갑자기 회의실 문이 열리자 말을 중단했다. 경호원 한 명이 캐서린 뢰케를 안으로 안내했는데, 머리나 옷차림이 부스스해 보였다. 그녀는 회의실 안으로 걸어 들어왔고 주위를 둘러보며 많은 참석자들을 보고 깜짝 놀랐다. "아, 뢰케 국장," 카 대통령이 그녀를 맞았다. "어서 오세요." 메이슨이 일어나 그녀에게 자리를 권했다. "먼저 급박하게 이곳으로 모시고 온 점에 대해서 사과드리겠습니다. 며칠 동안 고생하신 거다 압니다. 몸은 괜찮으신지요, 뭐 필요하신 거라도?"

캐서린은 몹시 지친 데다 지난 48시간 동안 거의 한숨도 못 잔 상태에서 국가안보회의처럼 보이는 자리에 내던져진 사실이 마음에 들지 않았다. 또한 슬슬 배도 고파오고, 머리도 지끈거리는 데다 혐오하는 인간인 스티바스 옆에 앉게 되자 속이 메슥거렸다.

"아뇨, 감사합니다만 괜찮습니다." 캐서린이 대답했다.

카 대통령은 호의적으로 고개를 끄덕였다. "끔찍한 시련을 겪고 막 돌아오셨다고 들었습니다. 이런 자리로 더욱 곤혹스럽게 해서 매우 유감입니다. 하지만 당신과 연구원들에 대해서 제게 전달된 소식으로 미루어볼 때, 시간이 정말 중요하다는 것에 동의하리라 생각합니다."

캐서린은 속마음을 드러내지는 않았다. "알겠습니다."

"불행하게도, 이 방에 있는 사람들은 마지막 회의 이후로 어떤 일이 일어났는지 잘 모르고 있습니다. 피곤하시겠지만 세부적인 요약을 해주실 수 있겠습니까?"

"기꺼이요." 캐서린이 대답하며 천천히 일어났다.

카 대통령은 빠르게 회의용 탁자를 돌며 해군수사단에서 나온 랭포드, 클레이, 시저, 보거를 소개했다. 또한 하딩 박사와 웡 박사, 에너지부의 로렌스를 소개했다. 나머지 남자들인 밀러, 스티바스, 메이슨, 불맨, 그리고 비숍은 그녀가 전에 백악관에서 만난 적이 있었다.

캐서린은 회의실을 둘러보며 숨을 내쉬었다. 돌아오는 길에 오랜 시간 생각을 해보았다. 그녀가 아는, 또 소중히 여겼던 사람들이 그녀와 이 회의실에 있는 다른 사람들 사이의 힘겨루기 때문에 목숨을 잃었다. 그 때문에 그녀는 거의 이틀 동안 잠을 못이루었다. 그들과 그들의 가족에 대한 생각을 멈출 수 없었다. 이 사람들 중 그들 때문에 잠을 못 이룬 사람이 과연 있을까?

그녀는 고개를 숙이고 심호흡을 했다. "저는 미국 지질조사국의 국장인 캐서린 뢰케입니다. 어젯밤 늦게, 제 동료 7명이 남극의 론 빙붕 상층부를 따라 일어난 갑작스런 지진으로 목숨을 잃었습니다. 우리는 앞서 일어난 지진의 여파를 조사하던 중이었습니다. 지진이 빙붕의 끝까지 영향을 미쳐 거대한 빙하가 제자리에서 이탈할 조짐을 보이는지 말입니다. 만약 이 빙하가 빙붕에서 분리되어 바다로 떨어진다면, 지금까지 한 번도 본 적이 없는 쓰나미를 일으킬 것이라는 데에는 의심의 여지가 없습니다. 그 쓰나미는 대서양 연안 양쪽에 있는 생명체 대부분을 쓸어버릴 겁니다."

클레이와 시저는 조용히 서로를 바라보았다.

캐서린은 회의용 탁자에 앉아 있는 스티바스 측 남자들을 뚫어지게 바라보았다. "우리 연구원들이 빙붕에 있었던 이유는 제가 이 정보를 백악관에서 당신들에게 제시했을 때, 당신들이 나의 경고를 무시했기 때문입니다. 나를 신뢰성 없는 인간으로 치부하면서 말이죠. 지금은 우리가 훨씬 더 큰 위험에 처한 상황이니, 솔직히 당신들이 나를 어떻게 생각하든 개의치 않겠습니다." 이제는 카 대통령 측 사람들이 서로를 바라보았다. "그 다음 지진은 제가 염려했던 것보다도 훨씬 더 빨리 일어났고, 상태는 훨씬 더 악화되었습니다. 선량한 사람들이 목숨을 잃었을 뿐만 아니라, 이 문제에 대처할 시간도 크게 줄었습니다. 여러분이 이 상황을 잘 이해할 수 있도록 표현해보자면," 그녀는 비아냥거리면서 말했다. "우리는 지금 장전된 어떤 총의 총구를 들여다보고 있는 상태입니다." 그녀는 회의실을 빙 둘러보다 스티바스에게서 멈추었다. 그리고 그에게 얼음처럼 차가운 시선을 보냈다. "당신이 나한테 무슨 짓을 하든 상관하지 않겠습니다. 당신이 내 평판에 무슨 짓을 하든, 내 경력에 무슨 짓을 하든 상관하지 않겠습니다. 원한다면 나를 해고하세요. 나를 체포하든가. 당신 좋을 대로 하세요, 올바른 일을 하기보다는 바보멍청이가 되려는 정치인한테는 기죽지 않을 테니까!" 그녀는 마침내 스티바스에게서 눈을 떼고 문을 쳐다보았다. "당신의 꼭두각시 노릇을 할 만한 다른 사람을 찾으세요! 하지만 그 악몽 같은 일이 일어나면, 나는 온 세상에다 당신들 중 몇몇은 사람들의 목숨 따위는 전혀 안중에도 없었다고 말할 겁니다!"

캐서린은 의자를 밀치고 문 쪽으로 걸어갔다. 문을 열어젖히고 나가는 순간 "멈춰요!" 하는 소리가 들렸다. 그녀가 돌아서자 탁자의 상석에서 다시 일어서 있는 카 대통령이 보였다.

"알겠어요," 그가 말했다. "알겠습니다. 우린 그런 소릴 들을 만합니다. 당신 말이 옳았고, 우리는 귀담아 듣지 않았습니다. 그리고 당신 동료들 일은 진심으로 미안합니다. 하지만 지금은 우리가 귀를 기울이고 있잖습니까." 카 대통령은 의자 쪽으로 손짓을 했다. "제발," 그가 다시 손짓을 했다. "남아 계시길 부탁드립니다."

캐서린은 충격을 받았는지 문간에 서 있었다. 방금 대통령에게 무슨 말을 했는지 깨달은 것도 있지만, 그가 실제로 사과하는 말을 들었기 때문이었다. 그런 일이 마지막으로 있었던 게 언제였던가? 그녀는 너무 화가 났다. 그녀는 떠나고 싶었다. 하지만 론 빙붕에 대한 그녀의 견해가 옳다면, 그들에겐 시간이 거의 없었다. 그녀는 그냥 가버릴 수가 없었다. 뭔가를 해야만 했다. 그녀는 자신의 감정을 조절하고 호흡을 진정시키려고 애썼다. 증오심은 아무런 도움도 되지 않을 것이다. 그녀는 천천히 문을 닫고 다시 의자 쪽으로 걸어갔다.

카 대통령은 고맙다는 표시로 고개를 끄덕인 다음 자리에 앉았다. 캐서린은 한숨을 내쉬고 선 채로 다시 말을 시작했다. "만약 빙붕이 자연스럽게 무너지는 경우는 큰 문제가 되진 않습니다. 얼음덩어리의 분리는 빈번하게 일어나며 얼음은 바다 위에 떠다니니까요. 하지만 그쪽 빙하는 매우 큽니다. 남극 대륙에서 가장 크고 단단한 얼음덩어리 중 하나입니다. 만약 그 큰 빙하가 그것을 제자리에 있도록 고정시키고 있는 얼음으로부터 이탈하여 붕괴된다면, 곧장 아래로 떨어집니다. 그리고 그렇게 되면, 엄청난 양의 물과 에너지를 밀어낼 것입니다. 우리는 이러한 일들이 먼 과거에도 일어났다는 사실을 알고 있습니다. 또 그것이 극도로 파괴적이었다는 사실도 알고 있고요."

클레이가 손을 들었다.

"네?" 그녀가 물었다.

"이런 일이 무엇 때문에 일어나는지 짐작하시는 게 있습니까?"

캐서린은 심호흡을 했다. "어떤 사람들은 그것이 지구 온난화 추세의 영향이라고 말할 겁니다. 얼음이 양 극지방에서 녹고 있으니까요. 론 빙붕 역시 엄청나게 거대함에도 불구하고, 해수면 위에 일부 드러나 있는 얼음이 점점 녹아 없어지면서 빙하가 제자리에 머물 수 있도록 고정시키고 있는 힘과 능력을 잃어가고 있는 것도 사실입니다." 그녀는 자세를 바로 하고 두 손을 허리께에 얹었다. "하지만, 제 생각은 조금 다릅니다. 제소신은 얼음이 실제로 녹고 있기는 하지만 다른 사람들이 주장하는 것만큼 빠르게 일어나고 있는 것은 아니며, 그보다는 실질적인 물의 부피가 감소하고 있다는 겁니다. 그로 인해 압력을 가해지고 있어서 빙붕이분리를 일으킬 수 있다는 것이 제 생각입니다."

" '물의 부피가 감소하고 있다' 는 게 무슨 뜻입니까?" 밀러가 물었다.

그녀는 어깨를 으쓱했다. "간단히 말해서, 얼음 아래의 물이 예전보다적다는 말입니다."

"그러면 그 물은 어떻게 된 건가요?" 그가 물었다.

"그건 저도 모릅니다. 하지만 그것이 세계적인 현상이라고 믿고 있습니다. 제가 수치를 근거로 과학적인 논문을 발표했지만, 솔직히 말해서아무도 저를 믿지 않았습니다."

"그러면," 카 대통령이 말했다. "우리가 무엇을 해야 합니까?"

캐서린은 몸을 앞으로 기울이며 두 손을 탁자 위에 얹고, 부스스한 머리를 똑바로 들었다. "그걸 폭파시켜야죠."

온갖 표정들이 회의용 탁자 주위에서 교환되었다. "뭘 폭파시킨다고요?" 부통령이 물었다.

"빙붕을 폭파시키는 겁니다, 선제적으로요." 그녀는 벽에 걸린 커다란화이트보드로 걸어갔다. 펜을 집어 들고 대충 말굽 모양의 빙붕을 그렸다. 그리고 나서 빙하가 있는 곳의 안쪽 능선에 커다란 타원형을 추가로그렸다. "여기 빙하가 있습니다. 그리고 이 선은," 그녀는 그 안쪽에 구불구불한 선을 그렸다. "지진으로 발생한 균열이 있는 곳입니다. 빙진이라고도 하죠." 그녀는 색깔을 바꿔서 그 균열로부터 멀리에 또 다른 선을그렸다. "만약 의도적으로 빙붕을 바다 가까이에서 분리시킬 수 있다면,

현재 빙하를 잡아당기고 있는 압력과 무게를 완화시킬 수 있을 겁니다."

회의실은 조용했고, 모든 시선이 그녀의 그림에 쏠려 있었다. "그러면 얼마만큼 폭파시켜야 합니까?" 카 대통령이 물었다.

캐서린은 고개를 저으며 곰곰이 생각했다. "잘 모르겠습니다. 컴퓨터로 모의실험을 해봐야만 합니다. 적어도 80킬로미터는 돼야 할 겁니다."

"이런 비슷한 일이 예전에도 있었습니까?" 밀러가 물었다.

"아뇨." 그녀가 대답했다. "한 번도 없었습니다."

"그러면 이걸 준비하는 데 얼마나 걸릴까요?" 카 대통령이 말을 이었다.

"모르겠습니다," 그녀는 성가신 듯한 표정으로 카 대통령을 바라보며 말했다. "어떤 자원이 주어지는가에 달려 있습니다."

"충분히 알아들었습니다." 그는 회의실을 둘러보았다. "감사합니다, 뢰케 국장. 우리 모두가 이 문제를 검토하는 동안 기지에 남아주시기를 부탁드립니다."

"알겠습니다." 그녀가 고개를 끄덕였다. "그런데 우리 연구원들을 어떻게 되는 겁니까?"

밀러는 몸을 앞으로 내밀었다. "지금으로선 포클랜드에 있는 기지에 있는 게 여러모로 편안할 겁니다. 우리의 전략이 정확히 무엇인지 검토가 끝날 때까지 비밀을 유지해야 한다는 것에 모두가 동의하리라 생각합니다. 불행히도, 연구원들을 너무 빨리 복귀시키는 것은 위태로운 상황을 더욱 심각하게 만들 수도 있습니다. 뢰케 국장, 탐사에서 수집한 정보나 자료가 있습니까?"

"네. 많은 자료를 수집했습니다."

밀러는 대통령을 바라보았다. "연구원들을 계속 그곳에 머무르게 하고 그들에게 잠정적인 프로젝트를 맡기는 게 좋을 것 같습니다. 그들이 자료를 종합하는 게 논리적으로도 맞고 그럴 경우 뢰케 국장이 필요에 따라 다음 단계에 연구원들을 참여시킬 수도 있으니까요."

카 대통령은 캐서린을 바라보았다. "이의가 있으십니까, 뢰케 국장?"

"아뇨. 연구원들이 안전만 하다면요."

"지내는 데에 불편이 없도록 모든 편의를 제공할 겁니다." 밀러가 말했다. "물론, 통신에 관한 한 일정 수준의 제한이 적용될 수 있다는 점은 이해하셔야 합니다. 예를 들어, 가족이나 친구들 말입니다."

"이해합니다." 그녀가 대답했다. "하지만 그들에게 솔직하게 말하고 싶습니다. 그들은 그럴 자격이 있고 책임감 있는 성인들입니다. 이제 막 그런 일을 겪었기 때문에, 이번 일이 처리되는 방법에 따른 위험이나 위험 요인을 충분히 이해할 겁니다."

"좋습니다." 카 대통령은 고개를 끄덕였다. "그들에게 정보를 전달하는 것에 다들 동의하는지 지금 확인해보도록 하죠. 그러는 동안, 휴식을 취하도록 하십시오. 당신을 위해 숙소를 준비해 두었습니다. 그리고 밖에 있는 병사가 필요한 건 뭐든지 제공해 드릴 겁니다. 든든한 식사도 포함해서요, 그건 벌써 챙겨드렸어야 했지만."

캐서린은 셔츠를 정돈하고 머리카락을 귀 뒤로 쓸어 넘겼다. "배가 고프긴 하네요."

클레이가 알아볼 정도로 뢰케는 눈에 띄게 긴장을 푸는 것처럼 보였다. 또한 그녀는 급작스레 매우 피곤해 보였다.

그녀가 문 쪽으로 걸어가자 방 안에 있던 사람들이 모두 일어섰다.

"감사합니다." 그녀는 그 말만 남긴 채 문을 열고 회의실을 나갔다. 문이 닫힐 때까지 사람들은 조용히 서 있었다. 카 대통령은 한숨을 쉬고 회의용 탁자 위로 몸을 숙였다. "오랜만에 질책을 받았군." 몇몇 남성들로부터 작은 웃음이 무심코 흘러나왔다. 대통령은 다른 사람들에게 손짓을 하고 다시 앉았다. "자, 다시 앉읍시다."

모두가 자리에 앉자 시저는 클레이 쪽으로 몸을 기울였다. "마음에 쏙 드는 분인데." 라고 속삭였다.

"내 생각도 그래."

"다른 의견들은?" 대통령이 물었다.

랭포드가 헛기침을 했다. "그녀가 말한 물이 어디로 사라졌는지 알 것 같습니다."

카 대통령은 눈썹을 추켜세웠다. "정말입니까?" 그는 의자에 등을 살짝 기댔다. "과학 전문가들의 이야기를 들어봅시다. 보거 씨?"

"네, 각하?"

"자, 말씀해보세요, 그것이 정말 일종의 관문인가요?"

"전 그렇게 믿습니다." 그는 탁자 건너편의 하딩을 바라보았다. "우리의 모든 측정 결과로 볼 때, 물의 흐름 방향은 일방입니다. 고리 안쪽으로 말입니다. 거기서부터는 어떻게 되는지는 모르겠지만 가장 논리적인 결론은 지구 밖입니다."

"하딩 박사? 동의하십니까?"

하딩은 대통령을 바라보았다. "네, 그렇습니다."

대통령 비서실장인 빌 메이슨은 있는지도 모를 정도로 내내 침묵을 지키고 있다가 큰소리로 말했다. "어떻게 해서든 물이 흘러 나가는 것을 막아야 합니다."

"동감입니다." 스티바스가 재빨리 덧붙였다.

회의실 여기저기서 끄덕거림이 있었다.

"그럼 이걸 파괴하면 어떻게 됩니까?" 카 대통령이 물었다. "부수적인 피해 위험은 없습니까?"

에너지부에서 나온 로렌스 박사는 고개를 가로저으며 안경을 고쳐 썼다. "저희도 정확히는 알 수 없습니다. 고리를 파괴하거나 충분한 손상을 입힌다면, 그것을 멈추게 할 수는 있을 겁니다."

보거는 로렌스를 쳐다보고 나서 클레이에게 걱정스러운 눈길을 보냈다. "음… 그걸 정확히 어떻게 압니까?"

로렌스는 거들먹거리며 보거를 바라보았다. "에너지는 우리 쪽 전문입니다, 선생." 그는 대통령을 돌아보았다. "각하, 우리는 데이터를 바탕으로 여러 가지 시나리오를 이미 검토했습니다. 외부로 발산되는 에너지가 있는 것 같진 않았습니다. 그 말은 정체가 무엇이든 그 시스템은 독립적이라는 뜻입니다. 게다가 그 정도 수심이면 수압이 강력한 보호막을 제공해줄 겁니다. 다시 말해 고리가 파괴되더라도 그 주변 바닷물의 밀도와 중량이 어떠한 폭발적 활동도 억누를 거라는 뜻입니다. 사실상 안쪽으로 향하는 물의 흐름을 고려해볼 때, 큰 손상은 바깥쪽보다는 안쪽에 발생할 가능성이 더 높습니다 우리는 이것을 모든 각도에서 살펴보았습니다."

클레이는 보거를 돌아보았다. 그는 이들이 이전에 스티바스가 언급한 '전문가들'인지 궁금했다.

랭포드가 큰 소리로 말했다. "이 자리에서 바로 결정을 내리기엔 꽤 무모한 추정으로 들립니다만."

로렌스는 랭포드를 노려보았다. 그의 큰 체격과 자세로 볼 때 협박을 전문 분야로 삼는 편이 나을 뻔해 보였다. "우리의 추정은 당신네 데이터를 기반으로 하고 있습니다. 당신네 데이터가 잘못된 게 아니라면, 우리는 우리의 조사 결과를 확신합니다. 설마 우리에게 잘못된 데이터를 제공했다고 말하는 건가요?"

랭포드는 그 모욕을 예상했다는 듯 받아들였고 눈길을 피하지 않았다. "조사 시간이 부족했던 점을 고려하면, 그 데이터는 우리가 얻을 수 있는 최선의 결과물입니다."

로렌스는 인상을 찌푸리고 나서 대통령에게 고개를 돌렸다.

"만약 고리를 파괴하지 않는다면," 밀러는 말했다. "빙하 붕괴로 인해 대서양 연안에 있는 모든 사물과 사람을 파괴할 수 있는 쓰나미가 발생할 위험이 있습니다. 그리고 만약 고리를 파괴한다면, 우리가 전혀 모르는 적과 전쟁을 각오해야 합니다. 숫자가 얼마인지, 어디에 있는지도 모르는 적과 말입니다."

"그 사람은 근거지에 1,200명이 있다고 했습니다." 클레이가 그들에게 상기시켰다.

"알고 있네," 밀러가 말했다. "하지만 이제는 그 말이 진실이라고 받아들일 수 없잖은가?"

대통령은 한숨을 쉬었다. "우리에겐 더 많은 선택지가 필요합니다. 두 가지만으로는 부족합니다."

"필요하다면 외교의 기회도 있습니다." 클레이가 대답했다.

대통령은 그 문제에 대해 생각하고 고개를 끄덕였다. "생각하는 바가 있습니까?"

클레이는 어깨를 으쓱했다. "어쩌면요. 우리는 아직 그들이 왜 물을 필요로 하는지 모릅니다. 제 생각엔 어떤 선택지를 결정하기 전에 할 수 있는 만큼 최대한 알아봐야 할 것 같습니다."

"내 생각도 그래요." 대통령이 말했다.

밀러가 그를 바라보았다. "키스터를 만나봤다고 들었네만."

클레이는 고개를 끄덕였다. "그렇습니다."

"그럼 가서 다시 한 번 얘기해 보게."

스티바스가 손을 들었다. "그들에게 가서 백기를 흔들며 협상을 시도하기 전에 다른 가능성도 고려해 두는 게 좋을 듯합니다…, 그들이 거절

할 수도 있으니까요." 그는 어깨를 으쓱했다. "말하자면 그들이 무슨 짓을 하고 있든지 간에, 멈추지 않을 수도 있고, 멈추지 못할 수도 있고, 거부할 수도 있을 겁니다. 그 다음엔요? 만일 그 물체를 파괴해야만 하는 상황이 된다면, 그에 대한 준비가 돼 있어야 할 겁니다."

"핵잠수함을 말하는 겁니까?" 대통령이 물었다.

"네. 트라이던트 전략핵잠수함을 보내는 겁니다." 그는 회의실을 둘러보았다. "우리 잠수함을 그 근처나, 아니면 바로 코앞에다 내보내는 겁니다. 최소한 우리가 진지하다는 것을 보여주는 거죠."

클레이는 백악관에서 스티바스와 만났던 때를 생각했다. 스티바스는 그 고리를 파괴하고 싶어 했다. 그것이 무엇인지 알아보기도 전에 말이다. 이제 알게 된 이상 더욱 안달하고 있었다.

"비숍 제독?" 대통령은 해군참모총장에게 시선을 돌렸다. "지난번에 트라이던트 잠수함 수십 척을 24시간 내에 카리브 해로 보낼 수 있다고 했습니다. 맞습니까?"

비숍은 깍지 낀 두 손을 탁자 위에 올려놓으며 대답했다. "네, 각하. 물론 기습의 요소는 잃어버리겠지만, 신속하게 행동할 수 있는 위치에 배치할 수 있습니다."

"그리고 그렇게 하는 것이 우리에게 유리한 영향력을 가져다 줄 겁니다." 스티바스가 덧붙였다.

"어쩌면요. 아니면, 상황을 더욱 악화시킬 수도 있습니다." 대통령은 그 문제를 곰곰이 생각했다. 근처에 핵잠수함 몇 척을 배치함으로써 실제로 분쟁을 일으킬 만한 위험 요소들은 무엇이 있을까? 만약 고리를 파괴할 필요가 있다면, 기폭제는 무엇이 있을까? 남극에서 먼저 다른 일이 일어나기를 기다리는 것은 소 잃고 외양간을 고치는 일과 다를 바가 없을 것이다. 쓰나미가 북쪽으로 향할 때까지 마냥 손 놓고 기다릴 수도 없는 노릇이었다.

카 대통령은 비숍을 향해 돌아섰다. "제독, 전략핵잠수함을 발진시키세요. 하지만 안전한 거리를 두고 배치했으면 합니다. 고리에서 될 수 있는 한 최대한 멀리 떨어져 있되, 필요시 신속하게 행동할 수 있도록 말입니다."

비숍은 고개를 끄덕였다. "네, 각하."

대통령은 손가락으로 탁자를 두드리면서 강조했다. "그리고, 내 명령 없이는 어떠한 행동이나 관여도 안 됩니다! 알겠습니까?"

"네, 각하."

"자, 클레이 씨." 그가 말했다. "가서 그 친구하고 이야기를 더 나눠보도록 하세요."

* * * * *

키스터와 클레이는 취조실이 있는 지하로 내려갔다. 걸을 때마다 깨끗한 바닥에 닿는 그들의 구두 발자국 소리가 또각또각 들렸고 복도를 따라 메아리쳤다. 클레이는 취조실 앞에서 경비를 서고 있는 두 명의 무장한 해병에게 다가가는 동안, 그들의 M16 소총 안전장치가 풀려 있는 것을 알아차렸다. 그는 그들의 장비들을 비롯해서 방탄복, 부츠, 헬멧 등을 힐끗 보았다. 이는 네이비실 복무 시절부터 몸에 밴 습관 중 하나였다.

경비병 한 명이 그들을 훑어보고 나서 왼쪽으로 몸을 돌렸다. 그는 왼손으로 보안카드를 꺼내 판독기 사이로 통과시켰다. 불빛이 녹색으로 깜빡이더니 문 안쪽에 있는 자물쇠가 딸깍 하는 소리를 냈다. 경비병은 문을 열지 않았다. 대신, 길을 터주고 다시 소총을 잡으며 키스터와 클레이를 유심히 지켜보았다.

키스터는 문손잡이를 잡고 돌렸다. 두꺼운 철문이 안쪽으로 열렸고 두 사람 모두 안으로 들어섰다. 페일린은 구석에 있는 간이침대 위에 누워 있었다. 그들에게 등을 보인 채 옆으로 누워 있었고 수갑은 차지 않았다. 클레이는 작은 탁자 위에 놓인 음식 쟁반과 먹고 남은 저녁식사에 주목했다. 쟁반 한쪽으로 치워져 있는 고기와 치즈를 제외한 나머지 음식은 모두 먹은 것으로 보였다.

페일린은 천천히 고개를 돌리고 그들을 바라보았다. 클레이를 보자 그는 몸을 돌리고 침대에 걸터앉은 다음 일어서서 하나뿐인 의자로 걸어갔다. 그는 차분하게 의자에 앉았고, 두 사람이 그를 향해 의자를 끌어당길 때까지 기다렸다. 클레이의 보기에 그는 피곤해 보이지는 않았지만 면도를 할 필요는 있어 보였다.

클레이는 그의 바로 앞에 앉았고 시간을 낭비하지 않았다. "당신은 어디에서 왔습니까?"

"내가 당신에게 말했―"

"아뇨." 클레이가 가로막았다. "당신은 어디에서 왔습니까?"

페일린은 고개를 끄덕였다. 그는 심호흡을 했다. "우리 태양은… 당신네 태양과 이웃한 별입니다. 그 별을 '랄란데'라 부르죠. 당신네 행성은 당신네 태양계에서 세 번째이고, 우리 행성은 두 번째입니다." 그는 잠시 멈췄다가 말을 이었다. "당신네 기술로는 아직 그것을 볼 수 없습니다."

클레이는 몸을 앞으로 숙였다. "그러면 당신은 왜 이곳에 있습니까?"

페일린은 대답하지 않았다.

"당신은 단순히 방문한 게 아니에요." 클레이가 말했다.

페일린은 고개를 저었다. "그래요. 아닙니다."

"그럼 왜 여기 있는 겁니까?"

페일린은 이마를 찌푸렸다. "우리가 당신들을 해칠 의도가 있는지 알고 싶어 하는군요."

클레이는 고개를 끄덕였다.

페일린은 한숨을 쉬었다. "당신들은 운이 좋은 종족입니다. 당신들이 알고 있는 것보다 훨씬 더 운이 좋은 편이죠." 그는 고개를 갸웃하고 클레이에게 질문을 던졌다. "행성이 어떻게 형성되는지 아십니까?"

클레이는 고개를 저었다.

"행성은 태양계 안에 있는 먼지 같은 물질이 아주 천천히 축적되면서 형성됩니다. 매우 많은 양의 물질이 말입니다. 그 물질에는 얼음이 일부 포함되어 있는데, 그 얼음은 행성이 형성된 후 따뜻해지기 시작하면서 물로 변합니다."

클레이는 조용히 듣기만 했다. 이 이야기가 어디로 흘러갈지 궁금했다.

"알다시피, 물이 있는 행성이 드물지는 않습니다. 하지만 당신네 행성처럼 거의 전부 물로 뒤덮인 행성은 드물죠."

"우리가 가진 물의 양이 드문 편이라는 말인가요?"

"네." 페일린이 말했다, "아주 드문 편이죠."

클레이는 그를 뚫어지게 쳐다보았다. "왜 우리의 물을 가져가는 겁니까?"

페일린은 깜짝 놀랐다. 그는 한참 뜸을 들인 후, 말을 이었다. "당신들은 자신들이 얼마나 운이 좋은지 전혀 모릅니다. 그 정도의 많은 물은 생명체에 놀라운 회복력을 제공합니다. 그런데 당신들은 그것을 당연하게 여깁니다. 당신들은 너무나 많이 가지고 있기 때문에 아무 생각 없이 상상할 수 없는 규모로 오염을 시킵니다." 그는 동정을 하듯 고개를 저었다. "당신들의 오염 상태는 당신들이 알고 있는 것보다 훨씬 심각합니다. 오랜 시간 후 당신들이 지각할 수 있을 때쯤엔 훨씬 더 심각해져 있을 겁니다." 그는 다시 심호흡을 했다. "우리도 감당할 수 없는 오염 수준으로 말입니다."

클레이는 키스터를 바라보았는데, 그는 계속해서 수첩에다 뭔가를 갈겨 쓰고 있었다. "그게 무슨 뜻이죠?"

"우리 행성 역시 물과 더불어 발전했지만, 오염은 훨씬 덜 했습니다. 물은 모든 형태의 진화에 있어서 가장 중요한 단일 요소이고 소중하기 때문입니다."

"그러면 당신들 역시 진화하기에 충분할 정도의 물을 가졌다는 말이군요."

페일린은 어깨를 으쓱했다. "지금까지는요."

"무슨 뜻이죠?"

페일린은 클레이를 바라보았다. "우리 행성은 죽어가고 있습니다. 우리는 대격변을 겪고 있는 중이라 두 개뿐인 큰 바다의 대부분이 증발되었습니다. 우리는 물이 얼마 남지 않았기 때문에 지하로 방향을 틀어야만 했습니다. 그럼에도 불구하고 우리 생태계는 멸종 위기에 처해 있습니다, 우리 종족도 마찬가지고요. 당신이 본 관문은 아마도 우리의 마지막 기술적 성과물일 겁니다. 남아 있는 자원의 상당 부분을 그것을 만들고 이곳으로 오는 데에 썼으니까요."

"지금 나한테 당신네 행성을 구하기 위해 어떻게든 해보는 중이라고 말하고 있는 건가요?" 클레이가 물었다.

"우리의 행성과 우리 종족을 구하기 위해 힘쓰는 중입니다."

클레이는 의자에 등을 기댔다. 키스터가 그에게 말한 규칙 중 첫 번째는 어떤 일에도 놀라워하는 기색을 내비치지 말라는 것이었다. 클레이는 줄곧 침착하게 보이도록 애써 표정 관리를 하고 있었는데, 페일린은 입을 열 때마다 폭탄을 떨어뜨렸다. 그들이 우리를 파괴하기 위해서 이곳에 온 것이 아니다, 그들은 그들 스스로를 구하기 위해 필사적인 노력의 일환으로 여기에 온 것이다, 라고. 물론 그가 거짓말을 하고 있을 가능성도 있지만, 지금까지는 모든 것이 들어맞는 것 같았다. 그는 스티바스가 그들을 폭파시키기 위해 거의 입에 거품을 물고 있다는 생각을 떨쳐버릴 수가 없었다.

"그러니까," 그가 말했다. "당신들은 그냥 우리의 물을 가져가는 것뿐이고… 그것이 우리한테 큰 문제를 일으키진 않을 것이다!"

페일린은 고개를 저었다. "당신들은 필요한 것보다 더 많은 물을 가지고 있습니다. 앞으로 필요로 하는 양보다도 더 많이요. 게다가 극지방의 빙원이 녹아내리고 있으니 충분히 보충이 될 겁니다."

"그렇게 확신하진 마십시오." 클레이가 대답했다. 이번에는 페일린이 혼란스러운 표정을 지었다. "당신들은 물을 너무 많이, 너무 빨리 가져가고 있습니다. 그리고 당신은 만년설이 녹는 걸로 보충이 될 거라고 기대하고 있지만, 우리는 지금 무척 심각한 곤경에 처해 있습니다." 당연히 페일린은 이해하지 못하고 있었다. 클레이가 계속 말했다. "남극에서 발생한 여러 건의 지진으로 인해 넓은 지역에 이르는 빙붕이 불안정해졌습니다. 해수면이 압력의 변화를 일으킬 정도로 낮아졌기 때문이고, 그로 인해서 수백만 명의 목숨을 앗아갈 쓰나미가 곧 발생할지도 모릅니다."

페일린은 그가 한 말을 곰곰이 생각했다. 한참을 생각한 후 대답했다. "우리는 당신들의 물을 훔치는 것이 아닙니다."

클레이가 능글맞게 웃었다. "그럼 당신은 그 짓을 뭐라고 부릅니까?"

페일린은 어리둥절한 표정을 지었다. "충분한 양보다 더 많이 있으면, 나눠주어도 되지 않습니까?"

클레이는 믿을 수 없다는 듯이 눈을 크게 떴다. "수백만 명의 목숨을 희생시키면서까지는 아니죠."

"그 쓰나미로 인해 모두가 죽는 것은 아닙니다. 대부분은 살아남을 겁니다. 그렇지 않을까요?"

"그야 그렇지만—"

"두 종족 모두를 살리는 것이 한 종족을 멸망하게 하는 것보다는 훨씬 더 낫지 않은가요?" 페일린이 물었다.

클레이는 믿을 수 없다는 듯이 고개를 저었다. "이것은 사업상 거래가 아닙니다."

"우리 두 행성 모두에게 있어서, 역사는 셀 수 없이 수많은 의미 없는 죽음들로 가득 차 있습니다. 땅이나 자원을 둘러싼 전쟁은 훗날 아무런 의미도 없었습니다. 최악이었던 종교적인 과잉 신념은 조직적으로 타인에게 강요되는 감정적 관념에 지나지 않았습니다. 인간들, 즉 우리 두 종족 모두가 지금까지 삶에 부여해 온 사고와 가치는 현재 우리 종족이 하고 있는 역사에 비하면 사소한 것에 불과했습니다."

페일린이 인간들이라고 언급하자 클레이를 이상한 기분이 들었다. "방금 인간들이라고 말했는데, 우리 두 종족 모두라고 하면서요, 나는 여전히 이해하지 못하겠습니다. 당신은 다른 행성에서 왔는데 어떻게 인간이 될 수 있습니까?"

페일린은 한숨을 내쉬었다. "탄소 순환에 대해 내가 말했던 것을 기억합니까?"

"네."

"진화의 과정은 무작위가 아닙니다. 모든 사물은 특정한 한계나 선호에 의해 결정되는데, 진화 역시 다르지 않습니다. 탄소는 모든 원소들처럼 그 자체의 특성을 가지고 있습니다. 이는 탄소가 그 안에 들어 있는 어떤 자연의 힘에 고유하게 반응한다는 것을 의미합니다. 그 힘이 진화일 때, 탄소는 특정한 성향을 나타냅니다. 그것을 '최소 저항의 경로'라고 부릅니다. 이것이 뜻하는 것은 시간이 지남에 따라 탄소 내의 그런 성향들이 실용적으로 입증된 특정 유형의 생물학적 구조와 설계 쪽으로 기울어지게 된다는 것을 의미합니다. 다시 말해서, 손과 발, 눈과 귀, 뇌, 근육, 손가락과 같은 부위들은 모두 그 과정을 더 촉진시키기 위한 실용적인 자산들인 겁니다. 이것이 우리가 닮은 한 가지 이유입니다."

"한 가지 이유요?" 클레이가 물었다.

페일린은 미소를 지었다. "네. 두 번째 이유이자, 가장 중요할 수도 있는 것은 우리 태양계, 우리 행성, 심지어 우리 토양과 공기까지도 창조해 낸 원소들에 있습니다. 이 원소들은 어떤 별이 폭발할 때, 그러니까 그 별 내부에서 일어나는 핵융합 과정의 마지막 결과로 인해 모조리 방출됩니다. 요점은 별이 폭발할 때, 그 폭발력으로 인해 이 원소들이 동일한 아미노산과 함께 아주 먼 거리까지 흩뿌려진다는 겁니다. 아시겠습니까, 우리가 이렇게 비슷한 이유는, 같은 원소들을 가진 우리 두 태양계를 수정시킨 거대한 폭발 때문입니다. 우리는 같은 원자 구성 요소들에 의해 창조되었습니다. 이것이 진화 과정에서 탄소의 자연적 성향에 따른, 우리가 매우 비슷한 이유입니다." 페일린은 의자에 앉은 채 몸을 앞으로 기울였다. "클레이 씨, 우리는 당신의 진화적 형제이자 자매들입니다."

클레이의 입이 떡 벌어졌고, 키스터는 수첩을 떨어뜨렸다. 그들은 둘 다 말문이 막혔다.

"아시겠죠," 페일린은 계속해서 말했다. "우리 중 하나가 소멸하게 내버려두는 것은 우주에서 유일하게 남은 진정한 친척을 사라지게 하는 것과 다름없다는 걸."

 32

클레이가 창밖을 내다보는 동안 걸프스트림 비행기는 앤드류스 공군 기지에 접근하고 있었다. 늦은 오후라 태양이 버지니아 풍경 전체에 그림 자를 드리웠다. 비행기가 비스듬히 선회하자 멀리 워싱턴 D.C.가 보였다. 그가 하늘에서 내려다보는 걸 가장 좋아하는 워싱턴 기념탑도 눈에 띄 었다. 클레이는 비행기가 하강하자 안전벨트를 맸다. 걸프스트림 기종은 군에서 자주 이용하는 작은 상업용 제트기라 그런지, 승객들은 안전 예 방책에 전혀 신경 쓰지 않았다. 그러나 다양한 형태의 수많은 기동 작전 훈련을 받았기 때문인지, 네이비실 대원들은 항공기의 모든 측면을 상세 히 알았다. 기체 중 가장 강한 부분과 가장 약한 부분이 어디인지, 어떤 부분이 충돌 후 제일 먼저 작동이 되지 않는지, 그리고 다른 세부사항들 도. 그가 아는 대부분의 특수부대 경험자들은 안전 문제에 있어서는 엄 격했다. 특히 그들이 통제할 수 없는 것을 타는 동안에는 더더욱.

클레이는 좌석 머리 받침대에 머리를 기댔다. 혼돈이란 단어는 그가 페일린과 대화를 나눈 이후 지난 몇 시간 동안을 묘사하기에 가장 적절 했다. 그들이 회의실로 돌아왔을 때 상황은 급격히 변해 있었다. 대통령 과 내각은 3시간 넘게 비공개 회의를 했다. 회의가 끝났을 때 클레이는 몇몇 고위 장성들이 추가로 합류한 것을 알아차렸다. 랭포드는 이미 시 저와 보거를 워싱턴으로 돌려보내 데이터를 계속 분석하도록 지시했다. 두 박사 모두 떠난 상태였고 에너지부에서 나온 로렌스만이 남아 있었 다. 짧은 논의를 마친 후 랭포드는 그 사람 또한 돌려보냈다.

착륙 후 클레이는 그에게 배정된 차를 타고 국방부로 향하는 슈틀랜드 파크웨이를 따라 서쪽으로 달렸다. 해가 지기 시작하고 시민들이 퇴근할 무렵이라 도로가 막혔다. 사우스 캐피톨 거리로 가는 다리를 건너면서 교통 상황은 조금 나아졌다. 395번 도로에 이르자 다시 속도가 느려졌다. 그는 14번가 다리를 건너 국방부 건물의 빈 주차장에 차를 세웠다. 그가 막 착륙했을 때 시저가 전화를 걸어와서 집으로 향하기 전에 보거의 사무실에 잠깐 들를 수 있는지를 물었기 때문이었다. 클레이는 성큼성큼 걸으며 입구를 지나 계단을 내려갔다.

그가 들어섰을 때, 시저와 보거는 앉아서 이야기를 나누고 있었다.

"어이, 클레이!" 평소답지 않게 보거가 의자에서 벌떡 일어나 클레이를 맞아주었다. 그는 클레이에게 의자를 향해 손짓을 하면서 문을 닫았다. "와줘서 고맙네."

클레이는 고개를 끄덕이며 털썩 앉았다. "별일 없지?" 시저가 물었다.

클레이는 어깨를 으쓱했다. "글쎄, 네가 별일을 어떻게 보느냐에 따라 다르겠지." 그는 손가락으로 머리를 빗어 넘겼다. "위층으로 다시 올라갔더니 일이 재미있게 돌아가고 있더라고."

"맞아." 시저가 말했다. "우리도 쫓겨나듯 급하게 그곳을 나오게 됐어. 자네가 페일린과 나눈 대화 때문인 게 틀림없을 거야."

"그렇게 볼 수도 있지." 그는 벽을 살펴보고 있는 보거를 바라보았다. "뭐 하시는 거야?"

"모르겠는데." 시저는 그를 돌아보며 말했다. "그냥 도청장치가 있는지 방을 훑어보는 걸 거야. 우리에게 뭔가 중요한 얘기를 하고 싶어 하셨거든, 그래서 자네를 기다린 거고."

클레이는 보거를 호기심 있게 지켜보았다. 그는 하던 일을 끝내고 돌아와서 클레이와 시저 앞에 앉았다. "좋아, 깨끗해." 그는 의자에 앉아 자세를 바로잡더니 곧바로 말을 꺼냈다. "자네들에게 할 얘기가 있어."

두 사람은 고개를 끄덕였다.

"우리에게 문제가 있는 것 같아, 그것도 아주 큰 문제." 클레이는 보거가 이렇게 흥분한 것을 본 기억이 나지 않았다. "내 생각엔 로렌스라는, 잭슨빌 해군항공기지에서 만났던 그 친구가 틀린 것 같아. 그것도 아주 크게 틀렸다고 봐. 대통령이 그 고리를 파괴하는 데 어떤 부정적인 면이 있느냐고 물었을 때 '없다'라고 대답했거든. 그런데 나는 있다고 생각해. 그 고리가 관문이라는 건 다 아는 사실이고, 만약 그게 우리가 생각하는 것과 똑같은 기본 원리로 작동하고 있다면—"

"우리요?" 클레이가 끼어들었다.

보거는 고개를 저었다. "지금 이 자리에 있는 우리가 아니라, 물리학자들끼리의 우리를 말하는 거야. 어쨌든, 내가 믿고 있는 그 방식 그대로 작동한다면, 그 터널의 반대편 끝은 말 그대로 이쪽 끝과 서로 통하게 되어 있을 거야. 그것들 모두 같은 크기이고, 같은 속도로 회전하고, 같은 에너지로 동력을 공급받고 있다면…, 공간적 시간적으로 그 둘을 하나의 출입구로 볼 수 있다는 뜻이지."

"그러니까…," 시저는 천천히 말했다. "만약 하나를 파괴한다면…"

"그러면 그 둘 모두 파괴될 거야!" 보거가 흥분해서 대답했다. "왜 그 친구는 그 고리가 독립적이라는 엉뚱한 소리를 했을까. 도대체 어떻게 그런 생각을 한 거지? 그 친구는 아주 무능하거나, 아니면 말도 안 되는 어떤 이유로 거짓말을 하고 있는 걸 거야."

시저가 헛기침을 했다. "음, 무능하다는 부분은 제외해야 하지 않을까요. 결국 그 사람도 정부를 위해 일을 하는 건데."

클레이는 실눈을 뜨고 시저를 쳐다보았다. "너 같은 사람도 정부를 위해 일하잖아."

시저는 두 손을 들며 어깨를 으쓱했다. "할 말 없게 만드네."

클레이는 다시 보거에게 돌아섰다. "그렇다면 그들이 고리를 파괴하면 어떻게 되는 겁니까, 그 둘이 연결되어 있다면요?"

"글쎄, 여기서부터는 이론적인 부분이야. 하지만 관련된 물리학은 근거가 확고해. 그리고 유념할 것은 이곳과 연관된 에너지의 양이 오늘날의 기준으로 볼 때 거의 상상할 수 없는 수준이라는 거지." 보거는 잠시 말을 멈추고 숨을 내쉬며 마음을 진정시켰다. "그런 에너지가 관계된 이 고리들을 파괴하는 것은 정말 안 좋은 상황이 될 수도 있어."

클레이와 시저 모두 몸을 앞으로 숙였다. "얼마나 안 좋은데요?"

보거는 고개를 끄덕였지만, 말하기가 조심스러웠다. "정말 정말 안 좋을 거야, 두 행성 모두에게 말이야."

"아, 정말." 시저가 중얼거렸다.

"이건 심각한 문제라고!" 보거가 외쳤다. "그 때문에 내가 자네들 두 사람과 당장 이야기를 나누고 싶었던 거야."

클레이는 고심하면서 말했다. "얼마나 확신하세요? 그러니까, 우리가 지금 이야기하고 있는 걸 확률적으로 보면요?"

"나도 잘 모르겠네." 보거는 고개를 가로저으며 말했다. 그는 몸을 뒤로 빙글 돌리고 키보드를 두드리며 복잡한 수학 계산식이 가득한 화면을 보여주었다. "물리학자 정도는 돼야 그 확률을 알 수 있을 거야. 나도 정확한 수치는 잘 모르겠어, 하지만 확률이 얼마인지는 중요하지 않아."

"무슨 뜻입니까?"

"이래 봬도 내가 역사광이거든. 히로시마에 투하한 원자폭탄 기억하지? 근데 그거 아나, 로버트 오펜하이머의 주도 아래 그걸 만든 일단의 물리학자들이 실제로 계산해보고 나서, 핵분열 과정이 예정된 때에 멈추지 않고 계속해서 지구 전체를 녹여 버릴 가능성이 3백만 분의 1이라는 것을 인정했다는 놀라운 얘기 말이야."

"그게 사실인가요?" 클레이가 물었다.

"그럼, 사실이지." 보거는 의자를 다시 클레이와 시저 쪽으로 당겼다. "내 요점은, 그들은 지구 전체를 파괴할 확률이 3백만 분의 1이라는 것을 알고 있었는데도 어쨌든 그 실험을 했다는 거야! 분명 그런 일이 일어나진 않았지만, 그들은 그 가능성을 운에 맡긴 거라고. 자기들이 정당하다는 이유로 모든 사람들의 목숨을 위태롭게 만들었던 거야." 그는 화면을 돌아보았다. "그 고리를 파괴할 확률이 얼마나 되는지 모르겠지만, 가능성은 생각보다 엄청나게 낮을 거야! 내 짐작으로는 확률이 5분의 1 정도가 아닐까 생각해. 그렇다면 이번에는 두 개의 행성 모두를 파괴할 가능성도 있어!"

"하느님 맙소사." 시저는 두 손으로 얼굴을 덮으며 말했다. "갈수록 태산이구만."

"그게 끝이 아니야." 클레이가 말했다.

시저는 손을 내리고 클레이를 절망적으로 바라보았다. "뭐라고?"

클레이는 한숨을 쉬고 페일린과 나누었던 대화를 그들에게 이야기하기 시작했다. 이야기를 마치자, 그들 두 사람은 그와 키스터가 했던 것과 똑같은 반응을 보였다. 그는 그들이 이해하기를 기다렸다가 말을 이었다. "게다가 상황은 더 안 좋아. 랭포드가 그 뒤에 열린 비공개회의에 참여했는데, 그가 회의를 마치고 밖으로 나왔을 때 나를 한쪽으로 데리고 가서 그들이 두 가지 논의를 했다고 설명해줬어. 첫 번째는 잠수함 공격에 관한 세부사항이었는데, 그건 우리 모두가 알고 있는 내용이야. 그런데 두 번째 내용은 플랜 B에 관한 것이었어."

"플랜 B?" 보거가 물었다.

시저는 인상을 썼다. "플랜 B는 늘 있어요. 예비 계획이니까. 사실 예비 계획에 대한 예비 계획도 있을 겁니다. 내가 맞춰보지. 스티바스?"

클레이는 고개를 끄덕였다. "스티바스는 바보가 아니야. 그는 멍청하고 전쟁광이지만 어리석지는 않아. 그는 반드시 예비 계획이 있어야 한다는 걸 알고 있어, 그래서 그 계획을 준비하고 있었던 거야."

시저는 클레이를 유심히 보았다. "그러니까 그 예비 계획이 뭔데?"

"랭포드는 잠수함 공격이 실패할 경우 핵무기를 사용할 계획이라고 내게 말했어."

"맙소사." 시저는 투덜거리면서 다시 손으로 얼굴을 감쌌다. "그 잠수함에는 그들이 원하는 온갖 핵무기가 탑재되어 있다고."

"아니." 클레이는 고개를 저었다. "그들이 계획하는 건 그게 아니야. 그게 원래 계획이었지만, 또 다른 방도가 있다는 거야. 그들이 계획하는 건 핵무기를 전달하는 거야…, 그 돌고래들 중 한 마리 등에 얹어서."

"그 말하는 돌고래들?" 보거가 물었다.

"네." 클레이가 대답했다. "보아 하니 스티바스도 이제는 슬슬 믿는 눈치에요. 돌고래들이 고리가 어디 있는지 알고, 전에 그곳에 가본 적 있다는 걸 말이죠. 그리고 페일린의 종족이 잠수함을 살피는 데에 온 신경을 쓴다면, 들락날락거리는 물고기는 자세히 살펴보지 못할 거라는 거죠." 클레이는 그들을 번갈아가며 바라보았다. "원격 폭발."

방안은 조용했다. 아무도 말을 하지 않았다.

"그런데 그게 다가 아니야." 클레이가 말했다.

시저는 또 다시 투덜거렸다. "또 뭐가 있는데!"

클레이는 신중하게 말했다. "랭포드는 우리가 그 일을 하길 원해."

그들 두 사람은 당황스러운 표정을 지었다. "우리더러 뭘 어쩌라고?"

"우리더러 그 돌고래들과 장비를 훔치라는 거야."

 33

캐서린은 비행기가 탑승구에서 분리되자 좌석에 기대고 편안한 자세를 취했다. 이번 비행기는 지난번에 탔던 두 대에 비하면 크고 편했다. 약간의 따뜻함과 특수 비행복을 입지 않은 것만으로도 사람의 기분이 호전된다는 사실이 놀라웠다. 그녀는 잘 먹고, 몇 시간 동안 방해받지 않고 푹 자고 나니 새로운 사람이 된 것처럼 느껴졌다.

그녀는 눈을 감고 그녀 앞에 놓여 있는 것들을 생각했다. 포클랜드로 돌아가는 비행, 연구원들과의 논의, 그리고 대재앙을 막기 위한 미친 시도. 그나마 긴 비행이 가장 작은 걱정거리였다. 오히려 그것은 축복이었다. 연구원들에게 그들 중 몇몇은 다시 돌아가야 한다고 어떻게 말해야 할지 생각할 수 있는 시간을 주었으니까.

그녀는 대통령을 비롯한 정부 각료들과 가졌던 회의를 다시 생각해보았다. 무슨 일인지 이번에는 그녀의 말을 귀담아들었다. 본의 아니게 모두에게 지옥에나 떨어지라고 말한 것과 관련이 있을지도 모르겠지만. 그러나 그 악담 또한 그녀가 필요로 하는 모든 자원을 지원해주겠다는 대통령의 약속을 받았기 때문에 완전히 나쁜 것만은 아니었을지 모른다. 자금 외에도 대통령은 캐서린이 필요로 하는 인물이라면 누구든지 활용할 수 있도록 메이슨 비서실장에게 명령했다. 예외는 없었다. 그녀의 첫 번째 업무 순서는 자신의 연구원들 외에, 필요한 여러 국제 전문가들과 접촉하는 것이었다. 두 번째 우선순위는 국내 최고의 폭파 팀들을 꾸리는 것이었다. 메이슨과 그의 참모진들이 그 작업을 진행하기로 했다. 다음으로는 필요한 물자를 조달하는 것이었다. 그리고 마지막으로 그들은 모든 것을 조용하게 진행해야 했다. 그녀는 헤쳐 나가야 할 일이 산더미라고 생각했다. 긴 비행은 그녀에게 정말 필요한 것이었다.

그녀는 배낭을 열고 잭슨빌 해군항공기지의 한 행정병이 제공한 노트북 컴퓨터를 꺼냈다. 그것을 앞에 놓인 탁자 위에 올려놓고 전원을 켰다. 좌석 앞쪽으로 몸을 기울였을 때, 뒤에 있는 문이 열리면서 한 승무원이 손에 전화기를 들고 다가왔다.

"뢰케 박사님?" 그가 물었다.

"네?"

그는 그녀에게 전화기를 건넸다. "전화가 왔습니다."

그녀는 놀란 표정을 지으며 창문을 통해 그들 밑으로 시커먼 포장도로가 뒤로 지나쳐가는 것을 힐끗 보았다. "지금요?"

그는 간단히 고개를 끄덕인 후 자리를 떠났다.

그녀는 수화기를 귀에 갖다 댔다. "여보세요?"

"뢰케 국장님이신가요?"

"네, 그런데요."

"뢰케 국장님, 제 이름은 존 클레이입니다. 기억하실지 모르겠지만 오늘 아침 회의실에서 만났습니다."

"기억합니다." 그녀가 대답했다. "저에게 그 원인 문제를 물어본 분이 당신 아닌가요?"

그녀가 볼 수는 없었지만 클레이는 살짝 미소를 지었다. "맞습니다, 제가 물었습니다. 기억력이 아주 좋으시네요. 드릴 말이 있습니다, 뢰케 국장님, 지금이 적절한 시간이 아닌 건 알지만, 꼭 물어봐야 할 중요한 사안이 있어서요."

"말씀하세요."

"이상한 질문처럼 들리시겠지만," 클레이가 말했다. "다른 외부 요인들이 빙붕 붕괴의 원인이 될 수도 있을까요?"

그녀는 눈썹을 추켜세웠다. "어떤 종류의 외부 요인을 말하는 건지?"

"예를 들면, 진동이나 충격파 같은 것들?"

캐서린은 잠시 생각했다. "어떤 종류의 충격파인지 그리고 얼마나 강한지에 따라 다르겠지요."

"음, 아시겠지만, 정부에서는 가끔 무기를 시험할 목적으로 수중 폭발을 감행하기도 합니다." 클레이가 말했다.

"충격파나 진동이 물속에서 더 잘 전도되지만, 그런 류의 폭발은 너무 작아서 큰 영향을 미치지는 않을 겁니다. 빙붕은 아주 멀리 떨어져 있습니다. 물론 그 시험이 빙붕 가까운 곳에서 진행되면 그렇지 않겠지만요."

"알겠습니다." 클레이가 말했다. "그러면 만약 그 규모가 훨씬 더 크다면요, 가령 핵폭발 같은 경우처럼요?"

캐서린의 눈이 휘둥그레졌다. "방금 핵실험 계획이 있다고 말했나요? 어디에서죠?"

"대서양 중부입니다." 클레이가 대답했다.

"저런! 그건 아주 위험할 수 있어요. 그렇게 되면 대서양을 따라 곧장 내려가서 론 빙붕에 직접적인 충격을 줄 겁니다!"

"저도 그 점을 우려하고 있습니다."

"클레이 씨, 내 말 들어보세요." 이륙 준비를 위해 비행기의 엔진 소리가 점점 커지자 캐서린은 수화기를 귀에 바짝 갖다 댔다. "대서양에서 핵실험을 계획하고 있다면, 즉시 중단해야 합니다! 알겠습니까?"

"네, 알겠습니다."

클레이는 캐서린에게 고맙다는 인사를 하고 통화를 끝냈다. 그는 한동안 말이 없다가 마침내 귀를 기울이고 있던 시저와 보거를 돌아보았다.

"저기… 두 사람 모두 연금이 꼭 필요한가요?"

시저는 어깨를 으쓱했다. "글쎄, 연금 쓸데가 어차피 없어진다면야…."

두 사람은 보거를 바라보았고, 그는 고개를 가로저었다. "날 보지 마, 난 계약직이야."

클레이는 앞으로 걸어가서 그들 앞에 앉았다. 그는 생각에 잠겨 있다가 보거 쪽으로 몸을 돌렸다. "월, 해킹 같은 거 할 수 있습니까?"

그는 고개를 끄덕였다. "지난 번 직업이 화이트 햇(White Hat, 선량한 해커)이었네."

"화이트 햇, 그게 뭐죠?" 시저가 물었다.

"범죄의 목적으로 컴퓨터를 해킹하는 사람들을 블랙 햇(Black Hats)이라고 부른다네." 그는 씩 웃으며 말했다. "화이트 햇은 그놈들을 잡는 사람들이지."

 34

조지아 주 호머블에 있는 작은 비행장은 오래된 할리우드 영화에 나옴직한 곳처럼 보였다. 활주로는 거의 방치해 놓은 상태라 사용할 수 없을 것 같았다. 출입구 주위의 비행장 서쪽에는 20여 개의 격납고가 줄지어 있었지만, 대부분 텅 빈 채로 먼지와 나뭇잎 더미만 가득했다. 멀지 않은 곳에 작은 카페 한 곳이 남아 있었는데, 지붕에는 '돌리의 카페' 라고 쓰인 비뚤어진 간판이 조심스럽게 걸려 있었다.

비행장의 남쪽 끝에 작은 건물이 홀로 덩그러니 자리하고 있었다. 아직 운영 중임을 알 수 있는 유일한 흔적은 출입문 위에 매달린 수십 년 전에 유행했던 팻말이었다. 팻말은 아직 온전했고 '호머빌 헬리콥터 조종사들' 이라 쓰여 있었다. 스티브 시저는 머리가 닿지 않도록 조심하며 팻말 아래를 통과했다. 시저는 벗겨진 페인트에 주의하며 현관문 손잡이를 돌렸고, 문이 열리면서 문 반대쪽에 종이 부딪치며 울리는 친숙한 종소리가 들렸다. 그는 사무실 안을 둘러보다가 중앙에 있는 작은 책상으로 다시 눈길을 돌렸다. 서류가 가득한 그 책상은 최근까지 사용한 유일한 물건처럼 보였다.

"잠시만 기다리게!" 누군가가 뒤에서 소리쳤다.

시저는 고개를 끄덕이고 벽에 붙은 작은 책장으로 시선을 돌렸다. 그는 전세 안내 소책자 중 하나를 골랐다. 다른 소책자 대부분은 돌리의 카페만큼이나 오래되어 보였다. 책상 뒤에 있는 문을 통해 노인 한 분이 나타났다. 그는 낡은 플란넬 셔츠와 청바지 차림이었다. 머리카락은 완전히 희어져서 콧수염과 잘 어울렸고, 단정하게 빗질을 한 상태였다. "아까 전화한 친구인가 보군." 그가 말했다. "스티브라고 했나?"

"네, 어르신." 시저는 대답을 하며 손을 내밀고 악수를 했다.

"내 이름은 찰리일세." 그가 의자에 앉자 크게 삐걱거리는 소리가 났다. "그래 무슨 일로 헬리콥터를 빌리려는 건가?"

"저는 영화 제작사에서 일하고 있는데 촬영 장소를 물색하고 있습니다." 시저가 대답했다.

찰리는 코를 찡그리며 창문 밖을 내다보았다. "이 동네에서 무슨 영화를 만들려고?"

"어, 액션 영화입니다. 군대물이죠. 저는 자문위원입니다."

"나는 그런 액션 영화들은 별로 좋아하지 않아. 두 시간 내내 어떤 놈이 눈에 보이는 건 뭐든 쏘아대니 말이야." 찰리가 말했다. "자네도 군인인가?"

시저는 고개를 끄덕였다. "전역했습니다."

찰리는 그를 훑어보았다. "헬기 조종할 줄 알아?"

"네, 어르신."

"면허는 있고?"

"네, 어르신." 시저가 대답하고 나서 찰리에게 사진 한 장을 건넸다. 사진 속 그의 모습은 헬멧을 겨드랑이에 끼고 대형 시호크 헬리콥터 앞에 서 있었다.

찰리는 사진을 보고 나서 다시 건네주었다. "뭐, 괜찮구만." 그는 일어서서 책상을 돌아 나왔다. "보여줄 테니 따라오게."

시저는 그를 따라 출입구를 다시 나오면서 물었다. "어르신은 여기 얼마나 오래 계셨습니까?"

찰리는 껄껄 웃었다. "글쎄, 헤아려본 지가 하도 오래돼서. 영원히 있었던 것처럼 느껴지네." 그는 시저를 안내하며 건물 모퉁이를 돌았다. "어디 보자, 내가 64년에 이곳을 열었으니까 이제 50년이 훨씬 넘은 것 같군. 마누라는 9년 전에 죽었고 딱히 할 만한 다른 일이 별로 없어. 게 다가 임대료도 싸고." 그는 자신의 농담에 크게 웃으면서 시저를 나무들 이 무리지어 있는 곳으로 안내했다. 나무들을 돌아섰을 때, 시저의 미소 는 사라졌다.

찰리는 낡고 갈라진 콘크리트 바닥 위에 있는 작은 헬리콥터를 향해 고개를 끄덕였다. "내가 가진 것 중 유일하게 값어치가 있는 걸세."

시저는 그것을 보며 서 있었다. 작은 2인승이었지만, 그가 예상하지 못 한 것은 활주부 바로 밑으로 거의 4미터나 뻗어 있는 긴 막대였다. "농약 살포기?"

* * * * *

클레이는 복도를 따라 조용히 걸으며 페일린이 있는 취조실로 향했다. 그는 문에 가까워지자 시계를 힐끗 보고 나서 자신을 훑어보는 경비병에 게 고개를 끄덕였다. "키스터 씨는 안 오십니까?" 경비병이 물었다.

클레이는 고개를 저었다. "오늘 밤은 혼자뿐입니다."

경비원은 고개를 끄덕이며 출입 카드를 꺼내 들었다. 그가 문을 향해 몸을 돌린 순간 클레이는 곧바로 그에게 달려들었다. 순식간에 왼손으로 경비병의 입을 막고, 버티고 있던 그의 발을 걸어차 넘어뜨리면서 균형을 무너뜨렸다. 당황한 경비원은 숨을 쉴 수도, 바로 설 수도 없게 되자 클레 이에게 맞서 뒤로 쓰러지며 천장을 향해 몇 발의 총을 발사했다. 경비병 을 뒤에서 붙잡고 있는 상태에서 클레이는 오른손으로 전기 충격기를 뽑 아들고 두 번째 경비병의 오른쪽 다리에 전기 탐침을 발사했다. 두 번째 경비병은 고통스러운 비명을 지르며 소총을 떨어뜨리고 바닥에 쓰러졌다. 일만 볼트의 전기가 근육 조직을 타고 흐르자 그는 심하게 경련을 일으켰다. 첫 번째 경비병은 총을 떨어뜨리고 나서 균형을 잡기 위해 몸을 일으켜 세우려고 필사적으로 애썼지만, 클레이는 사람의 신체가 본능적으로 우선 쓰러지지 않기 위해 반응한다는 걸 알고 있으므로 계속 뒷걸음질을 쳤다. 경비병은 여전히 몸부림을 치며 손을 뻗어 뭔가 붙잡으려했지만, 클레이의 왼손 장갑에 적셔 있는 혼합물을 계속 들이쉬고 있었다. 클로로포름은 이미 그의 감각을 어지럽히기 시작하고 있었다.

클레이는 계속 뒤쪽으로 이동하다가 경비원을 축 늘어지자, 복도에서 재빨리 방향을 반대로 바꾸고 두 번째 경비원을 향해 다시 뒷걸음질 치기 시작했다. 바닥에 드러누워 있던 경비원은 경련과 싸우면서 떨리는 손으로 절박하게 총을 잡으려 하고 있었다. 클레이는 그에게 가까이 다가가서 몸집이 더 크고 축 늘어진 경비병을 그 친구 위에다 내려놓고 소총을 손이 닿지 않는 곳으로 걷어찼다. 두 번째 경비병은 첫 번째 경비병 밑에 깔린 상태에서 벗어나려 애썼지만, 곧바로 클레이의 천 장갑이 입을 덮는 걸 느꼈다. 일 분도 채 지나지 않아 두 사람 모두 의식을 잃었다.

클레이는 수갑 몇 개와 형겊을 꺼냈다. 그는 재빨리 두 남자를 묶고 재갈을 물렸다. 클레이는 첫 번째 경비원을 타넘으면서 출입용 보안 카드를 홱 잡아당겨 뽑았다. 그는 길고 조용한 복도를 좌우로 훑어본 다음, 보안 카드를 이용해서 취조실 문을 열었다.

클레이는 방안으로 발을 들여놓다가 잠시 멈칫했다. 카메라를 올려다보면서 보거가 영상을 조작하기로 한 임무를 해냈으면 하고 바랐다. 아무런 경보음이 들리지 않자 그는 방을 가로질러 페일린에게 다가갔다. 페일린은 바깥의 소동 소리를 들었는지 이미 일어나서 앉아 있었다.

클레이는 주머니에서 절단기를 꺼내고 페일린을 훑어보았으나, 그는 묶여 있지 않았다. "가야 합니다."

페일린은 걱정스러운 표정이었다. "뭐가 잘못되었습니까?"

"당신네 사람들과 그 고리가 위험합니다." 클레이는 말하면서 페일린을 일으켜 세웠다. "다친 데가 있습니까?"

"아뇨." 페일린이 말했다. "'위험하다'는 게 무슨 뜻입니까?"

"우리 정부가 고리를 파괴하기 위해 잠수함 공격을 감행할 겁니다."

페일린의 얼굴은 놀라울 정도로 침착해 보였다. "괜찮습니다."

"뭐라고요?"

"괜찮습니다." 페일린은 반복해서 말했다. "예상했던 일입니다."

클레이는 고개를 가로저었다. "그 일이 잘 풀리지 않을 경우엔 핵무기를 돌고래에 부착시킨 다음 내려보내려고 계획하고 있습니다. 그런 것도 예상하셨습니까?"

페일린의 눈이 휘둥그레졌다. "아뇨."

"저도 예상하지 못했습니다." 클레이는 다시 시계를 보았다. "그건 그렇고, 우리가 이곳에서 손놓고 있는 사이 그 폭탄이 폭발할 경우, 강력한 충격파가 남극에 도달해서 쓰나미를 촉발시킬 수 있을 수도 있습니다."

"돌아가야겠습니다!" 페일린의 눈에는 공포가 가득했다.

"그럴 줄 알았습니다." 클레이가 빈정대는 투로 말했다. "여기서 나갑시다. 움직일 수 있습니까?"

"그럼요!" 페일린은 갑자기 의욕이 넘쳤다.

"뛸 수 있겠습니까?" 클레이가 물었다.

"할 수 있습니다!"

"좋아요." 클레이는 그의 어깨를 붙잡고 문 쪽으로 움직이기 시작했다. 그때, 문이 열리는 것을 보고 그가 갑자기 걸음을 멈추었다. 천천히 총구 하나가 문틈 사이로 들어오더니 그들을 향해 겨누었다. 얼굴이 사색이 된 해병 하나가 총구 뒤로 모습을 드러냈다.

클레이는 움직이지 않았다. 그는 해병이 방안으로 한 발 들어서는 것을 지켜보았다. 클레이와 해병 모두 얼어붙은 듯 서서 서로를 빤히 쳐다보았다.

그 해병이 말했다. "클레이."

클레이는 그에게서 눈을 떼지 않았다. "먼. 자네였군."

먼은 소총을 내리고 천천히 방안을 둘러보고 난 다음 페일린을 바라보았다. "시간 맞춰 왔군," 그가 씨익 웃었다. "거의 모든 인원이 기지 반대편에서 곧 방문할 거물급 유엔 대표단을 맞기 위해 대기하는 중이야."

"다행이군." 클레이가 대답했다.

먼은 뒤를 돌아보며 바닥에 누워 있는 두 경비병을 보았다. "죽은 건가?"

클레이는 고개를 저었다. "아니. 하지만 바닥에 있는 친구는 한동안 절뚝거릴 거야."

먼은 그 경비병들을 돌아보며 어깨를 으쓱했다. "멍청한 놈들."

먼 뒤에 있는 대원이 무언가를 앞쪽으로 건네주었다. 먼은 그것을 잡아 방안으로 던졌다. 커다란 더플 백이었다. 그는 클레이를 바라보았다. "저 두 친구가 쓰러진 게 곧 발각될 거야. 서둘러."

클레이는 고개를 끄덕이고 페일린을 가방 쪽으로 이끌었다.

먼은 클레이에게 작별의 손짓을 하고 사라졌다. 그가 갑자기 다시 머리를 들이밀었다. "참, 우리 이제 비긴 거야." 그러고는 사라졌다.

클레이는 재빨리 가방의 지퍼를 열고, 바지와 상의가 하나로 붙은 검은색 점프슈트 하나를 꺼내서 페일린에게 건넸다. "이거 입어요, 빨리!"

페일린이 옷을 입는 동안, 클레이는 M-16 소총 하나와 여러 개의 고용량 탄창이 들어 있는 탄약 벨트를 꺼냈다. 또 권총집을 옆구리에 끼우고

40구경 스프링필드를 그 안에 집어넣었다. 페일린이 점프슈트의 지퍼를 올리자마자 클레이는 그를 붙잡아 문 밖으로 떠밀었다.

그들은 복도를 따라 달린 다음 세 층의 계단을 올라갔다. 첫 번째 큰 출입문에 나타나자 클레이는 경비병의 출입 카드로 시험을 해보았다. 판독기가 삐 소리를 냈고 빨간 불이 깜박거렸다. 다시 시도했다. 시끄럽게 삐 소리가 다시 들렸고, 클레이는 돌아서서 천장에 부착된 카메라를 올려다보았다.

월 보거는 모니터로 클레이와 페일린을 지켜보고 있었다. 그가 빠르게 키보드를 두드리자, 불빛이 녹색으로 변하며 클레이 뒤에 있는 출입문이 열렸다. 클레이는 손잡이를 잡고 페일린에게 뒤로 물러서라고 손짓했다.

그는 단번에 문을 홱 열어젖히고 방아쇠에 손가락을 건 채 건너편을 향해 소총을 겨누었다. 불이 켜진 복도는 텅 비어 있었다. 클레이는 복도 끝에 있는 철문에다 총구를 겨눈 채 조용히 앞으로 나아갔다. 복도 끝에 가까워지자 클레이는 어깨 너머를 보며 페일린을 확인했다.

철문 앞에서 클레이는 다시 카드를 시험해 보았다. 역시 작동하지 않았다. 그는 보거를 기다렸다. 십여 초가 지나도록 조용하자 그는 점점 걱정이 되기 시작했다. 그때 전자식 자물쇠가 철컥 소리를 냈다. 클레이는 천천히 문을 밀어서 열고 밖을 내다보았다. 아무도 눈에 띄지 않았다. 그는 눈을 감고 귀를 기울였다. 조용했다. 그는 페일린을 붙잡고 자갈이 깔린 공터 끝에 있는 두 대의 차량으로 향해서 재빨리 달리기 시작했다. 클레이가 총을 겨눈 채 앞서 달리며 사방을 훑어보는 동안 페일린도 빠르게 그의 뒤를 쫓았다.

그들이 작은 흰색 험비 차량까지 반쯤 갔을 때, 경보가 울렸다. 날카롭게 울어대는 사이렌 소리가 그들 뒤에 있는 건물에서 울렸고, 동시에 밝은 빨간색 회전등이 돌며 기지 전체에 경보를 발했다.

"젠장!" 그는 페일린을 바라보았다. "혹시, 순간 이동으로 여기에서 빠져나가게 할 수는 없나요?"

"그 네모만 장치가 있으면 가능합니다."

"무슨 장치요?" 클레이가 물었다.

페일린은 손으로 작은 직사각형 모양을 만들었다. "당신이 배에 가져간 그 작은 은색 장치 말입니다."

클레이는 문득 그 물건이 생각났다. 그는 멍하니 주위를 둘러보며 그것을 어디에 두었는지 기억하려고 애썼다. "제기랄!" 그것이 어디에 있는지 생각났다. "지금은 갖고 있지 않아요."

멀리 있는 감시탑의 탐조등이 그들 쪽을 비추기 시작했다. 여러 곳에서 고함치는 소리가 들렸고, 두 쌍의 차량 전조등이 가까운 언덕 꼭대기에 보였다.

클레이는 건물을 다시 돌아보았다. "플랜 B로 가야겠어요."

그들은 출입문을 향해 다시 급히 돌아갔는데 다행히 아직 열려 있었다. 그런 다음 복도를 따라 되돌아갔다. 계단에 이르렀을 때 아래쪽에서 희미한 목소리가 들렸다. 클레이는 아래층에서 군인들이 대응하리란 걸 알았다. 두 번째 계획대로라면 2분을 더 버티어야 했다.

그들은 두 층의 계단을 뛰어 올라갔는데 또 다른 문이 가로막고 있었다. 클레이는 얼굴을 돌리고 자물쇠를 향해 세 발을 발사했다. 그는 문을 힘껏 발로 차서 열었고, 그와 페일린은 옥상으로 불쑥 튀어나왔다.

옥상은 꽤 넓었다. 멀리서 다가오는 수많은 차량 전조등을 명확히 볼 수 있었다. 수십여 명의 해병들이 그들을 쫓아 쿵쿵거리며 뛰어 올라왔다. 총알들이 갑자기 머리 위로 날아들었고 그들 뒤에 있는 계단통의 벽을 때렸다.

"엎드려!" 클레이는 페일린을 옥상 바닥으로 밀쳐낸 후 자세를 낮추면서 다시 충계로 돌아갔다. 목소리들이 점점 크게 들려왔다. 해병들이 빠르게 다가오고 있었다. 더 많은 총알들이 외벽을 때렸다. 회반죽과 석고 파편들이 꼭대기 충계참 여기저기로 흩뿌려졌다. 클레이는 컴컴한 옥상을 둘러보았고, 페일린은 그곳에 가만히 엎드려 있었다.

쿵쾅거리는 발소리가 계단을 타고 올라오면서 점점 커졌다. 클레이는 무릎을 꿇고 총구만 아래쪽을 향하도록 내민 채 문을 닫았다. 더 많은 총알들이 벽에 충격을 가했다. 참을성 있게 기다리는 사이 계단통에 불빛이 다가오는 것이 보였다. 그는 계단통이 옥상으로 이어지는 마지막 모퉁이의 구석을 향해 총을 겨누었다. 불빛의 반사광 때문에 모퉁이 주변이 점점 밝아졌다. 쿵쾅거리는 발소리가 충분히 커지고 불빛이 최대한 밝아지자 그는 그들이 가까이 왔다고 확신했다. 마지막 모퉁이의 벽을 향해 세 발을 쏘았다. 발소리가 순식간에 멎었다. 벽에서 반사되던 밝은 불빛도 갑자기 꺼졌다.

클레이는 이제 해병들이 계단의 마지막 층계를 천천히 오르리란 것을 알았다. 총을 쏜 것도 그런 효과 때문이었다. 클레이는 벽에 한 발을 더 쏜 다음 뒤로 물러서서 문을 닫았다. 그는 몸을 낮춘 채 페일린에게 다시 달려갔다. "괜찮아요?"

페일린은 고개를 끄덕였다. "네. 그런데 상황이 좋지 않아 보이네요."

"알아요, 압니다." 클레이가 동의했다. 이 상황은 그가 원했던 바가 전혀 아니었다. 그는 천천히 배를 깔고 엎드려서 자세를 잡고 팔꿈치로 총을 받치면서 계단을 향해 겨누었다. 다행스럽게도 옥상의 가장자리가 낮은 담처럼 돋우어져 있어서 건물 밖 지상에서 접근하고 있는 해병들에게는 보일 염려가 없었다. 클레이는 소총의 가늠자에 눈을 수평으로 맞추고 어둠 속에서 옥상의 비상구를 겨냥했다.

마침내 문이 천천히 열리기 시작했다. 문 안쪽이 컴컴해서 누가 혹은 무언가를 사용하여 문을 여는지 분간하기가 어려웠다. 문이 활짝 열린 후 문 아래 경첩 쪽에서 뭔가가 움직이는 것을 볼 수 있었는데, 문이 열려 있도록 괴는 도구 같았다. 총구 하나가 밖으로 쑥 내밀고 나오는 순간 클레이는 무슨 소리를 들었다. 어떤 엔진 소리 같았다.

갑자기 어두운 형체의 헬리콥터 한 대가 건물의 면쪽 구석 너머에서 솟아오르더니 옥상 위를 휙 지나갔다. 헬리콥터가 비상구 위를 지나치는 순간, 거대한 폭우 같은 액체가 활주부 아래에서 쏟아져 내렸고, 열린 비상구 문 안으로 세차게 밀려들어 가면서 안쪽에 있던 해병들을 덮쳤다. 해병들은 미끄러지며 계단 아래로 굴러 떨어졌다.

소형 헬리콥터는 지상 쪽에서 쏘아대는 총에 맞아 동체에 불꽃이 튀자 오른쪽으로 급하게 방향을 틀었다. 시저는 재빨리 기체를 낮추고 안전을 위해 한쪽 가장자리 근처에서 천천히 제자리 비행을 했다.

"뛰어요!" 클레이가 페일린을 일으켜 세우고 소리치며 그를 앞쪽으로 밀었다. 그들은 옥상 바닥에서 불과 몇십 센터미터 뜬 채로 대기하고 있는 헬기를 향해 몸을 낮춘 채 최대한 빨리 뛰어갔다. 헬기에 다다른 클레이는 페일린을 조수석의 작은 타원형 구멍 안으로 밀어 넣었다. 세 번째 자리는 부족했다. 미끌미끌한 액체를 뒤집어쓴 해병들이 계단통 비상구를 통해 허둥지둥 나오는 동시에 총알이 헬리콥터 옆면을 때리며 다시 불꽃이 튀었다. 클레이는 조종석에 앉은 시저를 바라보았다. 그는 재빨리 고개를 끄덕이고 어깨 너머로 손짓을 했다. 시저는 고개를 끄덕였다.

시저는 엔진 출력을 높이고 건물에서 떨어지며 동체를 비스듬히 기울었다. 클레이는 몸을 돌리고 해병들 머리 위로 남은 탄창을 비웠다. 그는 다시 몸을 돌리고 옥상의 담 위에 올라선 다음 소총을 내던지고 건물에서 몸을 날렸다.

* * * * *

보거는 모니터 화면을 활주로에 있는 보안 카메라 중 하나로 전환했다. 그는 최대한 빨리 경보음을 정지시켰지만, 군인들은 이미 건물 밖으로 뛰어나가고 있었다. 그들은 장갑차를 타고 기지 반대편으로 향했다. 장갑차 몇 대가 근처에 있는 활주로 쪽으로 달렸는데, 그곳에는 UH-60 블랙호크 헬기 4대가 대기 중이었다. 조종사들이 탑승한 후 재빨리 시스템에 전원을 공급하고 시동을 걸었다. 조종석에 불이 켜지는 동시에 모든 계기들이 활기를 띠었고 회전날개가 천천히 돌기 시작했다. 조종사들은 안전벨트를 매고 컴퓨터와 연결된 헬멧을 착용한 후 무기 체계가 헬멧 앞 덮개면의 영상 표시 장치와 동기화되기를 기다렸다.

"이런." 보거가 투덜거렸다. 그는 활주로 및 포장도로의 모든 조명 전원을 끊었지만, 이미 늦어버렸다. 헬리콥터 조종석의 자동 운항 시스템은 이제 완전히 작동하고 있었다. 헬기들은 외부 조명이 없거나 시야가 전혀 보이지 않아도 날 수 있었다. 회전날개가 속도가 높이면서 이륙 시점에 가까워졌다.

그때 갑자기 밝고 푸른빛의 파동이 건물들을 지나친 다음 활주로를 가로지르며 획 통과했다. 그 빛의 파동은 헬리콥터를 통과한 후 사라졌다. 블랙호크의 조명과 조종실 계기들이 꺼졌고, 엔진마저 꺼져 버렸다. 회전날개가 회전하면서 바람을 거스르는 소리만 들릴 뿐이었다. 안에 타고 있는 조종사들은 서로를 쳐다보며 당황해했고, 다시 전원을 키려고 시도해보았지만 소용이 없었다. 그 항공기들을 완전히 먹통이 되었다.

보거의 눈이 휘둥그레졌다. "도대체 그게 뭐였지?"

35

앨리슨 쇼는 손에 든 커다란 우편물 더미를 흘리지 않으려고 애쓰면서 아파트 문을 열고, 문이 닫히기 전에 안으로 들어갔다. 문이 다시 닫힐 때에 맞춰 살짝 비켜서자 요란한 소리와 함께 문이 닫혔다. 우편물을 부엌 조리대 위로 툭 던지고 그 옆에 열쇠를 내려놓았다. 그런 다음 어깨에 멘 가방을 카펫 위에 내려놓고, 전자레인지에 표시된 시계를 보고는 한숨을 쉬었다.

그녀는 진열장에서 와인 잔을 꺼내고, 냉장고에서 백포도주 한 병을 꺼냈다. 잔에 포도주를 따른 후 한숨을 쉬며 소파에 털썩 주저앉았다. 그녀는 의아해했다. IMIS가 스스로 본격적인 학습을 시작했는데도 어째서 진행이 더딘 것 같지? 그녀는 예전보다 더욱 분주해졌다. 물론 그때는 대부분 사전 작업이었고, 지금은 실행 단계라서 그럴 수도 있었다. 프로젝트는 그녀가 감히 꿈꾸던 것보다 더 성공적이었다. 시스템은 제대로 작동했고, 진정한 의사소통이 이루어졌고, 그들이 기대했던 것보다 더 많은 것을 배우고 있었다. 지난 며칠간은 정말 흥미진진했다. 더크와 샐리가 숫자를 식별할 뿐만 아니라 실제로 셈을 할 수 있다는 사실을 알아낸 것은 엄청난 발견이었다. 훨씬 더 깊은 인지 능력과 추상적인 사고를 위한 입구를 연 것이었다. 그녀가 예상하지 못했던 것은 그것이 어디로 이어질까 하는 것이었다. 더크와 샐리가 질문을 시작했기 때문이었다.

돌고래들은 단순히 그녀가 어떻게 지내는지, 무엇을 먹고 있는지는 더이상 물어보지 않았다. 이제는 IMIS의 한계를 훨씬 넘어선 것처럼 보이는 문장과 개념을 구성하려고 시도하고 있었다. 뿐만 아니라 돌고래들은 기존의 어휘만으로도 앨리슨이 고심해서 대답해야 하는 질문을 하고 있었다. 인간이 왜 옷을 입는지부터 시작되었는데, 그것도 충분히 힘들었지만, 왜 사람들이 바다를 더럽히느냐고 물었을 때는 정말 대답하기 힘들었다. 돌고래들은 인간이 왜 바다, 혹은 세상을 오염시키고 있는지 그점에 대해서 알고 싶어 했다. 이는 돌고래들이 자신의 주변 환경에 대한 깊이 있는 지각뿐 아니라, 인간과 그들의 변화하는 환경 사이의 관계를 이해하는 능력도 보여주는 것이었다. 돌고래들은 또한 왜 그들의 질문이 심화될수록 사람들이 대답하는 데 시간이 더 오래 걸리는지도 궁금해 하는 것 같았다. 이 포유류에 대한 이전의 많은 연구들은 그들이 아주 작은 아이들과 유사한 인지 능력을 가지고 있다고 봤는데, 그것은 분명 엄청난 과소평가였다. 이러한 시사를 통해서 앨리슨은 다른 동물의 지능을 시험하기까지 하는 인간의 능력은 우리가 알고 있는 것보다 훨씬 더 제한적이라고 생각했다.

그녀는 와인을 한 모금 마시고 소파 앞 탁자 가장자리에 한 발을 올려놓고 몸을 뒤로 젖혔다. 벽에 걸려 있는 로버트 와일랜드의 그림이 눈에 들어왔다. 정말 놀라운 세상이자, 다양한 관점으로 보는 경이로운 세상. 그리고 누군가와 함께 나누고 싶은 세상.

그녀는 그 생각에 불현듯 눈살을 찌푸렸다. 과거에 만났던 두 사람과의 관계가 생각났기 때문이었다. 두 번 다 실패했는데, 마지막 관계는 거의 모욕에 가까웠다. 그녀는 자신이 연구에 전념하게 된 이유가 실제로는 그 관계 이후라는 것을 그제야 깨달았다. 그녀의 삶 속에 자리하고 있는 끔찍한 시간으로부터 탈출하기 위한 방법이었다. 그러고 나서 더크와 샐리를 정말로 사랑하게 되었고, 그것은 또 다른 나쁜 관계로 끝나버릴 가능성을 회피하기 위한 핑계를 제공했다. 그녀는 한동안 자기감정을 드러내지 않고 지내왔는데, 그 때문에 이제 그녀는 누군가에게 마음을 내주지 않는 사람이라고 굳어져버렸다. 앨리슨은 눈시울이 글썽이자 눈물을 닦았다. 그녀는 더 이상 자기감정을 숨기고 싶지 않았다.

뜻밖에도 앨리슨은 자신이 존 클레이를 생각하고 있다는 것을 알았다. 그는 지적이고 재미있으면서도, 나름 유머감각까지 가지고 있었다. 그녀는 그 사람을 다시 볼 수 있을까 하는 생각을 했다. 또 그러기를 바랐다. 그녀는 지금 무슨 생각을 하는 거야, 그 사람은 나한테 조금도 관심이 없을 텐데, 라고 생각했다. 그 사람은 세상 경험도 많고 이성도 많이 사귀어 봤을 테고, 게다가 잘생기기까지 했으니까.

앨리슨은 그가 어디에 있는지 궁금했다. 그가 무엇을 하고 있는지 궁금했다. 아마 뭔가 재미있는 일을 하거나, 흥미진진한 어딘가에 있거나, 그리고 양팔에 미녀를 끼고 있을지도 모른다고 생각했다.

* * * * *

존 클레이는 헬리콥터 활주부에 매달려 있었다. 시저가 레이더를 피하기 위해 가능한 한 지면에 가까운 나무들의 우듬지 사이로 교묘하게 기동하는 동안 떨어지지 않으려고 필사적으로 붙잡고 있었다. 옥상에서 뛰어내린 클레이는 헬리콥터 활주부에 강하게 부딪치며 어깨가 심하게 탈구된 것을 느꼈다. 왼팔에 타는 듯한 통증을 느끼면서도 온힘을 다해 매달렸다. 나무 꼭대기에 쉴 새 없이 부딪치는 상황이라 꽉 붙잡고 있기가 힘들었고, 시저가 깜깜한 어둠 속에서 갈지자 비행을 해대는 바람에 다리를 들어 올릴 수도 없었다.

클레이는 왼팔에 힘을 줄 수가 없어서 몸의 중심을 오른팔에 좀 더 기울여서 매달려 있었다. 그는 항공 방제를 위해 사용되는 긴 막대 위로 다리를 올려놓으려고 다시 시도했지만, 미끌미끌한 액체 살충제로 뒤덮여 있어서 어느 곳에 발을 대든 계속 미끄러졌다. 갑자기 커다란 나뭇가지 하나가 가슴을 때렸고 하마터면 아래로 추락할 뻔했다. 점점 오른팔이 떨려오기 시작했다. 그는 얼마나 더 버틸 수 있을지 확신할 수 없었다. 클레이는 이 속도에서 떨어지면 살아남을 수 없다는 것을 잘 알았다.

조종실 안에 있던 시저는 존이 때맞춰 헬기 어디라도 움켜잡을 수 있었는지 전혀 알 수 없었다. 활주부의 오른쪽은 볼 수도 없는 데다 어두워서 보이지도 않았다. 페일린은 뚫려 있는 출입구의 테두리를 꽉 움켜쥐고 있었다. 그 역시 클레이의 흔적을 찾을 수가 없었다. 시저는 그가 헬기 아래에 매달려 있기를 바랐지만 가능성은 희박하다고 가정해야 했다. 앞쪽에 높은 나무들이 무리지어 있자 위로 불쑥 올라왔다가 다시 아래로 내려왔다. 이제 페일린을 그의 근거지로 데려가는 일은 그에게 달렸다.

30분쯤 후, 시저는 눈에 띄기를 바라던 공터를 발견했다. 지상의 불빛은 위치를 확인하기에는 충분했지만 착륙 구역을 자세히 살펴보기에는 희미했다. 그는 천천히 접근했고 작은 공터를 선회하면서 특이한 것이 있는지 살펴보았다. 아무 이상이 없어 보이자 서서히 하강하면서 공터 가운데로 내려갔다. 지면 바로 위에서 잠시 멈칫하더니 두툼한 풀밭 위에 부드럽게 착륙했다. 그는 엔진을 끄고 페일린을 바라보았다.

"괜찮아요?"

페일린은 조금 몸을 떨긴 했지만 고개를 끄덕였다.

회전날개가 느려지자 시저는 마음 한구석에 자리한 불안함 때문에 밖으로 뛰어내렸다. 그는 몸을 굽혀 헬리콥터의 아래를 들여다보았다. 반대편 쪽에 커다란 형체가 가로로 누워 있는 것을 발견했다. 그는 재빨리 헬기 앞을 돌아 조심스럽게 내려오던 페일린을 지나쳤다. 클레이는 땅에 엎드린 채 왼쪽 어깨를 움켜쥐고 신음하고 있었다.

"클레이!" 시저가 흥분해서 소리쳤다. "이 미친놈아. 괜찮아?" 시저는 클레이를 똑바로 눕히고 몸을 살펴보았다. 왼쪽 어깨가 오른쪽보다 많이 불거져 보였다. 그는 그 부위를 앞뒤로 살며시 더듬었다. "부러진 것 같진 않아. 아마 탈구되었을 거야."

클레이는 고개만 끄덕일 뿐, 아무 말도 하지 못했다.

"내가 맞춰볼게." 시저가 말했다.

"잠깐, 잠깐." 클레이가 이를 악물며 말했다. "잠시만 시간을 줘."

페일린이 다가왔고, 두 사람은 함께 그를 부축해서 앉혔다.

클레이는 그를 올려다보았다. "괜찮아요?"

페일린은 고개를 끄덕였다. 그와 시저는 클레이가 서늘한 풀밭 위에 눕는 것을 도왔다.

"준비됐어?" 시저는 그의 어깨 밑으로 손을 넣었다.

클레이는 움찔했지만 고개를 끄덕였다. 시저는 곧바로 관절을 움직이면서 다시 제자리에 끼워 넣었다. 클레이는 고통스런 신음을 내지르며 옆으로 굴렀다. 그는 그 자리에 몇 분 동안 누운 채로 숨을 골랐다. "꼭 나무마다 부딪치면서 가야 했냐!"

"이봐, 어둠 속에서 이런 짓을 하자고 한 건 바로 너였어."

"그건 그래." 클레이는 억지로 앉은 자세를 취했다. 그는 오른쪽 주머니를 더듬다가 권총이 아직도 권총집에 있는 것을 알아챘다. "어떻게 이게 빠지지 않았지?"

"거봐, 내 솜씨가 그렇게 나쁘진 않았다니까." 시저가 농담을 던졌다.

클레이는 오른쪽 주머니를 만지며 벨크로를 뜯었다. 두툼한 작은 꾸러미를 꺼내서 펼치자 일회용 휴대전화기가 나왔다. 그는 전원을 켜고 번호를 눌렀다.

비슷하게 생긴 전화가 보거의 책상 위에서 울렸다. 그는 즉시 대답했다. "클레이?"

"네, 접니다." 클레이는 이를 악물면서 두 사람의 도움을 받아 일어섰다. "우리 작전 어땠어요?"

"나쁘진 않았어." 보거가 말했다. "군인들이 더 몰려오기 전에 빠져나왔으니까." 그는 수화기를 다른 쪽 귀로 옮기고 마우스로 손을 뻗었다. "어둠이 도왔어. 기지 반대편에서 열린 환영회도 그랬고. 하지만 시저가 서너 번 헬기를 높게 몰았을 때 레이더에 걸린 모양이야, 그래서 그들이 자네들을 추적하고 있어. 다행히 내가 레이더의 알고리즘을 바꿀 수 있어서 반대 방향으로 이동 중이라는 보고가 들어갔어. 현재는 자네들을 뒤쫓아 북쪽으로 가고 있으니까 시간을 좀 벌었을 거야."

"잘 됐네요, 군인들이 헬기로 쫓아오고 있나요?" 클레이가 물었다.

"아니, 차량으로 이동 중이야."

"네? 헬기가 아니고요?"

"그래." 보거가 대답했다. "그 교전에서 약간의 도움을 받았거든."

클레이는 그게 무엇을 뜻하는지 몰랐고, 솔직히 신경을 쓰지도 않았다. 그 친구가 그들에게 어떤 행운을 가져다주었든 그는 물어보지 않을 작정이었다. "알았어요, 우리도 다시 출발해야 해요. 다른 건요?"

"잠깐만." 보거는 컴퓨터 화면의 창을 바꾸면서 말했다. 몇 개의 명령어를 입력하고 그 결과를 살펴보았다. "트라이던트 잠수함 12척이 비미니에 접근하고 있는 것 같아."

"벌써요? 생각보다 빠르네요."

"글쎄, 그게 아닐지도 몰라." 보거가 말했다. "클레이… 그 명령은 사흘 전에 내려졌거든."

클레이는 잠시 생각했다. "하지만 그건 대통령이 명령을 내리기 전인데요."

"맞아. 우리가 그 방에 있는 모든 사람들에게 놀아났거나 아니면—"

"아니면 누군가가 이미 명령을 내린 거겠죠." 클레이가 마무리했다.

"아니면 둘 다거나."

클레이는 시저를 바라보았는데, 그는 작은 헬리콥터의 꼬리를 살펴보고 있었다. 겉면에 붙여 놓은 필름이 나무들과 부딪칠 때 벗겨져서 헬리콥터의 진짜 호출 부호가 드러나 있었다. "다른 건요?" 클레이가 보거에게 물었다.

"당장은 없어. 이만 끊어야겠네."

"나중에 봐요." 클레이는 고개를 끄덕이며 통화를 끝냈다.

"무슨 일이야?" 시저가 찢어진 필름을 제자리에 다시 붙이며 물었다.

"가면서 설명할게."

* * * * *

행크 스타바스는 유엔 대표단과 과학자들로 넘쳐나는 환영 행사장을 유리벽 뒤편에서 지켜보았다. 그는 고개를 저었다. 이 일이 한낱 구경거리로 전락하고 있었다.

빌 메이슨은 스타바스 뒤에 서서 휴대 전화로 통화 중이었다. 몇 분 후 그가 전화를 끊었다. "그 경보는 서쪽에 있는 건물에서 울린 것이었어. 페일린이 사라졌다네."

스타바스의 눈이 가늘어지고 얼굴이 벌게졌다. "클레이!"

"왜 클레이가 그를 데려간 거지?"

"그 빌어먹을 놈이 저만 잘난 줄 아니까!" 스타바스가 침을 뱉었다. "그 자식이 이젠 모든 걸 알고 있어." 그는 화가 나서 고개를 저었다. "그 자식한테 말하지 말라고 랭포드에게 일렀거늘! 내가 알아서 다 처리하겠다고 했는데도 그 친구가 말을 듣지 않은 거야."

"그럼 우린 어떻게 하지?" 메이슨이 물었다.

스티바스는 대형 행사장으로 계속 쏟아져 들어오는 사람들을 돌아보았고 미소를 지으며 손을 흔들었다. "클레이는 우리가 무엇을 계획했는지 정확히 알고 있어, 설령 그가 일을 벌이지 않았더라도 저 인간들이 이 사태를 정치적 악몽으로 바꿔버릴 거야. 일주일 정도 질질 이야기를 끈 뒤에 쓸데없이 과학 위원회 같은 걸 구성할 테니까." 혐오감이 그의 입술에서 거의 뚝뚝 떨어졌다. "민주주의는 정말 독이라니까."

"클레이가 페일린을 그들의 소굴로 데려가면 우리는 망하는 거라고." 메이슨이 말했다.

스티바스는 그를 바라보았다. "뭔가 할 거면, 지금 해야 해. 우리가 통제력을 잃기 전에 말이야." 스티바스는 전화기를 꺼내 번호를 눌렀다. 그는 천천히 말했다. "나 스티바스인데, 즉시 실행하게."

통화의 상대방이 말하는 사이 잠시 침묵이 흘렀다. "그렇네. 대통령의 전권을 위임받아서 말하는 거야."

그는 전화를 끊었다. "대통령이 아무것도 하지 않는다면, 우리가 나서야 해."

"그러면 클레이는 어디로 향하고 있는 거지?"

스티바스는 곰곰이 생각했다. "그 자식은 남쪽으로 가고 있을 거야."

36

앨리슨은 현관문을 두드리는 소리에 잠에서 깼다. 정신을 차리고 일어나서 문 안쪽에 걸린 가운을 움켜잡았다. 어둑한 복도를 따라 빠르게 발을 끌며 걸어가서 부엌의 전등을 켠 후, 문 앞으로 다가가 작은 구멍을 통해 밖을 내다보았다. 곧바로 잠금장치를 풀고 뒤로 물러서며 문을 열었다. 크리스 라미레즈가 입구에 서 있었는데, 땀에 젖은 채로 숨을 헐떡이고 있었다.

"크리스, 무슨 일―"

"없어졌어! 다 없어졌어, 앨리슨!"

그녀는 당혹스러운 표정을 지었다. "무슨 말을 하는 거야?"

"전부! 전부 다 없어졌어! 서버들, IMIS, 그리고 돌고래들까지. 더크와 샐리마저 없어졌다고!"

앨리슨은 충격에 빠졌다. 입이 떡 벌어졌지만 아무 말도 나오지 않았다. 뭔가 말을 하려고 했지만, 믿을 수 없다는 듯 고개만 흔들 뿐이었다.

* * * * *

연구실은 텅 비어 있었다. 아주 깨끗하게. 앨리슨은 믿을 수가 없었다. 전선들과 컴퓨터의 부품들이 바닥에 어지럽게 널려 있었다. 책상 하나는 뒤집혀 있었고, 그 주위로 수십 권의 책이 흩어져 있었다. 서버들이 놓였던 서버랙들, 그들이 연구했던 모든 자료와 그 핵심인 IMIS도 사라지고 없었다. 그것들이 놓여 있던 벽 전체가 텅 비어 있는 것이 섬뜩하게 보였다. 가장 최악인 부분은 수조였다. 물 외에는 아무것도 없었다. 더크와 샐리도 사라진 것이었다.

앨리슨은 속이 울렁거리자 비틀거리며 탁자의 모서리를 움켜잡았다. 그녀는 토할 것만 같았다. 연구실로 뛰어 들어온 리 켄우드가 엉망진창이 된 바닥을 훑어보았다. 그는 책들과 서버랙에서 떨어진 부품들을 발로 툭툭 찼다. 크리스는 앨리슨 옆에 묵묵히 서 있었다.

앨리슨은 아무 말도 할 수 없었다. 아무런 단어도 생각나지 않았다. 그녀의 가슴은 금방이라도 심장마비가 올 것처럼 조여들었다. 얼굴은 벌게졌고, 터질 것 같은 울음을 애써 참고 있었다.

뒤쪽에서 프랭크 뒤부아가 연구실 안으로 불쑥 들어왔다. "대체 무슨…." 그가 고개를 가로저었다. "무슨… 무슨 일이야?" 딱히 누군가에게 물어본 말은 아니었다.

앨리슨의 구역질이 갑자기 분노로 변했다. 그 분노가 그녀의 속에서 걷잡을 수 없이 솟구쳐 나왔다. 그녀는 몸을 돌려 그에게 소리를 지르다시피 말했다.

"만족해, 프랭크? 이제 속이 시원하냐고? 우리가 연구했던 모든 것이 몽땅 사라졌어!" 그녀는 경멸의 눈초리로 그를 바라보았다. "바로 당신이 이렇게 만든 거야, 그렇잖아! 당신이 돈을 받아 처먹었잖아! 바로 당신이 팔아버린 거라고, 돈을 준 그놈들한테 말이야! 당신 정말 역겨워!"

뒤부아는 아연실색했다. 그는 혼란스러워하며 주위를 둘러보았다. "무슨 소리를 하는 거야? 대체… 무슨 일이야? 누가 이런 짓을 했냐고?"

"누가 이런 짓을 했냐고?" 그녀가 비명을 질렀다. "도대체 누구겠어? 바로 정부라고! 내가 말했잖아, 그들은 처음부터 이걸 원했다고. 그들이 우리를 어설프게 내버려둘 거라고 생각했어?"

"정부?" 그가 고개를 가로저으며 말했다. "정부의 누가?"

"해군!" 그녀는 넌더리를 내며 대답했다. "그들은 우리가 하는 일을 처음부터 알고 있었어!"

"해군?"

"그래, 해군!" 그녀가 소리쳤다. "정확히 말해줄까, 누군지… 존 클레이!" 앨리슨은 자신이 그 개자식에게 잠시 호감을 가졌다는 사실이 믿기지가 않았다. 그녀는 너무 화가 났고 동시에 상처를 받았다. "망할 놈의 사기꾼!" 그녀가 고함을 질렀다. 모두가 그녀를 쳐다보며 서 있었다.

"그럼, 그 자식 목을 매다는 건 어때요!" 어떤 목소리가 그녀의 뒤쪽에서 들렸다.

그녀가 몸을 휙 돌리자 클레이가 시저와 페일린 뒤에 서 있는 것이 보였다. 그들 모두 완전히 기진맥진해 보였다. 클레이는 술집에서 난투극을 벌이다가 흠씬 두들겨 맞은 것처럼 보였다.

앨리슨이 분노와 함께 눈을 부릅떴다. 그녀는 그에게 달려들어 뺨을 때렸다. "당신이 그랬지!"

클레이는 자신의 뺨 바로 앞에서 그녀의 손을 잡았다. "진정해요, 앨리슨."

"앨리슨이라고 부르지 마!" 그녀가 고함을 질렀다. "당신이—"

"내가 한 짓이 아니에요." 그가 침착하게 말했다.

앨리슨은 당황했다. 그녀는 얼어붙은 채 그를 쳐다봤다. 갑자기 무슨 말을 해야 할지 몰랐다. 그녀는 믿을 수 없다는 듯 고개를 저었다.

클레이는 차분하게 그녀를 바라보았다. "내가 이런 짓을 했다면 왜 지금 여기 있겠습니까?" 그는 돌아서서 시저와 페일린을 쳐다보았다. "우리가 여기 왜 왔겠습니까?"

앨리슨은 말문이 막혔다. 정말 왜지? "당신이 아니라면, 그럼 누구죠?"

그는 고개를 살짝 흔들었다. "나도 확실히는 모릅니다."

모두가 서로를 쳐다보며 서 있었다. 마침내 시저가 커다란 더플 백을 바닥에 떨어뜨렸다. "대단한 환영 인사네요."

앨리슨은 허리에 손을 얹었다. "그럼 당신이 이런 짓을 하지 않았다고 치고, 여기는 왜 온 거죠?"

"필요한 게 있어서요. 지난번 내가 여기 왔을 때 뜻하지 않게 놓고 간 물건이 있어서요." 클레이가 말했다. "작은 은색 물체이고 크기는 카드 한 벌만 합니다." 그는 손으로 비슷한 크기를 만들었다.

"무엇에 쓰는 거죠?" 그녀가 물었다.

"이야기하자면 길지만, 매우 중요한 겁니다."

그녀는 팔짱을 꼈다. "도대체 무슨 일이 벌어지고 있는 건지 말해주면 그 물건을 내줄게요."

클레이는 한숨을 쉬며 시저와 페일린을 바라보았다. 두 사람 모두 어깨를 으쓱했다. "복잡한 이야기입니다." 그가 말을 시작했다. "내가 지난번에 여기에 왔을 때… 더크가 바닷속 도시에 대해서 얘기했었죠."

"기억나요."

"이 사람은 페일린입니다." 그가 뒤쪽으로 손짓하며 말했다. "이 사람은 그 도시에서 왔습니다. 우리 정부는 그 도시와 그들의 발전소를 파괴할 계획입니다. 그럴 경우 무척 심각한 부작용이 발생할 수도 있어요."

"어째서죠?"

클레이가 숨을 내쉬었다. "정부에는 생각보다 멍청한 사람들이 많거든요."

앨리슨의 눈이 가늘어졌다. "좋아요, 나도 그 점은 동의할 의향이 있어요."

윌 보거는 컵을 들고 커피를 한 모금 더 마셨다. 그는 모니터를 주의 깊게 살펴보다가 스티바스의 휴대전화에서 한 통의 전화가 발신된 것을 알아차렸다. 그는 몸을 바짝 숙이고 그 번호의 주인이 누구인지 밝혀내기 위해 키보드를 두드리기 시작했다. 그는 시스템에 접속해서 그 전화번호를 추적했다. 그것은 브루스 비숍, 해군참모총장의 휴대전화였다. 보거가 계속해서 지켜보는 사이 이번에는 비숍의 전화기에서 또 한 통의 전화가 발신되었다. 조금 더 들여다본 결과, 비숍의 통화 상대방이 해군 작전 센터임을 알아냈다.

보거는 창 하나를 더 띄우고 데이터들이 올라오는 것을 지켜보았다. 그는 중간쯤에서 멈추었고, '경보' 라는 단어로 시작하는 다수의 발신 메시지에 온 신경을 집중하였다. 암호화된 메시지라는 것은 보거가 읽을 수 없다는 뜻이었다. 그는 한참 동안 응시하다가 순간 묘안이 떠올랐다. 메시지는 암호화되어 있었지만, 그것을 생성하고 전송한 기록 파일은 그렇지 않을 수도 있었다. 해당 서버를 찾아 로그인하고 기록 파일 자체를 찾는 데 약 15분이 걸렸다. 그 경보 메시지의 시간과 기록 파일 항목을 대조해 가면서 생성 코드를 찾아냈다. 다행히 그것은 암호화되지 않았다. 보거가 빠르게 코드 정보를 재조립하자 메시지가 다시 나타났다.

이런, 안 돼. 그가 속으로 생각했다. 그 메시지는 잠수함에 보내는 명령이었다. 불현듯 그 고리에 대한 생각이 떠올랐고 지금까지 이해할 수 없었던 것을 알아차렸다. "앨라배마!" 그는 재빨리 두 번째 모니터로 몸을 돌리고 다른 창을 띄웠다. 클레이가 앨라배마 호에 대해서 그에게 건네준 자료 기록을 찾아내어 미친 듯이 오류 진단 정보들을 뒤졌다. 필요로 했던 첫 번째 단서를 찾은 보거는 그것을 출력하고 계속 검색을 했

다. 잠시 후, 두 번째 단서를 발견하고 다시 인쇄했다. 그는 두 장의 종이를 움켜쥐고 옆으로 펼쳐 놓은 다음, 여백에다 휘갈겨가며 계산을 하기 시작했다. 몇 분 후, 그는 뭔가를 알아냈다. 보거는 휴대전화를 움켜쥐고 최대한 빨리 번호를 눌렀다.

* * * * *

클레이가 한창 말하는 도중 주머니에서 휴대전화가 울렸다. 그는 사과하듯 손을 들어 올리고 전화를 받았다. "무슨 일이에요, 월."

"클레이!" 보거는 거의 고함을 치듯 말했다. "문제가 하나 생겼어! 아니 두어 개쯤."

"뭔데요?" 그는 침착하게 앨리슨과 연구원들을 바라보았다.

"지금 막 잠수함 쪽으로 그 고리에 발포하라는 명령이 내려졌어! 그게 최악이 아니야." 보거는 다급하게 말했다. "아무래도 일이 크게 잘못 될 것 같아. 앨라배마 호 기억해?"

"당연히 기억하죠."

"그들의 임무가 취소된 건 잠수함의 위치를 파악하는 컴퓨터의 오작동 때문이라고 보고되었잖아. 그런데 오작동은 전혀 없었어!"

클레이의 눈썹이 추켜 올라갔다. "무슨 뜻입니까, 오작동이 전혀 없었다니?"

"앨라배마 호의 항법 시스템이 갑자기 항로에서 25킬로미터나 벗어났고, 그게 컴퓨터 결함 때문이라고 여겼던 걸 기억할 거야. 하지만 컴퓨터는 틀리지 않았어! 그놈들은 늘 맞았으니까. 앨라배마 호가 그 고리에 너무 가까이 갔던 거야, 클레이. 고리에 너무 가까이 접근하는 바람에 곧장 고리 건너편으로 이동되었던 거라고. 틀림없어, 각도는 약간 벗어났지만 말이야. 그 때문에 컴퓨터가 갑자기 그들이 다른 곳에 있다고 말한 거야. 실제로 그들이 거기에 있었으니까."

클레이는 눈을 굴렸다. 그랬다! 이제 모든 것이 이치에 맞았다. 갑작스런 GPS 변화, 데이터들의 일치된 시각들, 음파 탐지병이 그 사건 발생 직전에 들었던 소리까지. 하지만 곧바로 그는 어리둥절한 표정을 지었다. "그런데 그게 왜 문제가 됩니까?"

"클레이, 잠수함들이 그 고리를 향해 다수의 어뢰들을 곧 발사하려 들 거야. 내 생각엔 같은 일이 일어날 거라고 봐. 만일 그 어뢰들이 고리 건너편으로 나오면 어떻게 될까?"

"맙소사." 클레이가 말했다. "그들에게 경고할 시간이 있습니까?"

보거의 목소리는 퉁명스러웠다. "그들이 과연 내 말을 들을까."

클레이는 시저와 페일린에게 보거의 말투에 걸맞은 표정을 지었다.

"클레이, 다른 문제가 또 있어." 보거가 부드럽게 말했다.

"그럴 줄 알았어요." 그가 빈정거리듯 대답했다.

"이번 일이 실패하면, 그들은 돌고래들을 이용해서 핵폭탄을 보내려고 들거야. 그런데 우리가 미처 고려하지 못한 게 있어." 보거는 자신의 계산을 내려다보았다. "뢰케 국장에게 수중 핵폭발에 대해서 물어본 거 기억하지, 그 충격파가 남극에 도달할지 말이야? 그런데 우리가 물어보지 않은 게 있어. 그 폭발로 인해 수십억 톤의 물이 기화되면 어떻게 되느냐는 거야."

클레이는 그 질문에 대해 생각했다. "진공이 만들어질 겁니다."

"맞아. 그 물이 사라지는 즉시 그 공간을 채우기 위해 안쪽으로 돌진하는 거대한 파도의 물결이 만들어질 거야. 그리고 그 물결에는 빙붕 주변에서 빠른 속도로 흘러나오는 물도 포함될 테고."

클레이는 눈을 감고 고개를 저었다. "윌, 당신이랑 통화하는 게 정말 싫어지기 시작하는데요."

"클레이." 보거가 말했다. "그 핵무기 공격은 꼭 막아야 해."

클레이는 앨리슨과 연구원들을 쳐다보았다. "방법을 찾아볼게요."

시저는 전화를 끊은 클레이를 보았다. "이제 어쩌지?"

"트라이던트 핵잠수함들이 교전을 시작하면, 그 핵무기 공격은 끔찍한 피해를 일으킬 거야."

리 켄우드가 말을 꺼냈다. "이게 그 도시와 연관된 건가요?"

클레이는 고개를 끄덕였다. "그리고 당신의 돌고래들도요." 그는 앨리슨에게 돌아섰다. "앨리슨, 돌고래들을 데려간 건 돌고래들이 그 도시가 어디 있는지 알기 때문이에요. 거기에 가봤으니까요. 돌고래들을 데려간 건 정부에서 페일린과 그의 종족들에게 핵 공격을 하기 위해서입니다. 돌고래의 등에 핵무기의 탄두를 매달아서 안으로 들여보낼 계획이에요. 그리고 곧 그 일을 벌일 겁니다."

앨리슨은 숨을 턱 막혔다. "안 돼!"

"개자식들!" 크리스는 화가 나서 욕설을 내뱉었다.

"그 도시가 어디에 있죠?" 그녀가 물었다..

"멀지 않아요. 비미니 앞바다 근처에요."

앨리슨은 말없이 고개를 끄덕이고 나서 탁자들 중 하나로 걸어갔다. 그녀는 허리를 굽혀 배낭을 집어 들었다. 안으로 손을 집어넣고 페일린의 물건을 꺼냈다. "이게 당신 거 같네요." 그녀는 그것을 건네주려고 페일린에게 직접 손을 내밀었다. 그것을 보관했던 이유가 클레이에게 전화를 하기 위한 구실이었다는 건 누구에게도 인정하지 않을 생각이었다.

페일린은 미소를 지으며 그녀의 손에서 그것을 조심스럽게 가져갔다. 동시에 시저는 바닥에 털버덕 앉아서 가방의 지퍼를 내렸다. 소총들과 탄창들을 꺼내 일부를 클레이에게 건넸다.

클레이는 앨리슨을 바라보았다. "당신 동료들을 안전한 곳으로 피신시켜야 합니다. 그런 다음 당신네 배를 좀 빌리겠습니다."

그들은 갑자기 걱정스러운 눈길로 서로를 쳐다보았다. "왜죠?" 앨리슨이 물었다.

"왜냐하면 우리와 이야기를 나누었으니 더 이상 안전을 장담할 수 없기 때문입니다." 클레이는 어깨를 으쓱했다. "우리 역시 감옥에서 일종의 탈출을 했거든요."

"정말요?" 그녀는 깜짝 놀라며 말했다.

그들 모두는 시저를 돌아다보았다.

총을 든 시저는 마피아 조직원처럼 보였다. "왜 모두들 내가 항상 감옥에 있을 사람이라고 생각하는 거지?"

클레이는 총에 들어 있는 탄창을 확인하고 다시 탁 때리며 집어넣었다. "여기 있는 사람들 중 숨기에 안전한 장소를 가진 사람 있습니까? 별장, 친구네 오두막, 뭐 그런 거요?"

앨리슨은 얼굴을 찡그렸다. "보아하니, 당신은 보조금을 지원받아 일하는 게 어떤 건지 잘 모르는 모양이네요."

"할 말 없군요. 중앙 복도와 현관 말고 이곳을 빠져나가는 다른 출구는 없나요?"

"있어요." 뒤부아가 대답했다. "뒤쪽에 정비용 통로가 있습니다." 그는 수조의 한쪽 끝에 있는 어두운 모퉁이를 가리켰다. "자주 사용하지는 않지만, 밖으로 나갈 수 있습니다."

"좋아요." 클레이가 말했다. "제가 여러분에게 바라는 건—" 그가 갑자기 말을 끊었다. 앨리슨이 뭔가 말하려고 했지만, 그가 손을 들어 올리며 막았다. 그는 주의 깊게 귀를 기울였다.

시저 역시 귀를 기울이고 있었다. 두 사람은 고개를 들고 어두운 복도를 다시 돌아다보았다. "미행이 붙었군."

바로 그때, 총알 한 발이 휭 소리와 내며 클레이를 지나 뒤부아의 가슴을 관통했다. 그는 죽음과 동시에 바닥에 쓰러졌다.

"엎드려!" 클레이는 즉시 앨리슨를 몸으로 감싸 보호하고 크리스를 끌어내리며 바닥에 엎드렸다.

시저 역시 행동을 취했다. 신속하게 몸을 돌려 페일린을 움켜잡고, 그를 리 켄우드 쪽으로 밀쳐냈다. 두 사람 모두 볼링 핀처럼 쓰러졌다. 그는 즉시 사격을 하며 복도를 향해 총알을 퍼부었다. 시저의 대응 사격 때문에 상대편이 잠시 주춤하자, 그 틈을 이용해서 모두들 바닥에 엎드린 후 죽 늘어서 있는 커다란 책상 뒤로 허둥지둥 기어갔다.

클레이는 페일린을 붙잡고 그 앞쪽에 있는 앨리슨, 크리스, 리를 밀어대면서 앞으로 기어갔다. 그는 그들에게 바닥에 엎드려 가능한 한 몸을 웅크리라고 손짓했다. 시저가 다시 사격을 하는 동안 클레이는 뒤에 놓인 긴 탁자를 잡고 뒤집었다. 그것을 책상 뒤에 붙이고 앞으로 밀어서 엄폐물을 두 겹으로 만들었다. 그들 머리 바로 위, 책상 위에 있던 모니터가 총격을 받고 박살났다. 여러 발의 총탄들이 반대편에 있는 책상 겉면의 두꺼운 금속을 강타하는 소리가 들렸다. 클레이는 다른 사람들을 서둘러 앞으로 나아가게 하고 자신은 뒤집힌 탁자 뒤에 머물렀다. 그런 다음 방어 자세를 취하며 대응 사격을 했다.

복도에서 억 하는 큰 소리가 들리더니 사람 형체 하나가 바닥으로 쓰러졌다. 클레이와 시저는 다시 몸을 숙이고 책상 뒤에 무릎을 꿇은 채 보지도 않고 탄창을 교체했다. 복도로부터 더 많은 총탄이 날아들었다. 시저는 클레이를 바라보았다. "저 소리 들려?"

클레이가 끄덕였다. "점점 가까이 오고 있어." 두 발의 총알이 책상 윗부분을 맞고 클레이의 머리 위로 튕겨나가면서 뒤에 있는 거대한 수조에 충격을 가했다. 그 총알들은 수조 유리벽에 박혀버렸다. 클레이는 수조를 올려다보고 나서 앨리슨을 보았다. "저 유리 얼마나 두껍죠?"

앨리슨은 총격 소리에 몸을 움츠리고 있었다. 그녀는 생각해내려고 애썼다. "15센티미터쯤 될 거에요."

"알겠어요." 클레이가 말했다. 그는 연구실 안에 보이는 것들을 둘러보았다. 시저는 탄창 하나를 다 비우고, 또 다른 탄창을 집어들었다. "그 통로는 어디 있어요?" 클레이가 그녀에게 물었다.

그녀는 한쪽 손을 귀에서 떼고 뒤쪽 구석을 가리켰다. 클레이는 그녀의 손이 가리키는 방향을 쳐다보았고 작은 문의 희미한 윤곽이 보였다. 수조가 건물에 맞닿은 곳 바로 옆에 있었다. 책상들 뒷면을 따라 그 문까지 가는 도중에 장애물은 없었지만, 마지막 책상과 그 문 사이에는 약 3미터 정도의 훤히 트인 공간이 있었다. 상대방의 사격이 잠시 소강상태를 보이자 그는 재빨리 일어나서 복도 안으로 세 발을 발사했다. 그는 시저를 쳐다보고 죽 늘어서 있는 책상들을 따라 끝을 가리키고 나서, 작은 문이 나 있는 벽을 가리켰다.

시저는 눈을 가늘게 뜨고 문 쪽을 쳐다본 후 고개를 끄덕였다. 그는 또 다른 탄창을 쥐고 천장을 올려다보았다. 그는 클레이에게 돌아서서 손으로 잠시 눈을 가린 다음 점멸 신호를 만들어 보였다. 클레이는 위를 쳐다보고 다시 고개를 끄덕였다. 여러 발의 총알들이 책상 윗부분을 맞고 튀면서 수조의 유리벽에 박혔다. 이전 총알들 바로 옆에. 그는 손을 뻗어 앨리슨을 움켜잡고 그녀를 바짝 끌어당겼다.

그는 그녀의 귀에 대고 큰 소리로 속삭였다. "당신들 세 사람 먼저 여기서 빠져나가야 합니다!" 그의 뒤에서 시저가 탄창을 또 하나 비웠다. "불을 꺼버릴 거에요. 그러면 문까지 갈 시간을 벌 수 있을 겁니다. 밖으로 나가면, 달아나기 전에 주위를 살펴야 합니다. 아무도 없으면 미친 듯이 달려서 안전한 곳을 찾으세요. 우리 걱정은 하지 마시고."

앨리슨은 고개를 끄덕이고 크리스와 리를 돌아보았다. 그녀는 그들에게 속삭였다. 클레이는 그들을 지켜보았다. 아무도 얼어붙어 있거나 공황 상태에 빠진 것처럼 보이진 않았는데, 그건 다행히 정신을 차리고 있다는 뜻이었다. 죽음에 대한 두려움은 있겠지만 이성적으로 행동했다. 그건 전조등에 비친 사슴처럼 꼼짝 못하고 죽는 것보다는 훨씬 나았다.

클레이는 뒤로 돌아 시저의 주의를 끌었다. 시저는 고개를 끄덕이고 가방 안에서 큰 조명기구 하나를 꺼냈다. 그는 코드를 잡고 가장 가까운 전원 콘센트에 꽂았다. 시저는 다시 고개를 끄덕였다. 그러자 클레이는 재빨리 뒤로 돌아 앨리슨에게 말했다. "준비해요." 그녀는 고개를 끄덕이며 바닥에 손을 짚고 움직일 준비를 했다.

클레이와 시저는 책상 뒤에서 위치를 바꾸었다. 그런 다음 동시에 책상 위로 몸을 일으켰다. 시저가 공격자들을 향해 사격을 하는 동안, 클레이는 신중하게 천장을 겨냥한 후 네 개의 전등을 모두를 파괴했다. 커다란 연구실이 어둠 속에 빠져들었다. "가요." 그가 속삭이듯 말했고 그들이 빠르게 기어가는 소리가 들렸다.

총격이 잠시 멈추었다. 몸을 숨긴 시저는 바닥에 있는 조명기구의 윗부분을 잡고 책상 위로 올려놓았다. 두 사람 모두 움직이지 않았다. 대신 숫자를 세었다. 그들은 숙련된 군인이 야간투시경을 착용하는데 5초에서 10초 정도 걸린다는 것을 알았다. 그것은 일상적으로 하는 전술 훈련으로, 칠흑 같은 어둠 속에서도 병사가 임무를 계속 수행할 수 있도록 해주었다. 적은 빛을 오만 배나 더 확장시키는 야간투시경은 전투를 계속하기에 충분한 시야를 제공했다. 결점은 당연히 모든 빛을 오만 배 확장한다는 것이었다.

시저는 일곱까지 센 다음 이백만 촉광의 큰 조명기구 스위치를 켰다.

순식간에 탐조등처럼 온 연구실 안을 환하게 가득 채우면서 클레이와 시저가 야간투시경을 착용하리라 예상했던 군인들의 눈을 잠시 멀게 만들었다. 대신, 탐조등의 강렬한 빛은 그들 역시도 아무것도 볼 수 없게 만들었다. 그 순간 앨리슨과 동료들은 문을 향해 훤히 드러난 공간 속으로 달려갔다. 클레이와 시저는 책상 너머로 사격을 개시해서 다섯 명의 군인들 모두를 쓰러뜨렸다.

두 사람은 재빨리 앉고 다시 장전했다. 멀리서 작은 문이 딸각 닫히는 소리가 들렸다.

"더 있을까?" 클레이가 물었다.

"모르겠어." 시저는 몸을 돌리고 다시 자세히 살폈다. 그가 오른쪽으로 몸을 돌린 순간, 뭔가가 눈 한 켠에 들어왔다. 중앙 출입구로 이어지는 두 번째 복도에서 총구 하나가 번쩍거렸다. 엄폐물이 거의 없는 그쪽 방향에서 총알이 문서 더미를 뚫고 날아들어 와서 시저의 오른쪽 어깨에 명중했다. 그는 비명을 지르고 뒤로 쓰러지면서 그쪽 방향으로 탄창의 나머지를 모두 비워버렸다. 총격의 섬광들이 수없이 번쩍거렸고, 여러 형체들이 작전을 펼치듯 전개하며 위치를 잡았다. 클레이는 시저를 엄호하며 가지고 있는 모든 총알을 발사했다. 그는 재빨리 끝에 있는 책상을 그들 앞으로 끌어당겨 보았지만, 한 발 늦은 조치였다. 수많은 총알들을 책상이 막아주는 사이, 시저는 어깨를 움켜쥔 채 한쪽으로 몸을 피했다.

"어때?" 클레이가 총성과 날아다니는 종이들 너머로 소리쳤다.

시저는 이를 악물고 말했다. "버틸 만해."

갑자기 그들 뒤에서 페일린이 말했다. "존?"

픽, 픽, 픽. 수많은 총알들이 책상 전면을 때리며 둔탁한 소리를 냈다. 클레이가 고개를 돌리자 페일린은 차분한 표정으로 그를 물끄러미 쳐다보고 있었다. 클레이는 그가 무슨 말을 하기를 기다렸지만, 그 순간 시선을 내리자 페일린의 가슴에 붉은색 원이 퍼지는 것이 보였다. 직격탄을 맞은 것이었다.

"존." 그가 다시 말했지만, 말끝이 흐려지기 시작했다. 그의 눈이 감기기 시작하더니 고개가 뒤로 기울어졌다.

"페일린!" 클레이는 페일린을 움켜잡고 흔들어 깨우려고 했다. "페일린! 정신 차려!"

그때 홀연히 눈부신 푸른빛의 섬광이 그들 뒤에서 나타났고, 밝은 탐조등까지 더해지며 방을 환하게 밝혔다. 클레이가 고개를 들어 보니 허공이 반으로 갈라지며 타원형 모양으로 벌어졌고 그 안에 커다란 구멍이 생겨났다. 그는 의식이 잃은 페일린을 바라보았다. 환한 빛이 그의 코트 주머니에서 새어 나오고 있었다. 그 네모난 물체로부터.

클레이는 시저를 돌아보았는데, 그는 총을 재장전하며 소리쳤다. "클레이, 그 친구를 여기서 데리고 나가!"

시저는 그에게 행복한 미소를 지어 보였다. "걱정 마, 난 괜찮을 거야." 클레이는 그를 한참 동안 빤히 쳐다보았다. 두 사람 모두 그것이 거짓말임을 알았다. 시저는 총을 든 오른팔을 거의 움직이기 힘든 상태였고, 더 많은 그림자들이 중앙 복도에서 진입해 오는 것이 보였으니까. 두 친구는 서로를 빤히 바라보았다. 그들은 이 순간이 마지막이라는 걸 알았다.

"그를 여기서 데리고 나가!" 시저는 다시 소리를 질렀다. 이제는 총알이 빗발치듯 책상 반대편을 타격하고 있어서 책상이 시저 쪽으로 밀려 들어오기 시작했다. "네 총을 이리 줘." 그가 말했다. "가서 그 핵무기를 막아!"

클레이는 잠시 망설였다. 그런 다음 탄창을 교체하고 소총을 뒤집어서 그에게 건네주었다. 그러고 나서 몸을 돌리고 책상 하나를 바깥쪽으로 차서 진로를 텄다. 그는 페일린을 움켜잡고 등에 기대어 놓으며 들어

올리기 쉽게 만들었다. 그리고 시저를 바라보며 고개를 끄덕였다. 그들은 또 한 번 동시에 움직였다. 시저는 양손에 총을 든 채 책상 위로 몸을 일으켜 세우고 사격을 하면서, 클레이가 페일린을 들어 올리고 어깨 너머로 걸치는 동안 엄호를 해주었다. 클레이는 탈골된 어깨 때문에 고통스러운 비명을 지르며 일어서서 달렸다.

　그의 뒤를 봐주던 시저는 가슴에 두 발을 맞고 뒤쪽 바닥으로 쓰러졌다. 클레이는 강렬하게 빛나고 있는 빛의 문을 향해 한 걸음 한 걸음 있는 힘을 다해 힘껏 달렸다. 페일린이 무겁긴 했지만 불과 서너 걸음을 남겨둔 곳에서 클레이는 가진 모든 힘을 쏟아내며 두 사람의 몸을 앞으로 내던졌다. 그들은 공중을 날아서 시커먼 타원형의 한가운데로 쏙 들어갔다. 그 순간, 어디선 날아온 한 발의 총알이 클레이와 동시에 빛의 문 안으로 들어갔다.

37

12척의 잠수함들 각 함교에 있는 내부 불빛이 적색으로 바뀌었고, 계급을 막론하고 '전원 전투 대기' 명령이 떨어졌다. 핵전략잠수함들은 명령을 하달 받고 발포를 준비하고 있었다. 전략적으로 위험을 줄이기 위해 6척은 거대한 고리를 한쪽 측면에, 그리고 나머지 6척은 그 건너편에 배치되었다. 각 잠수함도 서로 500미터 정도 떨어진 채 간격을 유지했다. 지휘관들은 페일린의 종족들이 어떤 타격으로 보복을 할지 전혀 예측할 수 없었다. 따라서 모든 함정을 한곳에 집결시켜 하나의 표적으로 제공하는 것은 바보 같은 짓이었다.

거의 동시에 각 잠수함에서는 어뢰들이 무장되어 전방의 양 발사관에 장전되었다. 선두 잠수함인 몬태나 호에 탑승한 통신장교는 통신기 앞에 달라붙어 앉았다. 그는 공격 중단을 알리는 신호일지 모를 어떤 말이나 명령의 변경을 기다렸다. 몬태나 호의 지휘관인 홀그렌 함장은 다른 잠수함들 역시 장전 및 무장하고 있다는 사실을 알고 참을성 있게 기다렸다. 그들은 혹시 모를 상황에 대비해 무선 통신을 이용하지 않고 이런 구식 방법을 택했다. 그는 벽에 걸린 빨간 디지털시계를 계속 확인했다.

일 분 후 그는 통신 장교를 바라보았고, 그 장교는 함장을 돌아보며 고개를 가로저었다. 할그렌은 작전지휘관에게 돌아섰다. "전원… 대기."

작전지휘관은 마이크에다 명령을 반복했다. 할그렌은 심호흡을 하고 디지털시계가 특정 시각에 도달한 것을 지켜보았다. "발사!"

작전지휘관은 즉시 명령을 전달했다. "발사!"

일 초도 지나지 않아서 핵전략잠수함의 뱃머리 양쪽에 있는 발사관에서 두 발의 어뢰가 불쑥 튀어나왔고, 동시에 다른 잠수함에서도 어뢰들을 발사했다. 어뢰들은 2킬로미터쯤 떨어져 있는 목표를 향해 앞으로 돌진했다. 승조원들은 명중 소리를 귀 기울이며 기다렸다. 그들의 심장이 빠르게 고동치기 시작했다.

"천 미터…." 조타수가 말했다.

"팔백 미터…."

"육백 미터…."

"사백―" 조타수가 말을 멈췄다. 그는 헤드셋을 귀에 바짝 갖다 댔다. "함장님! 신호가 사라졌습니다."

"뭐라고?" 할그렌이 말했다. "신호가 사라지다니 무슨 소리야?"

"저도 모르겠습니다, 함장님. 그냥… 잠깐만요!" 갑자기 그들 뒤에서 날카로운 경보가 울렸다. 그의 눈이 휘둥그레졌다 "함장님! 어뢰들이 접근하고 있습니다!"

"접근?" 할그렌이 외쳤다 "누구한테 접근한다는 거야?"

"우리를 향해 접근하고 있습니다, 함장님!" 조타수가 대답했다. "열…. 아니, 열두 발의 어뢰가 물속에서 팔백 미터까지 접근했습니다. 192 방향, 183 방향, 166 방향…."

"회피 기동을 해! 선체를 돌려!" 그는 조타수를 바라보았다. "우리가 발사한 어뢰들인가?"

"아닙니다, 함장님!" 그가 고개를 저으며 말한 다음, 할그렌에게 몸을 돌렸다. "다른 잠수함들에서 발사된 것들로 보입니다."

"그건 불가능해! 그들은 25킬로미터 이상 떨어져 있어!" 할그렌이 소리쳤다.

전력을 다해서 몬태나 호가 방향을 바꾸기 시작했다. 그 순간, 다른 열한 척의 잠수함들 모두 똑같은 대처를 하고 있었다.

"오백 미터까지 접근했습니다!"

"탱크를 비워." 할그렌이 고함을 질렀다.

계속해서 방향을 틀고 있는 몬태나 호는 비상 대책으로 탱크를 열고 10만 갤런의 물을 강제로 빼냈다. 물이 빠져나간 공간은 빠르게 공기로 대체되면서 부력이 높아졌다. 몬태나 호는 서서히 상승하기 시작했다. 깊은 수중에 있는 모든 잠수함들이 각자의 탱크에 가압하는 소리가 수 킬로미터까지 퍼져 나갔다.

"삼백 미터!"

몬태나 호의 승조원들은 다들 뭔가를 단단히 붙잡았다. 다른 잠수함들과 마찬가지로 이 괴물 같은 잠수함도 어두운 물속을 헤쳐 나가려고 필사적으로 애를 썼다. 상승은 괴로울 정도로 느렸다.

"백오십 미터!" 조타수가 소리쳤다.

"디코이(레이더 교란용 물체)들을 발사해!" 할그렌이 소리쳤다.

몇 개의 커다란 금속 용기들이 후미의 관을 통해 발사되고 가라앉기 시작했다. 그것들은 즉시 어뢰의 탐지 시스템을 혼란시키기 위해 기포와 소음을 방출했다. 여러 발의 어뢰들이 갑자기 진로를 바꾸고 디코이들을 강타하며 조급하게 폭발했지만 나머지 어뢰들은 그렇지 않았다. 나머지 어뢰들은 차례차례 그들의 표적을 발견했고, 잠수함을 타격하는 동시에 강력히 폭발했다. 잠수함들의 선체는 수중에서 폭발하여 안쪽으로 붕괴되면서 순식간에 파괴되었다. 몬태나 호는 수면 위로 계속 기어오르다가 마지막으로 명중 당했다. 다른 잠수함들과 마찬가지로 선체가 폭발의 충격으로 몸서리를 치듯 떨다가 안쪽으로 붕괴되며 파괴되었다. 충격파는 천천히 진정되었다. 12척의 핵잠수함 잔해들은 상승을 멈추고 어두운 물속 아래로 천천히 죽은 듯 미끄러져 내리기 시작했다.

38

작은 철문이 삐걱거리며 천천히 열렸다. 앨리슨은 주위를 둘러볼 수 있을 만큼만 머리를 내밀었다. 건물 뒷마당에 펼쳐진 잔디밭 너머로 작은 주차장이 보였는데, 텅 비어 있었다. 그녀는 천천히 오른편, 건물 현관으로 돌아가는 방향을 바라보았고, 낯익은 거무스름한 나무들과 관목들 외에는 아무것도 보이지 않았다. 그녀는 바깥쪽으로 몸을 더 기울이며 문 가장자리에서 왼편을 둘러보았다. 넓은 풀밭에 야외용 탁자들이 여기저기 놓여 있었지만 조용했다. 더 나아가 건물의 좌측 면 주위에는 거대한 수조의 바깥 면이 있었다. 그쪽에는 수족관 출입구가 없고, 넓은 데크가 있긴 했지만 너무 높이 있어서 지상에서는 접근할 수가 없었다.

"뭐가 보여?" 크리스가 그녀 뒤에서 초조하게 물었다.

"아무것도. 쉿!" 그녀가 딱딱거리듯 말하고 나서, 건물 안에서 울리는 총소리 말고 다른 소리가 들리는지 집중했다. 건물 바깥에서는 아무 소리도 나지 않았다. 앨리슨은 주차장 맨 끝에 경계를 이루고 있는 허리 높이의 울타리를 바라보았다. 그 너머에는 나무들이 있었고, 더 멀리로는 경사진 지붕의 윤곽이 희미하게 보였다. 그녀가 돌아섰다. "아무도 없는 것 같아. 울타리까지만 가면, 눈에 띄지 않고 큰 나무들이 있는 곳까지 이동할 수 있을 것 같아. 거기에서 다시 정비용 창고로 가면 될 거야."

그들 모두 고개를 내밀고 살펴보았다.

"꽤 멀어 보이는데." 크리스가 말했다.

"빨리 달리면 충분해." 앨리슨은 하얀 티셔츠를 입고 있는 크리스를 바라보았다. 그녀는 재빨리 녹색 스웨터를 머리 위로 끌어올려서 벗었다. "그 셔츠 벗고 이걸 입어." 그녀는 안에 입고 있던 짙은 색 셔츠를 바르게 매만졌다.

옷을 건네받은 크리스는 셔츠를 벗고 작은 스웨터를 입었다. 두 치수 정도 작아서 맨살을 다 가릴 순 없었지만 흰 셔츠를 입고 표적이 되는 것보다는 훨씬 나았다. 그들 두 사람은 켄우드의 빨간 셔츠를 바라보았다.

"적어도 흰색은 아니니까."

"좋아." 앨리슨은 그들을 바라보았다. "준비됐어?"

다른 두 사람은 고개를 끄덕였다. 현관을 통해서 들리던 총소리가 갑자기 멈추었다. 그것이 주저하던 그들을 자극했다. "몸을 낮춰!" 앨리슨은 어깨 너머로 속삭이며 울타리를 향해 달렸다. 세 사람 모두 바짝 붙어서 달렸고 울타리에 이르자마자 땅바닥에 엎드렸다. 그들은 천천히 고개를 들고 주차장과 그곳으로 이어지는 도로를 유심히 살폈다. 움직임의 징후는 보이지 않았다.

"서둘러!" 앨리슨은 최대한 몸을 낮추면서 울타리 위를 타넘었다. 크리스와 리가 그 뒤를 이었다.

십여 초쯤 지난 후, 그들은 수족관 야외에 있는 큰 나무들 중 한 그루 뒤로 몸을 숨겼다. 그들 뒤에 아직 아무도 없는 것을 보고, 수족관 부지 거의 끝자락에 깊이 숨겨져 있는 창고를 향해 달렸다. 나무들 뒤에 가려져 있는 커다란 창고는 정원사들과 수족관의 외관을 유지보수하는 여러 일꾼들이 사용하는 곳이었다. 그들은 재빨리 정면 출입문을 열어보았지만, 잠겨 있었다. 그들은 흩어져서 창고 주위를 빙 돌았다. 양쪽 창문도 모두 잠겨 있었다. 앨리슨은 도망칠 만한 다른 곳이 있는지 둘러보던 도중 갑자기 창문이 부서지는 소리를 들었다. 그녀가 돌아서자 큰 돌을 들고 있는 리가 보였다. 그는 손가락 하나를 입술에 갖다 댄 후 창틀에 남아 있는 유리 파편들을 치워 나갔다. 앨리슨은 주위를 둘러보고 근처에 있는 작은 바나나 나무로 달려갔다. 두꺼운 잎사귀 두 개를 떼어내서 그 것을 창틀 위에 걸쳤다. 그것을 보호대 삼아 크리스와 리는 그녀를 들어 올리고 창문 안으로 밀어 넣었다. 잠시 후, 리가 그녀를 따라 들어왔고 크 리스가 마지막으로 기어 들어갔다. 뒤늦게 생각이 난 앨리슨은 깨진 유 리를 눈에 띄지 않게 발로 치우고 빈 창문에 손잡이가 긴 도구 몇 개를 기대어 세워놓았다.

몇 분 후, 군인 두 명이 그들을 뒤쫓아서 정비용 통로 밖으로 불쑥 모 습을 드러냈다. 그들은 총을 어깨에 대고 사격 자세를 취한 채 지면을 천 천히 살피면서 흩어졌다. 한 명은 거대한 수조의 바깥쪽을 지나 건물의 한쪽 끝으로 향했다. 다른 한 명은 작은 주차장을 조용히 빠른 걸음으로 가로질러 울타리 쪽으로 이동했다. 그는 갑자기 움찔하며 몸을 휙 돌리 고 소총을 좌우로 움직이며 잔디밭을 두리번거렸다. 그는 좌우를 살피면 서 다시 울타리 쪽으로 향했고 결국 끝에 이르렀다. 오른쪽으로는 작은 도로가 정문까지 이어져 있었고, 중간쯤에서 두 갈래로 나뉘면서 작은 산책로가 이어졌다. 그 산책로는 그를 비롯한 대원들이 조금 전에 진격했 던 건물 현관문까지 이어져 있었다. 그는 뒤돌아서서 큰 나무들이 무리 지어 곳을 바라보았다. 그 뒤로 낮게 드리워진 지붕의 윤곽이 보였다.

그는 나무들 사이로 조용히 움직였고 그 지붕과 붙어 있는 커다란 헛 간을 발견했다. 그는 아주 조심스럽게 모퉁이를 돌면서 언제라도 사격할 태세를 갖추었다. 바깥에 숨어 있는 사람이 없는 것을 확인하고 문을 열 어보았지만 잠겨 있었다. 다시 모퉁이를 돌면서 유심히 살펴보다가 한쪽 벽에 있는 창문 유리가 깨져 있는 것을 발견했다. 창문 안쪽이 전혀 보이 지 않았기 때문에 총열 끝에 있는 LED 조명등을 켜고 밝은 광선을 통해 헛간의 내부를 훑어보았다.

그는 조명등을 이리저리 움직여가며 한쪽 벽에 매달려 있는 연장들, 뒷벽 앞에 쌓아놓은 수십 부대의 비료와 퇴비 더미를 살펴보았다. 반대편에는 거대한 잔디 깎는 기계 한 대가 자리를 차지하고 있었다. 그 기계 뒤로 작고 녹슨 가솔린 탱크 두 대가 놓여 있었고, 중앙에는 무수히 많은 양동이와 호스 들이 가지런히 쌓여 있었다. 갑자기 그의 귀에 쓴 헤드셋을 통해 목소리가 들렸다. "아닙니다. 아직 그들의 흔적을 발견하지 못했습니다." 그는 대답을 하며 창문에서 한 걸음 뒤로 물러선 후 다시 귀를 기울였다. "달아난 것 같습니다. 그리 멀리 달아나진 못했을 겁니다. 아직은 붙잡을 수 있습니다." 그는 다시 귀를 기울이더니 고개를 끄덕였다. "알겠습니다. 복귀하겠습니다." 그 사내는 마지막으로 창문을 한 번 더 힐끗 보았지만, 바닥에 있는 유리 파편과 창문에 기대어 놓은 도구들은 보지 못한 채, 유리창은 깨진 지 한참 되었다고 판단했다. 그는 몸을 돌리고 재빨리 건물 쪽으로 뛰어갔다. 그가 건물 가까이 접근했을 때 나머지 대원들이 밖으로 모습을 드러냈고 모두 해변을 향해 조용히 달려갔다. 두 차례 죽은 대원들의 시신을 수습하기 위해 왕복한 다음, 수풀 속에서 검은색 고무 보트 세 척을 잡아당기고 해변가로 끌고 내려간 다음 물속으로 들어갔다. 몇 초 만에 시동을 걸고 장비를 실은 다음 어둠 속으로 사라졌다.

* * * * *

30분쯤 지난 후 앨리슨은 무거운 퇴비 부대들 밑을 통해 살짝 엿보았다. 그녀는 흙투성이 얼굴을 한 채 천천히 고개를 들고 창문 쪽을 살펴보았다. 높이 떠 있는 반달의 달빛이 고이 비치면서, 바람에 바스락거리는 나무들과 덤불이 그림자를 드리우고 있었다. 그녀는 퇴비 부대들과 벽 사이의 작은 공간에서 슬그머니 빠져나와서 조용히 주위를 둘러보았다. 보트들이 바다를 질주하는 듯한 소리 이후에는 아무 소리도 들리지 않았지만, 자신들을 해칠 목적으로 한두 명쯤 뒤에 남았을지도 모르는 일이었다.

앨리슨은 창밖을 유심히 살핀 다음 반대편으로 가서 지저분한 유리창을 통해 내다보았다. "모두 간 것 같아." 그녀가 크리스와 리에게 속삭였다. 몇 초 후, 두 사람 모두 흙으로 위장한 몸을 꿈틀거리며 일어났다.

그들은 한 번 더 확인하기 위해 창문 밖을 내다보았다. 앨리슨은 떨고 있었다. "세상에! 사람들을 죽였어! 그들을 모조리 다 죽인 거야!"

리는 그녀를 진정시키려고 애썼다. "아직은 확실히 몰라, 앨리슨."

"모른다고요?" 그녀는 숨죽인 목소리로 소리쳤다. "도대체 무슨 말을 하는 거예요, 모두 안으로 들어갔다가 한쪽 편만 다시 나왔는데! 맙소사, 그들이 사람들을 죽였어요. 클레이, 시저, 그리고 그 친구도." 그녀는 갑자기 숨이 턱 막혔다. "그들이 프랭크도 죽였어!"

크리스는 창밖을 내다본 다음 다시 반대편으로 서둘러 갔다. "우리가 뭔가를 해야 해!"

앨리슨은 말이 없었다. 그녀는 방금 벌어진 사태에 대한 부담감을 이기지 못하고 눈물을 글썽거렸다. "그들은 우리를 위해 죽은 거야." 그녀가 크리스와 리를 번갈아 바라보았다. 그녀의 목소리가 떨렸다. "클레이와 다른 사람들이 죽었어. 그 덕에 우리가 빠져나올 수 있었던 거고."

세 사람 모두 헛간에 앉아 방금 그녀가 한 말을 생각했다.

크리스는 한숨을 쉬며 잔디 깎는 기계의 좌석에 털썩 주저앉았다. "경찰을 부르는 게 좋을 것 같아."

"난 모르겠어." 앨리슨이 고개를 가로저으며 말했다. "나만 느낀 건지 모르겠는데, 그 남자들 정부 요원들처럼 보이지 않았어?"

리가 고개를 끄덕였다. "내 눈에도 그렇게 보였어."

"그렇다면 과연 경찰이 우리를 지켜줄 수 있을까?" 앨리슨이 그들에게 물었다. "만일 경찰에 전화했다가 그들한테서 '쏴 죽이겠어' 같은 말을 듣게 되면 어떻게 해? 무슨 말이냐면, 우리는 그 안에서 일어났던 모든 것을 봤다는 뜻이야!"

"농담하는 거지?" 크리스가 소리쳤다. "경찰은 우리가 가진 유일한 기회야."

앨리슨과 리는 서로를 쳐다보았지만 침묵을 지켰다.

"도대체 뭐가 문젠데? 그 안에 있는 모든 사람이 죽었어, 프랭크를 포함해서! 우리도 프랭크 바로 옆에 누워 있을 수도 있었어!"

앨리슨은 천천히 목소리를 높였다. "알아, 하지만 그들에게 다시 돌아올 빌미를 주고 싶지는 않다는 뜻이야."

"오, 좋아, 대단해." 크리스가 칭얼거렸다. "그럼 여기 계속 숨어 있자고! 아예 주소도 바꾸지 그래―"

"그만해!" 앨리슨이 그의 말을 끊으며 쏘아붙였다.

"그들이 우리를 살려 두지는 않을 거야." 리가 조용히 말했다. 그는 두 사람 모두를 바라보았다. "앨리슨 말이 맞아. 우리는 모든 것을 다 봤어. 또 그들이 더크와 샐리를 왜 데려갔는지도 알아. 우리는 그 도시에 대해서도 알고 있어, 또 그 고리도, 또 다른 뭐든 간에. 우린 이제 목격자야. 우리는 너무 많이 알고 있고 그들은 그것을 은폐하려 들거야. 그게 그들이 하는 방식이니까."

앨리슨이 끄덕였다. "무슨 이유인지 몰라도 그들이 빨리 떠났지만, 돌아오지 않을 거라는 보장은 없어요. 어쩌면 잠잠해진 후에 우리가 집으로 돌아오기를 기다리고 있을지도 몰라요." 그러고는 조용히 앉아 있었다. "혹시나." 그녀가 갑자기 고개를 들면서 말했다.

"혹시나 뭐?"

"혹시나 우리가 더크와 샐리를 막는다면요." 그녀가 말했다.

"돌고래들을 막아?" 크리스가 물었다.

"돌고래들이 폭탄 운반하는 걸 막는 거야." 앨리슨이 일어서며 말했다. "존도 그 말을 하려고 여기 온 거야. 그들은 그 일을 막으려고 한 거라고."

"맞아." 리가 동의했다. "우리가 그 일을 막은 다음에 언론사에 전화해서 모든 걸 털어놓자고."

크리스는 팔짱을 꼈다. "우리가 어떻게 막을 건데요? 잊어버렸나 본데, 남아 있는 게 아무것도 없어요. 그들이 모든 걸 다 가져갔다고요, 장비며, 노트며, 모든 걸 다."

앨리슨은 다시 털썩 주저앉아 생각에 잠겼다.

"잠깐," 리가 손을 들었다. "나한테 백업 파일이 있어."

"뭐라고요?"

리가 씩 웃었다. "나한테 별도로 저장해 놓은 자료가 있다고."

크리스는 혼란스러운 표정이었다. "무슨 소리에요? 백업한 자료들도 다 서버에 들어 있고, 그놈들이 그것들도 모두 가져갔다고요."

"나는 매일 밤 서버를 백업해둬," 리가 말했다. "그리고 매주 그 저장용 테이프들을 교체한 다음, 보통은 그 테이프들을 보관 시설로 보내. 하지만 지난 2주 치는 아직 보내지 않았어."

"그럼… 그 테이프들이 정확히 어디에 있는데요?" 앨리슨이 물었다.

"수족관 지하에 있는 창고 수납장 안에."

앨리슨과 크리스는 서로를 쳐다보았고, 그가 고개를 저었다. "중요한 건 그게 아니에요. 그 테이프들도 서버가 없으면 아무 소용이 없어요."

앨리슨은 리가 다시 활짝 웃는 것을 보았다. "왜요?" 그녀가 호기심 어린 표정으로 다시 물었다.

"생각해보니 서버가 있어. 그것도 두 대나. 우리가 패스파인더 호에 탑승할 때 가지고 갔던 작은 서버들 말이야. 에머슨 선장이 일주일 전에 나한테 다시 보내줬어."

"그 서버들도 지하 창고 안에 있어요?"

"맞아, 거기에 있어."

앨리슨은 흥분해서 활짝 웃었다. "리 켄우드, 난 그냥…," 그녀는 갑자기 마음을 바꾸고 그에게 달려들어 진한 키스를 했다. "당신은 정말 대단해요!"

"나도 알아." 그가 농담을 했다.

"그걸 보트에다 설치할 수 있을까요?"

"뭐!" 크리스가 벌떡 일어섰다. "우리더러 그 보트에 타자는 거야?"

그 보트는 30년 된 15미터짜리 베이라이너 디젤 동력선이었다. 수년 전 수족관에 기증된 보트로, 주로 지역 연구단체나 학생들을 위해 현장학습 차 바다로 나갈 때 이용하곤 했었다.

"우리가 보트를 타는 게 아니야, 크리스. 내가 타는 거지."

"무슨 말을 하는 거야?"

"내가 할 거야… 혼자서." 그녀는 침착하게 말했다. "위험한 일이야. 이 일로 두 사람의 목숨을 위험하게 만들고 싶지는 않아. 무슨 일이 닥칠지 모르는데, 우리 모두가 목숨을 걸 필요는 없잖아."

크리스는 그녀를 빤히 쳐다보며 자신의 생각을 정리했다. 마침내 그가 말했다. "앨리슨, 이번 일을 전문가들한테 맡겨야 한다고 생각하지 않아? 우리 어머니한테 경찰인 친구가 있어. 믿을 수 있는 분이야."

앨리슨은 크리스를 노려보았다. "시간이 없을지도 몰라. 그리고 누구를 믿어야 할지도 정말 모르겠어, 크리스. 솔직히 말하면, 더크와 샐리는 물론 다른 사람들에게 무슨 일이 일어나도록 내버려 둘 수는 없어. 나는 그 돌고래들을 진심으로 아껴. 너도 알잖아."

"물론 알지." 크리스가 한숨을 쉬며 말했다. "돌고래들은 우리한테도 무척 소중한 존재야. 우리라고 모르겠어!"

그녀는 그의 팔에 손을 얹었다. "그럼 나를 도와줘."

그는 다시 한숨을 내쉬며 손을 들었다. "알았어." 크리스는 리를 바라보았다. "우리가 뭘 하면 돼죠, 리?"

리는 필요할 만한 물건들을 급히 생각해보았다. 그들은 천천히 창밖을 내다보았고, 나무들 외엔 아무런 움직임이 없다는 걸 확인했다. 그들은 조심스럽게 수족관으로 되돌아갔다. 입구에 도착한 후 현관문을 열었다. 세 사람은 중앙 복도를 따라 살금살금 걸어가며 연구실로 향했다. 완전히 깜깜했지만, 앨리슨은 도리어 다행이라고 생각했다. 누구의 시체도 볼 필요 없이 벽 가장자리를 따라 계단까지 걸어갈 수 있으니까. 그녀는 클레이, 뒤부아, 시저, 그리고 그들의 친구인 페일린이 어둠 속 어딘가에 죽은 채 누워 있다고 생각하니 속이 메스꺼웠다. 연구실을 지나가는 동안 신발 밑에서 부서진 유리와 벽에서 떨어진 석고 파편들이 뽀드득거렸다. 계단에 이르자 리가 왼손으로 난간에 잡고 길을 안내했다. 창고에 도착해보니 건물에 아직 전기가 들어온다는 사실을 알았다. 리는 벽장 안에서 서버 한 대를 움켜잡았다. 크리스가 모니터를 들고 나오는 동안 앨리슨은 백업 테이프들, 키보드, 그 밖의 잘 알지 못하는 여러 물건들을 들고 나와서 두 사람을 뒤따랐다.

그들은 밖으로 다시 나온 뒤 작은 부두가 있는 해안가로 향했다. 부두에는 보트 한 척이 잔잔한 파도 위에서 까딱거리며 정박되어 있었다. 그들은 조용히 승선해서 장비를 선실 안에 내려놓았다. 앨리슨은 재빨리 모든 커튼을 닫고 리가 볼 수 있도록 작은 전등 하나를 켰다.

"크리스," 그가 말했다. "이 장비들을 고정할 끈이나 밧줄을 좀 찾아줘. 가능하면 도구상자도."

크리스는 고개를 끄덕이고 밖으로 사라졌다.

"나는 뭘 할까요?" 앨리슨이 물었다.

"자네 전화기 어디 있어?"

그녀는 어리둥절한 표정을 지으며 옷을 더듬어보았다. "모르겠어요." 잠시 생각해보았다. "크리스의 차에 놔둔 것 같아요."

"그럼 가서 가져다줘. 충전기도 함께."

두 사람이 나간 사이, 리는 서버의 부품들을 조립했다. 그는 엔진을 켜서 최대한 조용히 공회전시킨 다음, 서버의 전원을 켜고 백업 테이프들로부터 데이터를 복구하기 시작했다. 그는 데이터 복원이 진행되는 동안, 보트에 설치된 스피커와 마이크의 배선을 다시 서버에 연결하는 작업을 진행했다.

앨리슨은 핸드폰을 가져와서 리에게 건네주었다. 그는 그것을 보트의 조타륜 위쪽 계기반에 접착용 테이프로 붙인 다음 충전기를 꽂았다. 잠시 후, 크리스가 끈과 도구상자를 가지고 돌아왔다. 그들은 서버와 모니터를 끈으로 감싸고 잡아당겨서 보트가 출렁거려도 장비들이 넘어지지 않도록 확실히 고정시켰다. 데이터 복원에 30분이 걸렸고, 시버를 시험을 하는 데도 한 시간쯤 더 소요됐다.

마침내 리가 입력 작업을 마쳤다. "준비는 다 된 것 같아." 그는 앨리슨을 바라보았다. "좋아, 시범을 보여줄게. 일단 내가 복구해놓은 것은 지난주까지의 IMIS 자료야. 그러니까 그 시점까지의 어휘로만 한정되어 있는 거지. 여기에는 기초 데이터가 포함되어 있지 않아, 그러니까 새로운 단어를 배울 수는 없어. 하지만 이제까지의 통역 분량만 가지고도 더크와 샐리를 찾아서 경고하기에는 충분할 거야. 그리고," 그는 바닥의 서버를 가리키며 말했다. "이 서버는 전력을 많이 먹으니까 실행시키기 위해서는 반드시 보트의 엔진을 작동시키고 있어야 해. 혹시 몰라서 작은 보조 배터리를 달아놓았어. 만약 엔진이 꺼지더라도 10분 정도는 사용할 수 있을 거야, 하지만 그게 전부야. 그리고 서버는 큰 움직임에 민감하니까 보트를 최대한 안정적으로 유지시켜야 해."

그러고 나서 그는 그녀의 휴대전화를 가리켰다. "핸드폰에 있는 GPS 애플을 켜고 비미니 제도의 좌표를 입력해 놓았어. 그 섬을 찾는 게 어렵진 않을 거야. 일직선상, 동쪽으로 110킬로미터쯤 떨어져 있으니까 눈에 띨 거야. 그리고 휴대폰 신호를 막아놓아서 자네를 추적할 수 없도록 만들었고. 또," 그는 계량기를 보았다. "연료 탱크는 절반 정도 차 있어, 그 정도면 그곳에 갔다가 다시 돌아오기에 충분할 거야. 다른 질문은?"

그녀는 고개를 저었다. "다 된 것 같아요."

"좋아." 리는 주위를 둘러보았다. "크리스는 어디 있지?"

"글쎄요."

밖에서 누군가가 선내로 뛰어드는 소리가 들렸다. 몇 초 후, 크리스가 숨을 헐떡거리며 문이 열었다. 그의 팔에는 수족관 안에 있는 자판기에서 꺼낸 가공식품들이 가득했다. "자, 이거 받아." 그가 그것들을 옆에 있는 좌석에다 떨어뜨렸다. "잠깐만!" 크리스가 소리친 후 재빨리 그 좌석 밑에서 오렌지색 구명조끼를 꺼냈다. 그것을 앨리슨에게 입힌 다음 앞쪽 벨트를 고정시켰다.

그녀는 그가 불안감을 덜도록 미소를 지으며 꼭 안아주었다. 그런 다음 몸을 돌리고 리를 안았다.

"난 괜찮을 거예요." 그녀는 이 말이 표현이라기보다는 질문처럼 들리지 않았을까 궁금했다. 그녀는 크리스를 바라보았다. "크리스, 리를 데리고 어머니의 경찰 친구를 찾아가. 얼마 안 있으면 청소부들이 들이닥칠 거고, 그 다음엔 완전히 아수라장이 될 거야. 우리 눈앞에서 이 일이 벌어졌다는 걸 확실히 할 필요가 있으니까 빨리 누군가에게 상황을 설명해야만 해."

"만약 네가 어디 있냐고 물으면?"

그녀는 어깨를 으쓱했다. "모른다고 해. 총격전 직후에 헤어졌다고. 그들이 뭔가 의심하기 시작할 때쯤이면 난 더크, 샐리와 함께 돌아와 있을 거야."

그들 두 사람은 시무룩하게 고개를 끄덕였다. 그들은 문을 열고 밖으로 나왔다.

"돌고래들을 꼭 찾아, 앨리슨." 리가 마지막 말을 남긴 후 그들은 문을 닫고 보트에서 내려 부두로 돌아갔다. 그들은 부두에 묶인 밧줄을 풀어 보트 안으로 던지고 그녀가 출발하기를 기다렸다. 그녀는 옆 창문을 통해 내다보며 손을 흔들었다. 그런 다음 조절판 손잡이를 앞으로 밀며 엔진의 출력을 올렸다. 보트는 잔잔한 물결을 헤치며 앞으로 나아갔다.

보트가 먼 바다로 1킬로미터쯤 나아갔을 때 앨리슨은 속도를 최대한 올리며 앞으로 질주했다. 바다는 비교적 잔잔해서 뱃머리가 파도를 부드럽게 갈랐다. 그녀는 시험 삼아 간단한 메시지를 입력했다. *샐리 더크, 멈춰 위험해.* 그녀는 리턴 키를 누르고 화면을 보았다. "통역 중…"

만족한 그녀는 고개를 들고 두 손으로 조타륜을 잡았다. 앞유리 너머를 뚫어지게 바라봤지만, 캄캄한 바다 외에는 아무것도 보이지 않았다.

앨리슨은 자신의 계획과 더불어 한 가지 잠재적인 문제에 대해 생각했다. 크리스나 리가 말을 꺼내지 않았으면 하고 바랐던 것이었다. 만약 기적이 일어나 돌고래들을 발견하고 저지한다 하더라도, *핵폭탄은 어떻게 처리하지?*

39

"뭐라고?" 스티바스는 전화기에 대고 괴성을 질렀다. 그는 믿을 수가 없었다. "전부 다? 모조리?" 그는 화난 표정으로 귀를 기울였고 얼굴은 검붉게 변했다.

"하느님 맙소사!" 그는 몸을 돌리고, 탁자 건너편에서 불안하게 지켜보고 있는 메이슨을 바라보았다. 스티바스는 답답한 듯 눈을 감고 머리칼을 손으로 쓸어 넘겼다. "놈들이 한 짓이야!" 그가 말했다. "결국 놈들이 저질렀어! 그놈들이 선수를 쳤다고! 더 빨리 움직였어야 했는데."

그는 통화를 끝내고 메이슨을 바라보았다. "그 개자식들이 우리 잠수함들을 죄다 파괴했어. 모조리." 그는 여전히 고개를 저으며 벽을 바라보았다. "이건 밀러의 잘못이야. 그 망할 놈이 계속 꾸물거린 탓이라고."

메이슨은 탁자 건너편에서 한숨을 내쉬었다. "핵전략잠수함들을 천천히 불러들인 게 실수였어. 잠수함들이 접근하는 걸 놈들이 수 킬로미터 밖에서부터 본 거라고."

스티바스는 몸을 돌리고 그에게 손가락질을 했다. "바로 그거야!" 그는 서성거리기 시작했다. "내가 하자는 대로 했다면, 우리가 하자는 대로 했다면, 그 고리는 지금 거대한 쓰레기 더미가 됐을 거야. 빌어먹을 관료 집단! 이게 다 밀러와 랭포드, 그 계집애 같은 사내새끼들 탓이야. 우리는 대통령이 똑바른 생각을 하도록 보좌했는데, 결국 그놈들 때문에 마음을 돌린 거야." 그는 두 손을 허리에 얹었다. "제기랄!"

"애당초 그들은 우리 의견을 따르려고 하지 않았어, 자네도 알잖아."

메이슨이 말했다. "밀러와 랭포드는 이번 공격이 그들을 자극하는 바람에 촉발되었다고 볼 거야."

"나도 알아." 스티바스는 계속 서성거리며 말했다. "상황이 우리한테 불리하게 돌아간다고 생각되면, 유엔 측 멍청이들이 관여할 때까지 그냥 가만히 있으면 돼."

"게임은 끝났어."

"천만에." 스티바스는 전화기를 들고 번호를 눌렀다.

* * * * *

이 수조는 수족관의 수조보다 훨씬 작았고 건물 안도 주위가 잘 보이지 않을 정도로 어두웠다. 더크와 샐리는 유리벽 앞을 맴돌면서, 사람들 여럿이 여러 서버들 중 마지막 남은 한 대를 조립하느라 왔다 갔다 하는 모습을 지켜보고 있었다. 검은 머리에 키가 크고 호리호리한 한 남자가 수조 바로 앞에 앉아서 컴퓨터에 입력을 하고 있었다. 그의 얼굴에 모니터에서 비치는 으스스한 불빛이 반사되었다. 돌고래들은 앨리슨과 다른 친구들이 어디에 있는지 궁금해했다.

얼마의 시간이 흐른 뒤, 타이핑을 마친 그 남자는 고개를 들고 돌고래들을 바라보았다. 잠시 후, 수중 스피커를 통해 소리가 흘러나왔다. *안녕 더크와 샐리.*

더크는 흥분해서 헤엄치며 스피커 앞을 지나갔다. *안녕, 더크*가 대답했다.

샐리도 마이크 가까이로 헤엄쳐 갔다. *앨리슨 어디 있어? 크리스 어디 있어? 리 어디 있어?*

그 남자는 억지로 쓴웃음을 짓고 다시 입력을 했다. *그들은 곧 올 거야.*

우리는 친구들이야. IMIS가 통역을 했고, 더크는 흥분해서 다시 헤엄쳤다. 남자는 샐리가 무척 조심스럽게 자신을 지켜보고 있는 것을 눈치챘다. *우리는 도움이 필요해.* 그가 입력을 했다.

더크가 재빨리 대답했다. *네, 도움. 더크 도움 좋아해.*

우리는 사람들에게 선물을 주고 싶어. 그가 말했다. *그 도시에 있는 사람들.*

더크는 수조의 꼭대기까지 올라갔다가 다시 내려왔다. *더크 선물 가져간다. 사람들 친절해.*

고마워 더크. 컴퓨터 앞의 남자가 응답했다. *빨리 가야 해.*

두 명의 스쿠버 다이버들이 두터운 벨트 하나를 들고 수조 위에서 내려왔다. 벨트의 가운데 부분이 커다란 혹처럼 부풀어 있었고, 그 안에는 소형 핵탄두가 숨겨져 있었다. 그 핵탄두는 고리의 깊이와 위치를 고려해 미리 프로그램이 설정되어 있었다. 고리의 어느 부분이든 200미터 이내에 도달하는 순간 즉시 폭발하도록.

그 벨트를 더크의 등에 부드럽게 장착한 다음 아래쪽을 단단히 고정시켰다. 스쿠버 다이버들이 장착을 마치자마자 더크는 열심히 꼬리를 흔들며 작은 수조 주위를 헤엄쳐 다녔다. 샐리도 더크 옆에 가까이 붙어서 함께 헤엄을 쳤다.

컴퓨터 앞에 앉아 있던 남자는 수조 끝에 서서 지켜보고 있었다. 그때 누군가가 그 남자 뒤로 걸어왔다. "준비는 다 됐나, 제러드?" 그 남자가 몸을 돌리자 해군 대장 브루스 비숍이 눈앞에 서 있었다.

"네, 준비됐습니다."

"문제는 없나?" 비숍이 물었다.

"전혀 없습니다, 장군님. 돌고래들이 빨리 적응하는 것 같습니다."

비숍은 어깨를 으쓱했다. "좋아, 하긴 더 이상 문제 될 것도 없겠지." 그는 제러드 옆에 나란히 서서 유리벽 너머에 있는 더크와 샐리를 빤히 바라보았다. "준비가 다 되었으면, 돌고래들을 내보내게."

제러드는 고개를 끄덕이며 책상 위에 놓인 전화기를 집어 들었다. "문을 열어." 그는 전화기를 내려놓고 메시지를 입력했다. *선물을 빨리 가져다줘 더크. 서둘러.*

더크 헤엄 빠르다, 더크가 대답했다. 몇 분 후, 돌고래들 뒤쪽의 커다란 문이 양쪽으로 천천히 열리기 시작했다. 건너편의 바닷물이 밀려들었고 수조의 물과 뒤섞이면서 작은 소용돌이가 일었다. 두 돌고래는 파도가 가라앉기를 기다렸다가 힘차게 꼬리를 흔들면서 드넓은 바다로 쏜살같이 돌진했다.

40

2주도 안 되는 기간 동안 두 번째 방문이라 그런지, 수평선에 나타난 남극의 맥머도 기지를 바라보는 캐서린 뢰케의 표정은 왠지 피곤해 보였다. 그녀가 타고 있는 이번 비행기는 이전 때보다 훨씬 더 크긴 했지만 약간 더 안락할 뿐이었다. 그럼에도 불구하고, 더 작고 훨씬 추운 C130 수송기로 옮겨 타게 되면 이 비행기가 정말 그리울 것 같았다.

그녀는 고개를 돌리고 뒤에 줄지어 앉은 사람들을 바라보았다. 모집 활동은 그녀가 기대했던 것보다 더 신속히 진행되었다. 약속한 대로 카 대통령은 그녀가 필요로 하는 모든 인적 물적 자원을 제공해주었다. 국제적인 전문가들을 거의 하룻밤 사이에 데려왔다. 그리고 그녀가 연구원들에게 지금 어떤 상황에 처해 있는지를 설명하자, 거의 모든 연구원들이 자진해서 돌아가겠다고 밝혔다. 그녀는 너무나 자랑스러움을 느끼는 동시에 겸허해졌다.

그들에게 모든 진실을 말하는 것이 옳은 일이라는 데에는 추호의 의심도 없었다. 그들은 직접 수집한 측정 결과물을 어느 정도 종합한 후 상황이 얼마나 심각한지를 이해하자마자, 즉시 대업에 참여하기 위한 마음의 준비를 다졌다. 거의 모든 연구원들이 론 빙붕을 '폭파'해서 다가올 대재앙을 막기 위한 그 프로젝트 계획의 일원이 되었다. 그녀의 팀은 쉬지 않고 계획을 짰다. 폭파 팀이 도착할 무렵에는 가장 어려운 여러 물류 문제와 세부 사항들이 해결되었다. 이제는 모든 팀들이 장비들을 가지고 남극으로 속속 모여들었다.

두께가 150미터가 넘는 론 빙붕은 수많은 도전 과제를 안겨주었다. 다른 무엇보다 중요한 것은 가장 큰 폭발 효과를 보장할 수 있는 굴착의 깊이였다. 그리고 그 일에 요구되는 이동식 굴착 장비들은 거대했다. 당연히 이동 속도도 느렸다. 또 다른, 그녀가 파악한 난제는 굴착 장비의 크기가 아니라 각 굴착 장비가 필요로 하는 기다란 시추용 도관의 양이었다. 굴착기 당 최소 100미터 이상의 도관이 필요했으므로, 그것들이 항공기의 저장 용량 대부분을 차지했다.

다음은 식량과 보급품이었다. 앤더슨의 뉴질랜드 팀이 다시 가이드 역할을 맡겠지만, 이 프로젝트는 몇 달 동안 지속될 것으로 예상되었다. 즉 음식과 보급품이 상당하다는 것을 뜻했다. 비행기가 많은 보급품들을 안전하게 내려놓기 위해서는 매끄럽게 착륙할 수 있을 만한 활주로를 만들어야 했으므로 소형 제설기도 필수적이었다. 위성 사진과 심층 촬영은 최적의 지역을 식별하는 데 도움이 될 것이다. 하지만 결국 어디에 굴착하는지를 결정하는 것은 지상에 있는 사람들에게 달려 있었다.

프로젝트가 급박하게 추진되는 관계로 시행착오를 최대한 줄여야만 했다. 이렇게 되면 캐서린으로서는 필수 장비들의 도착하는 대로 얼음 위에 가설한 기지 현장에 머무르며 프로젝트를 진행해 나갈 수밖에 없었다. 다행인 것은 노르웨이에서 제공한 혁신적인 가스 주입식 구조물 덕분에 비교적 내구성이 강한 주거지에 머물 수 있게 되었다는 점이었다. 그것은 산소에 노출되면 강화되는 팽창성 물질로 만들어진 작은 별채식 구조물로, 충분한 단열과 방음 처리가 되었고 각각 5명까지 수용할 수 있었다. 가장 좋은 점은 무겁긴 하지만 이동이 가능하다는 것이었다. 굴착기가 이동할 때 캠프도 따라 움직일 수 있으니 말이다.

폭발물은 대략 1.5킬로미터 간격으로 매설될 예정되었다. 컴퓨터 모의실험 결과, 그 정도면 내부 지층이 사실상 자체적으로 분리되는 데에 필요한 진동과, 중심부의 압력을 완화시키는 데에 필요한 응력을 만들어내기에 충분했다. 마지막으로, 이동식 굴착에 필요한 동력 자원인 폭발물과 연료는 거의 지속적으로 전달되어야 했다. 따라서 캐서린은 연구원들에게 굴착을 위해 표면을 측정하고 평가하는 기간 동안 최소한 밤에는 따뜻하게 잠을 잘 수 있을 거라는 최고의 소식을 알려주었다. 그 사실만으로도 연구원들은 미소를 지었다.

착륙해서 대기 중인 C130 수송기들 안으로 장비를 옮겨 싣는 데 4시간쯤 걸렸다. 그 항공기들은 빙붕으로 수송하기에는 최적의 기종이었다. 착륙장에 요구되는 길이를 고려했을 때, 내구성은 더 강했고 힘과 적재량은 훨씬 더 뛰어났다. 캐서린은 자신의 신체가 적어도 어느 정도는 극한의 추위에 적응했기를 바랐지만, 극심한 냉기로 가득한 C130에 오르자 현실은 전혀 달랐다.

마침내 비행기가 목적지에 착륙해서 하역을 시작했다. 밤에도 햇빛이 오래 비치는 덕분에 즉시 조립을 시작할 수 있었고, 불과 몇 시간 만에 대부분의 가스 주입식 구조물들이 세워졌고 사용도 가능해졌다. 실내 온도가 점점 오르고 있어서 섭씨 15도까지 이르면 아늑할 것으로 기대되었다. 굴착 팀은 세 대의 이동식 굴착기를 준비시켜 놓고 다음날 아침을 대비했다. 각 이동식 굴착기가 하루에 60~70미터짜리 구멍 하나를 뚫을 수 있을 것으로 추정했는데, 이는 하루에 3~4킬로미터, 한 달로 따지면 100~120킬로미터의 진행 속도를 예상한다는 뜻이었다. 따라서 최고의 시나리오대로라면 6주에서 8주 안에 폭발이 가능할 수 있을 것 같았다.

캐서린은 시간을 부족하지 않기를 바랐다.

 41

앨리슨이 육지에서 멀어질수록 파도가 더욱 거세졌지만, 마침내 아침 해가 지평선 위로 떠오르기 시작했다. 남자들이 끈으로 단단히 묶어놓은 서버는 비교적 안정적으로 유지되고 있었다. 하지만 그녀는 보트가 출렁일 때마다 장비가 흔들리지 않도록 손으로 꽉 붙잡았다. 강해지는 파도와 민감한 서버 때문에 어쩔 수 없이 비교적 느린 속도로 항해했다. 두 시간이 좀 지났는데도 비미니까지는 반쯤도 가지 못했다. 그뿐 아니라 앨리슨은 깨끗한 신호를 전송하기 위해서 보트를 멈추고 엔진을 꺼야만 했다. 이는 패스파인더 호에서 체험한 것으로, 스피커에서 나오는 방송이 엔진 소음 때문에 손상되는 일을 막아주었다. 불행하게도 엔진을 끌 때마다 배터리 백업 장치에서 전원이 끊겼음을 나타내는 경고음이 울렸다. 그녀는 리가 그 기능을 꺼놨으면 좋았을 텐데 하며 아쉬워했다. 경고음이 울리지 않아도 배터리가 방전될 때까지 남은 시간을 알려주는 디지털 표시 창이 있었으니까.

앨리슨은 속도를 완전히 줄이고 보트가 관성으로 흘러가도록 놔두었다. 보트의 움직임이 멈추자, 그녀는 서버를 붙잡은 손을 놓고 엔진의 스위치를 껐다. 그리고 모니터를 켜고 명령을 입력했다. *더크 샐리 멈춰 위험해*. 잠시 후, 보트 아래의 스피커에서 그 소리가 나오는 것을 들었다. 그녀는 몇 분 동안 끈기 있게 기다렸다가 다시 시도를 했다. 기다리는 사이 스피커에서 나오는 소리가 드넓은 바다에서 얼마나 멀리까지 전달되는지 궁금해졌다. 소리가 물속에서 더욱 잘 전달된다는 사실은 알고 있었지만, 그 거리가 어느 정도인지는 미처 리에게 물어볼 생각을 하지 못했다. 또한 더크와 샐리가 어느 방향으로 왔는지 정확히 모른다는 생각이 떠올랐다. 마이애미로부터 일직선 비슷하지 않을까 추측했지만, 만약 그렇지 않다면 스피커 방송 범위가 더욱 중요했다. 또 한 가지 알 수 없는 사실은 더크와 샐리가 언제 올 것인가 하는 것이었다. 존 클레이는 곧 그 일이 벌어질 거라고 간단히 말했지만, 그 말을 생각하면 할수록 점점 더 복잡해졌다. 그가 말한 '곧' 이 지금인지, 아니면 몇 주 후인지. 아무리 생각해봐도 알 수 없었다. 그냥 느낌대로 하는 수밖에 없었다.

앨리슨은 점점 지치기 시작했다. 그녀는 앉아서 오레오 과자 두 봉지를 집어 들었다. 예전에 먹고 생기가 돌았던 기억이 떠올랐고, 포장지를 뜯으면서 이번에도 그러기를 바랐다. 그녀는 선택할 수 있는 유일한 음식이 가공식품뿐이라 예전만큼 맛있지는 않다고 생각하면서 천천히 과자를 깨물어 먹었다.

앨리슨은 마지막 한 번 더 메시지를 보낸 후 다시 엔진의 시동을 켰다. 엔진이 부르릉 소리를 내며 다시 살아나자, 배터리 경고음이 꺼지고 시스템이 다시 충전 상태로 돌아갔다. 그녀가 속도를 서서히 올리고 GPS 위치를 확인하는 사이, 보트는 다시 잔잔한 파도를 뚫고 앞으로 나아갔다.

출발한 지 세 시간이 지난 후부터는 더 자주 보트를 멈추고 더 많은 방송을 내보냈다. 좌석에 앉아 기다리던 그녀는 보트 밑에서 출렁이는 파도의 영향으로 서버가 좌우로 흔들리는 모습을 초조하게 지켜보았다. 보조 배터리의 디지털 표시 창을 보았다. 3분 정도의 전력이 남아 있었다. 2분으로 변하자 엔진을 다시 켜고 계속 앞으로 나아갔다. 앨리슨은 점점 더 긴장이 되기 시작했다.

보트를 멈출 때마다 앨리슨의 불안감은 점점 더 커졌고, 마침내 비미니 군도의 남쪽 암초 지대가 눈에 들어오는 곳까지 이르렀다. 그녀는 그

수중 도시가 어디에 있는지는 몰랐지만, 그곳에서 아주 멀리 떨어져 있지는 않을 거라고 생각했다. 어쩌면 그 도시 바로 위쪽에 있는 건지도 모를 일이었다. 혹시라도 그렇다면 더크와 샐리에게 연락이 닿아도 이미 때가 늦었을 수도 있었다. 불현듯 그 끔찍한 일이 곧 벌어질 거라는 생각이 들자 심장이 요동치기 시작했다.

앨리슨은 벌떡 일어섰고 섬으로부터 멀리 떨어지기로 마음먹었다. 그녀는 엔진의 시동을 걸기 위해 열쇠를 돌렸고 배터리 경고음을 들리자 그 소리가 꺼지기를 기다렸다. 심란한 가운데 뭔가 이상하다는 생각에 손을 내려다보았다. 배터리 경고음이 여전히 울리고 있었지만 그녀는 열쇠를 이미 돌렸다는 사실을 깨달았다. 무엇이 잘못되었는지 정확히 알 수 없어서 다시 시도해 보기로 하고 열쇠를 원래 위치로 되돌리고 나서 다시 열쇠를 돌렸다. 역시나 아무런 반응이 없었다. 그녀는 배터리를 바라보았고 경고음은 여전히 울리고 있었다. 배터리의 작은 표시 창은 5분 48초를 가리키고 있었지만, 앨리슨을 당황하게 만든 것은 그 창에 충전 중이라는 표시가 나타나지 않는다는 사실이었다.

그녀는 재빨리 시동 장치 주변을 살펴보면서 자신이 뭔가에 부딪쳤거나 어떤 스위치를 잘못 건드리는 바람에 뜻하지 않게 꺼진 게 아닌가 생각했다. 하지만 아무것도 발견할 수 없었다. 모든 부품이 제자리에 있었고 잘못 건드린 스위치도 전혀 없는 것처럼 보였다. 그녀는 다시 시동을 걸면서 이번에는 조금 더 강제로 돌렸다. 내부 어딘가에서 "딸깍" 하는 기계 소리만 들릴 뿐이었다. 즉시 두려움이 온몸을 엄습했고 금방이라도 토할 것처럼 속이 울렁거렸다. "제발." 그녀가 중얼거리며 다시 한 번 열쇠를 돌렸다. 여전히 아무 일도 일어나지 않았다.

"오 하느님! 제발, 제발 걸려!" 그녀가 울부짖듯 소리쳤다. 조타륜 아래를 발이 거의 부러질 정도로 걷어찼다. 이제는 완전히 공황 상태에 빠졌다. 배터리의 작은 표시 창은 5분 21초가 남았다고 가리켰다. 앨리슨은 엔진을 시동 걸 수 없다면 그녀에게 남은 것은 서버뿐이라는 것을 순간 깨달았다. 그녀는 필사적으로 리턴 키를 두드리면서 또 다른 방송을 내보냈다. 배터리는 계속 초읽기를 했다. "안 돼! 안 돼! 안 돼." 그녀는 연료의 양을 점검해보았는데, 아직 반 정도가 남아 있었다. 실내등도 시험해 보았는데, 전기는 제대로 작동하고 있었다.

배터리가 계속 초읽기를 하자, 그녀는 암담한 현실 때문에 끔찍한 악몽을 꾼 것처럼 울며 눈물을 흘렸다. 얼마 안 있으면 더크와 샐리를 호출할 수 있는 동력과 능력을 잃어버리게 될 뿐만 아니라… 엔진의 시동을 걸지 못하면 떠날 수조차 없기 때문이었다. 그녀는 꼼짝도 못하는 데다 어쩌면 폭탄이 터졌을 때 즉시 죽음을 맞이할 수밖에 없는 범위 안에 있을지도 몰랐다. 그녀는 갇혀버렸다.

"하느님, 안 돼요, 제발!" 그녀는 비명을 지르면서 자포자기한 듯 키보드를 몇 번이고 두드렸다. 보트 아래에 있는 스피커에서 친숙한 흡착음들이 빠르게 반복적으로 흘러나왔다. 그녀는 배터리 표시 창이 5분 표시를 지나치며 초읽기를 하는 모습을 무기력하게 지켜보며 서 있었다.

* * * * *

샐리는, 흥분해서 에메랄드빛 푸른 물속을 빠르게 헤엄치는 더크 뒤를 바짝 뒤따랐다. 두 돌고래는 다시 드넓은 바다로 나오게 돼서 그런지 무척 행복해했다. 샐리는 더크가 등에 매달린 선물 때문에 속도를 늦추자 그 곁에 가까이 붙었다. 샐리는 이제 30킬로미터쯤 떨어져 있는 거대한 고리에서 나오는, 어렴풋하게 웅웅거리는 소리를 감지할 수 있었다. 그때 뭔가 다른 소리가 들렸다. 다른 방향에서 들려오는 희미한 소리였다.

샐리가 속도를 늦추며 그 소리를 듣고 있는 사이, 더크는 멀어지기 시작했다. 그 소리는 친숙했다. 샐리는 더크가 친구들을 돕는 일에 열중해서 햇빛 반짝이는 푸른 바다 속으로 서서히 사라져가는 것을 지켜보았다.

＊ ＊ ＊ ＊ ＊

앨리슨은 계속해서 키보드를 두드리며 메시지를 보내고 또 보냈다. 배터리 표시는 2분 32초로 줄었다. 그녀는 필사적으로 수납 칸들 안쪽을 뒤지면서 보트 안내서를 찾았다. 물론 큰 의미는 없었다. 보트나 기계에 대해서 아무것도 몰랐지만 어쨌든 찾아보았다. 그 외에는 달리 할 일이 전혀 생각나지 않았다. 모든 좌석 방석마저 뒤집어본 터라 이제 마지막 남은 수납 칸 덮개를 열었다. 커다란 공구 상자를 발견하고 그것을 꺼내면서 혹시나 하는 희망을 품었다. 앨리슨은 상자를 열고 최대한 빠르게 공구들을 파헤쳤다. 안내서는 없었고, 가슴은 철렁 내려앉았다

그녀는 배터리를 바라보았다. 1분 45초. 다시 키보드를 두드린 다음 바닥에 쓰러지며 울음을 터뜨렸다. 완전히 바보가 된 기분이 들었다. 그녀는 무슨 일이 벌어지고 있는지 잘 알지도 못하면서 무작정 이곳으로 구조를 위해 달려왔다. 유감스럽게도 구조 같은 건 없었다. 오히려 스스로에게 사형 선고를 내린 걸 자책하며 바다 한가운데에 무력하게 앉아 있었다. 혹시나 하고 핸드폰 전원을 다시 켜보았지만 아무런 신호도 잡히지 않았다. 모든 것이 절망적이었다.

그녀는 너무 격하게 우느라 IMIS가 메시지를 전달하는 것도 듣지 못했다. *앨리슨.* 그녀는 숨을 고르려고 애쓰며, 이제는 고문에 불과한 배터리 표시 창을 바라보았다. 거의 1분밖에 남지 않았다. IMIS가 다시 방송을 했고 앨리슨은 심장이 멎을 뻔했다. *앨리슨.*

앨리슨은 꼼짝할 수가 없었다. 반쯤 얼어붙어 있던 그녀는 가까스로 선실 창가로 가서 바깥을 내다보았다. 샐리가 물 밖으로 머리를 내민 채 보트 옆에 있었다. "세상에!" 그녀는 문을 향해 달려갔다. "잠깐만!" 손잡이를 잡고 돌리려는 순간 갑자기 멈추고 몸을 돌렸다. 배터리 표시 창은 47초를 가리켰다. 재빨리 다시 키보드로 달려가서 최대한 빨리 입력을 했다. *샐리 위험해. 빨리 떠나야 해. 더크 데려와.* 그녀는 입력 키를 누르고 마치 영원처럼 느껴지는 샐리의 대답을 기다렸다.

더크 지금 멀어. 선물 가지고.

"안 돼! 안 돼!" 앨리슨은 울부짖었다. 그녀는 재빨리 다시 입력했다. *떠나야 해. 선물 너무 너무 위험해.*

그녀는 입력 키를 누르고 배터리 표시 창을 보았다. 10초가 지났다. 서버에서 소음이 들렸다. 시스템의 종료를 준비하는 소리였다. "안 돼!" 앨리슨이 소리쳤다.

그러고 나서 서버가 꺼졌다. 화면은 텅 비어 버렸다. 서버의 모든 불빛도 사라졌다.

"제기랄!" 그녀가 고함을 내질렀다. 곧바로 돌아서서 선실 밖으로 뛰쳐나갔다. 샐리는 그녀를 바라보며 흡착음과 휘파람 소리를 잇달아 내고 있었지만, 앨리슨은 더 이상 샐리가 무슨 말을 하는지 전혀 알 수 없었다. 그녀는 바다 저 멀리 수평선 위에 떠 있는 검고 평평한 점선을 바라보았다. 그것은 비미니 군도였다. 더크는 얼마나 앞서 있을까? 그 고리는 얼마나 가까이 있을까? 그녀의 손이 떨리고 있었다. 폭발은 곧 일어날 것 같았다.

앨리슨은 남쪽에서 눈을 떼고 북쪽으로 몇 킬로미터 떨어진 작은 암초 섬, 노스 캣 케이를 바라보았다. 그러고 나서 샐리를 내려다보았다. 자포자기한 심정으로 그녀는 보트의 뱃전에서 바다로 뛰어들었다. 그녀는 샐리를 지나쳐 노스 캣 케이 방향으로 헤엄을 치기 시작했다. 하지만 3~4미터쯤 갔을 때 샐리가 뒤에서 그녀를 살짝 들이받았다.

앨리슨은 고개를 저었다. "우리는 떠나야 해, 샐리!" 샐리는 조용히 그녀를 바라보고 있었다. 앨리슨은 샐리에게 몹시 화가 난 표정을 지었다. 의사소통을 할 수 없어서 답답함을 느낀 그녀는 다시 수영을 하기 시작했다. 하지만 그것이 헛된 일이라는 것을 깨달았다. 올림픽 수영선수라 할지라도 그 정도 거리를 제시간에 수영해서 갈 수는 없었다. 하지만 그녀가 생각할 수 있는 건 그것밖에 없었다.

샐리가 뒤에서 다시 들이받으며 그녀를 잠시 물속으로 밀어 넣었다. 앨리슨은 다급하게 입 밖으로 물을 내뱉으며 식식거렸고, 그런 다음 계속 수영을 했다. 다시 한 번, 샐리가 그녀를 툭 들이받았다. "우리는 가야해!" 이번에는 더 많은 물을 내뿜었다.

그녀가 다시 몸을 돌리자 또 한 번 들이받는 것을 느꼈는데, 이번에는 훨씬 강했다. 앨리슨은 자신이 움직이지 않는다는 것을 알아차렸다. 대신 샐리의 코와 입이 등 안으로 파고드는 것을 느꼈다. 샐리는 구명조끼의 끈을 물어뜯어서 풀어버렸다. 구명조끼가 목 주변에서 갑자기 느슨해지자 그녀는 다시 묶으려고 버둥거렸다. 그러자 샐리는 앨리슨의 목에 두른 조끼를 물고 벗겨냈다.

"뭐 하는 짓이야?" 앨리슨은 제자리에서 헤엄을 치며 소리를 질렀다.

샐리는 또 다시 흡착음과 휘파람 소리를 잇따라 냈다. 그런 다음 구명조끼를 획 뒤집더니 목 부분을 이빨로 물었다. 앨리슨은 샐리를 빤히 바라보면서 이해하려고 애썼다. 그녀는 샐리의 양 옆으로 늘어뜨려진 조명조끼의 하얀 나일론 끈을 쳐다보았다.

갑자기 앨리슨의 눈이 휘둥그레졌다. 그녀는 재빨리 샐리의 뒤쪽으로 헤엄을 친 다음 샐리의 굵은 목을 두 팔로 감쌌다. 샐리의 머리 뒷부분에

입을 맞춘 다음 조명조끼의 끈을 잡고 손목에 감쌌다. "가자 샐리!" 그녀
가 소리쳤다.

그 즉시, 샐리는 앨리슨을 등에 매단 채 앞으로 돌진했다. 샐리의 강력
한 꼬리가 뒤에서 이리저리 빠르게 움직이며 바닷물을 갈랐다. 앨리슨은
얼굴로 물이 튀는 것을 최대한 막기 위해 샐리의 목에 머리를 밀착시키
고 눈을 감았다. 그녀는 샐리의 온몸이 앞뒤로 움직이다가 이내 부드럽
게 리듬을 타면서 물을 힘차게 가르는 것을 느꼈다.

* * * * *

더크는 샐리가 어디로 가버렸는지 알 수 없었지만, 저 멀리 고리에서
나오는 밝고 푸른빛을 볼 수 있었다. 더크는 흥분해서 계속 앞으로 나아
갔고, 점점 더 깊이 해저를 향해 아래로 내려갔다.

* * * * *

앨리슨은 안간힘을 썼지만 물살 때문에 거의 질식할 지경에 이르렀
다. 그녀는 숨을 쉬기 위해 머리를 들어 올렸다. 암초 섬인 노스 캣 케이
에 점점 가까워지고 있었다. 갑자기 샐리가 속도를 높였다. 그 때문에 앨
리슨은 옆으로 미끄러질 뻔했고 떨어지지 않으려고 안간힘을 썼다. 손목
에 가해지는 끈의 압박 때문에 혈액 순환이 점점 막히고 있었다. 손에 감
각을 거의 느낄 수 없었고, 이제는 피가 통하지 않아서 하얗게 변해가고
있었다. 앨리슨이 고개를 들자 앞쪽에 뭔가를 보았다. 마치… 바위들처럼
보였다. 샐리도 저것들을 봤을까? 온갖 고생을 하며 여기까지 왔는데 고
작 바위에 부딪히고 끝나는 걸까? 샐리의 속도가 갑자기 더욱 빨라졌다.

앨리슨이 다시 고개를 들었다, 그것은 방파제였다! 수천 개의 거대하고 반들반들한 돌들로 이루어져 있었다.

"샐리, 멈춰!" 앨리슨이 소리를 질렀지만 샐리는 더 빨리 움직이는 것 같았다. "샐리, 바위!"

그 순간, 그들 뒤쪽 멀리에 있는 깊은 물속에서 폭탄 내부의 핵물질이 융합되며 원자 폭발을 일으켰다. 순식간에 수십억 톤의 물이 즉시 증발되었다. 그 폭발은 엄청난 양의 물을 해수면 20미터 높이까지 끌어올렸고, 곧바로 그 중앙에 생성된 거대한 진공 속으로 다시 떨어졌다. 충격파는 엄청났고 사방으로 퍼져 나가면서 비미니를 제일 먼저 강타했다. 비미니의 두 섬이 서쪽으로 향하는 충격파에 고스란히 맞닥뜨리면서 나무들, 자동차들, 건물들이 순식간에 쓸려나갔다. 나머지 충격파는 빠르게 대서양 북동쪽과 남동쪽을 향해 바깥쪽으로 파문처럼 번져 나갔다.

비미니 제도를 덮친 에너지 장벽은 시속 300킬로미터가 넘는 속도로 노스 캣 케이에 접근했다. 샐리는 이제 방파제 바로 앞에 이르렀고, 필사적으로 버티고 있는 앨리슨을 등에 매단 채 있는 힘을 다해 공중으로 최대한 높이 솟구쳤다. 마치 영화 속 느린 장면을 보는 것처럼 그들은 방파제 바위들을 넘어 그 건너편 물속으로 뛰어들었다. 동시에 충격파가 노스 캣 케이를 강타했다.

42

카 대통령은 백악관 집무실 안으로 걸어 들어와서 문을 쾅 닫았다. 그는 자신을 기다리고 있는 사람들에게 시선을 돌렸는데, 지금껏 그렇게까지 화가 나 있는 모습을 본 사람은 아무도 없었다.

"누구 짓이요?" 그가 소리쳤다.

밀러, 메이슨, 스티바스, 랭포드, 비숍, 그리고 불맨, 모두들 조용히 서 있었다.

"내가 묻잖소, 누가 그랬냐고?" 카 대통령은 성을 내며 그들에게 손가락질을 했다. "내가 곧 찾아내리란 사실은 모두 알고 있을 테니, 나를 더 오래 기다리게 하면 반드시 감옥에서 썩게 만들겠소."

사람들은 서로를 쳐다보았다. 그들 중 일부는 대통령이 무슨 말을 하고 있는지 전혀 알지 못하는 눈치였다. 그러나 몇몇은 알고 있었다. 스티바스가 당당하게 앞으로 걸어 나왔다.

"제가 그랬습니다." 그가 낮고 위협적인 목소리로 말했다. "나는 당신이 하지 않은 일을 했습니다! 당신이 할 수 없는 일을 한 거란 말입니다."

카 대통령은 조금도 놀라지 않았다. "자네는 대도시에서 얼마 떨어지지 않은 곳에서 핵폭탄을 터뜨렸어. 게다가 내 직접 명령도 어겼고!"

"난 해야 될 일을 했습니다." 스티바스는 다시 성난 소리를 내뱉었다. "우리나라, 아니 전 세계가 소멸되기 직전이었습니다. 유엔은 시어머니 같은 관료들만 불러들이고 있는 데다, 상황을 통제할 수 있는 시간이 촉박했습니다. 그때 그 일을 하지 않았더라면, 다시는 할 수 있는 기회가 없었을 겁니다!"

"내가 자네한테 직접 명령을 내렸잖아!" 대통령이 고함을 쳤다.

스티바스는 반항적으로 그를 향해 다가갔다. "난 해야 될 일을 했어! 내가 막았어, 내가 그들을 막아낸 거라고! 이 행성을 구했다는 이유로 나를 체포하고 싶다면, 어서 해보시오. 나는 기꺼이 법정에 나가서 모든 사실을 털어놓을 테니. 우리가 공격을 받고 있는 상황이 분명한데도 대통령은 행동에 나설 배짱이 없었다고 말이야!"

"공격 받는다고?" 대통령은 경멸 어린 눈으로 스티바스를 쳐다보았다.

"그렇소!" 스티바스가 비웃었다. 그는 밀러를 바라보았다. "뭐가 잘못됐는데? 당신 부하가 여기 와서 그 개자식들이 우리 잠수함 12대를 모두 파괴했다고 말하지 않았나? 전부 다 말이야! 그런데도 이 자리에 서서 여전히 외교를 통해서 해결할 시간이 있었던 것처럼 행동하고 싶다면, 당장 해보라고. 나는 무슨 일이 있었는지 다 알아, 결국 나는 당신이 했어야 할 일을 한 거라고!"

대통령은 가만히 선 채로 불평을 늘어놓고 있는 땅딸막한 스티바스를 때려눕힐지 말지를 고심하는 듯한 표정으로 노려보았다. 집무실은 두 남자가 가슴을 들썩거리면서 서로를 노려보는 동안 침묵에 빠져 들었다.

"자네가 염두에 두지 않은 게 뭔지 아나?" 대통령은 자신을 감정을 억누르면서 말했다. "그 고리를 파괴할 경우 우리나 그들에게 어떤 위험이 닥치는가 하는 걸세."

스티바스는 고개를 저었다. "로렌스가 전혀 위험이 없다고 확신했어." 그는 효과를 더하려고 잠시 말을 멈췄다. "자 보라고, 우린 아직 이 자리에 있잖아."

* * * * *

캐서린 뢰케는 소규모인 가스 주입식 구조물 안에, 노트북 컴퓨터가 놓인 작은 책상 앞에 앉아 있었다. 지난번에 머물렀던 거처를 생각하면, 이곳이 얼마나 열을 효과적으로 유지하고 또 평범한 일상을 누릴 수 있도록 해주는지 알고 무척 놀라워했다. 그녀는 활기찬 동작으로 노트북을 닫은 다음 일어서서 파카와 장갑을 착용했다.

그녀는 하루의 시작이 썩 괜찮다고 생각하며 밖으로 나섰다. 멀지 않은 곳에서 한 팀이 얼음을 살펴보면서 깊은 구멍을 파고 밀도를 검사하고 있었다. 그 지역은 굴착기의 무게를 지탱할 수 있을 만큼 견고해야 했지만, 그 정도로 단단하지는 않아서 굴착 속도에 지연을 주고 있었다. 다른 두 팀은 그들보다 1.5킬로미터 그리고 3킬로미터 앞서 있었고, 그들 또한 굴착을 위한 이상적인 장소를 물색하는 중이었다.

대형 이동식 굴착기 중 하나가 앞서 나간 한 팀에 합류하러 가는 길에 캐서린 옆을 지나쳤다. 굴착기 뒤에서 튀어 오른 작은 얼음들이 순간적으로 그녀의 얼굴로 날아들자 그녀는 몸을 획 돌렸다. 굴착기가 지나간 후, 그녀는 그 자국을 따라 걸어가다가 소규모 작업 구역으로 건너갔다. 뉴질랜드 팀의 책임자인 스티브 앤더슨은 그녀의 옛 친구이자, 지난번 이곳에서 사실상 그녀를 구해준 가이드인 앤드류 옆에 서 있었다. 그녀가 다가가자 두 사람 모두 고개를 들었다.

"어서 오세요, 뢰케 국장님." 그들은 거의 동시에 말했다.

"말했잖아요, 캐서린이라 부르라고."

"그렇게 하죠." 그들은 뉴질랜드 억양으로 말했다.

"폭약은 언제 오나요?" 그녀는 굴착기로 뚫은 구멍의 바닥에 배치될 폭발물을 언급하면서 물었다.

"곧 도착할 겁니다." 스티브가 걱정 말라는 듯 말했다. "몇 분 전에 승무원들과 얘기를 나눴어요." 그가 캐서린의 어깨 너머로 고개를 끄덕이자 그녀가 뒤를 돌아보았다.

"활주로는 준비됐습니다."

맨리가 커다란 빨간색 제설기에 탄 채 운전석 안에서 위아래로 들썩거리면서 그들을 향해 돌아오는 모습이 보였다. 그는 하는 일은 가장 힘든 작업 가운데 하나였다. 이번 작업을 끝낸 후 그는 다음 목적지로 가서 대원들이 밤을 보낼 야영지 옆에 또 하나의 가설 활주로를 제설할 예정이었다. 그래야 다음 2주 동안에도 거의 매일 아침 한 차례씩 연료, 음식, 폭발물, 추가 인원, 장비들 가운데 하나를 항공기로 보급 받을 수 있기 때문이다. 다행히 다음 주에는 또 한 대의 제설기와 맨리의 동료 한 명이 더 보충될 예정이라 작업이 한결 수월해질 것이다.

캐서린은 비행기 소리를 듣고 뒤를 돌아보았다. 이제까지 수많은 C130 수송기를 보아온 데다 무척 간절함에도 불구하고, 밝은 하늘에서 그 비행기를 찾는데 시간이 좀 걸렸다. 비행기가 점점 가까워지면서 착륙 장치를 내리자, 그녀와 두 남자는 가설 활주로 쪽으로 걸어가기 시작했다.

두 남자가 보급품을 어디에 둘지 이야기하고 있을 때, 캐서린은 오른쪽 장화의 풀린 신발 끈을 묶기 위해 멈춰 섰다. 그녀는 허리를 굽히고 끈을 꽉 조인 다음 매듭을 묶기 시작하다가 동작을 멈췄다. 장화 바로 옆에 이상한 현상이 나타났기 때문이었다. 그것은 아주 작은 균열이었다. 그녀는 움직이지 않고 호기심 어린 눈으로 그것을 바라보았다. 몇 초 후, 또 하나의 균열이 나타났는데, 이번 것은 조금 더 컸다. 그녀는 자신이 서 있는 곳이 유독 약한 지점인가, 하고 의아해했다.

캐서린은 천천히 일어서서 주위를 둘러보았다. 작은 균열들이 곳곳에 나타나고 있었다. 그녀는 스티브와 앤드류를 향해 돌아섰는데, 그들은 이제 20여 미터 상공에 떠 있는 비행기 쪽으로 여전히 걸어가고 있었다.

"이봐요." 그녀가 말했지만, 두 남자 모두 그녀의 말을 듣지 못했다.

"이봐요!" 그녀가 더 크게 소리쳤다.

스티븐과 앤드류는 몸을 돌리고 캐서린을 바라보았다. 그녀는 여전히 지면을 바라보며 서 있었다. "왜요?"

"이상해요!" 그녀가 소리쳤다.

"뭐가요?" 스티븐이 대답했다.

"얼음을 봐요!" 그녀의 목소리가 떨리고 있었다.

두 남자는 주위를 둘러보다가 곳곳에 작은 균열이 형성되고 있는 것을 보았다. 그들은 캐서린에게 돌아섰고 그 순간 그녀의 뒤쪽에서 일어나는 광경을 보고 눈이 휘둥그레졌다. 캐서린이 뒤를 돌아보자 거대한 균열이 일어나는 동시에 땅에서 얼음 조각들이 솟구치는 모습이 보였다. 멀리 떨어져 있는 빙붕과 그 너머에서도 수많은 얼음 조각들이 폭발하듯 공중으로 치솟는 광경을 볼 수 있었다.

그녀는 앞쪽에 있는 두 남자를 바라보았다. "뛰어!" 그녀가 소리쳤다. "뛰라고!" 제설차에서 막 내리고 있는 맨리를 비롯해서 그녀 주변에서 일하고 있던 사람들은 고개를 돌리고 그녀를 이상하게 바라보았다. "뛰어!" 캐서린은 그들에게 자신 쪽으로 오라고 손짓하면서 다시 소리쳤다. 그녀는 좀 더 멀리 떨어져 있는, 숙소로 사용 중인 가스 주입식 구조물들을 바라보았다. 그 안에는 적어도 몇 명의 사람들이 더 있었다. 멀리 떨어져 있는 데다 소음 때문에 자신의 외침 소리가 들리지 않을 거라는 사실을 알자 애가 탔다.

그녀는 커다란 비행기가 그들을 지나쳐 수백 미터쯤 앞에 내리는 것을 뒤돌아서며 보았다. 그녀는 비행기를 가리키며 달리기 시작했다. 스티브와 앤드류는 이미 그녀보다 앞서 있었다. 그들은 달리면서 눈에 띄는 다른 사람들에게 소리를 지르고 있었다. 두 사람은 달리기를 멈추고 다른 사람들에게 다시 소리쳤다. "뛰어!"

그녀도 멈추고 뒤를 돌아보자 조금 전까지 얼음을 측정하고 있던 4인조 팀이 지금 그녀 쪽으로 있는 급히 달려오고 있는 모습이 보였다. 뒤쪽 배경 멀리서 지난번에 본 듯한 하얀 안개가 공중으로 솟아오르는 것이 보였다. 하지만 이번에는 훨씬, 훨씬 더 컸다. 한참 더 멀리 있는 거대한 빙하의 기슭에서는 흙더미가 미끄러져 내리는 것이 보였다. 우려했던 사태가 벌어지고 있었다! 빙하가 붕괴되고 있는 것이었다!

맨리는 이제 굴착 동료 한 명의 팔을 붙잡고 그녀 쪽으로 달려오고 있었다. 캐서린은 스티브와 앤드류에게 돌아서서 비행기를 가리키며 소리쳤다. "비행기가 멈추지 못하도록 하세요!" 그들 두 사람은 고개를 끄덕이며 비행기를 쫓아서 달렸다.

그녀의 발아래가 흔들리기 시작했다. 그녀는 계속해서 사람들에게 자기 쪽으로 오라고 손짓했고 다른 누군가가 없는지 두리번거렸다. 태드리는 그녀를 향해 달리는 사람들 중에 끼어 있었다. 태드리는 쓰러진 사람을 보고 멈추고는 그 사람이 일어설 수 있도록 도왔다. 캐서린은 주거 구역에 있는 거처들을 계속 바라보면서 사람들이 밖으로 나오기를 기도했다. 그녀는 비행기 쪽을 돌아보았고, 비행기가 멈추기 위해 속도를 줄인 틈을 타서 스티븐과 앤드류가 수송기 뒷문으로 뛰어오르는 것을 지켜보았다. 잠시 후, 서서히 멈추던 엔진들이 갑자기 굉음을 내며 되살아났다. 비행기는 이륙 방향 쪽으로 재빨리 동체를 돌리기 시작했다.

사람들은 이제 캐서린을 따라잡았고, 그들 모두 비행기를 향해 달렸다. 그녀가 어깨 너머를 돌아보자 마침내 거주 구역에서 사람들이 나오는 것이 보였다. 그들은 주위를 둘러보다가 캐서린과 사람들이 비행기를 향해 달려가는 모습을 보았다. 그 순간, 지면이 크게 갈라지면서 캐서린과 야영지 사이에 들쭉날쭉한 틈이 길게 벌어졌다. 너무 늦었다.

흔들림이 점점 강해지자 모두들 쓰러지지 않으려고 애를 썼다. 사람들이 가설 활주로에 다다르자, 비행기가 그들 옆을 천천히 지나갔다. 비틀거리며 뛰어가던 사람들은 비행기 뒤쪽으로 돌아서 옆문을 따라 쫓아갔다. 두 남자가 출입문 양쪽에 각각 기댄 채로 기다리고 있었다. 그들은 태드리의 손을 잡고 안쪽으로 끌어당겼다. 이어서 굴착공을 향해 손을 내밀었고, 그런 다음 맨리와 나머지 사람들을 향해 손을 뻗었다. 마지막으로 그들은 캐서린을 붙잡고 안으로 끌어당겼다.

엔진이 다시 굉음을 냈고 비행기가 속도를 높였다. 뒤쪽에 있는 모든 사람들은 옆 창문을 통해 얼음이 빠르게 지나가는 것을 보았다. 그리고 균열이 점점 더 커지는 것도. 비행기의 바퀴가 큰 균열에 부딪치는 바람에 모두가 튀어 올랐고, 천장에 부딪친 다음 다시 아래로 떨어졌다. 모두들 머리를 문지르며 서로를 쳐다보았다.

비행기는 다행히 계속 나아갔다. 창밖의 얼음들이 모호하게 보일 정도로 빨리 달리고 있었지만, 모든 보급품들이 여전히 실려 있는 데다 새로 탄 승객들의 무게가 더해지면서 비행기는 이륙하는 데에 애를 먹고 있었다. 쿵. 바퀴가 또 한 번 큰 충격을 받았다. 사람들 역시 공중으로 튀어 올랐다가 바닥으로 떨어졌고 붙잡을 것을 찾느라 허둥지둥 댔다.

캐서린은 옆 유리창을 내다보았다. 빙하는 일부분만 겨우 보였고 모든 경사면이 시커먼 흙색으로 변해 버렸다. 비행기가 얼음 바닥에서 이륙하자마자 갑자기 평온이 찾아왔다. 동시에 멀리서 거대한 빙하가 스스로의 무게를 이기지 못하고 무너지는 것이 보였다.

그 순간 수십 억 톤에 이르는 바위와 얼음들이 분리되며 빙붕 아래로 미끄러졌다. 그 붕괴로 인해 상상할 수도 없는 양의 바닷물이 바깥쪽으로 강제로 밀려나면서 거대한 쓰나미(지진 해일)을 일으켰다. 쓰나미가 발생하자마자, 빙붕 전체가 치솟는 바닷물과 함께 몇 초 만에 수십 미터 넘게 솟구쳤다.

비행기에 탑승한 캐서린과 연구원들은 빙붕이 쓰나미의 힘에 떠밀려 하늘로 솟구치는 장면을 지켜보았다. 그들의 눈이 휘둥그레졌고 빙붕이 그들 밑에서 몇 미터씩 계속 치솟아 오르자 숨소리가 거칠어졌다. 빙붕이 점점 더 높이 치솟자 모두들 본능적으로 주먹을 쥐면서 조금 전까지 그들이 딛고 서 있던 땅덩어리가 비행기와 충돌할까봐 조마조마했다.

비행기는 최대한 빠르게 상승했지만, 치솟는 빙붕의 속도는 훨씬 더 빨랐다. 비행기 뒷편에서는 아무런 소리도 들리지 않았지만, 조종사들은 악을 쓰며 엔진에 최대한 힘을 가하고 있었다. 그 순간 캐서린은 굴착용 폭발물이 아직 비행기에 실려 있다는 게 기억났다. 이제 얼음덩어리는 비행기 밑면까지 불과 몇십 센티미터밖에 떨어지지 않은 것처럼 보였다. 사람들은 눈을 감고 충격에 대비했다. 하지만 충돌을 일어나지 않았다.

* * * * *

카 대통령이 스티바스를 노려보고 있을 때 책상 위 전화벨이 세 번 울렸다. 그는 앞에 서 있는 남자들을 내버려둔 채 책상으로 다가가서 전화기의 스피커 버튼을 눌렀다. 여성 비서의 목소리가 들려왔다. "대통령 각하, 뢰케 국장으로부터 급한 연락이 왔습니다."

카 대통령은 전화기를 바라보며 궁금한 듯 눈을 가늘게 떴다. 그는 다른 남자들을 바라보며 대답했다. "연결해줘요." 짧게 딸깍 소리가 나자 대통령이 큰소리로 말했다. "안녕하십니까, 뢰케 국장, 무슨 일—"

"결국 일이 터졌어요!" 캐서린은 전화기를 통해 미친 듯이 괴성을 질렀다. "지금 무너지고 있어요!"

카 대통령이 다른 사람들을 바라보았고 집무실 전체가 공황에 빠진 듯했다. "빙붕 말입니까?"

"네! 빙하가 붕괴되면서 빙붕이 파괴되었어요!"

"오, 하느님." 대통령은 전화기 가까이 몸을 낮추면서 생각하려고 애를 썼다. "생각했던 것만큼 상황이 나쁜가요?"

"네!" 캐서린은 바로 대답했다. 배후의 비행기 엔진 소리 때문에 그녀의 목소리를 잘 들리지 않았다. "쓰나미는 어마어마해요. 지금 북쪽으로 향하고 있어요!"

"얼마나 빨리요?" 카 대통령이 물어보는 사이 다른 남자들이 책상 주위로 몰려들었다. "시간이 얼마나 남았습니까?"

"모르겠어요." 그녀는 배후의 소음 때문에 소리를 질렀다. "아마도 시속 5~600킬로미터는 돼 보이니까 플로리다에 들이닥치려면," 그녀가 잠시 멈췄다. "12시간쯤 걸릴 거예요. 하지만 그 이전에 남아메리카를 강타할 겁니다!"

카 대통령은 눈을 감고 머리를 숙였다. "우리에게 어떤 선택이 있습니까, 뢰케 국장?"

"선택권이 없다고 말씀드렸잖아요. 우리는 이것을 멈출 수 없어요. 우리가 할 수 있는 유일한 행동은 대피하는 길뿐이에요!"

"잠깐만요." 대통령이 전화를 묵음 상태로 바꿨다. 그리고 주위의 남자들을 바라보았다. "맙소사, 그게 가능하겠소?"

"북미와 남미에 있는 대서양 연안 전체를 대피시키라고요?" 밀러는 고개를 가로저으며 말했다. "불가능합니다, 12시간 안에는 절대 불가능합니다."

"하지만 얼마라도 당장 빠져나올 수 있지 않겠어요?" 카 대통령이 말했다.

"꼭 그렇다고 할 수 없습니다." 랭포드가 대답했다. "엄청난 규모의 공황상태에 빠지기 시작할 겁니다. 쓰나미가 닥치기 전까지 영화에서나 보던 폭동이 벌어질 게 뻔합니다."

"대통령 각하?" 캐서린이 말했다.

카 대통령은 재빨리 묵음 상태를 해제했다. "네, 뢰케 국장, 말하세요."

"핵 실험은 바로 중단시켰죠?"

그는 눈썹을 추켜세우고 전화기를 바라보았다. "핵 실험? 무슨 핵 실험 말입니까?"

"존 클레이가 제게 털어놨어요. 그 실험에 대해서."

카 대통령은 다시 책상을 에워싸고 있는 무리를 바라보았다. "존 클레이가 정확히 뭐라고 말했습니까, 뢰케 국장?"

캐서린은 여전히 엔진 소리 너머로 소리를 질렀다. "그 친구가 전화로 정부에서 계획하고 있는 핵 실험으로 인한 충격파가 우발적으로 빙하의 붕괴를 촉발시킬 수 있는지 물었어요. 그는 그 실험을 막으려고 했고요." 그녀는 잠시 말을 멈췄고 방금 무슨 일이 일어난 건지 깨달았다. "세상에, 각하께서 중단시키지 않으셨군요? 그게 바로 붕괴의 원인이었어! 설마 했는데."

대통령은 다시 전화를 묵음 처리하며 스티바스를 똑바로 쳐다보았다. 모든 것이 분명해졌다. "클레이는 무슨 일이 일어날지 알았어. 그래서 자네의 공격을 막으려고 했던 거야" 대통령은 언성을 높였다. "자네가 터뜨린 핵폭발이 지금 전 세계를 덮칠 쓰나미를 일으켰단 말이야!"

스티바스의 얼굴이 하얗게 질렸다. 말문이 막힌 듯 고개만 내저었다.

대통령은 그를 향해 책상을 넘어올 것 같은 표정을 지었다. 본능적으로 다른 남자들이 뒤로 물러섰다. "해야 할 일을 한 거라며! 네가 그렇게 말했잖아. 이제 수천만 명이 죽을 거야, 너 때문에!"

"내… 내가 하려던 건 그냥…." 스티바스는 말을 더듬거리면서 도움을 청하듯 메이슨을 바라보았다. "난 몰랐어. 우리가 염려했던 건 그 고리였어…, 그 일로 뭐가 벌어질 줄은 정말 몰랐다고."

"나를 봐, 행크." 대통령은 으르렁거리면서 몸을 앞으로 숙였다. "존 클레이는 어디 있어?"

스티바스는 대답하지 않았다. 마음속으로는 어떻게 일이 그렇게 끔찍하게 잘못되었는지 이해하기 위해 발버둥치고 있었다.

"말하잖아." 대통령이 반복해서 말했다. "존 클레이는 어디 있냐고?"

스티바스는 당황하여 눈을 내리깔았다. "내… 내가 델타 팀을 보냈어." 그는 소심하게 고개를 들었다. "그들이 그를 죽였어."

랭포드의 두 눈이 갑자기 분노로 가득 차더니 스티바스를 향해 달려들었다. "이 개자식!" 그가 스티바스의 멱살을 잡고 오른손 주먹을 날렸다. 스티바스는 작은 탁자 위로 넘어지며 바닥에 쓰러졌다. 순간의 주저도 없이 랭포드는 탁자를 뛰어넘어 다시 스티바스에게 달려들었지만, 밀러와 불맨이 그의 팔을 잡고 말리면서 뒤로 끌어당겼다.

"대통령 각하?" 캐서린이 소리쳤다. "거기 계십니까?"

"그래요, 뢰케 국장, 아직 여기 있습니다. 잠시만 기다리세요." 그는 일어서려는 스티바스를 바라보았다. "여기서 뭔가를 좀 알아보고 있던 중이었습니다." 대통령은 스티바스가 다시 일어나서 집무실 안에 있는 모든 사람들로부터 뒷걸음질 치는 모습을 지켜보았다. 대통령이 책상을 돌아 나오려는데 전화벨이 다시 세 번 울렸다. 그는 천천히 손을 뻗어 두 번째 전화를 받았다. "무슨 일이죠?"

"대통령 각하." 한 남자의 목소리가 들렸다. "아래층에 있는 루브케 요원입니다. 저기… 어떤 분이 각하를 만나기 위해 여기 와 있습니다."

"누가 나를 만나러 왔다고?" 카 대통령이 물었다. "누굽니까?"

"존 클레이랍니다."

43

대통령 경호실 요원이 집무실 안으로 들어와서 문을 열어 놓고 클레이가 들어오기를 기다렸다. 모든 사람들이 클레이와 페일린이 방으로 들어오는 것을 보고 깜짝 놀랐다. 클레이는 걸음을 멈추고 방안을 둘러보았다. 그의 시선이 스티바스에게 닿는 순간, 그에게 고정되었다. "바로 저 사람입니다." 그가 페일린에게 말했다.

페일린은 가만히 서서 스티바스를 빤히 쳐다보았다. 클레이는 스티바스의 눈에서 처음으로 거짓 없는 두려움을 보았고 그가 벽 쪽으로 뒷걸음질치는 모습을 지켜보았다. 벽 안으로 들어갈 수만 있었다면 그는 기꺼이 그랬을 것이다.

"죄송합니다, 각하." 경호원이 대통령에게 말했다. "이들이 어떻게 정문을 통과했는지 잘 모르겠습니다."

"괜찮네. 자리 좀 비켜주게나."

경호원은 주저하다가 대통령이 다시 쳐다보자, 하는 수 없이 그들을 지나 문 밖으로 나갔다. 문이 클레이와 페일린 뒤에서 조용히 닫혔다.

"잘 왔네, 클레이 중령. 마침 자네를 찾던 중이었어." 대통령은 앞으로 나서면서 스티바스를 노려보았다. "실은, 자네한테 무슨 일이 생긴 줄 알았다네."

"일이 있긴 있었죠." 클레이는 대통령의 시선을 따라 스티바스를 다시 쳐다보고 나서 랭포드를 바라보았다. "그들이 시저를 죽였습니다."

랭포드는 분노를 참으며 어금니를 꼭 깨물었고, 아무 말 없이 스티바스를 노려보았다.

"미안하네, 클레이. 우리들 중 몇몇이 자네가 잘못된 편에 섰을지도 모른다고 생각한 것 같네. 그 일은 몇 분 전에 다 바로잡았어. 내가 이 자리에 있는 모두를 대신해서 사과하겠네, 자네가 무사한 걸 보니 한시름 놓이는 것 같군. 자네와 페일린 씨 모두 말이야." 그는 전화기를 향해 손짓을 했다. "뢰케 국장이 우리에게 알려주었네. 자네가 핵폭발을 막기 위해 무척 애를 썼다고."

"그렇습니다." 클레이는 간단하게 말했다.

"자, 이제 우리는 심각한 문제를 다뤄야 하네. 그 핵폭발이 불과 몇 분 전에 론 빙붕의 붕괴를 촉발시킨 것으로 보여. 지금 쓰나미가 북상하고 있는데 막을 수 있는 방법이 없네."

클레이가 전화기를 가리켰다. "아직 뢰케 국장과 연결되어 있습니까?"

대통령은 손을 뻗어 첫 번째 전화선 버튼을 눌렀다. "뢰케 국장, 아직 거기 있습니까?"

잠시 후 스피커에서 그녀의 목소리가 흘러나왔다. 엔진 소리는 좀 완화되었다. "네, 각하. 연료가 충분치 않기 때문에 맥머도로 돌아가야 합니다. 제 눈에는 더 이상 쓰나미가 보이지 않습니다."

카 대통령은 재빨리 메이슨 참모총장에게 손짓을 했다. "자료 영상을 구해봐요! 무슨 수를 쓰던지 간에."

메이슨은 고개를 끄덕이며 집무실 한쪽으로 걸어가더니 상의에서 휴대전화를 꺼냈다.

클레이가 대통령을 바라보자 그는 고개를 끄덕이며 전화기를 가리켰다. 클레이는 책상으로 다가가서 천천히 의자에 앉았다. 페일린이 뒤따라와서 그 옆에 섰다. 클레이는 천천히 숨을 내쉬며 전화기에다 말했다.

"뢰케 국장님, 존 클레이입니다. 며칠 전에 통화했었죠."

"기억해요. 폭발을 막을 거라고 하셨잖아요. 도대체 어떻게 된 거죠?"

"그게," 클레이가 말했다. "몇몇 사람들이 다른 계획을 가지고 있었습니다." 그는 조심스럽게 한쪽 손을 가슴에 얹고 의자를 앞으로 당겼다. 상처가 여전히 고통스러웠다. "뢰케 국장님, 제가 아는 한 이 사태는 평범한 방법으로는 막을 수 없습니다… 달리 생각해야 합니다. 대규모 붕괴 위험을 안고 있는 주변의 여타 섬들이 여럿 있을 겁니다, 그렇죠?"

"그래요." 그녀가 재빨리 대답했다.

"트리스탄 섬도 그런 고위험 장소들 중 한 곳 아닌가요?"

"어, 네." 그녀는 살짝 비아냥조로 말했다. "그렇지만 트리스탄 섬의 위험도는 중간쯤이에요. 그런 섬들은 전 세계에 수십 개는 될 겁니다."

"뢰케 국장님." 클레이는 천천히 말을 이어갔다. "트리스탄 섬의 남쪽 면은 사태의 위험도가 좀 더 크지 않습니까?"

"음, 그래요." 캐서린은 갑자기 숨이 막힌 듯 놀랐다. "세상에! 맞아, 그거에요!"

"그게 가능할까요?" 클레이가 그녀에게 물었다.

"네!" 그녀는 거의 고함을 지르듯 말했다. "그래요, 가능해요! 좀 더 확인해봐야겠지만, 효과가 있을지도 몰라요." 그녀는 잠시 멈칫했다. "하지만 그 일을 하려면 필요한 게 있어요."

모든 사람들이 책상 앞에 있는 클레이와 페일린 가까이로 모여들었다. "뭔가?" 대통령이 말했다. "효과가 있을지도 모른다는 방법이?"

클레이는 카 대통령을 돌아보았다. "이러한 광활한 땅덩어리의 붕괴는 매우 드물긴 하지만 유사 이래로 늘 일어났습니다. 아시겠지만, 그 결과는 대단히 파괴적입니다. 트리스탄은 남대서양에 있는 큰 섬인데, 육지의 일부분이 서서히 분리되고 있는 장소 가운데 한 곳입니다. 대규모 붕괴는 아마도 아주 오랜 세월이 흐른 뒤에 일어나겠지만, 그런 일이 일어나도록 거들 수만 있다면 그 쓰나미의 방향과 반대로 이동하는 해일을 일으킬 수 있습니다." 그는 모두를 바라보며 말했다. "이쪽으로 향하는 쓰나미를 멈추게 할 수는 없지만, 그것을 가로막을 수는 있을 겁니다."

모두들 간절히 바라는 표정을 지었다. "뢰케 국장 생각은?" 카 대통령이 물었다.

"자료를 검증해볼 필요가 있습니다." 그녀는 말했다. "파도는 대부분 서로를 통과해서 지나가지만 적절한 상황이 주어진다면 충돌할 가능성도 있습니다. 그걸 보강 간섭이라고 합니다. 일반적이진 않지만 북쪽으로 이동하는 파도의 크기를 축소시킬 가능성은 있다고 봅니다. 수백만 명의 목숨 대신 수천 명의 희생으로 그칠 수도 있다는 뜻입니다."

카 대통령은 클레이를 돌아보았다. "그럼 어떻게 하면 되는가?"

"대단히 큰 자극이 필요합니다." 그가 말했다. "핵폭발 같은 충격."

대통령은 고개를 저었다. "잠깐만. 또 핵폭탄을 터트리자는 얘긴가?"

역설적인 상황이긴 하지만, 클레이는 물론 대통령도 시간을 허비하지는 않았다. 만약 첫 번째 핵무기 공격이 없었다면, 두 번째는 필요하지 않았을 것이다. 그러나 더 중요한 것은 핵폭발이 생명을 구하기 위해 사용되는 것은 이번이 최초라는 점이었다. 대통령은 고개를 가로저으면서 뒤로 물러섰다. 두 *차례*의 핵폭발을 도대체 어떻게 해명한단 말인가?

랭포드는 클레이의 어깨에 슬며시 손을 얹었다. "존, 그걸 어떻게 알아냈나?"

클레이는 천연덕스럽게 어깨를 으쓱했다. "잭슨빌 해군항공기지에서 뢰케 국장을 만난 이후 그녀가 쓴 책을 좀 읽었죠."

밀러는 대통령을 바라보았다. "각하, 이 일을 위해선 발사 암호가 필요합니다. 그리고 부통령도."

"대통령 각하, 쓰나미에 대한 영상을 확보했습니다." 메이슨은 벽에 걸린 커다란 모니터를 켰다. "위성 생중계 화면입니다." 모니터 속의 화면은 남대서양 해역을 넓은 각도로 보여주고 있었다. 메이슨이 확대를 하자, 작고 희미한 선이 화면 위쪽으로 이동하는 것이 보였다.

"생각보다는 크지 않아 보이는데."

"쓰나미는 수심이 깊은 바다에서는 잘 보이지 않습니다." 클레이가 대답했다. "해안에 이를 때 즈음엔 점점 더 커질 겁니다."

전화벨이 울렸고 카 대통령은 즉시 대답했다. "말하세요."

캐서린의 목소리가 스피커를 통해 들렸다. "대통령 각하, 방금 워싱턴에 있는 몇몇 동료들과 함께 자료를 검토했습니다. 우리는 이것이 최선의 선택이라고 생각합니다."

카 대통령은 한숨을 쉬었다. "그런데 만약 엉뚱한 방향으로 또 다른 쓰나미를 일으키면 어떻게 되는 겁니까?"

"대통령 각하." 요란한 엔진 소리 너머로 캐서린의 목소리가 들렸다. "솔직히 말해서 이 상황을 더 악화시킬 거라고 생각하진 않습니다."

그는 메이슨을 바라보았다. "중국과 러시아에 통보하게. 이게 그들의 레이더에 잡혔을 때, 그게 뭔지 알고 있도록 확실히 해두는 편이 좋을 거야." 메이슨은 고개를 끄덕이고 문을 향해 달려갔다. 그가 문을 열자, 마침 밀러와 베일리 부통령이 들어오는 모습이 보였다. 밀러는 '풋볼'이라 불리는 악명 높은 서류가방을 들고 있었는데, 그 가방에는 핵 발사 암호가 들어 있었다. 그는 가방을 대통령 앞에 있는 탁자 위에 올려놓았다.

카 대통령은 두 번째 전화선 버튼을 눌렀다. 여성 비서의 목소리가 응답하자, 그가 말했다. "북미대공방위사령부를 연결시켜주게." 그런 다음 그는 철제 서류가방 쪽으로 다가가서 잠금장치의 번호 회전판을 돌리며 정확하게 맞춘 다음 버튼을 누르고 잠금 장치를 해제했다. 가방의 덮개가 조용히 열렸다.

"북미대공방위사령부 연결되었습니다, 각하." 여성 비서의 목소리가 응답했다. 잠시 후, 굵고 낮은 목소리가 들렸다. "슈미트 소장입니다."

카 대통령이 전화기 쪽으로 몸을 기울이자 부통령이 대통령 옆으로 다가섰다. "조너선 스콧 카 대통령입니다. 검증을 준비하세요."

조지아 주 중부의 하늘은 잔뜩 흐렸다. 나무들은 짙푸르렀고, 숲은 울창해 보였다. 완만하게 경사진 숲 중간 중간에는 널따란 공터들이 띄엄띄엄 자리하고 있었는데, 시원한 바람 아래에서 부드럽게 흔들리는 연두색 풀로 뒤덮여 있었다. 그 공터들 가운데 커다란 한 곳은 참나무들과 소나무들 사이에 숨겨져 있는 데다, 커다란 철책선으로 둘러싸여 있었다. 그 구역 입구에 세워진 오래된 표지판에는 '출입 금지—농무부' 라고 쓰여 있었다. 철책선 울타리 안에는 반구형 지붕을 가진 커다란 철제 창고가 한 동 자리하고 있었고, 그 옆으로 높다란 안테나 탑 하나가 보였다.

갑자기 정적을 가르면서 귀가 먹먹해질 정도의 사이렌이 울리는 동시에 반구형 지붕에 설치된 경광등들이 밝은 주황색 빛으로 번쩍거렸다. 지면에 있는 풀밭의 커다란 구획 한 곳이 우르릉거리는 소리와 함께 옆으로 미끄러지듯 열리면서, 그 아래에 있는 미사일 격납고가 모습을 드러냈다. 미사일 격납고가 좀차 드러나기 시작하면서 대형 미사일의 끝부분이 보였다. 문이 완전히 열리자마자 미사일 격납고는 순식간에 연기와 화염으로 가득 찼다. 1초도 안 돼서, 미사일이 지상에서 발사되었고 공중으로 빠르게 솟구치더니 회색 구름 속으로 사라졌다.

44

1506년 처음 발견된 트리스탄 다쿠냐 섬은 대서양에서 가장 외진 군도에 있는 가장 큰 섬으로, 가장 가까운 대륙까지는 2,700킬로미터 이상 떨어져 있었다. 1816년, 세인트 헬레나 섬에 있는 나폴레옹 보나파르트를 구출하기 위한 집결지로 사용되는 것을 막기 위해 영국에 합병된 이 섬은 거의 260명이 넘는 주민들이 살고 있었다. '개척촌'이라고 불리는 하나뿐인 작은 마을에 살고 있는 현지 주민들은 현대의 편리함과는 크게 동떨어져 있었다. 당연히 그로 인한 골칫거리도 없었다.

11살인 네리 레페토는 학교 수업을 마치고 자신만의 비밀 장소로 가기 위해 섬의 유일한 폭포를 따라 언덕을 오르고 있었다. 일 년 중 이맘때가 되면 낮이 길기 때문에 집안 허드렛일을 끝내기엔 아직 충분한 시간적 여유가 있었다. 오늘은 저녁거리로 물고기를 잡아서 어머니와 남동생을 놀라게 해주고 싶었다. 거의 2주 동안 매일 같은 희망을 품어왔지만, 네리는 포기할 아이가 아니었다.

그는 산등성이를 올라가다가 큰 나무 뒤에서 염소 한 마리를 발견하고, 헤이건 부인에게 다시 데려다줘야 할지를 고민했다. 집으로 돌아가는 길에 데려가기로 마음먹었다. 오후는 따뜻했다. 낡은 신발을 신은 네리는 이 바위에서 저 바위로 뛰어넘으며 계속 올라갔다. 얼마 지나지 않아서 큰 나무들 너머로 폭포 소리가 들려왔다. 네리는 성큼성큼 걸음을 재촉하며 나무 밑 그늘로 향했다.

네리는 순간 얼어붙었다. 그는 가만히 선 채 지금 눈앞에 보이는 것을 유심히 쳐다보며 그게 무엇인지 알아내려고 애썼다. 천천히 주위를 둘러보았다. 아무도 없는 것을 보고 몇 걸음 앞으로 나아갔다. 그것은 그가 지금까지 봐왔던 어떤 것과도 닮지 않았다. 좀 더 가까이 살금살금 다가갔다. 그것은 약간 남실거리는 데다, 밝고 푸른빛을 띤 큰 타원형 광체로 웬만한 어른의 키보다 조금 더 커 보였다. 중심부는 어두워 보였지만, 완전히 까맣지는 않았다. 그는 그 이상한 타원형 광체를 주의 깊게 살펴보다가 그것 바로 앞에 있는 땅을 내려다보았다. 젖은 풀밭 위에 발자국 같은 것들이 보였다.

"엄마! 엄마!" 네리는 소리를 지르며 집 안으로 뛰어 들어왔다.

"네리!" 그의 어머니는 장작 난로 앞에서 고개를 들며 잔소리를 했다. "네 동생이 자고 있잖니!"

"엄마!" 그가 조용히 말했다. "와서 꼭 보셔야 할 게 있어요!"

그녀는 앞치마에 손을 닦았다. "봐야 할 게 있다고? 네리, 염소가 또 도망쳤니?"

"네, 맞아요. 하지만 보여주고 싶은 건 그게 아니에요." 그는 주저하는 그녀의 손을 붙잡고 문 밖으로 끌어냈다.

그의 어머니는 밖으로 나서며 주위를 둘러보았다. 개척촌의 붉은 지붕들 가운데 불이 난 곳은 한 집도 없었고, 큰길에서도 아무런 소리가 들리지 않았다. "무슨 일이야? 아무것도 보이지 않는데."

"아니." 그가 말했다. "저 위에 있어요." 네리는 산자락을 따라 올라가는 오솔길을 가리켰다. "폭포까지 올라가야 해요."

그의 어머니는 눈을 가늘게 뜨고 보았다. "아무것도 안 보이는데."

"여기서는 안 보여요. 올라가셔야 해요." 그는 여전히 어머니의 팔을 잡아당기며 고집을 부렸다.

"제발, 네리." 그녀는 한숨을 쉬었다. "네 동생을 혼자 놔둘 순 없어."

네리는 마을로 달려온 후 아직도 거친 숨을 몰아쉬고 있었다. "그건… 어떤 불빛이에요. 밝은 푸른빛인데, 그냥 풀밭 위에 서 있었다고요."

그녀는 눈썹을 추켜세우며 네리를 바라보았다. "이상한 버섯을 먹은 거 아니니?"

"아니에요!" 그가 투덜거렸다. "낚시를 하러 가던 길이었는데, 바로 내 눈앞에 있었어요. 보시면… 정말 깜짝 놀라실 거예요."

"분명 그렇겠지." 그의 어머니가 앞치마를 털면서 말했다. 그녀는 아이가 무슨 말을 하는지 도통 이해할 수 없었다. 다시 집안으로 들어가기 위해 돌아서려는데 뭔가가 그녀의 눈에 띄었다. 그녀는 돌아서서 언덕을 올려다보았다. 하늘에 뭔가가 날아가고 있었는데, 아주 빠르게 움직이면서 그 뒤로 하얀 꼬리 같은 흔적을 남기고 있었다. 마치 큰 비행기들이 그랬던 것처럼. "저게 뭐지?"

네리 역시 고개를 들고 그것을 바라보았다. 그의 어머니는 그것을 주의 깊게 지켜보다가 갑자기 눈이 휘둥그레졌다. 그것이 뭔지 모르겠지만 그들을 향해서 날아오는 것처럼 보였다. "네리!" 그녀가 소리치며 그의 팔을 붙잡았다. "안으로 들어가!" 그녀는 아이를 문 안쪽으로 밀어넣고, 문을 닫으려다가 멈칫했다. *하늘이 왜 이렇게 파랗지?* 그녀는 지금까지 이런 광경은 한 번도 본 적 없다고 생각했다. 그녀는 눈을 깜박이며 주위의 다른 건물들을 바라보았다. 모든 것이 파랗게 보였다.

* * * * *

대통령과 참모들은 거대한 파도가 시속 500킬로미터가 넘는 속도로 대서양을 가로지르며 이동하는 것을 지켜보았다. 트리스탄 다쿠냐 섬을 포함한 그 작은 군도는 아프리카의 희망봉과 같은 위도 바로 아래에 위치하고 있었다. 모든 사람들이 위성을 통해서 분명하게 알 수 있었다. 만약 그곳에서 멈추게 하지 못한다면, 쓰나미가 아프리카 남서부 해안을 강타하는 순간 그 즉시 막대한 피해가 시작되리란 것을. 인구가 300만 명이 넘는 대도시 케이프타운이 첫 번째 희생양이 될 것이다. 그 다음으로는 대서양 건너편 남아메리카 해안에 있는 대도시, 부에노스아이레스가 황폐해질 것이다.

캐서린은 몇 분 전에 맥머도에 도착해서 연구원들과 함께 큰 회의실에서 지켜보고 있었다. 거대한 파도를 지켜보는 동안 방안은 쥐 죽은 듯 조용했다.

바다 위의 거무스름한 선은 트리스탄 섬에서 남동쪽으로 300킬로미터쯤 떨어진 작은 무인도에 접근했다. 이 섬은 쓰나미의 파괴력을 가장 적나라하게 보여줄 것이다. 쓰나미가 온전히 강타하는 최초의 섬이 될 것이고, 앞으로 일어날 일을 시각적으로 보여줄 것이다.

캐서린과 연구원들은 만약 쓰나미가 이 첫 번째 섬을 덮친 후 훨씬 더 멀리 나아가기 전에 역파도를 발생시키지 못하거나, 또는 역파도를 발생시키더라도 그들이 바라는, 즉 쓰나미가 트리스탄을 넘어 멀리까지 이동하는 것을 막아낼 정도의 효과를 제공하지 못한다면, 결국 쓰나미가 바다 전체를 가로지르며 넓게 퍼져나가리란 사실을 알았다.

쓰나미가 첫 번째 섬에 다가갈수록 화면 속 파도는 빠른 속도로 점점 더 커졌다. 바다 밑에서 솟아오른 섬의 지형적 특성으로 인해 쓰나미 전체가 수면 위로 밀려 올라가고 있기 때문이었다. 캐서린과 연구원들은 숨을 턱 막혔다. 정말 어마어마했다.

거대한 파도가 단번에 몰아치더니 섬 전체를 빠르게 휘감으며 뒤덮어버렸다. 남쪽을 바라보는 섬의 절벽이 산산조각 나며 바스러지는 장면이 보이더니 이내 바닷물이 모든 것을 집어삼켰다. 백악관과 맥머도 양측에서는 섬이 시야에서 완전히 사라지자 너무나 큰 충격을 받았다. 60제곱킬로미터가 넘는 면적에 백 미터가 훨씬 넘는 높이에 달하는 단단한 암석이 1분도 채 안 되어 완전히 파괴된 것이었다. 섬의 해수면 윗부분이 말 그대로 지워진 것 같았다.

"세상에!" 캐서린 뢰케는 숨이 막힐 정도로 놀랐다. 그들이 예상했던 것보다 훨씬 더 엄청나고 심각했다. 역 쓰나미를 일으켜서라도 이 사태를 막으려는 그녀의 희망이 녹아내리기 시작했다.

백악관에 있는 카 대통령의 얼굴도 다른 사람들과 마찬가지로 완전히 하얗게 질렸다.

눈으로 보고도 믿기지 않을 정도의 엄청난 파괴의 물결은 계속해서 북쪽으로 가차 없이 밀고 나갔다.

* * * * *

파란색 빛이 개척촌 하늘을 뒤덮는 동안 대륙간탄도미사일은 시속 5,000킬로미터가 넘는 속도로 트리스탄을 향해 접근했다. 그것의 좌표는 정확했다. 미사일은 급강하하다가 섬의 남쪽 끝 100미터 상공에서 폭발했다. 섬의 봉우리가 충격을 일부분 막았음에도 불구하고, 하늘 전체가 밝은 백색으로 변하는 동시에 핵반응으로 인한 엄청난 폭발력이 분출되었다. 바위로 된 산비탈면 대부분은 즉시 유리로 응고되었고, 위쪽에서 산을 찍어 내리누르는 듯한 충격 때문에 섬의 지형 구조에 변형이 일어난 다음 전체적으로 우그러져 버렸다. 지면에 한 줄의 균열이 발생하더니 점점 크게 갈라지기 시작했고, 그 균열은 남쪽 경사면 기슭을 빠르게 가로질러 나아가면서 응고된 유리와 암석을 산산이 깨부수고 파편들을 사방으로 날려 보냈다. 둔탁한 우르릉 소리가 이어지면서 섬 전체가 격렬하게 흔들렸고, 곧바로 섬의 3분의 1 정도에 이르는 거대한 산이 단번에 해안 쪽으로 미끄러지며 바닷속으로 곧장 떨어져 내렸다. 산사태가 엄청난 양의 바닷물을 앞쪽으로 몰아내며 거대한 파도를 일으켰다. 그 거대한 파도의 기세는 탄두에서 방출된 에너지가 초라하게 보일 정도였다.

* * * * *

그 파도는 즉시 군도에 속한 작은 섬들의 흙과 생물 형태 일체를 거의 휩쓸다시피 하면서 남쪽으로 질주했다.

모든 사람들은 상상할 수 없는 힘을 가진 두 파도가 서로를 향해 질주하는 광경을 지켜보았다. 두 파도가 서로 맞닥뜨리는 데에는 십 분도 채 걸리지 않았다. 두 거대한 파도가 서로 충돌할 때의 충격은 위성 화면의 검은색 선들이 갑자기 하얗게 변할 정도로 쉽게 알아볼 수 있었다. 충돌을 가리키는 하얀 선은 이내 두꺼워졌고 점점 더 폭이 넓어지기 시작했다. 5킬로미터, 10킬로미터, 그러더니 20킬로미터가 넘어갔다. 충돌의 압력 때문에 바닷물이 공중으로 치솟으면서 거대한 하얀색 벽을 형성했고, 그 파문은 거의 대서양 절반을 가로질러 퍼져 나갔다. 물의 장벽은 점점 더 높아지면서 해수면 위로 300미터 훨씬 넘게 치솟았다. 바닷물이 솟구치던 속도가 느려지기 시작하다가 마침내 멈추고는 다시 바다를 향해 떨어졌다. 장벽 같은 물이 수면에 부딪쳤을 때, 그 충격으로 바다가 거대하게 움푹 파였고 그 안으로 양쪽에서 큰 파도들이 쇄도했다. 양쪽의 파도들이 서로 부딪치면서 또 하나의 벽이 생성되었고, 그것 역시 아래로 떨어지며 수면을 또 한 번 움푹하게 만들었다. 뒤이어 마지막 큰 파도가 양쪽에서 밀려들었다.

시속 수백 킬로미터의 속도로 달리던 양쪽의 큰 파도는 마지막 자락까지 서로 부딪치고 난 후, 잇따르던 물결들은 양옆으로 퍼져 나가는 파문을 따라 바깥쪽으로 흩어졌다.

* * * * *

인공위성을 통해서 두꺼운 물줄기가 흩어지기 시작하더니 마침내 정상적인 푸른색으로 되돌아가는 모습을 볼 수 있었다. 각 파도를 가리키는 희미한 선들이 서로를 통과해서 계속 멀어져 가는 모습도 보였다. 하지만 그 파도들은 이제 거의 힘이 남아 있지 않았다.

맥머도 기지에 있는 모든 사람들이 비명을 지르며 서로 껴안고 펄쩍펄쩍 뛰었다. 캐서린은 기력을 다 소진한 것처럼 꼼짝도 하지 않고 서 있었다. 동시에 눈에는 눈물이 가득 고였다. 그녀는 믿을 수가 없었다. 도저히 믿기지가 않았다. 효과가 있었다. 정말로 해낸 것이었다.

워싱턴에 있는 대통령도 기진맥진했는지 의자에 털썩 주저앉았다. 나머지 남성들은 미친 듯이 박수를 쳤고, 스티바스도 멀찍이 떨어진 채 누구보다 열심히 박수를 쳤다. 그들 모두 모니터를 쳐다보면서, 바닷물이 소용돌이치며 바다와 다시 뒤섞이는 장면을 지켜보았다. 카 대통령은 손으로 얼굴을 가리고 고개를 저었다. 그는 아무 말도 하지 않았다. 단 한마디도.

45

클레이는 페일린 뒤를 따라 빛의 관문에서 걸어 나와 커다란 푸른색 방으로 들어갔다. 그는 주위를 둘러보더니 자신들이 바닷물로 둘러싸인 커다란 공 모양의 공간 안에 서 있다는 것을 깨달았다. 빛의 관문이 그들 뒤에서 깜박거리다가 사라지고 방안이 어스름해지자 그의 눈이 점차 적응하기 시작했다. 그는 가까운 벽을 향해 걸어갔다. 바닷물이 왠지 방의 일부인 것처럼 보였다. 못 믿겠다는 듯한 표정으로 돌아서서 페일린을 바라보았는데 그는 그저 미소만 짓고 있었다. 클레이는 손을 뻗어 벽을 만져보았다. 손가락을 차가운 물 건너편까지 똑바로 관통하도록 밀어 넣었다. 손을 다시 빼내서 젖어 있는 손가락을 바라본 다음 맛을 보았다. 바닷물.

그는 물속을 더 자세히 들여다보자 물의 흐름에 따라 왜곡된 모습의 고리가 보였다. 거대하고 정지된 상태였다. 그는 페일린에게 다시 돌아섰다. "이곳이 그 도시군요. 당신네 근거지."

"맞습니다."

"전에도 여기 왔었죠?" 클레이는 방을 두리번거렸다.

페일린은 익살맞은 표정을 지었다. "그래요, 하지만 그땐 우리가 의식이 없었죠."

클레이는 미소를 지으며 고개를 끄덕였다. 그는 반대편 벽 너머를 살펴보았고 수백 개의 공 비슷한 구체들을 볼 수 있었다. 뭔가가 그의 시선을 끌었고 그가 고개를 돌리자 움직이는 있는 어떤 물체가 그들을 향해서 다가오는 것이 보였다. 그것은 다른 구체에서 그들이 있는 둥그런 방까지 형성되고 있는 터널처럼 보였다. 터널 안에는 몇 명의 사람들이 있었고, 모두 그들 쪽으로 걸어오고 있었다.

터널이 그들의 방으로 연결되었고 짙푸른 색 가운을 입은 여성이 이끄는 한 무리의 사람들이 들어섰다. 그녀는 머리에 보석들이 박힌 띠를 두르고 있었다. 그녀는 그를 향해 차분하게 걸어오다가 몇 걸음 떨어진 곳에서 멈추었다.

"반갑습니다, 클레이 씨." 그녀가 웃으며 말했다. "내 이름은 라아나입니다." 그녀가 손을 내밀자 그는 조심스럽게 손을 잡았다.

"반갑습니다. 라아나 씨." 클레이는 살짝 고개를 숙였다.

그녀는 미소를 지으며 그를 바라보았다. "고맙다는 인사를 드리고 싶었습니다. 당신은 우리에게 큰 도움을 주었습니다. 당신이 없었다면 우리는 살아남지 못했을 겁니다."

"그럴 의도는 아니었지만, 저에게도 어느 정도는 책임이 있다고 생각합니다."

그녀의 푸른 눈 눈매가 부드러워졌다. "그렇게 볼 수도 있겠죠, 하지만 다른 사람들도 있었어요. 그럼에도 불구하고 결국 당신이 우리의 구원자가 되었지요. 당신이 페일린을 제때에 돌려보내 주었기에 우리는 스스로를 보호할 수 있었어요, 물론 고리도 말이죠. 당신이 없었다면, 양쪽 고리가 모두 파괴되었을 테고 우리 종족 역시 살아남지 못했을 겁니다."

그는 칭찬을 받아들였다. "마땅히 할 일을 했을 뿐입니다."

시끄러운 소리가 그들 뒤에서 울려 퍼졌다. 클레이가 돌아보자 고리가 다시 천천히 돌기 시작하는 모습이 보였다.

"무슨 일이죠?" 그가 물었다.

그녀는 뒤에 있는 다른 사람들을 손짓으로 가리켰다. "이제 우리는 고향으로 돌아갑니다." 그녀는 이미 예상을 했는지 그가 묻기도 전에 대답했다. "이제 우리 문명을 유지하고, 다시 발전시키는 데에 충분한 물을 얻었으니까요." 클레이는 그녀 뒤쪽으로 멀리 떨어져 있는 둥그런 물체들 중 일부가 움직이기 시작하는 것을 알아차렸다. 그것들은 무리에서 떨어져 나오더니 고리를 향해서, 그 안쪽으로 흘러들어 가는 것처럼 보였다. 이어서 다른 구체들 수십여 개가 무리에서 분리된 후 그 뒤를 따랐다. 클레이는 그녀가 여전히 자신의 손을 잡고 있다는 것을 깨달았다. 그녀는 부드럽게 손을 힘을 줬었다. "페일린을 믿어주셔서 감사합니다."

"질문이 있습니다." 그가 말했다. "사실은 무척 많아요."

그녀가 미소 지었다 "그럴 거라고 생각합니다."

"왜 우리에게 모든 걸 말해주었습니까?" 그는 그녀의 어깨 너머로 페일린을 바라보았다. "왜 우리에게 모든 걸 그렇게 쉽게 드러낸 겁니까?"

라아나는 고개를 갸웃했다. "당신에게 말해주기로 페일린이 약속했으니까요. 그는 당신에게 빚을 졌습니다. 아실지 모르겠지만, 페일린이 당신의 도움 덕에 함정에서 구해온 사람은… 그의 아들이었습니다."

클레이의 눈이 휘둥그레졌다. "전혀 몰랐습니다."

그녀가 미소를 지었다 "그리고 우리도 오랫동안 감지되지 않은 채로 남아 있지는 못할 거라고 생각했습니다."

클레이는 다음 질문을 곰곰이 생각했다. 그는 그녀가 무슨 말을 할지 두려웠다. 그는 심호흡을 하면서, "거기에는―" 그가 말을 막 하려는데, 라아나가 손을 들어 그를 막았다.

"당신의 다른 질문들에 대해서는," 그녀가 말했다. "당신들 스스로 답을 찾을 필요가 있습니다. 한 종족이 너무 빨리 지식을 얻는 것은 현명하지 못합니다. 저를 믿으세요."

그러고 나서 그녀는 그의 손을 슬며시 놓으며 한 걸음 뒤로 물러섰다.

그녀 뒤로 비슷한 예복을 입고 서 있는 다른 사람들 모두 그에게 고개를 끄덕이고 부드럽게 몸을 돌렸다. 그들은 터널이 다시 나타나자 한 사람씩 자리를 뜨며 반대 방향으로 되돌아갔다.

페일린만 남았다. 터널은 열린 채로 그를 기다리고 있었다. 그는 클레이에게 다가가서 손을 내밀었다. "고마워요, 존 클레이."

"천만에요, 페일린." 클레이는 그를 바라보며 미소를 지었다. "우린 형제잖아요."

페일린은 그의 손을 꽉 쥐었다. "잘 있어요. 형제."

46

앨리슨은 넓은 연구실에 남아 있는 잡동사니 위에 걸터앉았다. 수족관은 공식적으로 3주 동안 폐쇄되었다. 카펫을 걷어낸 채 수십 명의 일꾼들이 벽을 수리하고 있었다. 카펫 일부가 새로 교체된 한쪽에서는 리와 크리스가 서버들을 다시 설치하고 있었다. 새 책상들이 현관을 통해 들어오고 있었지만, 아직 바닥이 마무리되지 않은 관계로 복도 옆에 가지런히 쌓이고 있었다. 일꾼들은 저녁이 되자 서서히 열을 지어 빠져나갔다.

그녀는 수조를 보았다. 유리벽에 박힌 총알들은 제거되었고, 파인 곳들은 수선이 마무리되었다. 수조 안에서는 샐리가 제자리에서 천천히 헤엄을 치며 몸을 뒤덮은 깊은 상처들을 치유하고 있었다. 앨리슨은 상태가 더 안 좋았다. 오른쪽 팔에 석고붕대를 했고 얼굴 대부분에는 열상들이 가득했다. 다리는 매우 심한 부상을 있었지만 다행히 휠체어는 당분간만 이용하면 된다고 했다.

그곳은 마치 개방된 무덤처럼 느껴졌다. 그녀는 죽은 사람들을 생각했다. 또한 사람들을 돕겠다는 생각에 그 한가운데로 순진하게 헤엄쳐 들어간 더크도 생각났다. 돌고래가 인간보다 훨씬 더 아름답다는 생각이 들었다. 돌고래들은 우리보다 더욱 이곳에 있을 자격이 있었다.

그녀는 머리를 떨구었다. 더크와 샐리를 자식들처럼 느꼈기 때문에 더크를 잃은 일은 생각했던 것보다 더 깊은 마음의 상처가 되었다.

별안간 밝은 섬광이 번쩍였다. 앨리슨은 고개를 들고 연구실 안을 둘러보았다. 크리스, 리와 호기심 어린 눈빛을 주고받은 후 그녀는 주위를 두리번거리다 수조를 보고는 얼어붙고 말았다. 물속에, 샐리 옆에, 더크가 천천히 꼬리를 앞뒤로 움직이고 있는 것이었다. 샐리는 미친 듯이 흥분해서 더크의 주위를 계속 빙빙 돌며 소리를 냈다. 더크는 샐리가 지나갈 때마다 다정하게 쿡쿡 찔러댔다. 몇 분 후, 더크는 앨리슨에게 눈길을 돌리고 수조 가장자리로 헤엄쳐 왔다. 더크가 입을 벌리며 뭐라고 말을 했지만 IMIS가 없어서 알아들을 수가 없었다.

더크는 그녀가 왜 몸을 떨고 있는지 모르겠다는 듯 궁금한 눈으로 바라보았다. 더크에게 인간이 왜 우는지 설명하려면 어느 정도 시간이 걸릴 것이다.

그리고 무슨 일이 일어났는지 앨리슨이 알기까지는 족히 일 년은 걸릴 것이다.

* * * * *

카 대통령이 강단에 올라섰다. 그는 일주일 사이에 급속히 늙어 보였다. 그는 미소를 짓고 평범한 문장으로 기자회견을 시작했다.

"친애하는 국민 여러분, 저는 한 번도 아닌 두 번에 걸친 핵 테러 공격을 저지해낸 우리 제군들의 특별한 노력을 여러분에게 말씀드리는 것이 죄송하면서도 자랑스럽습니다. 아시다시피, 이 땅에 대한 핵 공격을 방지하는 일은 우리의 최우선 과제입니다. 그리고 얼마 전 우리는 정확히 그 일을 해냈습니다. 두 대의 비행기, 즉 중동에서 온 비행기 한 대와 아프리카에서 온 비행기 한 대를 우리 해안에 도착하기 전에 모두 식별하고 파괴하였습니다. 그리고 그들을 막아낸 사실을 기뻐하는 사이, 사실상 기폭 준비가 되어 있던 그 폭탄들은 결국 충격에 의해 폭발했습니다. 다행히 인명 피해는 미미했습니다. 우리는 이 두 개의 탄두가 러시아 비축물량에서 도난당했다고 믿습니다. 그 점은 우리가…"

클레이는 술집의 카운터 끝에 있는 의자에 앉아서 대통령의 담화를 지켜보았다. 그럴 듯한 정보 조작은 예상했던 것보다 훨씬 훌륭했다. 그는 거의 손도 대지 않은 맥주병을 쥐었다. 정부는 진실을 털어놓지 않는다는 게 그의 생각이다. 항상 그래왔고 앞으로도 그럴 것이다. 그는 맥주병을 입술까지 들어 올렸다가 다시 내려놓았다. 한숨을 내쉬고 옆구리를 매만지며 천천히 일어섰다. 회복되려면 꽤 오래 걸릴 것 같았다.

그는 지갑에서 지폐 한 장을 꺼내 카운터 위에 내려놓았다.

* * * * *

거리로 나선 그는 산책 삼아 국회의사당이 있는 공원으로 향했다. 몇 블록 떨어져 있는 워싱턴 기념비의 끝부분이 건물들 너머로 보였다. 공원에 도착한 그는 벤치에 앉아 선조들의 기념비를 감탄하며 바라보았다.

"다음번에는 어떤 멋진 생각이 떠올라도," 뒤에서 한 남자의 목소리가 들렸다. "나는 빼줬으면 해."

깜짝 놀란 클레이가 고개를 돌리자 스티브 시저가 서 있었다. 그는 눈을 몇 번이나 깜박거렸다. "뭐야… 어떻게?" 그는 환각을 보고 있는 게 아닌가 하고 몸을 돌리며 일어섰다.

시저는 옷 안쪽으로 붕대를 둘둘 감은 채 클레이에게 미소를 지으며 서 있었다.

"믿을 수가 없어." 클레이가 그를 향해 걸어가며 말했다.

그는 어깨를 으쓱했다. "그때 연구실에서 말이야, 네가 그 빛의 관문 같은 것을 통과했을 때, 사실 나도 그게 닫히기 전에 간신히 기어 들어갔지. 그 이후로는 거의 기억이 없어."

클레이는 그저 고개를 저으며 서 있을 뿐이었다. 그의 눈시울이 붉어지기 시작했다.

"이런," 시저가 말했다. "사람들 앞에서는 울지 않았으면 좋겠는데."

클레이는 미소를 지으며 눈물을 닦았다. 그는 시저에게 다가가서 와락 껴안았다. 두 사람 모두 고통스러워하며 신음을 내뱉었다.

"이봐," 시저가 뒤로 물러나며 말했다. "스티바스 얘기 들었어?"

클레이는 고개를 저었다. "아니."

"아무도 본 사람이 없다더군. 그 사람 아내가 실종 신고를 했는데 종적을 완전히 감춘 모양이야. 좀 안됐어, 그렇지?"

"대통령이 감옥에 집어넣었을지도 모르지."

"내가 듣기로는 그들 역시 스티바스가 어디 있는지 모른대."

두 사람은 어리둥절한 표정을 교환했다. 한참 후, 두 사람의 얼굴에 웃음꽃이 퍼지기 시작했다. 그들은 돌아서서 공원을 뒤로 한 채 걷기 시작했다. "그래, 이제부터 뭐할 거야?" 시저가 물었다. "아직 연금은 제대로 받을 수 있는 거지?"

클레이는 걸음을 멈추고 그를 향해 눈살을 찌푸렸다. "미안해, 내가 보거한테 그거 가져도 된다고 말했어."

시저가 웃었다. "젠장, 존, 아직 관에 들어가려면 멀었어."

클레이는 그에게 미소를 지으며 석양을 올려다보았다. "사실, 남쪽으로 마이애미까지 드라이브를 할까 해. 수족관도 둘러볼 겸 해서. 그 친구들이 그곳에서 어떤 흥미로운 일을 하고 있다고 들었거든."

- 끝 -

《Breakthrough》를 읽어주셔서 감사합니다. 이 페이지는 독자분들의 일반적인 궁금증을 풀어드리는 부록입니다. 스포일러가 포함되어 있다는 점에 유의하십시오. 그러니 이 책을 않았으면 먼저 책을 읽어보시기를 추천드립니다.

Q 속편이 나올까요?

A 물론입니다. 저는 이제 막 다음 책《Amid the Shadows》를 완성했습니다. 다음으로,《Breakthrough》속편에 대한 작업을 시작할 것입니다.

Q 클레이는 총알과 함께 빛의 관문(포틸)을 통과했는데, 그 후 어떻게 되었습니까?

A 클레이는 그 과정에서 실제로 총에 맞았습니다. 그는 잠시 동안 의식을 유지했고, 페일린 종족의 도움으로 생명을 구했습니다. 그는 페일린과 함께 워싱턴으로 돌아오기 직전에 깨어났습니다.

Q 더크는 마지막 핵폭발에서 어떻게 살아남았습니까?

A 존 클레이는 빛의 관문을 통해 이동했고 의식을 잃기 전에 페일린의 종족에게 경고할 수 있었습니다. 그들은 더크를 발견할 수는 있었지만, 핵탄두가 미리 프로그래밍 되었기 때문에 무력화시킬 충분

한 시간이 없었습니다. 그들이 할 수 있는 최선의 방법은 폭발하기 전에 더크를 폭탄에서 빼내 텔레포트를 하고 폭발로부터 자신들을 보호하는 것이었습니다.

Q 어떻게 스티바스가 대통령의 허가 없이 핵미사일을 발사할 수 있었습니까?

A 스티바스는 사실 핵미사일을 발사하지 않았습니다. 고리에 대한 핵잠수함 공격은 핵폭탄이 아닌 일반적인 어뢰 공격이었습니다. 그러나 스티바스가 한 일은 혼란을 틈타 대통령의 권한을 받은 것처럼 주장해서 국방부가 보유한 소형 전략 핵탄두를 간신히 조달한 것이었습니다. 그것이 바로 더크에게 묶여 있던 탄두였습니다.

Q 트리스탄 다쿠냐 섬의 네리와 그의 마을은 어떻게 되었습니까?

A 네리가 낚시를 하러 가던 길에 발견한 것은 발자국이 나 있는 에너지 포털이었습니다. 네리의 어머니가 머리 위로 날아가는 미사일을 발견하고 그를 집안으로 밀어 넣었을 때, 그녀는 하늘과 주변 건물들이 유별나게 파랗게 보이는 것을 알아차렸습니다. 그것은 페일린의 종족들이 제때에 섬에 도착해서 작은 마을을 보호하기 위해 반구형 에너지 지붕을 설치해 놓은 것이었습니다. 마을 사람들이 폭발에서 살아남을 수 있도록 말이죠.

Q 페일린의 아들은 왜 패스파인더 호에 타고 있었습니까?

A 페일린의 종족들은 앨라배마 잠수함이 고리 근처에서 겪은 사건을 잘 알고 있었고, 공식적인 조사가 있으리란 것도 알았습니다. 그들은 나중에 클레이가 얼마나 알고 있는지, 그리고 더 중요한 것은 돌

고래들이 그들에 대해 어떤 것을 누설했는지를 알아내기 위해 패스파인더 호에 몰래 올라탄 것입니다.

Q 페일린의 종족은 왜 페일린을 감옥에서 텔레포트로 빼내지 않았습니까?
A 텔레포트는 그렇게 간단하지 않습니다. 거리가 상당한 경우에 사용하려면 다른 쪽 끝에 에너지원이 있어야 합니다. 페일린의 종족이 들고 다니는 은색 블록이 바로 그 에너지원입니다. 그것은 비상시에 생명을 구하는 장치 역할을 합니다. 작은 '빛의 관문'은 그 블록의 주인이 죽음에 가까워졌을 때만 열렸다는 것을 알게 될 것입니다. 그러나 더크의 경우, 텔레포트를 하기 위해 에너지원이 필요하지 않을 정도로 가까이 있었죠.

Q 스티바스는 어떻게 됐습니까?
A 아주 좋은 질문입니다. 글쎄요.

BREAKTHROUGH
브레이크스루

초판 1쇄 | 2020년 6월 20일

지은이 / 마이클 그럼리   옮긴이 / 이상훈   펴낸이 / 허승혁
펴낸곳 / 화산문화기획   출판등록 / 제2-1880호(1994. 12. 18.)
주소 / 서울시 종로구 자하문로 55, 201호   전화 / 02)736-7411
팩스 / 02)736-7413   전자우편 / hwasanbooks@naver.com

ⓒ 화산문화기획, 2020

ISBN 978-89-93910-58-2 03840

값 14,000원